慕容湮兒——著
眸傾天下
上
情鎖一闋未央歌

目錄

第一闋　命定皇后

記得，當我初踏入若然居時，他就對我說過：「未央，你要記住，十六歲那一年，我將會帶你進帝都城，見那位聖明曠世之君璧天裔。他是你唯一的夫君，而你，將是他唯一的皇后。」我緊握著他渾厚纖長的手，傻氣地問：「為什麼我要做皇后？」「因為，這是天命。」

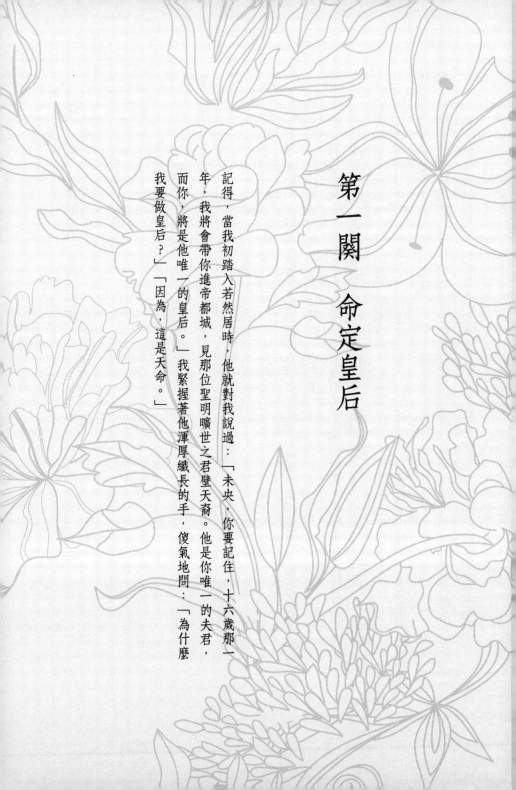

第一章　蒼茫雪‧帝后命

明月半星，稀疏星露，幾聲猿啼，肆意揮灑於天地之間。

南國元和七年，我在這個荒無人煙的「若然居」住了整整七年。

若然居位於帝都城西北郊深處，上下高嶺，深山荒寂。玲瓏彌望，薄暮冥冥，幾座山峰相對聳立，楓樹和松樹交錯混雜，五色繽紛，頗覺秀蔚。沿澗亦有水瀑迸石間，滔滔汩汩。

一聲笛鳴簾外，他又在吹笛了。

我睜著眼，靜躺於床側耳傾聽水流飛濺撲簌之妙音，映著一陣陣蕭蕭鐵笛清鳴，激蕩朦朧，直衝雲霄。

每夜聽著笛音我就能安然沉睡，早已成爲一種習慣。

吹笛人名叫莫攸然，大我整整十一歲。他不僅身懷精妙駭世的醫術，更吹了一手妙音好笛。

每回聽他鐵笛聲起，我就知道，他又在思念那位早已香消玉殞的妻子，我的姐姐，碧若。

此若然居顧名思義——攸然悵惘，碧若寒磐，已成空。

對於這個姐姐，我根本毫無印象。七年前，姐姐的慘死令我一度暈厥，再醒來已是個喪失記憶的孩子。即便是醫術高明的莫攸然也無法將我治癒。

他告訴我，這是心結，因姐姐之死而潛意識封閉了自己的記憶，由此可見我與姐姐的感情有多麼深。

可幸的是這一切我已然忘卻，唯他親眼看著至愛之人倒在他面前，痛徹心扉，多年魂牽夢縈。

儘管七歲之前的一切記憶全是莫攸然告訴我的，我卻深信不疑。

七歲那一年，我自莫悠然懷中醒來，第一眼對上的是他那溫柔含笑的目光，我眨了眨眼，疑惑地問他：

「你是誰？」

他用溫柔得能蠱惑我心的聲音回答：「我是莫攸然。」

我皺了皺眉，又問：「那我又是誰？」

似乎沒想到我會有此一問，他半晌才回神覆我：「你是未央。」

未央，原來這就是我的名字。

從那一日起，莫攸然成了我唯一的親人。

但是，我從來不曾喚他爲姐夫，而是直喚他的名諱——莫攸然。

孩提時，他總將我抱個滿懷傲立於蒼穹之間，我雙手攀上他的頸項，隨著他的視線望向日月星辰璀璨。

有時我會偷偷打量他，皓齒朱唇，天質自然，蕭疏軒舉，幽深的眸子憂鬱傷淡。一身素雅青衣相映密林山川綠葉，襯得他更顯脫塵超俗。他有著常人無法比擬的風度，我時常想，他這樣出色的男子怎會安逸於一個小小的若然居，似乎有點屈才呢。

我聽著鐵笛聲聲正昏昏欲睡之時，有人輕敲後窗，驚醒了我。

我光著腳丫子跳下床，將暗青小窗拉開，對上一雙犀眸。他將手中托盤放在窗檻上，有兩碟小菜和一碗香噴噴的大米飯。

他冷冷地說道：「吃吧。」

飢腸轆轆的我撫了撫小腹，有些不自然地睇他一眼。

沒想到，今日爲我送飯之人不是一向寵溺我的莫攸然，而是待我冷淡如冰的楚寰。

兩日前，我激動地頂撞了莫攸然，那是七年來頭一次頂撞他。

記得那日，他對我說：「未央，你已經十四了。」

我點點頭，是呀，不知不覺我已經十四歲了。

他又道：「再過兩年你就能進宮了。」

他這四個字令我的腦子一片混沌，再過兩年！

記得，在我初踏入若然居時，他就對我說過：「未央，你要記住，十六歲那一年，我將會帶著你進帝都城，見那位聖明曠世之君璧天裔。他是你唯一的夫君，而你，將是他唯一的皇后。」

我緊握著他那渾厚纖長的手，傻氣地問：「爲什麼我要做皇后？」

「因爲，這是天命。」他說這句話的時候格外認眞，而我也將之暗記在心，儘管那時我尙且不懂「皇后」是什麼意思。

漸漸長大，自史書上知道了皇后二字的眞正意思——棄婦。

就拿漢武帝兩位皇后來說，金屋貯之的陳阿嬌，終以一首《長門賦》宣告她此生必淒慘終於冷宮；平陽公主家的衛子夫，榮寵一時，奈何歲月流逝，色衰而愛弛，終絕望自盡。這便是身爲皇后的下場。

莫攸然經常一手托著我嬌小的身子，另一手執鐵笛遙指璀璨星辰，對我說：「未央，你看見那顆璀璨的紫微星了嗎？將來你的光芒便會掩蓋那顆至高無上的星辰，因爲你是命定的皇后，必定要母儀天下。」似乎總在提醒著我生存於斯的責任，生怕我忘記。

當時我臉色慘然一變，氣憤地朝他吼道：「非要如此糾纏於我才罷休嗎？什麼母儀天下，我不稀罕。」

整整兩日，我未踏出房門一步，也沒吃任何東西，整個人都快餓昏了，卻又因自己的倔強不肯出去吃東西。

楚寰見我良久都不說話，問道：「你不餓？」

我見他正要轉身端著飯菜離去之時，一把由他手中奪過托盤，說道：「誰說不餓了！」他沒繼續與我多說，轉身絕塵而去。我已見怪不怪，與他相處七年，他一直都是如此，多餘的話從來不說，冷冷冰冰。

初見他時，他才十二歲，卻是儀容冷峻、眸光犀明，身泛殺氣，是莫攸然唯一的徒弟。曾以爲楚寰是個啞巴，每日只是不言不語地聽莫攸然說話，然後點頭。可是與他相處的第二年，他突然對我說了一句：「丫頭，你眞可憐。」我才恍然，原來他會說話。

若說起可憐二字，豈不更適合他嗎？至少，我有莫攸然，我有親人。而他，是一個孤兒，沒有依靠。其實我很怕楚寰，因爲他那嗜血凌戮的眼神，彷彿隨時可殺了我。對於他的身分我一無所知，只知道莫攸然於七年前領我們一同來至此處，我便隱約察覺楚寰的身分非同尋常，只因他眼中有股昭然可見的仇恨。莫攸然這七年間從未間斷地授他武藝，他的資質頗高，更肯吃苦，如今的他已是能與莫攸然匹敵的高手，他們甚至日夜秉燭研讀《孫子兵法》。我不懂，既是隱居於此，爲何習武，爲何研讀兵法？

若說莫攸然神祕，那楚寰更神祕。

這七年來，我已慢慢接受了我的責任——做南國君主的皇后，因爲這是天命。

但那日我竟如此頂撞莫攸然，我早就認命了不是？

我聽莫攸然提過，我命定的夫君，那位南國的皇帝，名叫壁天裔。

但這個天下，本姓皇甫，而非姓壁。

就在七年前的一場雪夜，一位天驕少年橫空出世，奪去了本屬於皇甫家的天下。他乃天下兵馬大元帥壁嵐風之子，年少時便隨父親四征，虜箭射金甲，履步摧胡血，大小近百次大捷之戰他功不可沒。

皇甫家的江山正是壁家爲其所打下，當時天下有句俗話：「壁家在，天下定。壁家亡，天下亂。」

他奪走皇甫家天下之後，用兩年平定朝野臣民之心，兩年培植屬於自己的親信勢力。其後兢兢業業治理天下，將天下臣民百姓領向空前盛世，成爲一代聖主明君。百姓道起這位帝王，無不豎起拇指。

莫攸然對我說過，壁天裔的後宮，美女如雲，色藝雙絕，才貌兼備。

但是，他的後宮沒有皇后。因爲，那個位置一直在等我，未央宮整整空了七年。

原來，我名未央，也是天命呢。

不知不覺，我與莫攸然冷戰了一個月。

他不再如同以往寵溺地撫慰我的無理使性，反是漠然對我，一語不發。我才知道，這回眞的惹怒了他。怕他會永遠不再理我，多少次想著要道歉求和，只因他是我唯一可以依靠的親人、世上唯一對我好的人，可每每話到嘴邊卻硬生生吞了回去。

我沒有錯。未央，也有自己的驕傲。

可繼續如此僵持下去也不是辦法，總要有一方先低頭吧。終在多番猶豫之下，我來到了莫攸然的屋前，卻立於門外徘徊良久遲遲沒有抬手敲門。

正躊躇之時，卻聽門扉「咯吱」一聲被人打開，只見莫攸然與一名紫衣妙齡女子由小屋內邁出，女子鼻膩鵝脂、皎若朝霞，分外妖嬈，衣著皆是上好綢緞裁製，手工細膩，柔軟絲滑。首次見到楚寰與莫攸然以外的人，我略感新鮮，卻又深感不安。

見到我時，她的眼神閃著異樣光彩。

正對上她的目光，僅僅那一瞬間便移開，我從沒見過這樣的目光，更不解其中的含義。

莫攸然與她先後走至我面前，我不禁後退幾步，狐疑地看著莫攸然。已大半個月未如此正視他了，他的眸光依舊淡淡夾雜著疏離與哀傷，雙唇緊抿，見到我出現於此略微有些詫異。

莫攸然淡漠地回視著我，喚了一聲：「未央。」

一個月來，他頭一次跟我說話。

「她就是未央？」他身旁的女子勾起一笑，格外嫵媚。

她的聲音驀地引我將視線從莫攸然轉移到她身上，她是誰？

莫攸然看出了我的疑惑，忙出聲解釋：「她是當朝涵貴妃，也是我的胞妹，莫攸涵。」

妹妹！他竟然還有個妹妹，身分還是我命定夫君的妾。

是的，在我眼裡不論她多麼受皇上的寵愛，權勢有多大，她終究只是個妾。

莫攸涵從見到我那一刻起就用審視的眼光上下打量著我，我不喜歡這種感覺。

她帶著笑容說：「果然是仙姿玉色，確有資格成為皇上命定的皇后。」

仙姿玉色！是個讚我美貌的詞彙，但是聽著卻如此刺耳。

她的笑容甚是虛僞，既不想對我笑，又何苦勉強自己強顏歡笑。難道，外邊的人都喜歡用這般虛僞的臉龐待人？

莫攸然又說：「未央，快見過貴妃娘娘。」

我仍舊不發一語地站在原地，莫攸然皺了皺眉，啓口待語，卻被莫攸涵搶道：「哥哥莫爲難她，未經世事的孩子怎會懂這君臣之禮，本宮不會與她計較。」

聽她言罷，我不自覺笑了出聲，「不懂規矩的，怕是涵貴妃吧。」

一語驚二人。

我不疾不徐地繼續說：「我可是璧天裔命定的皇后，豈有皇后向貴妃行禮之說？」

莫攸涵臉色慘然一變，始終掛在兩靨之下的笑容僵住，一時竟不知該回些什麼話。莫攸然看我的神色卻甚是古怪，瞇著眼上下打量著我，欲將我看透。

我知道，今夜的我與往常很不一般。曾經，我沉默寡言逆來順受，盛氣凌人、言語刻薄並非我的本性。

莫攸然深莫能測地看我一眼，嘆息道：「看來，是該送出去學學規矩了。」

聞言我全身一僵，他是要趕我走……

那夜，莫攸涵和她的貼身丫鬟、兩大侍衛在這小小的若然居屈就了一夜。

我卻是一直靜坐在屋前竹階上直到天明，旭日升起。

睇睨眼前這片楓林，眼下已是潤秋時節，暗紅的楓葉將整片楓林染紅。如今朝霞布空，如天葉一色，相連而映，熠熠如輝，赤若流霞。靜靜凝神望此情景，我不禁迷惘，我真的就要被送離若然居了嗎？真的甘願就這麼進入後宮繁亂之地嗎？

未央，你就知足吧。就連不可一世的天下之主壁天裔都在等著你，多麼大的榮耀！

可是「天命」二字我從來沒有信過。即便不信，我仍不得不由著它擺布，任它操控著我的一生，包括我的婚姻，我的夫君。

我不能拒絕。無關天命，只關乎莫攸然。是他，要我做壁天裔的皇后。

莫攸然，一直是我所尊敬的人，因而我從未忤逆過他，即使是他要我進宮為后。

淡煙裡，香霧飄零，驚風驅雁。

楚寰無聲無息如魅影飄風般出現在我視線內，他腰間的長劍始終佩帶著，從我第一眼見到他，劍始終不離身。用得著如此麼，這兒就我們三個人，有誰會出手加害於他。

他幽暗的犀眸於看見我那一刻僵凝，前行的步伐也止住，表情木然。朝陽由他背後拂照，映出幻彩斑斕之色，與他那沉灰的布衣與暗冷的表情一點也不搭襯。

他問：「你見到她了？」

我睜著眼睛，一眨不眨地看著他。他繼續說：「她要帶你走。」

我自嘲一笑，有那片刻的思量，才道：「你錯了，若莫攸然不許，無人能將我帶走。」

突然有些睏了，想支起身子回屋，卻連起身都費了一番周折。

楚寰始終站得離我一丈之遠。我不認為他還會對我說些什麼，他向來不擅言語，能有耐性與我說話已是破天荒了。想及此，便打算回屋好好睡上一覺。轉身欲去之際，卻見背後站著莫攸然，我怔怔地望著他杵在我面前，目光帶著複雜與矛盾。在晨曦的清冷風中，他的衣角隨風翻飛，顧決清然，如霧靄般虛無。

他說：「只因你是天命，而非我不留你。」

我的眼眶一酸，淚水凝聚在眼眶之中，張了張口欲說些什麼，終是噏了回去。深吸上一口涼氣，我問道：「什麼時候啓程？」

他說：「接你走的人並非攸涵。」

我含著冷笑道：「有分別嗎？」

他沉下眼眸，迴避著我的目光，似在愧疚。

我越過他朝自己小屋走去，眼下我只想好好睡上一覺，我相信醒來一切都會過去的。在關上小木門那一刻，我瞧見莫攸涵微倚在門欄之上若有所思地睇著我，唇邊露出一抹詭異笑容。

兩日後，莫攸涵回宮了，原來她只是來看看我這位未來的皇后。然一位侍妾竟能得到皇帝的允許，單獨出宮回來省親，多麼大的榮耀恩典。

我想，她肯定甚得皇上恩寵。莫攸然跟我說過，壁天裔不是個憐香惜玉的男人，對於女人，他無情得近乎於殘暴。芸芸後宮佳麗三千人，能獨得他寵愛的只有莫攸涵。

我問他：「爲什麼獨獨寵愛莫攸涵，難道他愛她？」

莫攸然笑答：「因爲她是我的妹妹。」

我又問：「那壁天裔爲何要等我七年？」

他說：「因爲你是碧若的妹妹。」

莫攸涵得寵，只因她是莫攸然的妹妹，他與皇上的關係似乎很密切。

壁天裔要封我爲后，只因我是姐姐的妹妹，姐姐與皇上似乎頗有淵源。

兩句令人費解的話看似關係非比尋常，我卻無法將它們加以聯繫，至今仍不能得到解釋。

送走莫攸涵之後，莫攸然別有深意地對我說：「未央，數日前讓我見識到了不一樣的你。」

我的心因他這句話暗自擂鼓，他又說：「原來，你一直都如此聰慧，心如明鏡。」

是的，這七年來我一直在他們面前裝傻氣。

莫攸然與楚寰之間有太多不願爲人知的祕密，我與他們相處了七年，多少知道一些，於是我選擇裝糊塗。

可是，莫攸涵來的那一日，我卻再也不能繼續僞裝了，因爲我感覺自己即將要被推入一個無底的深淵。

我害怕又恐懼……七年來與世隔絕地生活著，外邊的世界我從未接觸過，更不瞭解。多年來翻閱的書籍只能讓我理解人心的險惡、深宮的陰暗，我情願一輩子待在若然居與他們二人終老此生。但我知道，這只是我的幻想。

我不可能一輩子待在這兒，他們二人更不可能。

因爲，他們二人在對弈棋局，未央就是棋盤上的棋子。

蕭索秋風，迢迢清夜。

淡雲月影朦朧，澗水聲聲如鶯鳴，清風遐邇。

我立於寒潭之緣，睥睨眼下流水飛濺，寒氣裊裊。冰寒徹骨的寒潭之氣直逼我的全身，侵襲著我的衣襟，而楚寰十二歲便開始嘗試進入這寒潭，從最初的一個時辰浸泡至如今的五個時辰。當時，對於一個年僅十二歲的孩子來說，該是多麼殘酷的一件事。不可思議！究竟是何種信念，讓楚寰在這痛苦的七年中挺了過來？

腦海中瞬間閃過一個衝動的念頭——跳下去。曾經，他一個孩子都能跳下去，興許我也能嘗試跳下去，便不用承受這一切了……

我的腳步朝前挪了一步，楚寰的聲音如暗夜鬼魅在我背後冷冷響起，「你做什麼？」

回首望去，視線追隨著他朝我緩步而來，毫不掩飾地回答：「想跳下去。」

他冷笑一聲，卻說：「跳吧。」

沒想到，他回答我的竟是這兩個字，我有片刻的怔愣。即便他再冷血，畢竟我與他共處了七年，竟連一句「爲什麼」都不問，就要我跳下去？果眞是個冷血無情之人。

他將手中的劍插入泥中，冷冷地說：「死了，你就解脫了。」

我驚愕地瞅著他，他似乎什麼都知道。我不禁喃喃地問：「我想知道……姐姐她是怎麼死的。」

其實對於姐姐的死我一直都不清楚，莫攸然未對我詳述，而我也沒有多問。或許是因爲不想再揭起他的哀傷，又或許是不願提及「碧若」這兩個字。

楚寰只淡淡地回了句「一箭穿心」，便將纏繞腰間的暗灰細腰帶解開。

當我尙且盤算著他要做些什麼，卻見他已然褪去外邊的薄衣，露出赤裸的上身。

我瞪大了眼睛看著他的舉動，他霍然側首，皺起眉頭瞅著我，說道：「我以為，你該迴避。」

我不解地望著他，「迴避什麼？」

他不願再與我閒扯，低著頭便扯開褲腰帶，揚手一揮，暗灰的腰帶在空中來回飄揚幾圈才跌落枯黃草地上。

我立刻明白他要我迴避什麼了，聽莫攸然說過，下寒潭一定要褪去全身衣物，否則寒氣入體而不得四散，會有生命之危。

未敢多作停留，撒腿便跑，隱約在這漆黑寧寂的闊野之地聽見背後傳出一聲輕笑，是楚寰在笑？

我想，那是我的幻覺。

冷血之人，怎懂笑？

臘月初十那日，若然居迎來了今冬第一場瑞雪，而我憂慮了七年的事終於發生了。霜迷衰草，暮雪清峭，漠漠初染遠青山。

睜開惺忪的眼向窗外望去，白茫茫的一片闖入眼簾，當下便興沖沖地跑至北風呼嘯吹零的楓林，那兒已是茫茫靄霧寒氣襲冬衣，皚皚皓雪鋪滿地。遙遙而望，楚寰正於雪花飛舞的林間練著那精妙絕倫的「傷心雪劍」，氣勢如虹，幻影淩波，漫呑皓雪。他的髮梢有點點雪花遺落，萬年冰霜的臉上掛著認眞神態。每回，他只要拔出劍，便再也停不下來。

我想，他是個劍癡，愛劍勝過愛自己。

不願打擾他練劍，我蹲下身子抽出一直緊捂在袖中的手，開始堆起雪人。約莫過了一個時辰，我的雙手早已被冰雪凍得通紅，臉上卻綻放著笑容，含著淡笑凝望自己所堆砌的莫攸然——瀟灑俊逸，風度翩翩。雖然沒有本人好看，卻也似他六分。

楚寰收起劍勢朝我信步走來。我興奮地向遠處的他揮了揮手，喊道：「楚寰，你來看看像不像莫攸然。」

來到我身邊，他淡淡掃了一眼雪人，露出嘲諷之色，「你該再堆砌一個碧若師母。」

我的笑僵在臉上，一顆心因他的話而急速變冷。雪花拍打在我的臉頰，時間彷彿在那一刻悄然而止。

他突然側首，視線掠過我，遙遙朝我背後指去。我順著他所指方向轉身凝望，白雪覆枝頭的楓林外，一輛馬車停在若然居前，我問：「誰來了？」

「這次，是眞的要帶你離開了。」楚寰的聲音很低沉，卻清晰地縈繞在我耳邊。

那一刻，我飛身衝了出去。

我在莫攸然的屋外徘徊踱步許久，仍不見裡邊的人出來，我的心抑亂得六神無主。楚寰安逸地倚在木階前的竹欄青木上，雙手抱胸，似一副看好戲的模樣。他們究竟在裡邊談什麼，這天色都快臨近夜幕，還不出來。

終於，伴隨著一句「人，我就帶走了」的細膩甜美之聲，木門被一雙纖細柔荑拉開。莫攸然與一名白衣勝雪的女子邁門而出，他們見到佇立在門外的我，都止住了步伐。

女子的水眸看了我一眼，便道：「這位，想必就是未央小姐。」

我不答話，只是問：「你是誰？」

她宛然一笑，「我叫靳雪，是九爺派我來接未央小姐進帝都城。」

我轉望莫攸然，一字一字地問：「你答應了？」

他點頭，我便冷笑。

靳雪的目光在我們身上來回逡巡，「莫將軍，靳雪是否該迴避爲好？」

聽靳雪喚他爲「莫將軍」我沒有驚訝。數年前，我無意中在他屋內發現一間密室，裡面僅藏了一副戰甲與一柄金刀。那時我就已猜測到他的身分。

莫攸然向靳雪搖頭，再睇向我，道：「未央，你隨我來。」

我隨著他的步伐，再次走進了楓林。雙足踏在厚厚積雪上，留下排排清晰的腳印，冰涼的溫度由腳心傳遍了全身。

他於我白日堆砌的雪人邊停下腳步，雙手置於後，背對著我說：「未央，我記得很早就跟你說明白了，十六歲，會送你進帝都城。」

我無聲地笑了笑，然後回話：「今年，我才十四。」

他又說：「做皇后，需懂得宮廷禮儀。此次便是領你進九王府，教你學規矩。」

我立刻接上他的話，「我不要學那些乏味的規矩，我只想……」

「未央！」我的話未完，卻被他厲聲截斷，「你已經不是小孩子了，別再使性子。」

僵在原地，聽他那厲聲厲語。第一次，他對我如斯冷漠，聲音不聞絲毫起伏，比楚寰的冷漠還要陰鷙。今日，我總算見識到眞正的莫攸然。

「到了九王府，切記好好學習規矩。將來，要寵冠後宮。」他的聲音依舊冷淡，只是斂去了微惱之色。

寵冠後宮？這就是他的最終目的？我不信。

「爲何要寵冠後宮？」

他始終沒回首看我，也不答話。

我想，此刻若能看見他的表情，興許能猜透他的心思。

「好，未央定會寵冠後宮，但是莫攸然亦要答應我一件事。」我頓了頓又說：「用若然笛，爲我吹一曲〈未央歌〉。」

他的手輕撫上腰間的鐵笛，似在猶豫。

若然笛，象徵著他與姐姐之間的愛情，他從來只爲姐姐一人而吹。而今，我卻要求他爲我吹曲，會否有些強人所難？

他卻抽出了鐵笛，置於唇下，緩緩吹奏而起。

悠揚曼妙之聲充斥整片楓林，漫天雪夜，白霜耀月，溶溶悵惘。

未央歌。

頭一回，他的笛聲只爲我奏。

在我心中，他的地位早已超越了親人，即使他眼中不曾有我。

從未想過要超越姐姐在他心中的地位，只是想代替姐姐陪在他身邊，撫平他多年來的心傷。如今他已不再需要我的陪伴，那麼，我也不會強留而下。

一曲未央歌終罷，我毅然轉身上了馬車，隨靳雪離開若然居。

沒有告別，沒有哭泣，沒有回頭。

隨著馬車的顛簸搖晃，我揭開窗幔錦布，探出頭向離我愈來愈遠的若然居望去。

崇巒雪，逐瀨淒，滄江碧海空浩渺。

莫攸然沒有來送我，楚寰也沒有。

眞是兩個冷血的男人呢，好歹……咱們也相處了七年呀。

馬車倏地轉彎，若然居消失在我的視線之外。地上的積雪之中，唯獨留下了兩行深深的輪轂轆印。

第二章　風雪殘・夜未央

一陣風過，鐵馬冰蹄叮噹作響，熙攘飛雪沒馬蹄，輾轉紅塵滿郊畿。

在這漫長的路途中，我詢問起靳雪口中的「九爺」。

他一聽我問起九爺，眼中立刻閃耀著光彩，「九爺是皇上唯一封王的人，只可惜手中並無實權，連早朝也是可上可不上，每日如同閒雲野鶴，遍走錦繡山川。」

我了然地點點頭，笑道：「噢，老頭兒啊。」我一直認為這樣的人應該是個老頭。

她頓時滿臉驚愕，忙解釋著，「不是，九爺才不是什麼老頭呢！他今年才二十有四。相貌極為俊逸邪美，凡是見到他容貌之人，無不為其傾倒顛迷。尤其是他那對龍章之目，攝人心魄。」

聽她此番描述，我半信半疑地問：「有那麼誇大嗎？」

她生怕我不信，用極為肯定的語氣與堅定的目光回答我：「一點也不誇大。」

我問：「那他比起莫攸然呢？」

沒想到我會有此一問，她恍了恍神，才回答：「在靳雪心中，唯九爺之貌是天下第一人。」

「怕是你的魂也早被那九爺給勾了去吧。」我加重了語氣，帶有幾分玩笑之意說著。

她一臉神采飛揚之色卻因我的話黯淡了下來，閉口不再說話。

我雖納悶，卻沒追問，他們王府之事，我自是不便多問。我的目的只是在王府內學習宮廷禮儀、皇后賢德，待至十六歲再被皇上以金鳳鸞椅迎進宮，成爲母儀天下的皇后。

回想她方才提起九爺的雙目，我便輕撫上自己這雙曾被莫攸然稱作「妖瞳」的眼睛。

十二歲那年，莫攸然驚詫地發現我的眸竟如此與眾不同，便經常溫柔地撫過我的眸，對我說：「未央，難以相信，你這張不食人間煙火的傾國之貌，竟生有一雙魅惑勾魂的妖瞳，這雙狐目鳳眼也唯有商紂妃妲己才有過罷。」他望著我的眼眸良久，也感嘆了許久，終於收回一直撫在我眸上的手，認眞地說：「這雙瞳太美太耀眼，所以你不能輕易展露笑顏，一定要盡可能隱藏。因爲，你的美只能展現給璧天裔。」當時的我不禁猜想，他會否認爲我是妲己轉世呢。

自那以後，我便克制住自己的情緒，盡量少露笑顏，如今我已習慣將喜怒藏於心。就算是笑，亦不會讓自己的眸流露出半分笑意。

興許我這雙妖瞳也是上天賜予的。我眞不明白，上天爲何要賜予我這麼多世人求之而不得的東西呢，未央眞的受不起。

忽聽外邊傳來馬兒嘀嘶之聲，馬車驟然一頓，停了下來。

靳雪立刻揭簾而望，神色微變。

我也順著縫隙朝外望去，闖入眼簾的是兩位絕美的紅衣少女。笑容中滿是邪柔膩美，眉宇盡妖嬈。纖腰楚楚，肌若白雪，傲立風雪間，北風呼嘯在她們單薄的裙裳間，飄逸絕美。

其中一位女子問：「哪位是未央姑娘？」

我與靳雪對望一眼，淨是疑惑。

靳雪戒備地盯著她們，「你們是誰？」

「甭管是誰，我們只想請未央姑娘隨行一趟。」她們並沒有正面回答她的問題，言辭有些閃爍。

斬雪斷然拒絕，「不可能。」

兩位女子嬌媚地朝我們輕笑出聲，纖指把玩著腰間纏繞的紅菱，目光突轉陰狠，「本姑娘此刻心情尚好，並不想動手殺人。倘若你非要逼我們——」

斬雪冷地倒抽一口涼氣，她確實被這兩名女子眼中的凌厲之色給駭住。

我探出身子，由馬車跳了下來，靴子踩在冰涼的雪地之上，格外濕冷。

斬雪一聲驚呼，「未央小姐，別過去。」

「我雖非悲天憫人之輩，卻也不想因此連累你爲我送死。」我沒有回頭，緩步朝那二人走了去。

「未央姑娘果然識時務，請吧。」微微躬身請我先行，我心中疑雲頓生，她們對我何以如此恭敬，難不成她們認識我？

花了整整三日，我終於隨他們來到目的地，此刻的我渾然不知自己置身何處，因爲來的路上，她們二人在我眼睛蒙上一層黑布。

何須弄得如此神神祕祕，外邊的人還眞是奇怪。令我更加納悶的是，這七年間我們隱蔽在帝都城的荒郊之外，根本沒人知道我們所處的位置。唯有近日來莫攸然頻頻飛鴿傳書，似乎有意暴露我們的行蹤。而這兩名女子怎能在半路上攔截了我？難道他們是攔截到信鴿？還是其中有內鬼？

感覺有人正在解開臉上一直綁著的死結，黑布卸下，一陣強光射入眼中，我不適應地將眼睛閉上後再睜開。

此時我已然身處一間優雅小屋，桌上插著一枝梅，花香陣陣縈繞在屋。

「以後你就住這兒了。」她草草對我說了一句，又轉頭對另一名女子說：「我現在去稟報樓主，人已經帶到，落，你在這兒好生看著她。」語畢，那女子瞥了我一眼，點點頭隨即翩然而去。

我狐疑地盯著落，問道：「這究竟是什麼地方？」

她冷冷地回道：「白樓。」

白樓？這兩個字聽上去怎如此耳熟！

歪著腦袋，開始思索腦海中的記憶深處，我肯定在哪處聽說過這兩個字。靈光猛地一閃，對了，是在楚寰的口中聽過。

「白樓」乃天下第一樓，武林中最大的邪派組織，掌控黑白兩道，以蠱控人心智。我不明白的是，這白樓與我有何干係，他們抓我的目的何在？

我又追著落問了好些問題，可她一個也沒有回答，一直如冰雕般佇立門側，靜默地看著我。

天色漸漸暗下，落始終站在原地未動一分。直到一名男子匆匆進來，附在她耳邊說了些什麼，她臉色倏地一變，也沒顧上我，便與那名男子急匆匆衝了出去。

看他們神色如此緊張，難道白樓出了什麼大事？好奇心使然我悄悄尾隨而出。

也不知跟了多久，終在一處闊野之地停下，四周火光點點，將黑寂的雪夜照耀得恍如白晝。

我躲在一棵槐樹之後，探出頭觀望一丈之外的情況。約有數百名弟子正兩列而站，表情嚴謹肅然。正中央蜷曲著一名受傷女子，嘴角殘留血跡，很是狼狽。而這些都是其次，最令我注意的要數一名迎風而立的黑袍男子，一張銀鐵鑄成的面具遮去了他大半張臉，所以看不清他確切的模樣。唯見他那雙冷漠幽深的眼睛與顯露在外的薄唇。

「如月，你真令我失望。」只見面具男子唇邊勾勒出一抹冷鬱淡笑，凝視著地上的女子。他的聲音比冰還寒冷，比鐵還剛硬。

被稱作如月的女子極爲不屑地輕哼一聲，滿身傲骨，咬緊牙關一句話也不說。

他緩緩蹲下身子，單手緊捏著她下顎，用一雙詭魅的犀眸上下審視著她，「別考驗我的耐性，你究竟是誰派來的臥底？」

如月回視著他笑道：「風白羽，你不是很有能耐麼，去查呀。」

他猛然鬆開她下顎，反手搧了她兩耳光，她被打趴在地無力動彈，血一滴一滴滲入潔白雪地中。又自袍中取出一把鋒利匕首，在她臉上游移，「這麼美的臉蛋若是毀了，未免可惜。」刀一寸一寸地朝下移動著，最後落在她的紫菱腰帶上，輕而一挑。腰帶鬆開，她的衣襟也隨之敞開。

我看著他的一舉一動，只覺冷汗沁出了脊背。他這是要做甚，莫非想當眾人之面褪去她所有衣裳加以羞辱？

不一會兒，我的猜測果然應驗了，他當眞將她全身剝得寸絲不掛，赤裸裸躺在冰天雪地之中，如月的神色羞憤難堪。我納悶著她究竟犯了何事，竟遭到如此羞辱。

風白羽將手中泛著冷光的匕首逕朝雪地丟棄，淡漠掃了一眼地上的如月，再望向一旁正目不轉睛淫視著她的弟子們，勾起一笑，「誰若對她有興趣，盡管拿去享用。」

如月的目光終於流露出恐懼之色，大聲朝他吼著：「風白羽，你好卑鄙！」

他全然不在意她的言語，毫不留情面地說：「拖下去。」

幾名男弟子興沖沖上前抬起赤裸裸的如月，神色猥瑣。如月已無力掙扎，只能虛弱地喊：「風白羽，我說……我什麼都說……求你放過我。」

「我給過你機會，但你不稀罕。現下，我已無興趣再知道了。」他丟下一句寒冷如冰的話，轉身踏雪朝我而來。

我立刻收回探出的腦袋，隱躲在槐樹之後，他不會在那麼遠就發現我了吧。只聞，他的聲音由我頭頂傳來，「這場戲看得還盡興嗎？」

我頗不甘願地自樹幹後方步出，正眼注視著他那張被月光照得熠熠泛冷光的銀色面具，問道：「你是白樓樓主？」

他冷眸一轉，直射著我，回道：「是。」

「那個如月犯了何等十惡不赦的事要這樣待她？」我不解地問了句，聲音夾雜了絲絲怒氣。

他不答反問：「到現在還有心情管他人之事，不先擔心自己？」

我順他的話而回了句：「那你抓我來，有何目的？」

他回道：「只想讓你在白樓長住。」

「長住是多久？」我含著笑迎上他的冷眸。

「我死那日。」

錯愕地盯著他，壓根沒想到他會吐出這樣一句話，我半玩笑半認眞地說道：「風樓主，你這句話會讓我誤解的，難不成你愛上我了？」

他冷漠的眸光因我的話而閃過饒富意味的笑，「就算是吧。」

我輕輕拂落衣襟上沾染的雪花，也不打算將此話題繼續下去，只道：「風白羽，你若要拘著我，我也無可奈何。但是我要告訴你，我可是個麻煩，不要後悔便好。」

他盯著我不語，我倆相互沉默了好一會兒，氣氛有些詭異。我伸手拂過額間被風吹散的髮絲，笑了笑便轉身悠然而去，他並沒有攔我。

回到屋內已是子時，我躺在陌生床鋪上來回翻覆著無法入睡，腦海中不斷閃過方才所看到的一切。這個風白羽就是如此侮辱女人的麼，即便她犯了再不可容恕的事，也該留點尊嚴給她吧。這就是外邊的世界呀，竟如此骯髒不堪。風白羽為何要留我在白樓，莫非他知道我是未來的皇后？

我從床上坐起，朝門外一直守著的人喊了聲：「落……」

聲音才落下，落就推開了門看向我，冷風吹過床鋪，紗帳飄飄飛揚，「有事？」

我問：「你們知道我是誰嗎？」

她點點頭，說：「未央。」

我擺了擺手，解釋道：「我的意思是，你們知道我的身分嗎？」

「未央姑娘。」她認眞地回答。

我聽到她的回話有些錯愕，她這是在裝愣呢。我無奈地盯著落，只見她勾起嫵媚的笑，說道：「姑娘若沒其他事，那我出去了。」

我默然地重新躺下，將頭埋掩在衾枕之內，腦海中一片空白。

漸漸地，睡意襲來，我的身子沉沉鬆弛而下，意識一分一分被抽離。

昨夜又作了場糾纏我七年的夢，一位白衣翩翩少年用溫柔寵溺的聲音對我說：「我會一直保護你，不讓任何人欺負你、傷害你。」

七年間，這畫面一直闖入我的夢境，許多次我都想看清他的臉，可他給我的始終是個背影。我在猜，那根本不是夢，而是我七歲之前的記憶。

儘管看不清白衣少年的臉，但我認定那個人是莫攸然。

用過落送來的早飯，我便逕自出門。落沒有攔阻，只是寸步不離地緊跟在後。

雪漸漸融去，冬風仍舊呼嘯而過，千里冰霜。我隨性踢踏著雪花，殘雪覆在靴上濕了好大一片。雲低暮薄，半雪壓枝。

我仰望淡雲浮蒼穹，問落：「你聽說過莫攸然這個名字嗎？」

她隨著我的步伐而行，踩著嗞嗞的雪，平靜地回答我：「聽過。」

步伐一頓，我倏然回首盯著她。她也馬上停住前行步伐，納悶地凝著我。

「那莫攸然是什麼人？」我恍惚了剎那，用略微激動的語氣追問一句。

「莫攸然是個孤兒，後隨壁家征戰沙場，屢建奇功。又助壁天裔奪取皇甫家的天下，卻突然失蹤，杳無音信。」她簡單將莫攸然介紹了一番。

原來壁天裔奪取皇甫家江山也有莫攸然一份功勞，難怪他會因莫攸然一語而等了我整整七年，看來他們之間的關係果眞非同一般。

可讓我始終不明白的是，爲何莫攸然要在壁天裔登位後隱居荒蕪山野，若說是功成身退未免過於牽強。對了，壁天裔登基是在七年前，那一年莫攸然正好將我與楚寰領至若然居，正好姐姐也死在七年前，是一箭穿心而死。難道這和姐姐的死有關聯，七年前究竟發生了何事？

我忙問：「莫攸然與九王爺有何干係嗎？」

落搖頭，「我只知道莫攸然、壁天裔、轅羲九三人並稱『曠世三將』，以陰、狠、絕著稱。」

曠世三將，陰、狠、絕。

我細細回味著這七個字，怎麼都無法將其與溫儒的莫攸然聯繫在一起。

還待開口探問些關於他們三人之事，卻隱約聽見悠揚的樂曲，我側耳傾聽著。竟是〈未央歌〉！難道……莫攸然來救我了。

我覓著曲之妙音一路追尋著，千轉百折後踏入一片滿是翠綠的青竹林。寥葉風，橫斜影，風中孤立著一名黑袍男子，手拈竹葉置唇邊，冷曲飄飄幻林間。

我一步步朝他走了去，出聲打斷他，「沒想到，你竟會吹〈未央歌〉。」

風白羽沒有回頭，只是將竹葉由唇邊取下，收入手心捏著，也不說話。

再聽〈未央歌〉，我的心頭竟是五味參雜，數日前離別若然居的酸澀頓時湧入心頭，我喃喃念起未央詞：

夜笙清，素微諷。
瀲瀲夜未央，碧紗疏韶華。
縈離殤，驚瓊雪。
黯黯夜未央，月斜愈聲悲。

他因我的詞而回頭凝望，淡而望之，道：「未央歌？」語氣略微有些起伏，飄在空中縈繞著。

其實〈未央歌〉只不過是民間小調中一首再平凡不過的曲子，但有一回無意聽莫攸然吹起，我便戀上了它那淡淡清雅的平凡之調，所以取名爲〈未央歌〉，還拉著莫攸然爲我填詞，而後便一直將它當作屬於我的歌。

我遙指竹高千尺之上的竹葉，「我想要一片竹葉。」

他縱身一躍，凌空而上，身形輕然翩飛，掠過竹頂，信手摘下一片嫩葉，而後飄然落在我跟前，將一片青翠竹葉遞給我。

我接過，葉子沾了些雪滴，有些冰涼，「〈未央歌〉你吹得神似，韻卻不似。你聽我吹。」置於嘴邊，凝氣丹田之上，輕輕吹起。

餘音繞林，響遏行雲，宛轉朦朧。

當我音遁之時，他盯看著我的目光有些複雜，問道：「你是誰？」

聽到他的話我不禁感到可笑，驀然反問：「你不知道我是誰，抓我回來做什麼？」

他袖袍一拂，將視線由我身上收回。若我沒看錯，方才他唇邊劃過一抹自嘲之笑，瞳中竟閃過哀傷，我嘆息一聲：「我是莫攸然妻子碧若的親妹妹，我以為你知道的。」

「你的曲韻雖歡暢悠朗，卻隱有止不住的哀傷。」他避過了我的問題。

我的笑聲逸出了口，「沒想到行事狠辣的風樓主對音律也頗有研究。」

此刻的風白羽與昨夜我所見的風白羽簡直判若兩人，究竟黑夜的他與白夜的他，哪個才是真正的他？

他笑了笑，「昨天我一直在思慮，抓你來究竟是對是錯，反倒是今日，你的一曲〈未央歌〉釋了我心頭之亂。興許留你在白樓也未嘗不是件好事。」

我還是有些納悶地問：「你究竟知不知道我是誰呀？」

他淡吐二字：「未央。」

「我不是那個意思。」我無奈地嘆了嘆，怎麼他和落一般，喜歡裝糊塗呢。

他看著我，似笑非笑地說：「未央是璧天裔未來的皇后。」

我訝異道：「你知道！」

「天下人盡知，未央宮空了七年，只為等待一個名叫未央的女子，南國皇帝命定的皇后娘娘。」

「那你還敢抓我來，你有幾個膽子敢與朝廷鬥？」

「你果然是個與世隔絕的孩子，天真幼稚。」他放聲一笑，狂妄之聲在竹林間縈繞著，震落了竹葉。

對於他的暗嘲我不以為然，薄笑依舊，與他併肩立於漫天飛舞的竹葉間。

天真幼稚。這四個字，絕不屬於未央。

百花已絕跡，嗚笙卻子珍，蕭蕭雪即融。

獨倚階前睇睨寒風北吹，再側首望了望身邊的嵐，他與我併肩撐頭仰望穹天。自那日與風白羽在竹間品聊以來，與落倒是熟稔不少，她的態度也明顯有了轉變。我才明白，要在白樓過上些正常的日子，切莫得罪風白羽。這個嵐就是落的弟弟，雖然才十歲，卻與我的個頭差不多。雙頰白皙嫩如雪，眼眸純澈淨如水，看著他可愛的模樣心中自是喜歡，尤其是那粉嫩的頰，我總克制不住自己動手就要捏捏。

他卻總是緊鎖眉頭，揮開我的手大喊：「臭女人，不要再捏了。」

落總是笑著低斥一句：「嵐，不許對未央姑娘無禮。」

隨著嵐，原本冷淡如冰的落也漸漸開朗，不時插上幾句與我們打趣著。這些日子有了他們兩姐弟的陪伴，倒亦樂得愜意，我常想，若能永遠待在白樓也未嘗不是件好事。

嵐伸出手在我眼前晃了晃，「喂，你想什麼呢？」他對我說話的語氣就像個大男人，毫不客氣。

我整了整讓風吹得凌亂的衣襟道：「想，風白羽爲什麼要抓我來這兒？」

他側首問：「來這兒不好麼，我與姐姐天天陪在你身邊，你不開心嗎？」

我淡淡一笑，「開心、開心。只是有些事想不通。」

他猛地拽起我的手，用無邪的熠熠瞳光望著我，「開心就好了，那就一輩子待在白樓，嵐會一直陪你，逗你開心的。」

我黯然道：「其實我也不想離開，但是不可能，他……不會允許。」

嵐的眸光一閃，「誰？」

我也不答話，只是伸手捏了捏他柔軟的右頰笑答：「小孩子，問那麼多做甚。」

他立刻甩開我的手吼了句：「臭女人，和你說過多少遍，不要再捏我的臉。」

看著他漲紅了臉，我不由自主大笑了起來。他憤怒的表情頓時僵住，怔怔地凝視著我，神色古怪。

我納悶地著摸了摸自己的臉，問：「怎麼了？」

他恍然回神，「你的眼睛，好美。」

我漸漸斂去嘴邊的笑容，最後變得冷淡如霜。他看見了。

來到白樓，我竟忘記莫攸然多年的叮囑——絕對不能在他人面前綻放笑顏，露妖瞳。

他不滿地問：「怎麼了，臭著一張臉？」

我別開臉，避開他那質問的眼神，「沒什麼。」

此時，落沉著一張臉朝我們走來，我見她手心緊攥著一塊小木牌，神色有些掙扎。嵐見到她立刻起身迎了上去，才邁開步，落便將手中的木牌朝嵐丟去，在空中劃出一道湛湛銀光，最後被嵐接在手心。

我好奇地湊上去看了看他手中的木牌，上面刻著三個血紅的字：陳金寶。

我知道這塊木牌代表「弑殺令」，我多次見落身上佩帶著這個東西，時常深更半夜才回來。每次回來，身上都充溢著濃濃的血腥味。我知道，又有一條命死在她手中了。可如今，落爲何要將這塊木牌交給嵐？他才十歲不是嗎？

我急急地說：「落，他是你弟弟，不可以讓他的手沾上血。」

「未央姑娘不知道吧，嵐，是白樓第一殺手。」落勾起一笑，眸中帶著自嘲之色，靜靜凝望著我。

我不可置信地望著身旁的嵐，落說這孩子是白樓第一殺手？

「我不信。」

嵐十分平靜地說：「在白樓，沒有人的手會乾淨。」

他的表情很嚴肅，那冷凜的瞳，本不該屬於一個孩子。

那夜，我要落領我去見風白羽。自上回在竹林內品談〈未央歌〉後，我就再沒見過他。落對我說，風白羽每月只在白樓逗留兩日，處理一些非常棘手的事件。一般瑣事都是由副樓主緋衣打理。這個月，因爲劫了我，風白羽出奇地在白樓逗留了整整五日，這可是破天荒頭一遭。

我正納悶，他堂堂一個樓主不在白樓坐鎮，亂跑什麼呢，有什麼事比自己一手創立的白樓還重要？而今日，正好是風白羽在白樓逗留的日子，正好可藉此機會與他說說嵐的事。落知道我想做什麼卻沒有阻攔，我明白她這個做姐姐的，也不希望自己的弟弟永遠沉淪於血腥殺戮之中。

落在門外謙恭地朝燭光微暗的屋內稟報：「樓主，未央姑娘要見您。」

屋內傳來細微的聲響，淡淡的呻吟之聲，我不解地看著落，難道裡頭還有別人？

落的臉色有些慘白，拽著我的手就要離開。我不依，忙穩住步伐問：「到底怎麼回事？」

門被人拉開了，出來的是一位冶豔的紫衣女子，衣衫凌亂，臉色潮紅，目光迷離中帶著一絲不滿。即便我未經世事也懂得，原來我與落打擾了風白羽的好事，也難怪落的臉色會如此蒼白，神色有些擔憂。

落的頭垂得老低，細細喚了聲：「副樓主。」

原來她就是副樓主緋衣，竟如此年輕貌美。

緋衣凌厲地掃了我們一眼，才高傲地離去，留下身上陣陣餘香縈繞廊間，氣味格外刺鼻。

我邁進屋內，風白羽赤裸著上身，那淡淡的抓痕及明顯的吻痕讓整個房間充斥著旖旎之感。見他慵懶地倚在帷帳內，臉上依舊戴著銀色面具，我真不知道他是面容醜陋還是故作神祕。

他輕笑一聲，支起身子坐好，「你這麼晚來找我，會讓我誤解的。」

聽他輕佻的話語我不以爲意，朝他走近了幾步，「隨你誤解。我只想和你說說嵐的事，他才十歲。」

他聳聳肩，「那又如何？」

「希望你不要再讓他做殺手，日日將手沾滿血腥。」

「你倒是挺有善心的。」

「這不是善心。」我頓了頓，又道：「只是同情。」

「好，我可以答應你。」他倏地由床上起身，一把摟住我的腰，低頭在我耳邊輕語：「但今夜，你得陪我。」

靠在他滾燙的身軀之上，我用力想要推開他，無奈卻被他緊緊箍在懷中，根本不得動彈，只能瞪著他。眞是沒有想到，這個風白羽竟還是個登徒浪子，處處濫情博愛。

他笑了，聲音卻是如此滄肅淒冷。

如此近距離聽著他的笑，我的肌膚泛起小小的粟粒。果然，夜裡的風白羽與白日的風白羽根本就是兩般性格，夜晚的他可怕得令人恐懼，白日的他風雅得令人著迷。

他一個用力，便帶著我跌進深深的帷帳之內，我冷冷抽了一口氣，他卻笑得更加邪魅。他的指尖輕輕撫過我的頸項，一寸寸地朝下移動，最後襲向我的胸間，隔著衣襟上下揉捏著，唇瓣輕吻著我的耳垂，溫熱的呼吸噴灑於耳側。

我的心跳猛然加速，臉頰燙得灼人，卻仍舊克制著紊亂的心不去掙扎。我知道，愈掙扎只會讓他愈興奮，於是盡量保持臉上的平靜，說道：「風白羽，我可是未來的皇后。」

他輕撫在我胸上的手突然頓住，以深炯的目光睇著我，原本隨狎昵而生的那份欲望之色漸漸散去，猛然由我身上彈起。

重量突然沒有了，我才鬆了一口氣。

他俯視著我，目光閃過複雜之色，緩緩道：「你走吧。」

我起身，整整凌亂的衣襟，再望向他。我不知道，一句「未來的皇后」即可止住他所有動作。他根本不怕朝廷，不是嗎？

我急急衝出了房門，正對上落的一雙擔憂目光。不知何時，嵐已站在她身邊，瞳如汪海，在黑夜中依舊澄澈清明。

落垂首低語：「未央姑娘，對不起。」

「對不起什麼呀，走吧。」我扯開笑容，示意自己沒事。

嵐冷哼一聲，「臭女人，誰要你多管閒事了？」

「你這小鬼，要不是看在你才十歲的分上，我才懶得管你。」我瞪了他一眼，逕自越過他們離去。

嵐卻追了上來，不緊不慢地跟著我的步伐，問：「你生氣了？」

我也不理睬他，自顧自地加快步伐疾行，嵐一把橫在我面前，擋住我前行的步伐。他湊上臉蛋來，可憐兮兮地說：「大不了……我給你捏，不掙扎。」

看著他的模樣，先前的怒火頓時被澆得無影無蹤，遂含笑大大方方地伸手朝他臉上狠狠捏去，留下一道紅指印。他果眞沒有掙扎，閉著眼睛，表情嚴肅，思緒似乎正在神遊。

次日，下了好大一場冬雨，我佇立階前望頻雨飛濺，暗有清香度。

嵐的事我始終放心不下。是的，我自問自己的心不能稱之爲「善」，甚至有些冷眼觀世俗紅塵。但嵐畢竟還是個孩子，一個我喜歡的孩子，所以不願他的純眞被血沾染。

昨日我問落，一個十歲的孩子怎會成爲高手如雲的白樓第一殺手。落說，嵐有一顆鬼心，只要他提起劍，就是暗夜羅刹，有著嗜血之魂，遇神殺神、遇佛殺佛。只要他放下手中的劍，便是個天眞的孩子。

這鬼心我是頭一回聽說，倘眞如她所言，嵐繼續握劍殺人，將來無疑成爲一個殺人之魔。唯一的辦法只有令其終身不再碰劍，再不沾血。

而今日，風白羽便要離開白樓，我非得抓住這個機會跟他說說，爭取最後一絲希望。

一想及此，我便撐起油紙傘衝入漫漫風雨中，落卻擋住了我的去路，「不要去，樓主不會答應的。昨夜試過了，不是嗎？」

「不想救你的親弟弟了嗎？」我的神色異常堅定。

「上天要賜給嵐一顆鬼心，這便是天命，我們鬥不過天的。」

一聽天命二字，我的悲傷與憤怒一齊侵襲心頭，源源不絕地釋放著。雨水一陣陣被風吹灑，傾斜拍打在我們身側，濕了垂落的青絲。晶瑩的水滴沿著流蘇滑落臉頰，最後點點滴滴匯聚窪水中，隨波逐流。

我一字一字地說：「不要跟我說天命，我不信命。」

踏著滿地的雨水飛奔出去，落沒有再攔我。她呆呆立在原地，沉沉地喊道：「樓主在渡口。」

風遽起，斜斜洲渚溶溶水，雨來濺珠。

我立在漫漫渡口放眼四望，別說風白羽的人影看不到，就連一條小船也沒有。原來白樓四面環水，一望千里，難怪風白羽如此大膽將我劫來，我想，一般人根本無法尋到白樓的眞正所在位置吧。

但我相信，莫攸然絕對會找到我的，因為他是我唯一的親人。

面對蒼茫浩瀚之水，滾滾浸吞四海，我慨嘆一聲，看來他是走了。

「你在這兒做什麼？」

伴隨著雨珠飛瀉的喧囂沸騰，風白羽冷硬的聲音自我背後傳來，猛然轉身對上他，卻教我愣住了。今日的他並非一身黑袍，而是一襲飄飄白衣，衣角被水珠濺濕。

他信步朝我而來，問：「有事？」

我盯著他，良久都未開口。

他無意等我，越過我便繼續前行。

我的手緊攥著油紙傘柄，心緒突然亂得一塌糊塗。驀然回首，映入眼簾的是風白羽的背影，那白衣飄飄隨風舞，如此熟悉。手中的傘悄然滑落摔在地上，來回翻滾了幾圈。這個場面，似曾相識。是在夢中，那糾纏了我七年的夢魇。

我恍惚地後退幾步，呢喃著：「竟會是他！竟會是他！」

天外風吹海立，驟雨襲滿衣淌。

湖海水漲，雷聲鏗鏘，我盯著風白羽那一身飄逸的白衣，失神良久。

踏著逐流的水波，我朝他走去，可走了幾步又頓住步伐。不，應該不會是他，只是背影似極而已，我夢中出現的人一定是莫攸然。興許是昨夜風白羽一陣輕佻之舉，攪得我走至哪兒都想到那一幕，所以將夢中人當成他了，肯定是這樣。

想及此，我不禁露出了坦然安心的笑容，卻見逕自撐傘朝前走去的風白羽突然轉身，傾灑傘際四處彈滴的雨珠劃出了一圈完美的弧度。他的眸在雨水紛紛之下顯得有些迷離不清……不對，是我的眼眶中已浸滿了雨水，所以看著他才會迷離不清。他的眼神始終犀利如羅剎，就算在暗夜中亦熠熠閃光，但今日的他似乎不同。興許是他著了一身淨雅白袍，隱藏了身上那抹邪氣，取而代之的是出塵的風雅，那份孤傲的氣質與莫攸然竟出奇相似。

他不會就是莫攸然吧！

這個闖入腦海的想法竟嚇了我一跳，同時也在嘲笑自己的多疑。

莫攸然，不會在雪夜中那樣侮辱一個女人。

莫攸然，不會自相矛盾地將我擄來。

莫攸然，更不會背叛與姐姐之間的愛情。

「看來，你真是愛上我了。」風白羽站在原地回視著我的眸，玩味地說道，有幾個字眼被嘩嘩雨聲吞噬。聞言我才發覺自己一直站在雨中，目光含笑地深深凝望著他。這樣的我，確實會令他誤解吧。況且這個風白羽還是個極爲自戀、博愛濫情的風流男子，他的思想不同於常人。我毅然摒去了剛才那個荒謬的想法——夢中人根本不是風白羽，也不可能會是他。

「風樓主，你很有自信嘛。」我莞爾一笑，彎下身子將滾落在地的紙傘撿起，遮去頭頂的嘩嘩大雨，再提起衣袂將臉上殘珠拭了去，碎髮凌亂地散落耳際。

他唇邊勾勒出一道淺淺的弧度，依舊站在原地凝望著我，飛濺的雨滴沾濕了他潔白的衣角，幾點泥水沾於其上，就像一幅絕美畫作滴上了墨暈，十足敗筆。

「若你來此是要跟我說嵐的事，那便放棄吧。你說過，你非善心之人，對於嵐，你只是出於同情。而白樓的可憐人卻不只嵐一人，你有多少同情可以給予？」

「未央從不輕易同情他人。唯獨嵐，他只是個孩子，世間最純真者莫過於無邪的孩子，唯有他們的心才是最乾淨、最無雜念的。我想，你我都已失卻所謂的純眞了，所以，請不要再扼殺這世上難能可貴的純眞。若一個孩子從小便喪失純眞，那他的人生將會毫無色彩。」

我倆之間短暫的對話，化爲眼下一片沉寂，彼此相對無言。此時他的眼眸慘淡無光，雙唇緊抿，似在思考著什麼事。那黯淡的瞳似乎藏著回憶與傷痛，我從來不知道，如風白羽這樣一個殘忍無情的男子也會有傷痛。

「你若喜歡嵐，那我就將他給你好好調教。」他眼中那一閃即逝的神情消失了，執著傘黯然轉身。

不知何時，岸邊已出現了一條小船，船上有名披著蓑衣的……應該是名女子。風白羽就是風白羽，走到哪兒都有女人跟著，就連他的船家都是名女子。

我對著他那雪白的背影喊：「風白羽，謝謝。」

他未回應我任何話語，依舊淡定地朝前走著。

船上的姑娘恭敬地向他行了個禮，再請他上船。風雨中，串串雨珠將我的視線一點一點地模糊，小船離去，他那白衣飄飄的身影也漸漸遠去，我的心突然一陣疼痛。我用力捂上自己的胸口，一聲悶哼不自覺由口中迸然而出。

爲什麼，我的心突然抽痛了起來？

拖著疲憊的身子回到浣水居，晚冬寒風將我濕漉漉的身子吹得涼颼颼直打哆嗦。雨勢依舊不減，如瀑飛瀉。站在石階前的落見我回來，不顧漫天大雨便衝了出來，雨珠覆上她憂慮的臉頰，「姑娘，怎麼樣？」聽她的聲音有些顫抖，我將手中的傘朝她靠了靠，爲她遮去些許雨水，回道：「風白羽將嵐給我了。」落的眼底閃過一抹不可思議，單手捂著自己的唇以免呼喊出聲。片刻後她才平復激動心情，雙膝一彎便要跪下，我立刻托住她的雙手，「你這是做甚，我可比你小，切莫亂跪。」

她見我含笑的表情，不禁動容，真誠無比地朝我感激一笑，「姑娘不僅是嵐的恩人，更是落的恩人，從今日起，落這條賤命……」

聽及此我忙打斷，「可別亂許承諾，你的命是白樓的，若你今後聽命於我便是背叛風白羽。以風白羽殘忍性格來看，背叛他的下場就如同那夜的如月，那是對女子最大的侮辱。」

一說起風白羽，我的心中便閃現莫名的怒氣。

我一直都認為，人可以殘忍無情，但不能踐踏他人的尊嚴。

落的聲音卡在喉嚨裡，支支吾吾不知該說些什麼。提起風白羽，她的神色有些散亂與驚恐，可見風白羽所做殘忍之事不只這一樁。

為了緩和此刻異常的氣氛，我握著落冰涼的手心，朝她撒嬌，「落姐姐，我好冷。」

她先是被我一聲「落姐姐」怔住，隨後恍然回神，敲了敲自己的腦袋，「我都忘了，你全身濕透。」落面露愧色地牽我進屋，隨手將門掩上，衝至花梨櫥邊急急取出一套乾淨衣裳，「姑娘你快換下這身衣，否則要染上風寒了。」

隨性將腰間綠綾綢帶扯開，褪去貼身裏著的外衣，笑著說：「落姐姐，以後就叫我未央吧。」

她怔了怔，猶豫半晌才點頭而應，生疏地喚了句：「未央。」

還不知要被關在白樓多久，說不定一待還得待上半年，與其讓落與我有身分之疏，何不對她摒去身分成為朋友。這樣既可免去一些束縛，更可從她口中套出一些原本不能對我說的話。

伸手繞至背後去解身上僅剩的褻衣，搆了好幾次卻沒搆上，落抿唇一笑，轉過我的身子親自為我解開。

我乖順地站在原處，望見門掩著卻未上栓，興許是落方才一急便連門都沒顧上。但是這門……我可是在換衣裳呢，萬一此時闖個男人進來……想及此我便啟口欲提醒，門已然被一雙手用力推開，發出「咯吱」一聲。

嵐興沖沖地邁進門來，口中喊著：「姐姐……聽說樓主將我給了……」他的話音猛然頓住，卡在咽喉之中，瞪大眼睛張大了口盯著我的……胸。

前一刻我所擔心之事果然發生了。瞬間的怔愣過後，我立刻雙手護胸，轉身欲躲到落的背後去。卻聽見一聲鬼哭狼號的尖叫令我停住動作，疑惑地與落同時望向那個一邊尖叫一邊逃也似向外衝的嵐。

我頓時有些錯愕，蹙眉望著落，無奈地一聲嘆息，「吃虧的，好像是我吧？」

落的臉頰抽了抽，終是忍不住咧笑出聲，笑岔了氣地說：「都怪我，沒，沒關好門……」

第三章　鎖心劫・白樓夢

熏葉氣，翠橫空。西風留舊寒，風來波浩渺。

天氣漸暖，和煦的暖日衝破重重雲層，散發絢爛的光暈。

我坐在屋前石階望著那生出新芽的禿樹，似為其點綴了一層生機，將院落襯得更加安逸祥和。

自上回在渡口與風白羽分別至今已近一個月，那日讓我記憶最深刻的便是嵐的突然闖入，當下我苦思著，該如何面對嵐，或者能跟他說些什麼才能釋去那尷尬。誰知，嵐自那之後一連五日都沒再踏進浣水居，聽落說，他因害羞而不敢來見我。聽及此，先前的尷尬瞬間消逝得無影無蹤，他果然還是個孩子。

於是，我親自去慰撫他，想讓他放寬心別太介意。沒想到他竟閉門不見，其後我只能一腳踹開門，扯著他軟硬兼施地說了好大一番道理，才讓他釋懷。

我撐著頭，瞅著溫和的日，長嘆一聲。莫攸然何時才能知道我被禁在白樓呢？在白樓的日子真的很無趣，雖然身邊的嵐總是能逗樂我，但此地卻常瀰漫刺鼻的血腥味，隔三差五就會聞到落身上那股強烈血腥味。

我知道，她再也無法回頭了，但她早就認命了，只要嵐能放下手中的劍，她別無所求。

其實白樓本是個殺人見血的地方，就如嵐所說，在白樓，沒有人的手會乾淨。難道也包括我嗎？又是一聲嘆息，卻不是出自我口，而是併肩坐於我身邊的嵐。

我納悶地問：「你嘆什麼？」

他伸出白皙的食指，朝天際炙日指去，「聽過后羿射日的傳說嗎？」

我雖好奇他何以有此一問，卻依舊點頭回答：「知道，傳說后羿是嫦娥的丈夫。后羿在的時候，天上有十個太陽，燒得草木莊稼枯焦，后羿為了救百姓，一連射下九個太陽，從此地上氣候適宜，萬物得以生長。」

他立刻否決了我的回答：「不對，后羿射日的真正目的並不是為了救百姓。」

「那是為什麼？」我記得書上確實是這麼說的，難道記錯了？

「是因為有人花錢讓他將九個日射下。」他很肯定地點頭，澄澈明朗的眼睛一眨一眨，「你知道是誰花錢叫他射九日嗎？」

「誰？」我先是錯愕於他的回答，再被他的提問弄得哭笑不得。

「就是剩下的那個日。」他的手依舊筆直地指向我們頭頂上的日。

原是隨性地聽他這幾道問題，但聽見了他的回答我頓時目光一沉，略微生硬地探問：「這些都是誰和你說的？」

「是樓主。」他頓了頓聲音，又道：「他說，這世間人就如現在的太陽，都是同般自私的，為了生存下來就連自己的親兄弟都能出賣。而我們做殺手的，為了生存就必須靠狠心。若你的生命中出現了一個弱點，你必須將其除之，否則死的將是自己。」

又是風白羽，難道他就是這樣教導他底下的殺手嗎？甚至不惜篡改后羿射日的偉大傳說，轉化為自己訓練手下的一個工具。真不可思議，當初我竟以為他就是我夢中之人。

我夢中之人應該是一個溫文爾雅……就如莫攸然那樣的人。

「嵐，風白羽說的話根本就是胡亂捏造，騙你這種小孩子的，后羿射日的精神可是典範呢！」我嚴肅地駁斥風白羽說的那一番謬論，以為嵐應該聽得進，不想他卻冷著一張臉反瞪著我。頭一次見他以如此淩厲的目光看我，我竟有些不知所措，難道他已將風白羽說的話當作不可違抗之諭令？

嵐倏地起身，二話不說轉身便離開浣水居。我啞然望著他遠去的背影，心中晦澀。興許是我太多事，嵐亦有自己的主張與思想。我並不想左右他，只是心疼這樣一個孩子從小就因天生的鬼心而被風白羽利用著。十歲的孩子，不是應該待在母親的懷中享受疼愛，倚在父親身邊朗朗誦詩嗎？他根本不該沾血的。

總覺得嵐像我，自七歲隨著莫攸然到若然居後，他雖疼我、寵溺我，但我知道那根本不是出自眞心的關懷，他只當我是個有利用價値的東西看待，即便我的姐姐是他最愛的妻子。

他每日都在提醒我「命定皇后，母儀天下」這八個大字，每天都要檢查我的功課，四書五經、《女則》、《女戒》、《史記》背完一本又一本，我似乎有著永遠讀不完的書。

莫攸然說，既然要當皇后，若是一點眞才實學都沒有怎能教後宮眾妃信服，甚至就連壁天裔的一絲絲情愛都得不到。

我明白，這一切工夫都是爲了得到那個皇帝的心，我要寵冠後宮……雖然歷代罕有皇后能寵冠後宮。也許飛蛾撲火正是如此，明知莫攸然是在利用我，我卻癡傻順從於他，對其目的不聞不問。是因爲害怕吧，我不想孤獨，不想如楚寰那般一個親人都沒有，終日只能與劍爲伍。興許還出於對他的愛慕吧，眞羨慕姐姐能得到莫攸然這樣一個優秀男子的終身之愛。時常幻想著，有朝一日若能取代姐姐在莫攸然心中的地位，我想得到那份愛情。

可是，那只是奢望而已。

庭樹花飛，遙草千里。

大雨紛揚如酥傾灑，涼風清寒襲襟，劃著我的臉頰帶著絲絲的疼痛。

攏了攏衣襟遮蔽寒風，再接過落爲我泡的雨前茶。打開蓋帽，那雪白的霧氣迷離了我的眸，置放於唇邊輕吮一口，滿口茶香味肆意氾濫。

「我想聽聽關於上回你口中曠世三將之事。」

落憑著記憶開始娓娓敘述著自己所知道的事，「其實我對他們也並非特別瞭解，那時的我還年幼，都是由父輩人的口中聽說他們，傳得可神乎了。在他們眼中，壁天裔、轅羲九、莫攸然簡直有如神一般的存在。他們有著出色的統軍才能，勇冠三軍，戰無不勝。跟著當時天下兵馬大元帥壁嵐風四處征戰，幾十近百餘仗無一戰敗，要知道那時候的他們也不過十五、六歲而已。」

聽及此我倒是有些訝異，「而且我聽說壁嵐風對皇上忠心耿耿，又怎會允許他的兒子弒君篡位呢？」

「百姓眾說紛紜，我倒是猜測壁天裔的篡位與他父親壁嵐風離奇死亡有著莫大關聯。當時舉朝震驚，天下悲慟，等同國殤。而北夷一見我南國名將溘逝，立刻領兵而伐，虧得當時那三名少年臨危不亂，用他們的智勇將北夷擊退。北夷剛被伐退，那個昏庸皇帝一見情勢好轉就要奪去三人的兵權，卻反倒被誤，一場政變就在帝都城展開，皇甫家天下異姓爲壁。壁天裔雖是篡位，百姓對他卻極爲擁戴，其實這個天下若無壁家支撐，我們的領土早被北夷胡蠻給搶掠走了，現下的我們皆會淪爲階下囚。那個昏庸無能的皇甫皇帝早該下臺！」她臉上那份冷若冰霜轉爲慷慨激昂，一點兒也不像個殺手。

爲了稍稍平穩她的情緒，我便不再繼續這個天下易主的話題，「壁天裔能奪得這個皇位，是莫攸然與轅羲九的功勞，爲何莫攸然竟在他登基之後無故失蹤，而如今的轅羲九手中也沒有實權？」

「天下易主之後，很多事都變了。其中的眞假也唯有他們自己知道吧。」落幽幽地嘆了口氣，「未央，你還想離開白樓嗎？如果你眞的離開了，就會成爲壁天裔的皇后……天降此人，既是蒼生之福，也是蒼生之苦，我更擔心他將會是你未央的苦。」

對於落的這句話，我只是苦笑以對，若我真能順利進宮，絕不會讓壁天裔成爲我的苦。我希望，未央成爲壁天裔的苦。

我不著痕跡避過了她的問題，反問道：「白樓與朝廷的關係不好嗎？」

落的唇邊泛起一陣冷笑，「白樓一向掌控著江湖黑白兩道，勢力早已蔓延整個天下，朝廷一直將白樓視爲心腹大患，欲除之而後快，還不斷往白樓內部安插奸細刺探情報。兩年前，白樓與朝廷正式爲敵。」

「難怪風白羽要捉我呢，他是想拿我去牽制壁天裔？」若是如此便能說通他抓我來的目的，可一個月都過去了，也沒見風白羽對我有什麼動作呀，還讓我衣食完好地住在浣水居，難道眞打算將我關到他死那日？

「樓主的心思我們做手下的不敢猜，也猜不到。」落的明眸隨著我走向小凳坐下的身影而轉動著。

「我一直很納悶，我住在若然居七年，與世隔絕，與外界根本毫無聯繫，你們怎知道要在那兒攔截我呢？」

她微微搖頭，「樓主一向神機妙算，雖然他鮮少留在白樓，但沒有任何事能瞞得過他，對我們底下人的所作所爲更是瞭如指掌。」

我暗暗吃驚，風白羽眞的如此神機妙算？什麼都知道？

瞬間，我對風白羽的興趣又增加了些許，我很想揭開風白羽那僞裝在臉上的面具，只有這樣才能眞正看到一個人的心，而他的神祕也將會蕩然無存。

紅燭漸燃盡，屋內陷入一片靜寂的黑。

窗外枯枝搖曳，那雨依舊不停地嘩嘩下著，冷風由縫隙灌入，我始終無法入睡。

這一個月內，我夢中多次出現風白羽的背影，那抹白衣翩翩。最深刻的便是他乘船離去那一刻，一想及此，我的心便莫名揪痛，胸口窒悶不得呼吸，這個情景彷彿似曾相識。

不禁自問，難道夢中之人眞是風白羽而非莫攸然嗎？我不敢相信，更不能接受。

這一切的一切皆在那日於渡口見到一襲白衣的風白羽後所產生，這一切都印證，夢中之人就是風白羽。可是風白羽卻佯作不認識我一般……就算隱居當年我才七歲，過了這麼多年他不能認出我的面容，可我的名字叫未央，他也該認識吧？何以裝作不認識呢？

那曾經的我，與風白羽又有什麼淵源呢？

翻來覆去不能睡下，遂披起一件袍子將全身裹緊跨出門去，原本該守在門外的落已不見蹤影。我想，她又去執行任務了吧。每夜都在血腥殺戮中生存，這就是殺手的痛楚吧。

自上回嵐冷著臉離開，這幾日都未踏入浣水居，他似乎眞的在生氣。我沒去哄他，更沒有理由去哄他。興許我費盡心思由風白羽那兒將嵐要回來是個錯誤吧，我只是聽了落的心情卻未曾考慮過嵐，或許他在這些血腥殺戮中樂得自在。倒是我，成了個吃力不討好。

嗅著晚風清涼之氣，空中暗沉一片，雨勢密密麻麻地傾斜飄散。我站在廊邊，泥土飛濺在我裙襬上，細微的雨滴撲打著臉頰凝聚成雨滴滑落。

此刻我好想衝出長廊，淋一淋那漫天傾盆的大雨，沖走我心中的矛盾與複雜。才一抬眸，卻見雨中有位白衣男子，他手執一把傘，亦是那白袍與銀色面具。原來他回來了，特地來此見我？

看著他，我的心驀地一片蕩漾，抿了抿唇，隔著風雨朝他喊道：「風白羽，我們見過嗎？」

「沒有。」很肯定地否決。

聽他沉鬱之聲，我苦笑道：「可我卻覺得你似曾相識。在夢中吧，像與你相識多年，卻又如此陌生。」

眸光一閃即逝悄然劃過，他信步朝我走來，淡淡地勾起笑，「這個藉口俗套得很。」

我並不解釋，只勾了勾嘴角。風白羽佯作不認識我，肯定自有他的道理。想及此我便沒有揭穿，也不解釋，邁開步伐也朝他走去。大雨侵襲了我渾身，他的步伐也加快了些，撐著傘為我擋去漫天大雨，一聲微薄的嘆息，「你還是如此不懂得照顧自己。」

對於他突如其來的溫柔，我有點措手不及卻又感覺那麼熟悉，這股溫柔與莫攸然對我的寵溺相比，夾雜了太多真心誠意。此刻我才明白，原來莫攸然對我的好，竟及不上風白羽一句「你還是如此不懂得照顧自己」，讓我清醒察知，七歲前我與他肯定認識，更讓我確定夢中之人就是他。

我黯然垂首，額上殘留的雨珠由髮絲滴落，心跳得厲害，雙手不自覺地糾結在一起，不知所措。

他單手執起我緊攥著的手，溫和地問：「未央，永遠留在白樓，留在我身邊好嗎？」

今天夜裡的風白羽真的不同尋常，不知發生了什麼事令他對我的態度突然轉變。我只知道，我相信他，但卻只能搖頭，「他……會帶我走。」

「除非你願意，沒人能帶走你，即使是皇上。」

我聞言，仰頭看著他認真的瞳，眼底一片熾熱。我竟點點頭應允了，忘記了莫攸然，忘記了自己所謂的天命，只因眼前這個男子是我魂牽夢縈所繫。

望著他臉上的銀色面具，我的好奇心漸起，「我很想看看這張面具下的臉。」

「這，對你很重要嗎？」他的聲音毫無起伏，眼底卻有著猶豫與矛盾。

我點頭，「無論是美是醜，我只想看看你的臉。」

他稍有猶豫，後伸手緩緩撫上銀色面具，將其摘下。

他的臉一分分呈現在我的瞳中，那張臉白如冠玉，稜角分明。眉宇間無不透露著湛然之態，北風吹散他零落在肩的髮，逸風而揚，額前的幾縷零落之髮擋了幾分眸。

整張臉如天匠精心雕琢後刻成，唯有完美可以形容。

若說莫攸然是無瑕美玉，那風白羽便是天邊閃耀的星鑽，照亮天地萬物。

霎時失神，整個人彷彿要被掏空，我望著他喃喃自語：「這就是夢中人的臉。」七年來，曾無數次想要看清，也盼望……盼望那少年是莫攸然，如今卻悵然若失。難道這眞是天命？上天讓我的記憶存在著這般可笑的情愫，七年後再開了個天大的玩笑。

他的目光異常複雜，興許……我是第一個看見風白羽面容的人，他能將眞容展露在我面前，說明了他是堅決想留住我，我怕是今生都無法再離開白樓了。

除非，風白羽死。

他隻手將我按在他胸膛上，緊擁著我，「未央，這次是眞的不會放你離去了。」

倚靠在他的臂彎中竟比待在莫攸然身邊更令我安心，這份異樣感覺是我從不曾預料過的。

聞著他身上那股清逸淡然的香味，我又深深緊靠在他懷中幾分，「風白羽，若要留下我，就保住你的命。如果你死了，我定毫不猶豫離開白樓！」

雨勢依舊，風白羽將渾身濕透的我帶進屋內，我在黑暗中摸索著燭火，欲將燈點燃。卻怎麼也尋不到燭，心下有些著急，更加快了動作，反倒打翻了桌上的東西，「劈劈啪啪」聲響伴隨著風白羽的輕笑傳來。我有些尷尬地停下手中動作，側首對上黑暗中他那雙蒼鷹般犀利的眸，黑夜中竟依舊散發出不可忽視的魅力與邪氣。

在黑暗的屋子裡只覺他逐漸靠近，我不敢再盯著他的瞳目看，總覺得他的眼神迸射出令人心跳加速的熾熱，我站在原地一時竟不知手該往那裡擺。

一步一步，感覺他的氣息拂了過來，一把將我環住，「近日……總盼著回到白樓。」

「回來做什麼。」才問出口，我便後悔了，身子有些僵硬。

「從來沒有想過，碧若的妹妹……」他喃喃吟了一句我最不願意聽見的兩個字——碧若。

我的臉色頓時沉下，想將他推開，他卻將我環得更緊了。勾起下顎，在黑暗中細細打量著我的臉，他那一貫冰涼冷漠的瞳在黑夜中閃現複雜之色。

「你認識我姐姐？」

「未央，未央。」他不禁呢喃著我的名字，似乎在回味很久之前的過往。

「傻丫頭，我當然認識。」他伸手拂過我耳邊散落的髮絲，「從前的事你都不記得了？也罷，那時你年紀還小。」

我蹙起眉頭盯著他，果然是認識的，難道他過去喜歡姐姐，所以對我異常溫柔？究竟是怎麼回事？頭一回，我迫切地想知道七歲以前的記憶。

「不記得了，都不記得了。」我暗自垂眸，搖了搖頭，眼眶酸酸澀澀的。莫攸然喜歡姐姐，就連風白羽也喜歡姐姐……此時的我痛恨起她來，她奪走了兩個我喜歡男子的心，我好痛恨她，即使她是我的姐姐。

「沒關係。」他一聲輕笑，手指摩擦著我的右頰，「曾經的一切都不重要，我只知道此刻的我……很喜歡你。」

我的口舌躁動，心中五味摻雜，手微微發顫撫上他那雙停留在我臉頰之上的手掌，冰涼刺骨。深深與他對視，他的眼底藏著一片熾熱，犀利的瞳已不見往日的殘忍淡漠。

是的，曾經的一切都不重要，重要的是，此時此刻風白羽喜歡我，我也喜歡他。

姐姐，我不會再讓你搶走我喜歡的。

姐姐，你喜歡的東西我也要搶回來。

我主動踮起腳，雙手攀上他的頸項，在黑暗中搜索著風白羽的唇，可是……我似乎太矮了。

只覺一雙有力手臂緊緊將我的身子托起，俯身吻上了我的唇，輾轉反覆，蔓延下去。感覺到他的手撫上我的脊背，雙腿忽然失去了所有力氣，只能依附著他，隨著他那霸道卻不失溫柔的吻而逐漸深陷。

對於男女之事我不懂，只能蜻蜓點水回應著他洶湧猛烈的吻，呼吸幾乎要被他抽走。直到快要窒息那一刻，他一把將我橫抱起放在床上。此時的我如此怯懦，但心中卻漾起一絲期盼。

或許，我眞能永遠待在他身邊。

或許，我眞能對抗所謂的天命。

他解開我渾身濕漉的衣裳，我只覺寒徹冰涼，本能地向後縮了縮。他將我拉向他胸膛，用他火熱的身子爲我取暖，大掌一寸一寸撫摸著我的肌膚，熾吻由我的額頭移至耳垂、頸項、肩膀、玉峰。我迷離地承受著他在我身上的索取，呻吟出聲。

他的手撫過我雙臂最後落至幽谷旁，我忍不住弓起了身體，手指緊緊掐著他的雙臂，留下道道抓痕。

我知道接下來會發生什麼事，更知道此事一旦發生，後果將會多麼嚴重。可是我也想自私一次，未央也想擁有屬於自己的感情，也想按照自己的意願去任性一回。

一想及此，我便將自己的怯懦摒去，猛烈回應著他熾熱的吻。得到我的回應，他的目光變深變暗，用力揉著我的身子，彷彿欲將我與他合爲一體。「未央，不要離開……」他低低喚著我的名字，聲聲動情。此時的我感覺到前所未有的幸福與甜蜜，原來這才是眞正被人捧在手心疼愛的感受。

對於此時的愛欲，我心神蕩漾，心甘情願沉淪下去。

倏地，他停住了手中動作，迅雷不及掩耳地扯過床榻上的被褥將我的身子緊緊裹住。還沒來得及反應，門扉已經被人推開，原本漸小的雨聲嘩嘩地由門外傳來，冷風將我的理智喚回。

不知何時，那泛著寒光的銀色面具又重新回到了他臉上，方才溫柔迷茫的神色已不復在，取而代之的是那極具殺氣的寒光，筆直射向立於門邊的落。

落的臉色有些蒼白狼狽，怔忪地立在原地良久才緩過神來，方踏進門的那隻腳立刻退了回去，狠狠跪在地上，道：「樓主……屬下剛辦完任務，聽見屋內有動靜，以爲……以爲有人對未央姑娘不利……」

看著落如此膽怯，我的心也逐漸壓抑，此時的風白羽確實很令人懼怕，他的身上充斥著嗜血的殺戮之感。我由被褥中伸出手扯了扯他的衣袖，他收回停留在落身上的目光，轉移至我身上。對上他的目光，我的臉頰微微發燙，方才的一幕幕旖旎畫面在腦海中飛速轉動。

「怎麼了？」他的聲音有些低啞。

「你回去休息吧，我要落幫我沐浴。」我的聲音很小很沉，不敢直視他的瞳，只能將眼波四處流轉。

他不自覺地撫摸上我的臉頰，輕撫了好一會兒才收回手。又清了清嗓音朝門外跪著的落，道：「還不去燒熱水？」

「是，是。」落彷彿得到解脫，立刻由地上爬起，急匆匆退去。

屋內又陷入了一片寧靜，感覺他的視線一直縈繞在我身上，我的口舌乾澀，不禁舔了舔嘴唇。剛才若不是落的打擾，我怕是與他早已沉溺在魚水之歡而不能自持，是該慶幸有落的打擾才令我沒有鑄成大錯，還是該責怪落的突然出現讓原本已準備好的我再次猶豫了呢？

他似乎發現了我此時的神遊，低頭懲罰地吻著我的唇瓣。

略微的疼痛使我回神，只覺他的舌已然探入我口中交纏嬉戲著。他的手掌輕輕撫摸著我的全身，原本稍見恢復的意識又再次混亂，整個身子軟軟倚靠在他軀幹上。

「羽……」我輕喚出聲，聲音不清晰卻像是呻吟，「落馬上就要……來了。」

我可不想再讓落撞見這般場面，否則日後與她相處該有多尷尬啊。

我將他推開，掙扎著由他懷中脫出，扯了扯已掉落一半的被褥將自己牢牢包裹起來，低聲道：「你回去吧。」

他深深吸上一口氣再吐出，眼睛裡的情欲漸漸散去，「未央，記得你答應過我的事嗎？」

「什麼？」凝視著他明亮深邃的眼睛，我也漸漸清醒。

他無奈地嘆息一聲，「留在白樓。」

原來還是這件事。我認眞地點頭，「好。」

看出了我的認眞與誠懇，他唇邊勾勒出淡淡的弧度，彷若在笑。雖然那張臉依舊被面具蒙著，我卻清楚感覺到他的笑意，即便僅僅是一瞬間的若有若無。

我伸手撫摸他臉上冰涼的面具，道：「以後不要再穿黑衣了，我喜歡看你穿白衣。」

他的目光中閃現出訝異，我緊接著說：「你不是叫風白羽麼，既然是白羽就該穿白色，這才不枉你的名字帶有一個白字。」

聽完我的話，他的臉上浮現了更大的笑意，「好。」

「樓主，熱水來了。」

此時的落小心翼翼，站在門外朝裡邊輕喚一聲，擔怕自己又看到了什麼不該看的。

「進來吧。」風白羽臉上的笑刹那間消逝得無影無蹤，悠悠然由床榻上起身，朝門外走了兩步卻又頓住步伐，回首凝睇著我，「明天我還會來看你的。」

也沒等我開口，他便邁出了門檻。風雨中，他的白袍讓風捲起，修長孤絕的身影漸隱入茫茫大雨之中。我靜寂的心似被人深深扯動著，這份扯動與對莫攸然的依戀竟是如此不同。

這難道就是世人口中所謂的「情」嗎？

落在浴桶中注入霧氣蒸騰的熱水，水上撒了些玫瑰花瓣，香氣瀰漫著整個屋子令人心頭暢快。

我將赤裸的身子浸入適溫的水中，落對我說，她頭一次見樓主這樣對待一個女子。

仰起頭望向背後的落，只見她臉上淨是不可置信與曖昧的笑容，我有些不自然地乾笑道：「風白羽的女人是不是很多？」

落沒想到我有此一問，怔了怔，「落不敢妄議樓主之事。」

看到她那爲難的神色我也不好再追問，但從她臉上的表情足以讓我肯定，風白羽的女人果眞很多。那夜我與落去找風白羽之時不就見到了一個女人麼，是白樓的副樓主名叫緋衣吧。

「每個男子都有屬於自己的欲望，女人也能有很多，但眞心卻只有唯一。我想未央你在樓主心裡必定占有地位，否則他不會將嵐交給你……你知道嵐在白樓的重要性，可樓主卻因爲你的懇求而放了嵐。」此時落竟急急爲風白羽解釋了起來，我啞然失笑，「我又沒說什麼，瞧你急的。」

「未央，那你是不是會一直待在白樓？」落小心翼翼地問，聲音滿是期盼。

「只要風白羽不死，我會一直留下的。」我接了滿滿一掌心的花瓣放在鼻間輕嗅，「如果他連留下我的能耐都沒有，就枉談留下了。」

依稀記得莫攸然對我說過，未央將來要嫁的男人會是天下最強的男人。

弱者，要不起未央。

第四章　情始生・血相融

春草始生，滿園淺色，一夜風雨。

次日一大早我便整好衣裝，坐在屋前石階上瞭望著浣水居前的那條小徑。昨夜風雨傾灑了一夜，地上殘留著淡淡撲鼻的泥土氣息。

書中說「女爲悅己者容」一點兒也沒有錯，頭一回我想將自己好好打扮一番，於是讓落爲我梳妝。薄施脂粉，淺描娥眉。她精心爲我挑選了一件縷錦百蝶採露裙，腰間繫上一串同心結。綰起幾縷髮絲做了一款簡單卻清雅的髮髻，剩下的皆散落於肩，斜別一枚小巧的金鳳翡翠簪。

落說，未央不適合濃妝豔抹，普通清淡才能更顯氣質脫俗高雅。

可是莫攸然曾經告訴我，未央，粗衣麻布配不上你，只有鳳冠霞帔才能襯出你的嫵媚高貴。

兩人的話竟出奇相駁，到底誰說的才是對的，我應該要粗衣麻布還是鳳冠霞帔？

想了許久都沒理出個頭緒來，便不再去想如此費神之事。我撐著額頭仰望淡雲飄浮的天際，等待著風白羽到來，昨天他說過今日還會來的。

柳絮素，花絮晚。

晚來涼風襲衣襟，吹散了零落的青絲，等了許久仍不見風白羽，心中卻異常堅信他一定會來，因爲他說了會來。

雙手互環，感覺夜風甚涼，我的全身早已凍得僵硬。理智告訴我應該進屋去，但我仍繼續留在石階之上等待風白羽的出現。

我盼望的只是在他第一腳踏入浣水居之時，能見到他那白色身影，因爲只有那樣我才會開心。在白樓我才發現，原來要開心眞的很簡單，一句話、一個眼神便已足夠。

我直了直僵硬的身子，在冰冷的雙手上呵了一口暖氣，相互摩挲片刻才稍微有些溫度。溶溶皚月當空映照，傾灑地面如霜，我的影子拉了好長好長。

飄飄揚揚有個身影竄入視線，我的呼吸有些急促，是他嗎？待第一眼見到他墨如寶鑽熠熠生光的瞳，我立刻由石階上站起朝那個身影奔了過去，撞入他的懷中。

我突如其來的熱情奔撞似有些猛烈，只聽他口中發出一聲悶哼，攬著我不禁後退一步，我發出了咯咯笑聲。

他一把將我按入懷中，溫熱的手掌托著我的後腦勺，將我的頭抵在他胸前。

我緊靠在他懷中尋找溫暖，側耳聽著他的心跳一下一下跳動。我才發現，原來我是如此眷戀他的懷抱，似乎眞的與他認識了很久很久，卻又那樣陌生……

「何以全身如此冰涼？你一直在等我嗎？」他趕緊敞開身上那淨白如雪的衣袍，將我包裹入懷，欲爲我擋去寒風。

「是啊，你說你會來的。」我的雙手環上他的腰，又往他的懷裡鑽了鑽。

他一手把玩著我散落的髮絲，另一手在我的脊背上輕輕撫弄，「未央，讓你久等了……樓裡有些棘手的事，我必須親自處理。」他靠在我的耳畔，呼吸絲絲拂過我的耳垂與頸項，酥酥痲痲的感覺讓我全身無力，漸漸地他將唇移至我的額頭、眼眸、鼻間，一寸都不放過，吻了個遍，最後含住了我的唇，輾轉纏綿不容抗拒。

溫濕柔軟的感覺在嘴裡融開，溫暖了我冰涼的唇。「嗯，我知道。」我帶著輕微的喘息回了一聲，唇舌間有些疼痛，今夜他的吻似乎比昨夜來得更加猛烈。

他的指尖劃過我的耳垂，我全身一陣酥軟險些沒站穩，幸好有他的手臂將我牢牢托住。貼在他的身上，感覺到他下身強烈的欲望，那雙漆黑凌厲的眼神愈發深邃熾熱。

良久，他才鬆開我，深深吸了一口氣，平復著他那紊亂的呼吸。我也不停呼吸著清涼的空氣，而原本冰涼的身子已是火熱一片，甚至已經燒紅到臉上。

「未央。」他輕摟著我，雙手在我髮絲與頸項之間游移輕撫。

「嗯。」我應了一聲，閉上眼簾安靜地靠在他懷中，分外享受此刻的安寧與幸福。

可等了許久他都未再說話，我便納悶地問：「怎麼了？」

「沒事，就想喊喊你的名字。」低沉溫柔的聲音讓我睜開眼，抬頭仰望他那雙正注視黑夜蒼穹的深邃目光，令人為之迷惘不已。他心中似乎藏著很多很多事，卻在隱忍、掙扎、矛盾。

我望不透，卻沒追問。我不想勉強他告訴我屬於自己的祕密，他有權放在心上不向外人道。正如我也有很多屬於自己的心事是不願告訴他人的，除非我想說，否則沒人逼迫得了。

我可以等，等風白羽信任我，願意把心事交付我的那一刻。

我希望可以等到那一日。

「羽，我聽落說，白樓有一處水緣潭，戀人的血滴入水裡若能夠融合，便說明是真愛。」

似乎窺出了我的意圖，他立刻向我解釋，「那只是傳說，至今無人的血能相融。」

「我想去看看……」我半強硬半撒嬌地扯著他的衣袍。

「好、好，我們去看。」被我纏得有些無奈，他終是點點頭同意了。

霧濃露重，瀲瀲空明，寒風侵襟，水波映月。

風白羽將我纖細的小手緊緊包裹在他溫暖厚實的手中，我清楚感覺到他的手心有一層繭子，暗暗心疼，他是自小便舞劍才有這滿手的繭子吧。他的童年又是如何度過的呢？我想，一定有種痛徹心扉的疼，否則那日在渡口不會因爲我說別扼殺孩子的純眞云云爾之後，眼神竟暗淡無光，兒時的傷痛想必時刻伴隨著他吧。

有時，我感覺自己很幸運，幼時記憶早已失去，就連最親的姐姐如何消殞的都不復記憶，由此便無須承受太多傷痛。上天對我，或許仍是眷顧的。

直至來到清澄透明的潭邊，他依舊沒有放開我的手。看著這片泛著白光的潭，淨透純澈、波瀾不驚，可我心底卻早已泛起陣陣漣漪。

我指著眼前這汪不大不小的潭水問：「這就是水緣潭嗎？」總覺得潭中似乎有些古怪，可又說不上來。

「嗯。」

「可是裡邊好像沒有水。」我欲俯身用手試探，想確定裡邊究竟有沒有水。手才伸出，便被風白羽一把拽了回去，「別動，裡邊的水傷身。」

我帶著疑惑望著他，「傷身？」

他領著我朝前走近幾步，「這裡邊的水有毒，一般人若是觸及，定要終身躺於病榻之上。」

我了然點點頭，乖順地站在他身邊不再動。盯著水緣潭許久，突然會意過來，對了……我知道這片潭到底哪裡古怪了，這潭水中居然沒有我們兩人的倒影！怎會如此神奇，於是我像個孩子般搖晃著他的手臂，「那我們滴血試情吧。」

「好。」他一口應承下來倒是令我有些措手不及，只見他又道：「休怪我沒提醒你，水緣潭只是個傳說，血若沒有交融你可別失望。」

我生硬地點了點頭，只見他將懷中的匕首取出，割破手指，那一滴鮮紅血液「叮」的一聲沉入了水緣潭。我也接過，毫不猶豫地割破手指，一滴血亦隨之沉入水緣潭。

來此水緣潭，我根本沒認眞想過要與他滴血試情，因爲這只是傳說，我不認爲血能交融才是眞愛，也只有世間千金小姐偷偷看了幾本《西廂記》，才會將這樣的試情當眞吧。

我要他來，只爲看看他有沒有膽量與我滴血試情。風白羽是個很實際的人，此等滴血試情之事想必他也不信。可他若拒絕與我試情，就說明他對我不夠眞心，且別有用心。而現在，他明知道這試情成功的機會微乎其微，卻毫無猶豫地滴下了血……

或許是我多疑了吧，至少風白羽對我的心是眞的，那便夠了。

一想及此，我的臉上漾出了甜甜的笑容。盯著我們的兩滴血各自緩緩沉入水緣潭，依舊如許完整，竟然沒有散開。此湖果眞神奇，碰則傷身，探看無影，血入水而不散。

突然，兩滴平行而下的血開始游走而相互牽引，最後竟相互交融，沉了下去。

我瞪大眼睛看著眼前的一切，不敢置信這是眞的……

不只是我，就連風白羽也感到不可思議，眼睛裡閃現著異樣光彩，隨後發出一聲似笑非笑的低語：「今夜，似乎來對了。」

我的眼睛眨了眨，望望風白羽，再望望水緣潭內交融在一起的血，「眞的相融了？我們的試情成功了？」像是在探問風白羽，又像是在喃喃自問。

他見我的表情，一聲輕笑，揚手刮了一下我的鼻尖，帶著寵溺的目光，道：「傻丫頭，開心了？」

被他親昵的動作怔在原地，揚手輕輕拂過鼻尖。水緣潭的血交融似在告訴我，我與風白羽之間的情是眞情……如果這是眞的，那我更無道理放手了。

「樓主。」一道冷硬的聲音劃過心頭，我與他齊目側首望去。

遠處風中，緋衣孤立決然地站著，目光無神空洞。

今夜，我才眞正開始打量緋衣，她緋色的裙角隨風飛舞，輕柔散落的髮絲讓風吹得分外凌亂。柳葉眉，芙蓉面，櫻桃唇，確實是個美人兒。只不過她渾身上下散發著凜然傲氣與淡漠，不時有冷光朝我射過來。

我盈著淡淡笑容回視著她清冷的目光，嘴角浮著諷刺。她此刻的目光就如初次見莫攸涵時，令我很討厭，非常討厭。

「有事？」風白羽臉上的銀色面具在月光照耀下散發出縷縷寒光，似乎十分不悅此刻被人打擾。

「有人闖入白樓。」緋衣將目光從我身上收回，側首恭謹地對風白羽說話。

風白羽不動聲色，只轉頭凝望著我，目光流露出淡淡的擔憂之色。我心竟恍然一動，有如此大能耐闖入白樓的，似乎……只有莫攸然。

他若眞的找來了，令我擔憂起風白羽，我怕他對付不了莫攸然。

儘管我從未見莫攸然使過武功，但楚寰的劍我是見過的，其劍法快如疾風，異常駭人。既然楚寰的劍術是莫攸然教的，那麼可想而知，莫攸然的武功又是何等高深莫測。

「未央……」他呢喃了一句我的名字，我慌忙阻止他繼續說下去，「我等你回來，你一定要回來。」

聞言，他的眼底一片動容，也不顧旁人在場便使勁將我摟在懷中。

「我一定會回來。」他的聲音十足堅定，似下了個很重要的決定。

直到風白羽隨緋衣的步伐離去，我的心底湧現了濃烈的失落與不捨。落翩然朝我而來，眼神微微凌亂，「未央，我帶你去個安全的地方。」

頷首應允，隨著她的步伐離開了水緣潭，我問：「是何人闖入了白樓？」

「暫時還不清楚，只是白樓已有數名弟子被殺，能神不知鬼不覺地潛進白樓殺人而不被人發現，定是一名武功極高的人。」

武功極高……難道眞是莫攸然來了？

風漠漠，冷月寒。一落蕭然碧清緣。

我與落才離開水緣潭轉入一塊幽靜的隱祕之地，兜兜轉轉也不知到了何處，步伐卻猛然一僵。

風白羽現在極可能處於危險之境，而我竟躲了起來。

我對風白羽的情，就只是於危急之時躲藏在一個男人背後嗎？

不，愛一個人應該與他站在一起，共同面對一切。

落納悶地回身，問：「怎麼了？」

「我要回去。」我很堅定地望著落，「帶我去風白羽那兒。」

「你瘋了！與樓主在一起你會很危險，萬一傷到了你……」落的言辭頗爲激動，有些蒼白的臉頓時泛出潮紅。

我後退了兩步，腳踩入新長出的嫩草裡，發出窸窣聲響，「眼下風白羽的處境很危險，我只想待在他身邊，看著他安全我才能放心。我怕等待的滋味，寧冒危險與他站在一起。」

落怔怔地瞅著我良久，恍惚搖了搖頭，「不敢相信，短短一個月，你對樓主的情竟已到如此地步。」

我對他的情確如狂風驟雨般來得既突然又洶湧，但此情就是如斯深刻映在我內心最深處，想放都放不開。有幾度我都不敢相信，我眞的愛他？又或是寂寞於我的一個玩笑？可今日的試情印證了，我與風白羽之間眞的有情。

未作多想，我驀地轉身往回走，卻見一道白色寒光閃過眸間，那是寒月映上劍鋒的光芒。當我看清楚眼前的一切時，兩劍鏗鏘之聲已在耳邊響起，聲聲刺耳。

是楚寰。

難道今夜闖入白樓的是楚寰，不是莫攸然？

一想及此，我才漸漸放寬心，站在原地望著落與楚寰雙劍相擊。有股劍氣直逼而來，我不禁後退幾步避過那強烈的劍氣。

落雙足輕點，如一陣微風般飄然掠上枝頭，手中的劍宛轉輕旋發出陣陣薄光，髮絲隨涼風四散，有些凌亂。楚寰緊緊跟隨而上，單劍一揮，勢頭之猛烈直逼落的頸項，招招致命。

落的輕功不俗，但內力與劍招顯是不若楚寰深厚。此時的她已於楚寰面前亂了方寸，平日得心應手的劍招皆無法發揮極致，只一味閃躲著楚寰那駭人且狠辣的劍招。

我看得驚險，上方的人也打得驚險。

眼看落就要不敵，我朝樹上大喊一聲：「楚寰，別傷她！」

正與之激烈糾纏的楚寰驀然側頭，一雙冷凜的目光直射向我，那半分的猶豫，終是收回了劍招安然落至我身邊。

「跟我回去。」楚寰冷然地說。

「不，我不回去。」懼怕楚寰之餘，我仍很不客氣地朝他喊了一聲。

落氣喘吁吁地回到地面，她單手捂著胸口，最後無力地摔在草地裡，似乎已被楚寰內力所傷，臉上毫無血色，異常痛苦。

「你想終身留在白樓？你忘記自己的責任了？」楚寰眉頭緊蹙，冷硬的字眼一字一字由口中迸出，令我備感壓迫。

他口中責任二字剛說出，我不禁失笑，「不要和我談責任，我不認為做皇后是我的責任，更不屑為了一個可笑的預言葬送我終身幸福。我有權選擇自己該走的路，你回去吧。」

楚寰聽罷，臉上竟浮現出嘲諷般的冷笑，嗤之以鼻說道：「這些話你敢當著師傅的面說嗎？」

神情一僵，我不敢，真的不敢。

見我沉默，楚寰的笑意更深了，眸中卻如許冰寒，「師傅今夜親自到了白樓，他要我見到你就將你帶走，無論你說什麼都必須將你帶走。」

「莫攸然也來了？」壞了，楚寰與莫攸然竟一起來了，若他們兩人合力，風白羽必定十分危險。雖然白樓弟子眾多，但全是平庸之輩，對付一些尋常角色尚能成事，要想對付楚寰這樣的高手，怕是三兩下就要命喪他劍下。

我非得去找風白羽不可，他的處境很危險。

沒作任何的解釋，我轉身便欲衝出，無奈胳膊竟被楚寰緊緊制住，「師傅說了，一定要帶你走。」

「我不走。」

「那可由不得你。」

楚寰死攥著我的手朝渡口走去，無論我怎麼掙扎他都不放鬆一分一毫。我的手腕上已現出深深的紅印，那疼痛卻依舊沒能阻止我的掙扎。

「楚寰，你放開我，你放開……」不斷地掙扎喊叫，他就是不放開我，連拽帶拖將我朝前帶去。

我軟硬兼施，他卻一言不發，哪套也不吃。眼看越來越接近渡口，那兒有一帆小船停泊在岸邊，難道我真的要被帶離白樓嗎？我答應過風白羽要等他的，如今他人還沒有回來，我怎能隨楚寰離開？

若這一走，從此再也見不到風白羽，那我必將後悔終身，萬一他與莫攸然交手時出了什麼差錯，萬一喪命……一想及此，我的眼眶爲之一熱，心中那份焦慮與酸澀一股腦湧上心頭，我哽咽地說：「楚寰，求你讓我再去看看他，求你……」

楚寰的腳步倏地一僵，頓在原地，「才一個月而已。」

「我不想離開，我眞的不想做皇后。」語氣出奇平靜，但聲音卻早已顫抖，淚水毫無預警漫出了眼眶，「從七歲起，莫攸然就爲我找好了歸宿，做壁天裔的皇后。他告訴我壁天裔這個皇帝生得多麼好看，多麼強大……可未央絕不會因爲一個男子生得好看而去喜歡他，不會因爲他多麼強大而想嫁給他。如今未央有了喜歡的人，就是風白羽，他給了我夢寐以求的幸福與甜蜜，與他在一起令我想爲他付出一切，無論他是不是最好看、最強大的男子，我就是喜歡他，就是想和他在一起。」

楚寰緊握著我的手頹然一鬆，「與你相識七年，頭一回見你哭。看來，你是眞的找到你想要的東西了。」

抬手揩去臉上的淚痕，我也沒想到自己會哭，這七年間從沒想過要哭，甚至連哭是什麼滋味都不明白。而今日此番突如其來的傷心，似乎正在預警著什麼，沒來由的恐慌亂了我的方寸，「楚寰，帶我去見風白羽……」

「不用見了。」一道清絕淒冷之聲打破暗夜，迴響在渡口，與那滔滔水聲凝聚在一起，異常洶湧澎湃。

看著手持一把長劍的莫攸然一步步朝我緩緩而進，他手中的劍並未被月光反射，只因上面沾了血，駭目的血。

一張銀色面具在空中劃出一個弧度，最後落至我腳邊。

莫攸然說：「風白羽已經被我殺了。」

我緊咬下唇，伏下身子將面具撿起，捧在手心，指尖傳來冰涼刺骨的寒氣。

我認得，這是風白羽的面具，清楚地在上面感受到了屬於他的氣息。

一個如此隱藏自己容貌的男子，是不會輕易取下面具的。

倏然仰頭，我狠望著莫攸然，那一刻我是憎恨他的。在我眼中，他不再是我所崇敬的莫攸然，而是仇人。

恨他，就像恨姐姐一樣。

奪走了我所有的東西，包括我想要守護的東西。

「楚寰，帶她走。」莫攸然迎視著我的目光，神情淡漠未帶任何的情緒。

楚寰走到我身邊，將伏跪在地的我拉了起來，力氣不重也不輕。

唇瓣已被我咬破，血腥蔓延了我的唇舌間，我一字一句地說：「莫攸然，我絕對不會跟你走，絕不！」

莫攸然與我擦肩而過，傲然的氣息依舊蔓延在他周身，並未因我此刻的恨意而受影響，「楚寰，沒聽清楚嗎？帶她走。」

「我不走，除非你殺了我。」我將面具緊緊捧在手心擁入懷中，我要見他，即使是具冰冷的死屍，我也要見到他。

突然，頸項之上傳來一陣疼痛，腦海中一片暈眩，最後陷入沉沉的黑暗之中。

黑暗中，我無力地尋找著光明出路，淡淡煙霧縈繞四周，我迷失了朝前走去的方向，只能在那漆黑的山洞裡尋找屬於自己的那條路逐漸前進……可是總找不到出口。直到一道金黃曙光將整個山洞照耀得令我睜不開眼，我以手去遮擋，接著便睜開雙目，滿身是汗地彈坐而起。

恍惚望著自己身處一間淡雅清幽的屋子，深色紗帳將我籠在這張小床上。似乎被帶到了客棧。

我輕輕抬起手拭著自己額頭上的冷汗，吐出一口涼氣。目光流轉，正對上莫攸然的目光，他筆直坐在屋子中央小凳之上，手指不停把玩著桌上那杯涼透的茶水。

「你醒了。」

「莫攸然，你就算抓我離開也沒有用，我不會隨你進宮的。」

「你會的。」他很肯定地瞅了我一眼，唇邊依舊掛著一如當年的笑容，「以前你年紀尚幼，所以我並未將碧若的死因告訴你，而今你長大了，是時候告訴你七年前那場悲劇了。

「相信你早已經知道我的身分了。九年前，我、壁天裔、轅羲九三人同在壁嵐風旗下為將士，連年征戰，屢建奇功，當時的百姓將我們三人當作神一般膜拜，而我們也是朝廷必不可少的猛將。儘管那時我們還很年輕，也正因為年少，所以效仿當年桃園三結義許下生死之交。我最年長，他們倆都喚我為大哥。而七年前那個雪夜，壁天裔將碧若一箭射殺，碧若死在我最要好兄弟的手中，死在我的面前。」

我直勾勾看著他的嘴巴一張一合，不可置信地問：「你說，姐姐是被壁天裔射殺？」

「是。」他的目光中含著痛苦還有自責，似乎陷入那遙遠又深沉的回憶之中，「那年我們三人擊退了北夷軍閥，在歸師路途中聽到密報，皇甫承那個老賊正密謀著將我們三人兵權削去，想隨便扣個罪名給我們，然後打入天牢。這個密報，正是碧若帶給我們的，她一直以碧妃的身分潛伏於皇甫承身邊，達一年之久。」

我訝異地望著莫攸然，「你讓自己的妻子去做皇甫承的女人？」

他不禁苦笑一聲，「當年壁嵐風大元帥之死，正是皇甫承主謀。元帥是我的恩人，所以我要幫助壁天裔報殺父之仇。為了在皇甫承身邊安插自己的人刺探情報，我們選擇了碧若……我與她成親僅僅一個月……碧若很美，才學淵博，聰慧過人，就如此時的你，傾國傾城。當時皇甫承第一眼看到她就被迷得神魂顛倒。

「碧若一年來都隱藏得很好，總是不斷帶給我們重要情報，正因為有了她，我們才得以祕密招兵買馬，整頓兵力。也不知道爲何，就在我們攻打帝都的前夕，皇甫承竟然發現了碧若的身分，他將碧若綑綁吊在城牆之上威脅我們退兵。你能體會，當我看見嬌小柔弱的碧若被粗繩狠吊在城牆之上的感覺嗎？愧疚、心疼、自責。我覺得自己竟是如此殘忍，爲了幫兄弟報父仇，而將妻子推了出去。

「由於皇甫承以碧若要挾，我們的大軍駐停在外而不得前進，甚至幾度因爲是否該攻城而爭吵。那夜，壁天裔對我說『我們放棄攻城，換碧若安然歸來』，我信了他的話，沒想到他將卻用迷藥迷倒我……次日當我匆匆趕去之時，一支箭破空而出，那道銀色光芒直刺碧若的心臟。而射出那一箭的人正是我的好兄弟，壁天裔。」

聽到這裡，我的眼中不禁流下了淚水。原來……我也會爲姐姐流淚，以爲自己一直都很恨她，恨她搶走了我想要的東西，卻沒想到原來姐姐比未央更可憐。

「所以，你要爲姐姐報仇。所以，你要送我到壁天裔身邊。」

隔著紗帳看著莫攸然的目光中閃現一層霧氣，呼吸聲有些急促，「對於碧若，壁天裔是有愧的。如果你進宮了，他一定會將對碧若的愧疚補償於你。」

「而我就可以如當年的姐姐一般，待在壁天裔身邊謀取情報，對嗎？」

「未央……」他倏地起身朝我走來，「碧若是你姐姐，你難道不想爲她報仇嗎？」

看著他漸漸走近的步伐，我無力地笑了起來。原來他這麼多年來對我的好，只是想利用我爲姐姐報仇。當年送姐姐進宮的人可是莫攸然你自己啊，待到姐姐被壁天裔殺死，你卻一味地責怪壁天裔，豈不可笑至極？

「莫攸然，我是很想爲姐姐報仇，但是……我更想爲風白羽報仇，是你，是你殺了他！」我猛然將一直深藏於懷中的匕首抽出，狠狠往前衝，朝他的心臟刺去。

他沒有閃躲，只是手法俐落地緊握住我手中那匕首，血頓如泉水般飛速湧出，沾染了他雪白的衣袖，「我知道你恨我。可風白羽不死，你就不會跟我走，所以他必死。」

「你們都好自私，爲了自己的欲望仇恨，竟要扼殺我的幸福。」我的手仍狠狠握著匕首，始終未曾鬆開，那鮮紅的血液隨著刀鋒滑落在我手心，最後滴滴灑在冰冷地面。

「我只想要壁天裔血債血償，也只有未央能夠做到。如若眞有那麼一日，莫攸然的命可以給你。」他的目光堅定，夾雜著讓人難以理解的痛。

沒有猶豫，我點頭笑道：「好，你說的。我取壁天裔的命，你還風白羽的命。」

莫攸然用一條白布將自己手上的傷隨意包紮了一下便領我出屋，放眼而望，客棧內的食客較多，嘈雜聲一撥一撥敲打著我煩躁的心。這是我生平首次接觸如此繁鬧的人群，倏然見到這麼多人，突來而至的熱鬧讓我不知所措。

由二樓緩步而下，楚寰早已挑好一處靠窗的安靜位置。桌上擺了很多小菜，我與莫攸然相對而坐，神情如常，彷彿剛才根本沒發生過任何事。

檐下鐵馬鈴鐺作響，伴隨著陣陣春風由窗口襲來，我一直未動筷，只是側首望向窗外那匹白馬。那空空的坐騎之上突然出現了風白羽的身影，他手握韁繩含笑望著我，眼底淨是縷縷柔情。

我猛然彈起，凳子因我使力過猛而發出刺耳聲響，可白馬之上頓然空空如也，只有那涼涼的風吹散了馬背上的白毛，翩翩紛飛。

楚寰疑惑地注視著我此時的異樣，莫攸然卻不爲所動，依舊一派優雅地往嘴裡送菜，他一直都是如此，彷彿這世上根本無甚事情能夠打動他，除了姐姐。

我收回失態，坐回了凳上。

「此次朝廷大戰北夷雖是勝利歸師，卻也死傷慘重呀。」

「若是咱們轅將軍領兵出征，定然直搗北夷的老窩，看他們橫不橫。」

「還轅將軍呢！早在七年前就沒有轅將軍這個人了。」

「皇上是個聖明之君，爲何要將轅將軍弄成個什麼九王爺，還不給兵權讓他外出打仗……眞是可惜了一代名將。」

眾人你一言我一語，聊得不亦樂乎，激動之時甚至拍案而起，口沫橫飛。

我不時用餘光輕瞄莫攸然，他依舊不動聲色，倒是楚寰聽起這些頗有興趣，雙手置於桌上，凝目冷望那群談話的人。

「我看就是皇上他忘恩負義！」

「你辱罵皇上，不怕性命丟了你。」

「難道不是嗎？當年壁、莫、轅三人一同推翻了皇甫家的天下，如此大的功勞居然換來皇上的冷落……」

「媽的！你敢罵皇上……當年皇上領兵打仗時你穿個開襠褲呢，憑啥質疑皇上？若沒有皇上坐鎮帝都，治理朝綱，咱們的家早就被北夷踏平，就因轅、莫二人得不到重用你就批駁皇上，眞是黑心腸！」

說及此，兩方都摩拳擦掌起來想要互搏，幸好周遭其他客人拉住他們才沒引發一場混亂。

以往都是自莫攸然與落的口中聽說壁天裔，一直覺得他們將所謂曠世三將誇耀得太過神奇，總覺得此事多少存有添油加醋的味道。如今聽起來，不想連百姓都對他們如此擁戴，甚至時隔七年仍在茶餘飯後念叨著他們，足見當時三人之功多麼令人驚嘆。

我的手指撥弄著桌上的筷子，平淡地問：「一會兒是去帝都嗎？」

莫攸然用毫無起伏的聲音應了句：「嗯。」

「九王府？」

「嗯。」

我扯開笑容，「正好，倒可見見傳說中的轅羲九了。」

「莫與他交往過密。」他放下手中的筷子，纖白的手指連女子都要妒忌。

我拂了拂髮邊散落的青絲，將其勾至耳邊，「爲何？」

又是一陣沉默，徹底的沉默。

第五章　傷黯然．意難平

經過幾日的趕路，我們終於抵達了帝都城。

菲菲草芽嫩，綠波蕩漾撫。帝都城比我所想像的更大更繁華，路上人群熙熙攘攘比肩接踵，個個衣著光鮮，足見帝都之昌盛。街道兩旁柳樹生出了新芽，隨風擺動，春意增幾許。

一路上我都與楚寰共乘一匹馬，和莫攸然極爲疏遠，但仍會與他交談。這就是我的性格，無論多麼恨一個人，都不會表達在臉上，這也是莫攸然教我的。

他曾說過，如果一個女人，尤其是要當皇后的女人，連自身情緒喜怒都無法掩飾，便會陷入萬劫不復之地。因此，一個女人不僅要懂得利用天生美貌去達到目的，還要保護好自己，這才是在宮廷中的生存之道。

我們於走進帝都內熱鬧街衢時，引起了眾人側目，興許是莫攸然生得太過俊逸，許多貌美女子都帶著傾慕目光凝望著他。

清然地嘆了口氣，楚寰以雙手將我環在胸前，不即不離。他似乎總與我保持著此般適當距離，或許我可以認爲他是討厭我的吧。

於眾人側目之下，我們抵達了一座偌大的府邸，用金碧輝煌來形容亦不爲過。那金鑲匾額上寫著閃閃發亮的「九王府」三個大字，尤顯貴氣豪華。

朱紅厚重的大門自裡頭緩緩拉開，淡淡的泥土氣息揮散於四周，我不禁輕咳了幾聲。

「莫將軍，您找到未央姑娘了！」出來相迎的是已有數月不見的靳雪，她一身白衣如雪傲立風中，歡喜地朝莫攸然叫喚了一句，隨後疾步奔至我面前握起我的雙手，「未央姑娘，幸好您沒事，否則我的罪過可就大了。」

我回握著她的手，淺淺一笑，「未央命大，沒那麼容易出事。」

靳雪回以我深深一笑，雙頰現出兩朵大大梨渦，煞是清新可愛。她隨後側首對莫攸然道：「莫將軍，快請進府吧，王爺等你們許久了。」

空碧山染丹青色，園林轉軸梨花白。

莫攸然與楚寰皆前去拜見軻義九，我則被靳雪領著朝王府深院而去。也不知轉了多少個彎、繞了多少條遊廊才進入一間小屋，裡頭畫堂簾捲、金樽玉管、檀香撲鼻、玉觴酌酒，格外雅致。

「未央姑娘，以後您就住這兒了。」她走至窗邊，將那花梨木雕製的窗推開，陣陣梨花香飄進屋中，縈繞於我們之間。

「綰夕、冬兒。」她再指向自我們進門開始，便筆直佇立於床側的兩名少女，「這兩位丫頭在今後兩年間便專門伺候您的起居。明日宮裡還會遣來一位老姑姑教導您宮廷禮儀，盼今後兩年未央姑娘能在九王府過得安樂。」

看著眼前兩位與我同齡的小姑娘，生得倒挺靈秀，皮膚白皙，齒若含貝，腰肩消瘦，一看就是機靈乖巧的丫頭。

「勞煩靳雪姐姐了。」

她聞言臉色一變，忙擺手道：「以後可不能再喚我爲姐姐了。您是未來的皇后娘娘，靳雪不過是九王府裡一個養女，當不起姐姐二字。」

我伸手接住一瓣由窗口偷溜進的梨花置於掌間，笑望著她，「靳雪比未央年長，怎會當不起姐姐二字，更何況，如今的未央還不是皇后呢。」

聽我這樣一說，她的眸中閃現出一層層水氣，重重地點頭，「嗯。」

我發現叫姐姐這一招著實靈驗，接連收服了落與靳雪，興許是她們過慣寄人籬下的日子，而我這聲摒除身分之別的「姐姐」，似乎給了她們莫大榮耀。有時要捕住一個人的心並非從大事下手，光是淺淺一句溫馨話語與一抹微笑，便足以建立起信任。

這些也是莫攸然教我的，他要我拿眞心待人，但萬萬不能交出眞情。

萬分矛盾的一句話，既要交出眞心，那眞情又怎能不交？

待靳雪走後，屋內陷入一片寧靜，我終於能安適地整理自己思緒了。

記得我曾問過莫攸然爲何莫攸涵那麼得寵，他回我說只因莫攸涵是其胞妹，而壁天裔會等我七年，因爲我是碧若的妹妹。這麼看來，壁天裔對於莫攸然與姐姐一直是心存愧疚的，所以想立碧若之妹爲后，以彌補當年那一箭。

可是他以爲，光立我爲后就能彌補曾經的一切嗎？姐姐就能活過來嗎？

黯然垂首，又想起了風白羽，他的面具一直深藏在我懷中，每次摸起便覺冰冷，痛如撕心裂肺。可是我從來不哭，並非只有哭才叫傷心，最大的傷是隱忍於心中默默承受。

這，也是莫攸然告訴我的。

莫攸然似乎告訴了我許多，也教會了我許多，這七年間，我學得最精透的便是冷情與冷心。只有心沒了，便不會痛，那才有資格當皇后。

一聲羌管，梨花散落，簌簌飄灑，舞樂聲聲歌散盡。

思緒隨著笙樂而打斷，在這九王府竟能聽見如此動聽的笙樂之聲，我頗感詫異地問：「九王府怎有歌聲琵琶之音？」

綰夕忙為我解釋道：「那是舞姬閣內傳來的聲音。」

「舞姬閣？」那是什麼？這九王府的花樣可眞不少。

綰夕點點頭，繼續為我解釋：「是的，舞姬閣是王爺設置，唯有王爺能踏入。裡邊安頓十二名女子，皆貌美如花，才傾天下。所以舞姬閣也稱十二舞姬閣，以離姬木簡離為首。」

「十二名？」我微微提高了幾分音量。

冬兒噗嗤一笑，「那有什麼稀奇的，想攀上咱們王爺的女子多不勝數。」

「那十二舞姬都是轅羲九的女人？」我的音量再次提高了好幾分，實難相信百姓口中的戰神轅羲九竟有這麼多女人，這倒讓我想起了風白羽，他的女人也很多不是嗎？

「應該說寵姬更為恰當。」冬兒神色透出曖昧，可見這王府上下眾人盡知這十二舞姬閣之事。

他身為名震天下的王爺，竟如此不檢點自身行為，難道不怕天下眾人恥笑？不過，一路上我聽到的全是讚譽之聲，倒未聽聞半句侮辱謾罵，這轅羲九是有通天本領不成？如此濫情頹廢還能得到百姓至高無上的推崇，眞是奇怪。

「姑娘風塵僕僕一路趕來想必累壞了，奴才去為您燒水沐浴，洗去連日來的疲勞。」綰夕甜膩的嗓音充斥在我耳邊，我喜歡聽她的聲音。

原來外邊的人也不全是那麼教人生厭。

沐浴完後我便昏昏沉沉在寢榻上睡著了，睡得又沉又香。直到用晚膳時我才被冬兒喊起，揉了揉惺忪迷濛的眼睛，恍恍惚惚整了整衣襟才起床。窗外夜幕已經降臨，天邊有星鑽閃閃耀眼，屋內紅燭燃起，點點明晃填滿小屋。

漸漸平復了睡醒時腦袋的混沌，意識也漸漸清晰了起來。望著桌上那些精緻名貴的菜式我提不起半點胃口，舌間淨是淡而無味，胸口也窒悶難受。

「我沒有胃口。」說罷便款步前行出屋。

飄渺香霧，宛然涼月，蟬韻清清，風枝漸瘦。

綰夕與冬兒緊緊跟隨著我，一同漫步在九王府的庭院。清涼晚風拂面而過，我手中緊緊捧著銀色面具，目光在璀璨的夜空之上飄忽不定。

風白羽，你眞就這樣離開了麼，一句話都沒留下，我甚至連你最後一面都未見到。

有時總覺得那一個月就像一場夢，第二日醒來甚至會問自己，我與風白羽眞的曾經相識相愛過嗎？若不是這張銀色面具的存在，我眞會認爲白樓那一個月純粹一場夢。

走著走著忽見一棵參天古松，樹杈四散而蔓延交錯，蓊鬱綠葉將整個庭院遮住。站在樹下，我感受著綠葉散發出的清新香氣，掃去了窒悶的心情。

我走到樹下，伸手撫摸那棵數人之臂展都無法將其環住的樹幹，問：「這是？」

綰夕仰頭望著這棵參天大樹，回答：「這是一棵古松，據說已有三百零七年壽命了。」

「三百零七年？」我喃喃重複了一遍，恍惚間似有幾聲稚嫩童言闖入耳中。

——「你看，那就是我哥轅羲九，在那兒呢……」

——「哪個？是那人嗎……」

——「姐姐，那位就是兵馬大元帥的兒子壁天裔麼，長得眞俊……」

——「哪有莫攸然俊，哎呀……你別擋著我……」

——「你別擠呀，讓我好好看看轅義九嘛……」

一聲聲童言童語如許清晰縈繞我耳際，匆匆閃過匆匆來過，人說睹物有所思有所憶，難道往昔的我也曾經在這棵樹上玩耍？轅義九的府上？孩提時候我曾來過這兒？

再聞一陣曼妙歌聲傳來，於寂寂黑夜中顯得異常輕柔，又是從舞姬閣傳來的吧，這轅義九可眞享受啊，竟有這麼多美女相伴。我上前幾步，側耳傾聽著裊裊傳來的曲音……〈未央歌〉？

是琴瑟共鼓的〈未央歌〉！

這九王府何等尊貴，爲何會有此等民間小調出現？書上不是常說，王公貴冑皆有門第之見，對於曲子自然也分等級了。

好奇心促使之下，我來到了舞姬閣前，絹夕與冬兒爲難地互望一眼，「小姐……這舞姬閣……只有王爺能進入。」

聽著她倆爲難的聲音我置若罔聞，邁步便踏進了那壁火燦爛、輕紗飛揚的舞姬閣。裡邊香氣四溢，源源不斷的脂粉味鑽入鼻間，頗是刺鼻。

男人家都喜歡女子塗抹脂粉嗎？可爲何我總覺脂粉味太濃豔會令我產生反感。

舞衣旋轉，百指纖柔舞姍姍。

笙歌酒斟，畫堂簾捲霓裳曲。

我的突然到來，閣內陷入一片安靜，所有女子都詫異地看著我，而那兩名一琴一瑟鼓奏〈未央歌〉的女子依舊未停，訴怨纏綿的曲音湧現在這舞姬閣內。

「王爺的寵姬爲何愛彈奏這民間小調？不怕辱沒了身分？」我出聲打斷了她們二人的合奏，美豔的水眸直勾勾盯著我，似欲將我看穿。我毫不閃避地回視著。

她唇邊含笑瞅望我，纖纖玉指按著幾根弦，細長指甲上紋鑲著瑰紅的紋理，「王爺愛聽，咱們就天天練習著曲子。」聲音柔美宛然，聽著便讓我心頭舒暢，只不喜她臉上那濃豔的脂粉與花哨的裝束。

「您是未來的皇后娘娘未央姑娘吧，奴才是十二舞姬之首木簡離，您可以喚我離姬。」她緩緩起身，優雅地朝我福了福身。

「你們王爺不僅女人多，還喜歡這般花樣，眞難讓人將其與『戰神』聯想於一處……」一股淡淡的失望與落寞油然升起，是我的錯覺，風白羽……早已經離去了。

緊緊捏著藏於袖中的面具，我黯自神傷，默然扭頭就走。

未央曾幾何時變得如此軟弱？

我是未來的皇后，須爲強勢女子，須有一顆無人撼動的鐵石心腸，如此才能存活下去，爲姐姐報仇，要了莫攸然的命。

無論莫攸然對我曾經多麼重要，眼下他卻是我的仇人，是他殺了唯一能讓我快樂的人。既然殺了人，就該爲自己沾染血腥的雙手付出代價，不是嗎？

次日果然由宮裡來了一位姑姑，綰夕與冬兒將我按在妝臺之上好好裝扮了一番。

髮髻上珠圍翠繞，赤金奪目，卻不顯繁複。

芙蓉春鶯紫菱衣，上下一色鑲嵌著水晶菱片，舉手投足俱隨和煦春光閃閃耀眼。

此刻的我倒挺像一名貴族千金，氣質高雅，渾身散發著……興許更適合「妖媚」二字吧，與之前一貫的素雅裝扮完全判若兩人。

難怪莫攸然說只有鳳冠霞帔才襯我，但我卻不喜如今這副模樣，總覺得過分妖嬈了。

冬兒卻說，將來在皇宮中，我身上的綢緞珠翠配飾會比現在更加繁複耀眼，所以我必須先學會如何將這些華貴衣裳穿戴出高雅氣質。

聽了她的話，我才忍住將其脫掉的衝動，乖順地任她們擺布。

宮裡來的姑姑名「瑞」，我們都稱她爲瑞姑姑。不若我想像中嚴肅冷然，她的臉上倒是掛著溫柔慈祥的神色，恭敬地喚我爲「主子」。

我問她爲何這樣稱呼，她卻是莞爾一笑，回答說：「您是未來的皇后娘娘，稱您爲主子理所應當。」

後來她還捧了一大堆《女論語》、《女範捷錄》之類的書籍給我，要我細細品讀，將裡邊的內容都記住。

我只能無奈嘆息，這些書我早於若然居便熟記在心了，如今又要我再讀一遍嗎？一想及此便滿心蒼涼，往後兩年我又將與這些枯燥無味的書打交道了。

隨手翻了翻書頁，裡邊的字句讓我痛恨，什麼男尊女卑、夫剛妻柔、將夫比天……有些內容根本就是蹂躪女子身心，摧殘女子才能。

我就不懂，爲何女子要如此推崇這些書，甚至要熟讀銘記在心。

一想及此，我便用力把書闔上，朝桌上一丟。

「瑞姑姑，我倒挺想知道後宮之事，你給我講講吧。」

一直側立在我身邊的她瞅了瞅被我丟棄的書，臉上未顯怒氣，倒是在唇邊勾勒出一個淺淺的微笑，「主子想聽後宮之事，那奴才現在就講與您聽。」

於是，我邀她和我同桌而坐，撐著頭認眞地聽她以平淡語氣講述著後宮那一樁樁驚濤駭浪。

其中說得最多的要數涵貴妃與成昭儀，二人在後宮鬥得翻天覆地，皇上也沒過問一次。

涵貴妃是璧天裔最寵愛的妃子，由於東宮遲遲未立皇后，這鳳印便是由她掌管，相當於握有皇后之權。而成昭儀雖未得到璧天裔的太多寵愛，但其父位居太師，官位顯赫，黨羽遍布朝廷，所以成昭儀才有那個憑恃與涵貴妃鬥。

涵貴妃？

那日她對我放肆冷笑，我可是深深牢記心中。

她以爲自己受封爲貴妃，成爲璧天裔最寵愛的妃子，就有資格那樣對我笑嗎？她能受此般待遇，不過是璧天裔出於對莫攸然的愧疚罷了，想必她自己亦心知肚明，何苦自取其辱呢？

聽瑞姑姑說著宮中之事，我甚至連午膳都省過，饒有興致地聽著她娓娓道來。

每位妃嬪的名字與她們的家世，爲人處世之道，以及是否得寵，此一切我都須銘記在心。將來我是要做皇后的，若對這後宮妃嬪一點兒都不瞭解，我這皇后即無異於傀儡皇后，更別妄想掌控六宮。

「小姐，聽說莫將軍要離開王府了。」綰夕很不願打擾此刻凝神聆聽的我，可偏有重要事要稟報，只得開口打斷。

我終於回過神來，揉了揉疲累的眼睛問：「他要走嗎？」

綰夕感嘆道：「是啊，小姐要不要去送送，恐怕這次別後很久都見不著了……」

起身，整了整衣襟，「姐夫要走，我這個做小姨的當然得去送送。」

繞過百花叢，轉過幾處遊廊，穿梭過幾座府邸，終於來到九王府的大門前。朱紅門扉敞開著，石階之上空空如也，僅兩旁有家丁在門外看守著。

這麼快便離開了嗎？

我不禁提步跑出大門，探頭在兩旁搜尋著，幾道前行的背影闖進我的視線，我立刻追了上去。

冬兒急急跟在我背後大喊：「小姐慢點。」我不予理會，疾步衝了上去，扯住莫攸然的衣袖便道：「你要走爲何不跟我說？」

莫攸然回首盯著我，再望望已被我緊緊扯綴的衣袖。他目光中含著幾分悵惋，張了張口想說些什麼，卻仍是嚥了回去，「未央，這位就是九王爺。」

我順著他所指方向，探頭望向他背後那名男子，不由怔愣住。

九王爺，轅羲九？

我緊扯著莫攸然衣袖的手悄然鬆開，無力地垂放在身側。

思緒千迴百轉在我腦海中閃過，小腹中有一陣熱氣直逼胸口，猛竄腦門。

我的雙手緊緊握拳，指甲深深嵌進了掌心。收回我的怔忡，勾起笑容，緩緩福身格外有禮地說：「未央見過九王爺。」

他對上我的目光，那儒雅淡然的臉上始終保持著笑容，眉目間淨是貴族子弟應有的高貴氣質，讓人不自覺產生卑微感。

他揚了揚銀白色的袖袍，低聲說：「不必多禮。」

我點點頭，將目光由他身上收回，轉而望著莫攸然，「一路平安，有空常來九王府看看未央。」

莫攸然看著我的笑容，習慣性地伸手想揉撫我的髮絲，卻在半空中僵住，複雜的神色有些散亂，硬生生抽回了手，「未央，那我便離開了。在九王府中定要好好保重自己，若有人欺負你就去找九王爺，他會爲你做主的。」

「嗯。」我點了點頭，率先轉身，朝九王府走去。

我不喜站在人後默默注視他們離去的身影，如此會令我感到自己是那個被拋棄的人，所以寧願不看而先行離去。我要讓他們看著我的背影，要讓他們知道，是我拋棄了他們，並不是他們拋棄我。

返回九王府，我終忍不住眼眶一熱，酸澀之感源源不絕湧上心頭，步伐加快，疾步衝回屋裡。

綰夕見我神情異樣立刻想上前探問，未等她開口我便將她推了出去。「你們都出去，出去，我要一個人靜一靜。」

砰！我用力闔上了門，最後無力地癱靠在門上。

胸口窒悶得無法呼吸，腦海中閃現的皆是剛才我見轅羲九時他那淡淡的笑容，我不斷喘息著，試圖壓抑自己心中的悶氣。仍無法壓下怒火，衝到桌旁捧起手爐就朝地上摔去。還是不解氣，最後掀翻了桌子，踢倒了凳子，屋內一片狼藉。

屋外的綰夕直拍打著門，大喊：「小姐您怎麼了，小姐——」

我突然想起了什麼，衝到床榻之上，將那一直擱置在衾枕下的銀色面具取出，凝望良久。

終究仍是拉開了屋門，只見屋外的綰夕、冬兒、瑞姑姑一臉擔憂地望著我。

目光掠過她們，我丟下一句「都不准跟來」，隨即緊捏著手中的面具衝了出去。

正當轉入迴廊拐角之處，那抹銀白色身影正好也朝此走來，我立刻停住步伐，帶著微微怒喘瞪視著他。

他怔了怔。

我用力將手中的銀色面具朝他身上丟了過去，「混蛋！」

他一把接住面具，複雜之色一閃即逝，步伐頓了頓，「未央。」

「你們都是騙子！莫攸然騙我，連你都要騙我。你的心中肯定在笑我，很好笑吧？什麼風白羽，什麼白樓，根本就是你一手策劃。」

他不說話，繼續朝我走來。

我連連後退。「未央以後不會再被你騙了，再也不要見到你了。」丟下激動的一句話，我轉身衝了出去，冰涼的春風傾灑在我臉上，有些疼痛。

風白羽根本就是轅羲九。

難怪當初風白羽能半路攔截我去白樓，原來他早就得到消息。

難怪風白羽一個月只在白樓逗留兩日，原來只是怕朝廷會對他產生懷疑。

難怪風白羽要鎮日戴著面具，原來他根本還有另一個身分。

我以爲他已經死了，原來這是一招金蟬脫殼的計謀，他算計了我，算計了莫攸然，算計了壁天裔。

夜裡我躺在床上翻來覆去難以成眠，細微的燭火在屋室中綻放出和煦燦然的光彩，唯有我的呼吸聲在四周起伏著。

風白羽是白樓的樓主，一直暗中與朝廷作對，與他的兄弟壁天裔作對。

轅羲九是朝廷的王爺，手中無實權更被皇上冷落著，鬱鬱不得志之下才創立白樓？

可我就是不明白，當初他爲何要攔下我囚禁於白樓，我對他根本無甚威脅不是嗎？如果他只是爲了囚禁我，爲何又要放我離去？那日卻又使用金蟬脫殼之計，在莫攸然面前詐死，目的何在？

其實這一切我無甚追究的興致，我在意的僅是白樓那段情，究竟是他逢場作戲欲用情將我留下，還是眞心實意看待。

若說他是逢場作戲，那爲何試情時他卻毫不猶豫滴下了那滴血，最後血竟相融？

若說他是眞心實意，那爲何又要欺瞞身分，還騙我說一定會回來，最後卻詐死？

有許多話我想當面問個清楚，偏偏我不敢問，怕最後的結果徒惹失望。爲了不讓自己失望，我便不去問，縱使心中有再多疑惑也要隱藏於心，即使永遠未曉眞相我也情願不讓自己失望。

有時覺得自己確實很古怪，明明心中有事卻又不願道明，跟誰學的呢……是莫攸然吧。莫攸然就像個悶葫蘆，無論開心與否都一向處之泰然不露顏色，彷彿這個世上根本沒任何事能引他動容。與他相處久了，我便也學到他這樣的性格，除了冷心便是漠然。

再想起莫攸然，我突然心生迷茫，當初恨他想殺他全因風白羽死在他的手上，而今日風白羽卻活生生以轅羲九的身分站在我面前，那如今的我是否還應該恨他，我還想要了莫攸然的命嗎？

恍惚搖搖頭再嘆了嘆，費神費心之事莫再想，否則只會徒增煩憂。

披起一件青綠色斗篷便下了床走出屋子，今夜我確實無法入睡，事情似乎突然全糾結在一塊兒，教人如何理清頭緒。

風白羽沒死，我應該開心，但他卻是以轅羲九的身分出現在我面前。

莫攸然沒有殺風白羽，我便無理由再去恨他，甘心進宮爲后的我又該堅持何種信念呢？爲姐姐報仇？

聽莫攸然說起往事，我同情姐姐，但我並沒有那股強烈到要殺了璧天裔爲姐姐報仇的信念。

我無情嗎？

不，我無法爲了一個連相貌都記不清的姐姐而犧牲自己的幸福。

只是未央有幸福可言嗎？

溶溶明月讓烏雲遮去了一半，蒼穹略顯陰鬱，浮香秀色霧皚皚，春豔陰寒露涓滴。一道黑影由不遠處的屋檐之上閃過，我的第一反應就是，賊！

到底是什麼賊，竟敢闖進九王府？

想來也無聊，我便一路提步遁著那道黑影追去。不想，追至半途竟沒了人影，我訕訕地拂過凌亂的髮絲，什麼賊呀，這麼快就消失得無影無蹤。

正當我要回去之時，突然聽見一聲輕微細笑，在寂靜夜裡顯得格外明朗，我的頭皮不禁有些發麻。朝前走了幾步便在漫漫草叢中蹲下，隔著縫隙往草叢另一端的灌木叢中望去，那兒有兩個身影正曖昧地擁抱著。

「蔚哥哥，你好久沒來看沐錦了，可是瞧上了別的貌美姑娘，把沐錦給忘了。」是一女子的聲音，甜膩中帶著幾分酸味。

「沒有、沒有，只是姐姐她在宮裡出了點事，我與父親這些日子都在爲她擺平此事呢。」一名少年的聲音正慌亂無措地解釋著。

「成昭儀麼，她出什麼事了？」

「還能有什麼事，嬪妃間的爭寵唄。皇上最近寵幸了一個宮女，那宮女以爲一朝得勢了，竟不將姐姐放在眼裡。姐姐一怒之下命人毒死那宮女，卻不知怎地走漏了風聲，被一向與姐姐勢如水火的涵貴妃知道……」

我聽著少年長篇大論講述著此事，便得知這名少年定是成家少爺，剛聽那個自稱沐錦的女子喚他爲蔚哥哥，想必少年名爲成蔚吧。

沐錦——爲何聽著這兩個字我的心底竟油然生出厭惡，極度的厭惡。

「你說那宮女生得媚，有沐錦媚嗎？」她的聲音緩緩放柔，「若沐錦進宮，皇上可會寵幸於我？」

「不許，你是我的。」他聲音中有微微的惱怒，我明顯聽見「嘶」的一聲，是衣裳被扯破的聲音。

緊接著便是一聲聲呻吟來回蕩漾在這片幽靜無人的草叢，少年一手揉捏著女子的酥胸，另一隻手不斷揉撫著她的下身，雪白的肌膚在月光照耀之下更顯晶瑩嫩白。

蹲在草叢中觀賞著前方那一幕幕春色，我的臉頰燙得灼人，大氣都不敢喘上一聲。雙腳也因長時間蹲坐而開始發麻，這王府中居然還有如此旖旎祕事，這個沐錦究竟是何人，竟與別府男子深夜偷歡，對象還是太師的兒子。

少年粗喘著氣說：「錦妹妹，明日我就稟告父親，說我要娶你爲妻。」

「不行。」魚水之歡並沒有泯滅女子的理智，她一口拒絕，「我才不要去太師府做什麼二少奶奶，待你登上長子之位再談迎娶我之事。」

「這，我哥哥尙年輕，你要我如何登上長子……」

「我不管，你一天不是長子，就別妄想娶到我。」

我蹙了蹙眉頭，這個沐錦眞是生了一副黑心腸，擺明了要娶她就必須做長子。成蔚若要做長子，他的哥哥就必須死，這不是唆使成家親兄弟反目，讓其鬥個你死我活麼。

今夜竟然讓我在九王府發現了一名如此狠辣的女子，想必將來她定能傲立巔峰，睥睨這世間男子爲她鬥得血流成河。我對這位名叫沐錦的女子多了幾分探究與好奇，興許……我與她是同一類人，都喜歡置身於外旁觀這世間有趣之事。

但是沐錦卻比我多了一樣東西，陰狠冷血。而我卻只是冷心冷情，所以我比不上她。

依依不捨地惜別之後，少年輕鬆飛躍上屋檐，人影漸漸遠去我才鬆了口氣，動了動自己麻木的雙腿，卻沒想到這輕微的移動竟引起了沐錦的注意。

「誰！」話音未落，一道寒影飛掠空際，手掌成貓爪向我的咽喉逼近。

我立刻起身避過，更注意到她眼中那股凜然殺氣。

很厲害的功夫，若我繼續跟她糾纏下去，吃虧的是我自己。

不禁暗暗提氣於丹田之上，雙腿使力飛速奔離這危險之地。沐錦並不打算放過我，緊逼於後向我追來。

眼看她即將追上我，一道黑影毫無預警出現在我面前，沒來得及停腳，便狠狠撞了上去。一雙手緊摟著我的纖腰，順勢將我護於胸前。

緊追而來的沐錦立刻停下步伐，原本凶煞的目光突然變得溫順，目光甚且藏著幾分恐懼。她細聲細語地喚了聲：「大哥。」

原來她是轅羲九的妹妹，轅沐錦。

「你在做什麼?」轅羲九的聲音冷硬，不帶一分感情顏色，彷彿絲毫不當眼前的轅沐錦是自己妹妹。

「她!」她似乎想起了什麼，驚慌地揚起柔荑纖手指著我。

「她是未來的皇后娘娘，未央。」他摟著我的手並無鬆開半分，我垂首靠在他胸前，那份曾經熟悉的感覺油然而生。

一聽到我的名字，她的神色突顯驚愕，用不可思議的目光上下打量著我。那種眼神似非驚訝於我是未來的皇后，更多的是我認不清的情緒。

他衣袖一揮，淡淡道：「好了，你可以回屋了。」

她垂首恭謹地道了聲，「是，沐錦這就回去。」臨走時還不忘多瞅我幾眼。

轅沐錦離去後，我立刻由他懷中掙脫，看也不看他一眼便欲離去，卻被他擋住。

「未央，有些事我們必須說清楚。」

我揮開他擋在我面前的手，語氣滿是不耐，「我們沒有什麼好說的。」

「未央!」他的聲音突閃凌厲之色。

「好，你說。」我語鋒一轉，目光直逼於他。

雙目對峙之際他一時竟沒了言語，我的十指緊扣，暗笑於心。爲何不說話，我已經給了你解釋的機會，你這樣一語不發又算什麼？是默認你的欺騙抑或根本無話可說？

「眼下，我不知該從何說起。」他面容之上閃過一抹難色，「未央，給我一些時間，讓我考慮清楚。」

「你太教我失望了。」我黯然丟下此話，投身於茫茫黑夜中，襟袂冷然，露濃凝香。

我想知道的不過是眞心還是假意，而風白羽……不，轅羲九竟給不了我嗎？我不該給他機會向我解釋的，更不該讓他給予我失望。

第六章　冷畫屏．嫣然笑

翌日

桌上熏爐中燃著檀木香，漫漫裊裊的清香瀰漫一屋。

木窗半敞，微風拂過，幾瓣梨花溜進屋內。

我翻閱著《女論語》低聲誦讀著：

女子出嫁，夫主爲親。前生緣分，今世婚姻。

將夫比天，其義匪輕，夫剛妻柔，恩愛相因……

心不在焉地用餘光瞥了眼瑞姑姑的臉色，她目不斜視，筆直地立於我身側一動不動。都已經兩個時辰了，她站著不累，我坐著都累了。她卻一語不發地聽我誦讀，我也不敢偷懶，一連讀了兩個時辰，口乾舌燥。

當靳雪捧著許多綾羅綢緞來到屋內之時，我彷彿看見了救星一般，隨即丟下手中的書，「雪姐姐，你怎麼來了。」

靳雪將手中的東西擱置在桌上，含笑道：「這些都是九爺吩咐靳雪拿來給您的，九爺說了，若小姐缺什麼儘管對我開口，哪怕是再珍貴的東西都得給您送來。」

「王爺對未央可眞好。」聽她提起轅義九，我的笑容漸漸斂去。

靳雪抿唇一笑，我繼續問道：「雪姐姐，聽說你是轅老爺的養女，爲何要喊轅義九作『九爺』呢？」

「嘿，叫習慣了唄。」她舒坦地笑了笑，臉上的乾淨純眞讓我心頭舒暢，於是便拉著她的手坐下，細細聽她說自己的身世。

她說，自己原本名爲靳希，後來被轅義九改名爲靳雪。因爲家裡窮，九歲之時便被父親賣到轅府作丫鬟，伺候轅老爺。有一日轅老爺竟說要收她爲養女，以後不用再做下人的活了。她很開心卻也納悶，一直不知爲何轅老爺突然要收她爲養女。經過多番打聽才知道，原來是轅義九請求他父親這麼做，自那以後轅義九就成了靳雪心中的恩人。

我卻不解，這轅義九當時爲何要請求自己父親收靳雪爲養女。想及此，我不禁脫口問：「九爺對你似乎很上心……怕是，喜歡你了吧。」

靳雪一如上回在馬車上我問她是否喜歡轅義九時一般，神色黯然道：「小姐莫取笑靳雪，九爺只當我是妹妹而已。」

手指摩挲著桌案，思緒飄飄忽忽轉了許久才回來。

我有些疲累，摒去了屋內所有的人，隻手撐著額頭凝望窗外梨花簌簌而落，一時出了神。

寒更風露花枝瘦，翠袖玉笙春風襲。

猛然回神，一個身影翩然而至出現在我面前，是轅沐錦，她笑得嬌媚。

「女大十八變，未央，倒眞是變了許多，貌美了許多。」她把玩著胸前的一縷髮絲，喊著未央二字時顯得陰陽怪氣的。

我並未被她的突然出現給驚嚇，只是蹙了蹙眉頭問：「我們以前相識？」

「頗有淵源呢。」她仰頭大笑了幾聲，渾身上下散發著魅惑之氣，「想當初你還和我搶男人呢。」

「我和你搶男人？」我嗤鼻一笑，難道她說的是昨夜那個成蔚，我可沒有多大的興趣。

她上下打量了我許久，媚然一笑，緩步在我身邊轉了一圈，「昨夜那一幕你都看見了吧。其實我也不怕你宣揚出去，只是……」聲音剛落下，我的咽喉就被她緊緊掐住，「我就看不慣你這張清高的臉蛋，還有你曾經對我做的一切！」

我的咽喉被掐得喘不過氣來，只能艱難地回道：「你想……怎麼樣！」

「給你點教訓嘗嘗，讓你受受我曾經的苦。」

也不知後來發生了什麼，只記得被轅沐錦打暈，陷入了一片黑暗。

我使勁睜開雙目，一片金黃光芒刺痛了我的雙眼。

良久才緩和，睇著眼睛打量著眼前一切，粉色紗帳，百蝶穿花插屏，陳設古色古香，這到底是什麼地方，爲何看上去俱是那麼別致卻並不顯高雅，樸素卻不簡單。

我動了動，發現自己的手腳皆被麻繩牢牢綑綁著，用力掙扎卻掙脫不掉，有些氣悶。

此時一名濃妝豔抹的婦女扭動著肥大的腰，款擺著碩大的臀進來了，身上的脂粉味濃郁得讓人厭惡。

「喲，醒了。」她滿臉堆著笑，低頭看我，「瞧瞧這臉蛋光滑柔嫩的，還有這雙水靈靈美眸……哎喲喂，許久都沒收到如此上等的好貨了。」

「這究竟是哪兒！」我再也忍受不住那婦女的審視，彷彿將我當作是件奇貨打量，心中極爲不舒服。

「這是倚翠樓。」她拂了拂手中的絹帕。

我再次扭了扭被綑綁著的雙手，不解地問：「倚翠樓是什麼地方？」

她曖昧一笑，探出肥厚手指輕撫著我的臉，我用力別過頭去，討厭被人撫摸，尤其是這樣一個女人。

「倚翠樓就是青樓，男子尋歡作樂的地方。而你呀，是老娘花了一百兩銀子買來的，今夜你就得登臺！」

青樓？

轅沐錦你眞是好大的膽子，竟敢從九王府擄走未來的皇后，還將我賣來青樓。

她向背後兩名姑娘使了個眼色，她們便將雙手雙腳被縛住的我由床上扶起，攙扶至妝臺前。

「將她給我好好打扮一番，今夜我要她豔驚四座。」那名肥胖婦女笑得奸詐。

其中一位姑娘由銅鏡中打量我片刻，側首問：「四嬤嬤，是該打扮得濃豔一些，還是脫俗一些？」

她看也不看我，便朝她笑，「這還用問，當然是脫俗一些。現在的爺們都愛好那些個純情小姑娘，愈是清純愈能挑動得他們心癢癢。」

於是一人拿起木梳開始梳理我散落滿肩的亂髮，另一人拿起螺子黛爲我細細描眉，屋內充斥著濃濃脂粉味，我實在受不了，連打了幾個噴嚏。

「哎呀小祖宗啊，你可別病了。」四嬤嬤一見我有異樣，便衝上前打量著我。

我厭惡地瞅了她一眼，不發一語，任憑兩位姑娘在我臉上七手八腳地亂來。

「既然進了倚翠樓就該有個藝名，我想想……」她的手撐著下顎，在我臉上審視了一番，才說：「古書有云『嫣然一笑，惑陽城，迷下蔡』，就叫嫣然吧。」

「沒想到四嬤嬤竟有如此不容小覷的才學。」此時的我才眞正注意起這位四嬤嬤。

我一語讚言引她笑瞇了眼，洋洋得意地說：「那當然，想當年我年輕的時候在村子裡可是一大美人才女，多少有錢人家的公子慕名而來欲納我爲妾。」

聽她之言，我再看看她那肥大身軀以及滿臉橫肉，心中淨是不信，卻仍附和問道：「哦？那四嬤嬤何以淪落到主持青樓這般田地？」

她語重心長地慨嘆一聲，「那時的我心高氣傲，不甘願爲人妾。又看了《西廂記》，立誓要嫁給滿腹才學、待我一心一意的男子。後來讓我等到了，他是個窮秀才，長相也算俊，更重要的是我喜歡他。遂不顧眾人反對，堅持做他的貧賤糟糠貧困度日，每日早起晚睡從無一句怨言。」

一見她停下話來，我連忙問：「後來呢？」

「後來？老娘算是瞎了眼，這男人爲了籌措趕赴帝都應考的盤纏，竟將我以一百兩價錢賣進青樓。」

我一愣，賣妻赴考？

她見我神情異樣，便問：「怎麼，不相信嗎？」

「我信，只是感嘆世間的男子怎都如此薄倖。」我忙接話表示信其所言，其實四嬤嬤她雖含著嬌笑敘述這件事，眼神卻是騙不了人，那淺淺的哀傷充盈眸中。

見我相信，她臉上的笑容漸漸斂起，掛著苦笑，「後來呀，我在那家妓院當上了頭牌，接的客是數也數不完，收到的金銀珠寶足以讓我一生都吃穿不愁。」

「後來四嬤嬤爲自己贖了身，再來到帝都開了這間倚翠樓吧。」見到她臉上的默認神色，我繼續問：「你既賺了那麼多財寶，爲何還要淪落風塵呢，從此過些安樂的日子不好嗎？」

她連連搖頭，「你錯了，這個世上笑貧不笑娼。」

我愣了愣，笑貧不笑娼？這是什麼道理。

「你若對我的遭遇有興趣呀，以後有的是時間跟你說，只要你乖乖聽話。現在你只消準備出去見客。」她臉上淡淡的哀傷瞬間消失，向兩名姑娘吩咐道：「好好爲嫣然打扮打扮，今夜賣個好價錢。」

每走一步，我都被四嬤嬤派來盯著的紫玉、辰花緊緊跟隨在後，目光中帶著幾分戒備，生怕我會逃走。不過我也確實在找著每一分逃跑的機會，我並非怕終身淪落於此而出不去，只怕走不出這兒就不能好好教訓那個將我賣來倚翠樓的轅沐錦。

我在後臺簾幕之後踱來踱去，尋思該用什麼方法離開此地，這兩個姑娘亦寸步不離跟隨著我，就連我去方便都要跟著。而倚翠樓四周更有壯漢手持長棍把守著，怕是還沒跑到大門口就會被那幾個壯漢架回去。我可不能魯莽逃跑，否則剛才好不容易與四嬤嬤那一番套近乎就全白費了。

「嫣然姑娘，您別急，馬上就到您登臺了。」見我走來走去，以為我急著想上臺，辰花出聲安撫我。

訕訕地望了她倆一眼，隨後輕撥簾幕，偷偷探頭朝場外那一片喧囂之地望去，都是一群色瞇瞇之徒，目光猥瑣地瞧著正在臺上擺弄腰肢翩翩起舞的月如。

難道我要在這些男人面前跳舞？難道我要被這其中一名男子買下初夜？一思及此便有冷汗絲絲滲出脊背，眼下我能拖多久便拖多久，我相信九王府的人早已發現我失蹤了，必然在這帝都城四處尋找著。

月如一曲終罷，下邊傳來眾人如雷的掌聲，卻見一名青衣少年手捧托盤恭敬地上臺，托盤內不是其他，正是那爍爍的三錠黃金，我猜那一錠少之也有一百兩吧。

紫玉回道：「月如姑娘，這是二公子賞你的。」

月如嬌羞的美眸巧兮抬起，仰望二樓雅座，目光鎖定在一名紫衣男子身上，這人怎麼看都是那樣熟悉……

我立刻問：「那是何人？」

紫玉也瞅了眼上邊，回道：「那是成太師的二公子成蔚。二公子倒是闊氣，只要他看得上的姑娘，一擲千金只是小意思，可惜二公子的眼睛高得很，能被他看上的也只有咱們倚翠樓的花魁月如了。」

果然是成蔚，沒想到呀，轅沐錦的如意郎君竟踏入這煙花之地尋花問柳，更一擲千金只為博月如的芳心。

這成蔚若是花花公子，對轅沐錦定然不會是真心實意，那麼轅沐錦盼見成蔚與兄長鬥個你死我活的場面，怕是看不到了。

月如提著湘裙，小心翼翼地下臺，隨著那名少年一同上了二樓那間雅座。

「今夜咱們的月如就歸這成家二公子了。」四嬤嬤那逢迎色笑的聲音響起，「各位大爺，今日倚翠樓新進了個嬌滴滴的黃花小姑娘喲。」

一名粗聲粗氣的胖子丟了顆花生米進嘴裡，嚼了嚼便問：「這倚翠樓的黃花姑娘大爺我見多了，就不知這次又是什麼貨色。」

「好貨色，上等貨色。」四嬤嬤眉開眼笑地說著，「嫣然，出來吧，讓各位大爺瞧瞧。」

聽她那尖銳的嗓子朝我喊來，我極不情願地朝臺上小步挪動著，突又想到紫玉方才說的話，只要成蔚看得上的姑娘，一擲千金只是小意思。興許我可以靠著成蔚離開這倚翠樓，轅沐錦將我弄來這兒，我就借你情郎之手離開此地。

想及此，我漸漸掃去了一整日的壓抑，邁著輕快步伐登臺了。

頓時臺下一片嘩然，我毫不閃避他們那一道道猥瑣如豺狼的目光，膩著嗓子輕福一個身。「各位大爺，小女子嫣然，初來貴地還望各位捧個場。」

臺下一個個拍手叫好，始終散之不去。

我強忍住內心的厭惡，臉上依舊賠著輕笑，「嫣然不會舞，只懂彈琴，今兒個獻給諸位一首〈廣陵散〉。」

莫攸然對曲律向來頗有研究，從小跟隨在他身邊聽他如何奏曲，我也依葫蘆畫瓢學著。他總說，品賞樂曲靠的是天賦，只可意會。所以他從不教我，只是指點一二。

平緩柔和的弦下隱生大氣磅礴之勢，激昂慷慨正濃，隨即化作繞梁之音，漸透輕緩。

曲終琴音落，餘音卻是縈繞不絕。臺下早已一片安靜，彷若沉醉於幻美的琴音中而不可自拔。

「好曲，賞。」上頭傳來一聲清傲的男子之聲。

我仰頭循聲望了去，是成蔚？

「嫣然姑娘，這是長公子賞的。」那名家僕手持托盤，其上擺放著一顆閃閃的夜明珠，四周揭起一聲聲冷抽，足見這夜明珠的價值。

不是成蔚，是長公子？

四嬤嬤盯著那顆夜明珠瞧，眼珠子都快掉了出來，低首附在我耳邊輕道：「快上樓去謝謝長公子，他和二公子經常來我們倚翠院，這還是頭一次賞東西給姑娘呢。上去後要乖乖的，懂點規矩，勿多言，要慎行。」

隨著那名家僕，我也上了二樓雅座，裡邊靠窗的檀木桌上相對而坐了兩名男子，一名紫衣，一名藍衣。

紫衣少年想必就是成蔚了，他的面容生得很是俊美，隱隱帶著幾分邪氣，目光深邃藏著淡薄之態。他沒有看我，只是舉起酒一口飲盡，姿態甚有貴族子弟氣息。

藍衣少年應該就是長公子了，他慵懶地靠在窗上直勾勾盯著我，彷彿欲將我看透。他的容貌比起成蔚少了幾分陰柔，多了幾分剛毅，稜角分明，唇邊似笑非笑，目光狂放不羈。

「這新來的嫣然姑娘比起倚翠樓眾姑娘還眞是不同。」戲謔語聲自長公子口中傳來。

「大哥對她有興趣？」成蔚放下手中酒杯，這才將視線投向我，目光中別有深意。

長公子突由凳上起身，一把勾起我的下顎，仔仔細細打量了許久，饒富意味地笑道：「是有興趣。」

這長公子看我的眼神似乎並不像是看女人，而是看獵物？被他的目光看得怪不自在，我忙轉移話題，「謝長公子的賞賜。」

他一聲嗤鼻之笑，「這風塵女子皆好這些俗物，我給的不過是你們所需要的，成家並不在意這些俗物。」聽他口氣滿是嘲諷，根本不將女子放在眼裡。他那般惡劣態度我倒不介意，我要的只是離開這裡。

「長公子，若你認爲光憑一顆夜明珠就能收買嫣然的心，那你便錯了。」我緊捏著夜明珠，目光毫無畏懼地回視他的瞳，「嫣然雖是風塵中人，但爲了這區區一顆夜明珠而賣身是絕無可能之事。」

聽完我的話，他放肆地大笑，「不是爲了錢，何以要做娼妓？難道做了娼妓還要立貞節牌坊？」

我則毫不留情，一巴掌便搧了過去，許是他做慣了高高在上的公子，根本沒想到區區一個風塵女子竟敢打他，而愣然地接下了那一巴掌。

此時他眼睛裡都快噴出火來，帶著盛怒瞪視著我，彷彿馬上即要捏斷我的脖子。

我輕輕嚥下口水，不去注意他那欲將我剝皮抽筋的眼神，強自鎮靜地說：「女子是用來疼而不是用來侮辱的，難道這貴族子弟都如長公子般喜歡踐踏女子的尊嚴嗎？」

周圍的家僕與靜立一旁的月如早看傻了眼，怔怔盯著我們倆。而成蔚則是一副看好戲的模樣瞧著我們兩人之間的衝突，絲毫不見勸阻之意。

長公子咬著牙，一字一句地說：「娼妓就是娼妓，還妄想得到尊嚴。」

危險至極的氣息襲來。此時的我有些怯懦了，正思量著是否該就此道歉，否則我的小命怕是頃刻間就要喪於他手裡了。

我會這樣頂撞他，甚至給了他一巴掌，全是想起莫攸然曾經教我的馭夫之術。姐夫說，對於男子要欲迎還拒，才能挑起男子對你的興趣；又說，男子大多喜歡剛烈難馴的女子，因爲這類女子少見，所以更能引起他們的征服欲望，將征服這樣類女子視爲成就與樂趣。

本來打算賞他一巴掌讓他覺得我特別，然後我就能裝作可憐，讓他將我買下，如此離開倚翠樓。只要出去，我要逃也就容易得多了。

可是眼下……我將這招用在這長公子身上似乎不太管用，這一巴掌是否打得太重，適得其反？我可不想因這一巴掌而命喪於此！

正當我要開口求饒之時，只覺整個人倏地懸空，已被那長公子扛在肩上。我連連掙扎著，「你做什麼，放我下來。」

他緊緊箍著我的身子，不顧眾人的異樣目光便將我扛出雅座，在場之人一片譁然。

「長公子，您這是……」四嬤嬤立刻上前賠笑地攔住他的去路。

「這個嫣然，今夜我買下了。價錢不成問題，問成蔚要便是。」

聽到這話，四嬤嬤喜笑顏開地應了一句：「白玉，給咱們長公子找間清靜的屋子。」

長公子的臉上勾起邪魅一笑，邁著大步隨著那名叫白玉的丫頭朝二樓最裡間的房走去，我叫苦連連。莫攸然，你要害死我了，你的什麼鬼道理，還稱什麼馭夫之術，這長公子根本不吃這一套，瞧瞧他那副鐵青臉色簡直就是想將我活剝了洩恨。

「砰」的一聲，門被長公子用力關上，毫不留情地將我丟至床上。

我渾身上下骨頭都要散架了，痛得齜牙咧嘴，卻仍掙扎著從床上爬起。看他那殷紅如獅般的瞳目燃燒著熊熊怒火，我有些懼怕地朝床裡側挪了挪。

「你要做什麼！」

「做什麼？你說我買你是想做什麼？」他站在床前俯視著我，身子將眼前燭光擋去了大半，我整個人被一片陰暗籠罩著。

意識到此刻的危急，我立刻道：「如果是因爲那一耳光……我道歉，我是因爲一時氣憤才冒犯了長公子，要不，你也給我一耳光？那我們就扯平了……」所謂好女不吃眼前虧，無論如何我得避過這一劫再說。

他俯下身子，猛地扼住我下顎，縱聲大笑，笑中藏著陰涼之色，「我還當嫣然姑娘是多麼貞烈的一個女子，沒想到也會害怕。我成禹活了二十三個年頭，從來沒有人敢搧我一耳光，更何況是像你這樣的娼妓！」

我在他的箝制下，掙扎開口：「我……」才張口，他熾熱的唇瓣便強勢凌奪地欺了上來，下顎間的箝制消失，只覺胸口一涼，衣襟被他狠狠撕開。

他的吻如刀狠狠劃在我的唇上，呼痛聲完全被他那狂妄霸道的吻吞噬。

他用力將我壓倒在床上，貼著我的耳畔冷笑道：「卿本佳人，我見猶憐。」手指從我敞開的胸前往下探索。那一瞬間我的憤怒與疼痛俱被屈辱淹沒。

「長公子，我的身分是未來的皇后娘娘，皇后你也敢動！」

「皇后？」他狂妄放肆地笑了，「那我更要替皇上先要了你。」

他俯身，再次覆上唇肆虐著。

我不禁有些絕望，就連搬出了皇后的身分他都沒有絲毫猶豫，甚至絲毫未慮及我所言之眞假，可見他連皇上都不怕。

心一狠，我張開唇齒毫不留情地朝他唇上咬了下去。他一聲呼痛，離開了我的唇，血腥味在我口中不斷蔓延，可見我這一咬異常狠絕。見他捂著唇，我使盡全身力氣將他踢下床去，攏著自己殘破不堪的衣襟跳下床，打算開門逃跑。

長公子立刻上前硬將我拖了回來，摔在地上，更以他整個身子將門堵住。我恨恨地仰頭望著他暴怒的目光，他的唇上留下了我咬破的齒印，血如泉湧般肆意滴落在地。

我看此次是真的無法逃脫了，難道我該就此認命，將自己的身子給一個我絲毫不認識的男人嗎？

不，我不要。

那樣的我與娼妓有何分別，寧為玉碎不為瓦全。

我掙扎著從地上爬了起來，任自己殘破不堪的衣襟由肩上滑落，緩緩後退著，堅定地說：「士可殺不可辱！」驀地轉身，朝屋內唯一的窗口奔去。

長公子似乎意識到我要做什麼，飛快奔了過來想拉住我，我卻已縱身由二樓躍下，投入下邊漣漪陣陣的湖面。

次日，我在一間雅致的屋子醒來，緋紅的帷帳深垂，隔著珠簾帳有一個大鼎，煙霧裊裊升起，瀰漫了整間屋子。紫檀桌上有一西施浣紗觚，裡面插著幾束嬌豔欲滴的紫玉蘭，花姿婀娜，氣味幽香。朱窗蘭牖微開，清晨的風溜進屋內。

這裡是哪兒？我明明記得昨夜由倚翠院二樓投湖，是被人救起了嗎？

我掙扎著支起身子，發現昨夜那身殘破的衣裳已被人換成了淨白的寢衣。我用力拉扯著衣襟，看見手腕上青青紫紫的瘀青。我想，此刻我的臉上、胸前、腿上、脊背應該都布滿了這樣的瘀青吧。

昨夜……也不知道被那個成禹扔在地上多少次，眼下的我就像被人拷打過一般，連動動手、動動腳都會痛得冷汗淋漓。

這裡想必不是倚翠樓，倚翠樓的擺設不若此般雅致，屋內的畫作、瓷瓶，件件皆出自名家之手，價值不菲。此刻我極可能身處於太師府，我還是逃不過成禹那廝的魔掌嗎？再想起我搧他的那一巴掌，真是悔不當初。若當時賞我的是成蔚，興許此刻早就得到贖身，逃回九王府了吧。

一想起九王府，腦海中浮現的是轅羲九那張淡漠的臉，與戴著銀色冷面具的風白羽交互重疊著，心中頓生了幾分酸澀。緊接著又想到轅沐錦的嬌膩臉蛋，我真恨不得撕碎她那張在轅羲九面前故作膽怯的可憐臉孔。

將自己蜷縮在床角，將被褥摟在懷抱中，我緊咬著唇，強忍住幾欲滴落的淚水，戒備地盯著珠簾外那扇緊閉的朱門。

整整一日，都沒有人進入這間屋子，我飢腸轆轆，卻又不敢下床，生怕再遇到那位長公子。

漸漸入夜，屋內陷入一片黑暗，唯有窗外皎潔的明月漏了幾點清輝進來，映了滿地塵霜。

隨著輕微的開門聲，一隙亮光射了進來。

我緊攥被褥的手又用了幾分力，直勾勾盯著成禹，他背後有一名家僕將擺滿飯菜的托盤放至桌上，然後取出火摺子點燃紅燭。強烈的火光讓我的眼睛一時間適應不了，本能地拿手掌擋去眼前的光芒。

直到緩和後，我才睜開雙眼，成禹的面容在燭火照耀下略顯蒼白。他的下唇有一塊齒印，是我的傑作，這會兒已開始結痂。

「吃吧。」他負著手筆直佇立，冷睨著蜷縮在床角的我。

我依舊緊咬著唇，不搭理他。

他上前一步，就像拎小狗般將我由床上拎起，另一隻手托著我的腰際將我丟至小凳上。

看著滿桌色香味俱全的菜式，我嚥了嚥口水，別過了頭，忍住想動筷的那份衝動。

「怎麼，不想吃？」

「我才不要吃你這個混蛋的東西，不吃！」我的口氣異常堅定，豈料肚皮傳來咕咕叫聲洩了我的底。

成禹哈哈大笑，笑聲中隱含無比嘲諷，「既然你不想吃，可真就白白浪費了這麼多好菜。」語音未落，他一手便將桌上飯菜全數掀打在地，乒乒乓乓的破碎聲令我異常恐懼。眼前這個成禹……只要是對他沒用處的東西，他定會毫不猶豫地毀滅吧，真是很可怕的一個人。

第七章　疏影横·冷摧残

最後，成禹丟下一句「敬酒不吃吃罰酒」便自離去。他走後不久，一名管家將我領至太師府後院的下人房，屋裡還有三名身形強健的姑娘，用異常的目光睇我。

管家說：「今後你就住這兒了，每日早起隨她們洗衣劈柴。」他指著我背後那三個大姑娘，又道：「長公子吩咐了，這女子烈得很，不聽話就馴馴她。」

「是。」她們三人異口同聲地回答，聽得我有些悚然心驚，她們似乎很樂意接受這份差事呢。

晨曦破空而出那一刻，我就被她們自被窩中扯了起來，拽著我到井邊。其中一個指著那盆堆積如山的臭衣服說：「你給我將這些衣服全都洗乾淨，一個時辰後我會來檢查。要看見你在偷懶，別怪姐姐我不客氣！」

我乖乖頷首道：「是、是，我一定洗完這些衣服。」說罷，我已經提起水桶朝深井中打水上來。

「嗯。」見我表現不錯，她滿意地瞅了瞅我便離開了。

見她身影漸漸走遠，我無力地蹲坐在井邊，俯視著清水中映照的那張臉——唇邊與臉頰上的瘀青已轉變為深紫色，許多碎髮凌亂散落在頸邊，活脫像個長期遭人虐待的丫鬟，好不狼狽。難道我將終身關在這太師府洗衣服嗎？

突然瞧見一隻獵犬正在四處搜尋食物，我靈光一閃，如果這裡有獵犬，那麼鐵定有狗洞了。雖說鑽狗洞不是大丈夫所為，但我是女子，為了保命鑽一次狗洞亦無妨吧……

尋思及此，我便放下手中的一切，在這偌大的後院牆角邊四處尋覓狗洞，但找了好久都沒見著，頓時有些洩氣。渾身的痠痛更是讓我支不起身子，無力地癱坐在漫漫草叢內，身子倚靠牆角邊，昏昏欲睡。

突然，一道細微的聲響驚醒了我，我警覺地望著乍似空蕩無人的四周，察見不遠處的假山石後方有兩個身影晃動。

「聽說你大哥昨夜在倚翠樓買了一個女子。」

這聲音是轅沐錦的，著實駭了我一大跳，立刻伏下身子埋入草叢中，緊靠著牆角匍匐前進。生怕此刻會被他們發現，若然如此我又得遭殃了。

「是呀，那嫣然真是與眾不同，竟敢當眾搧大哥一個耳光。後來抵死不從大哥，還投湖自盡……」成蔚雖壓低了嗓子，聲音卻很渾厚。

「自盡？死了沒？」

聽轅沐錦的聲音中竟帶著期待……期待我死？怕是沒那麼容易，我還要留著命來教訓你呢。

「被大哥救下帶回府了。」

「她眼下人在太師府？」轅沐錦一聲驚叫，「不行，快帶我去找她。」

成蔚頗感詫異地問：「怎麼了？」

「一定要找到那個丫頭，殺了她。」

我一怔，殺我？

突然感覺自己手邊一陣空，我大喜，是狗洞……終於被我找到了！

轅沐錦，你要殺我，等下輩子吧。待我回到九王府，頭一個對付的就是你這臭丫頭。帶著異常興奮的思緒，我伏低身子壓下頭，自那勉強容得下我整個身子的狗洞鑽了過去。費了好大一番氣力，我才探出半個身子，眼前的情景卻教我爲之驚愕。

「嫣然姑娘，你這是在忙什麼？」成禹坐在靠椅，閒沐於暖陽下，眸子含笑一派悠哉地睇著我。他的腳邊蹲伏著幾頭獵犬，不時伸出舌頭舔著他那泛銀光的靴子。望見此景，原本帶著欣喜笑容的我頓時僵住了，只能呆呆地伏在地上，傻傻凝望著他。

仔細看了看成禹所處的小苑，楊柳依依，花草嬌嫩，色澤蔥鬱，晨風中帶著絲絲香草氣息。院落十分幽靜，但聞百鳥啼鳴，悠長深遠令人陶醉。這裡難道是成禹的住處？我費這麼大的勁，竟然鑽進了成禹的住處，不是將自己送入虎口嗎？

前方成禹，後面轅沐錦，今兒個終於讓我體會到何爲「前有豺狼、後有虎豹」，進退兩難的滋味。

「你打算一直趴在那兒？」成禹挑了挑眉，甚有看好戲之態。

我無奈地嘆息一聲，緩緩將整個身子由狗洞裡探出，整了整凌亂的衣襟及沾在身上的雜草，然後回視著他含笑的目光。「成禹，我再對你說一次，我的身分是未來的皇后。」

他那戴著玉扳指的手撫摸著獵犬的鬃毛，目光深不可測，卻也不說話。

「我知道你不信，但我仍要告訴你，我眞的是未來的皇后娘娘，未央。之所以淪落倚翠樓完全是被賊人所擄，我相信眼下九王府的人肯定在四處打探我的消息。」現在的我是逃也逃不掉，也就只好和他攤牌說個清楚，我不能繼續待在太師府了，這個轅沐錦竟想要殺我！

一聲冷笑打斷了我的話語，他自靠椅上起身，「什麼未來的皇后我不管，我只知道買了你，你就是我成禹的人。」

看出他對我所說的話不大相信，我便回以篤定的眼神，急道：「我的身分眞的是未來的皇后，你可以送我去九王府辨認。」

意。

「就算你眞是未來的皇后，那又怎樣？」他垂首笑了笑，我看不清他的表情，但能明顯感覺到他身上的冷意。

我一陣驚愕，這話問得好沒道理，他身爲臣子，怎能與皇上爭搶女人。他的態度更是讓我覺得驚奇，莫非他和皇帝有仇？一提起壁天裔，他渾身上下充斥寒光陣陣，就連站在他身邊的我都有些喘不過氣來。

「長公子！」一陣急促的聲音打破了此時尷尬的氣氛，管家疾步匆匆而來。

成禹的臉色漸漸平復，側首問：「什麼事大呼小叫的。」

「九王爺帶了大批侍衛將太師府圍起來了。」管家輕喘著，呼吸甚是凝重。

「轅羲九。」成禹念著這三個字，突然想起了什麼，驀地轉身，目光凌厲地盯著我。

此刻的我心中充滿歡喜，短短兩天，轅羲九就能找到太師府，可見他背後的情報勢力有多麼大。我含著笑容，睇著成禹說：「都說我是未來的皇后了，這回你信了吧。」

成禹眉頭深鎖，上下打量著我，似乎想將我看透。

被他盯得怪不自在，我清了清嗓音道：「成禹，雖然我對你的惡劣態度深爲厭惡，但仍不得不提醒你，小心成蔚。他與那轅沐錦也不知何時勾搭在一起，正密謀著坐上長子之位呢。」淺淺地勾起一笑，轉身欲前行，手臂卻被成禹緊緊攥住，疼痛蔓延了我整條手臂。

「你做什麼，現在一切都眞相大白了，你難道還不放我嗎？」因疼痛，額頭上的冷汗漸漸沁出。

「你是我花錢買來的。」他這話說得異常嚴肅。

「你花了多少錢，我必定叫轅羲九雙倍賠償給你。」

「是天竺九龍壁珠，我倒要看轅羲九怎麼弄來。」成禹帶著冷笑吐出幾個字。

天竺九龍壁珠？這可是稀世珍寶，據傳世上僅有兩顆，確實難弄。不過，既然成禹是用天竺九龍壁珠將我從四嬤嬤那兒買來的，只要轅羲九再去弄回來便成，不行就用強的……

「我若沒聽錯，你剛才說賠雙倍的。」似乎看出了我的想法，成禹便不緊不慢地將我思緒打斷，緊接著對管家道：「去回稟九王爺，不是成禹不放人，而是未來的皇后娘娘金口玉言允諾賠償雙倍。待他找齊了兩顆天竺九龍壁珠，成禹包準放人。」

我怔怔望著成禹的側臉，頭一回痛恨自己的口快，更痛恨這個捉我話柄的成禹！

最終還是沒有見到轅羲九，我想他應是去找天竺九龍壁珠了吧。他人雖走了，但大批侍衛依舊寸步不離地將太師府團團圍住，當下成太師便怒氣沖沖來到成禹的小苑，先向我行了個大禮，隨後不斷朝我賠罪說著：「娘娘您請見諒，禹兒不懂事，微臣這就送您回九王府。」

成禹哪裡肯依，面對自己父親仍用那冠冕堂皇的理由說：「不是成禹不放娘娘回去，而是娘娘承諾過了，相信皇上不會怪罪於咱們成家。」

這話說得好像一切事端都是我挑起一般，他倒將責任撇得一乾二淨了。

我只能勉強擠出笑容，佯裝大方地對成太師說：「既然說了要賠償雙倍給成大公子，我必是一諾千金。相信九王爺很快能將兩顆天竺九龍壁珠奉予長公子的。」其實心中早已怒火橫生，若非礙於此刻受制於人，我早就將成禹那披在身上的羊皮給揭開了。

最後，成太師見我不加怪罪，遂放心離開，臨走時再三吩咐成禹不可怠慢了我。得了吧，成禹不再將我朝床上摔、往地上丟就萬幸了，還能如何要他不得怠慢我。

待成太師走後，我抑制不住內心的好奇問他：「詩經有云『窈窕淑女，君子好逑』，為何到你身上就全變了樣？」

他卻神情嚴肅地回答：「因爲你非淑女，我亦非君子。」揮了揮衣袖，便朝自己屋子走去。

看著他身上寬鬆的袍子於行走時被風揚捲而起，修長身影在夕陽拂照之下忽明忽暗，散落於肩的髮如墨般鋪瀉，光瞧背影便活脫如風雅瀟灑的貴族子弟，生得也確實一表人才，卻是個有虐待傾向的男子，尤其看不起女子，態度更是惡劣，比起莫攸然眞是……不，莫攸然的性格我從不曾眞正摸清，光是和那塊木頭楚寰相比，兩人著實天淵之別。

每回想起莫攸然我必定想起轅羲九，兩人眞不愧爲兄弟，都是表裡不一之人，其城府與心機使我深感……欽佩。用「陰險」形容他們倆我覺得不大合適，畢竟他們爲天下人所敬佩，更屢立戰功救民於水火之中，我想，對於他們兩個我只能以「欽佩」二字來形容。他們身上那股成熟穩重和不喜形於色的氣質，我得花多少時間才能學會呢？

興許，當我眞正學會了他們的城府心機，才有資格坐上皇后之位吧。

而眼下的我仍不夠成熟，總會爲俗世塵務所纏繞，曾努力想要放開，卻怎麼也無法說服自己放手。是不甘心吧，就這樣被一個全然信任的人所欺騙，我憎恨這樣的感覺，更渴求一個理由。可是誰教我懦弱呢，話到嘴邊卻不敢問，又能怪誰？

正當我想得入神之際，成禹猛然回首，目光犀利如火盯著我，漸落的夕陽將他的側身照耀得一片澄紅，就連髮絲都金燦耀眼。又對上他那朝我直射而來的眸光，我不禁打了個冷顫，那雙瞳目竟是火紅一片，如烈獅般妖邪。

我瞇著眼睛仔細望著他的瞳，想是因爲夕陽照耀才使得他的眼睛如此邪魅吧。

「從此刻起，到轅羲九找來天竺九龍壁珠這段時間，你就負責伺候我，正好，本公子屋裡少一個丫鬟。」

聽他要將我當丫鬟使喚，我險些氣岔，不忘提醒他：「我是未來的皇后！」

「你是我買來的。」他立刻糾正，隨後揮喝著，「快，去給本公子準備晚膳。」

這回可好，沒對我施暴反倒開始拿我當丫鬟使。

成禹用完晚膳後便倚坐在案前翻閱書籍，他沒准許我走，我也只能呆立於其後陪讀。他翻閱的是近年的北國史，令我亦不自覺探出腦袋默讀起裡邊的內容。其中一段記載甚爲有趣——「北國王子夜鳶，儀容絕美，深得父愛。三代聖女皆因他自毀清譽，終沉江祭祖。」

關於北國的聖女之說我聽莫攸然提過一次，北國每朝都會選出一名出身高貴兼有傾國傾城之貌的處子爲聖女。聖女代表著整個北國皇朝的榮辱，她們必須肩負起做爲聖女的責任，終身守宮，誓不嫁娶。若有違聖女德行，必沉江祭祖。說明白些，聖女就是北國皇朝的一件擺設，是供給天下人欣賞的女子。而當朝先後選出的三名聖女皆迷戀上北國王子夜鳶，處子之身被破，無法再代表北國的榮辱，皆先後沉江祭祖。

夜鳶，身爲北國桀王之長子，竟敢如此放肆地勾搭聖女，是因他那愛子如命的父王過於寵溺他吧。

「我是讓你來做丫鬟，不是讓你看書的。」見我讀得津津有味，成禹將手中書冊朝桌上一攤。

我收回視線，順著他的口氣回道：「是，長公子。您現在還有別的吩咐嗎？」

他撐頭思考了片刻才說：「我乏了。」

聽到這三字，我終於鬆了口氣，「那您早些就寢。」我看，在太師府只能熬過一日算一日了，只盼望轅羲九能早日歸來。

「入寢前，我得先沐浴。去，給我打熱水來。」他將僵硬的雙臂舒展開來，再由椅上起身，將正呆站著的我推了一把，「傻站著做甚，快去。」

在如此強勢之人面前，我絕不能硬碰硬，必須忍耐再忍耐。只要轅羲九回來了，一切都會好的。

我深吐出一口涼氣，默然轉身離開屋子，爲他準備熱水。

紫陌香塵，清風絮翩舞，稀紅漸露。

便見院落中轅沐錦與成蔚朝此走來，我手中緊捧的水盆一滑，摔落在地。轉身便朝成禹的屋內跑去，帶著一陣輕風，我推開了門。成禹詫異地盯著慌張的我，沒等他開口我便猛地將門關上。

他信步朝我走來，「有鬼催命？」

「大哥，你在裡面嗎？」成蔚的聲音接著傳來，我的手一緊，雖知此時此刻我並不會有多大的危險，但仍克制不住擔憂。

「什麼事？」成禹淡淡應了一聲，目光始終深莫能測地盯著我。

「沐錦想見見未央姑娘，她在你屋裡嗎？」

「不在。」成禹含著笑意，淡定地吐出兩個字。

外邊陷入一片沉默，我的臉色已經冷了一片。這成禹是睜著眼睛對成蔚扯謊呢，眼下太師府誰不知道我在成禹這兒，他竟回了一句不在，誰肯信！

「那我與沐錦下回再來找未央姑娘。」

「不用再來了，來多少次她都不在。」成禹拋出這句話後，我明顯聽見外邊傳來一聲冷哼，那是轅沐錦的聲音。緊接著外邊的腳步聲漸漸遠去，消失無蹤。

「你這是在躲轅沐錦呢。」成禹低下頭睇著我，聲音異常低沉，彷彿看透了什麼。

由方才的情形我看得出來，成蔚與轅沐錦都怕成禹，即使明知我在他的屋內，也未敢言明，只能將怒火吞進肚裡訕訕離去。如此說來，在轅羲九沒回來之前，只要我一直待在成禹身邊，便不會有危險。

爲了待在成禹身邊以求得安全的保護，我立即頷首道：「是啊，不瞞你說，我之所以淪落倚翠樓，全拜轅沐錦所賜。」

聽及此，成禹頗有興趣地問：「她為何要將你賣入倚翠樓？」

看著他臉上好奇的神色，我長嘆一聲，「還不是因為你。」

「我？」聽到這個答案，他似乎並不滿意，鎖著眉頭問：「和我有何干係？」

「還記得今早我對你說過，轅沐錦那丫頭和成二公子正密謀著要將你這個長公子扯下位。那夜正是在九王府偷聽到這些，轅沐錦便起了殺機。」我垂首長嘆，努力裝可憐博他同情。

成禹突然哈哈大笑，似乎一點兒也不將我此刻的話放在心上。我以為他會感激我帶給他如此重大的信息，好好防一防成蔚，沒想到他竟然笑了出聲？很好笑嗎？

「我好奇的是，轅沐錦那丫頭為何當初要擄你去倚翠樓，不乾脆殺了你？現在反倒是弄巧成拙了。」

「誰知道呢。」我總不能告訴他，因為小時候得罪過轅沐錦，所以她想將我丟在青樓讓男人侮辱後再殺了我吧。而且，小時候是怎麼得罪她的我一無所知，說出來還不讓他笑話死。話鋒一轉，我道：「你要知道，未來的皇后若慘死你們太師府，後果何如。」

「為了保護未央皇后的生命安全，今後就寸步不離跟著我吧，興許……與我同床共枕會更安全些。」他了然點頭笑了笑，瞳中閃過詭異的紅色。

我先是被他眼中再次出現的那抹紅光駭住，隨後被他戲謔的語氣勾回了神，看他面容似顯嚴肅地說著這句話，眼底卻有含掩不住的笑意。

我支著下顎，點點頭大表贊同，「確實是個不錯的主意呢，但若讓皇后聲譽受損，你們成家可是擔待不起的。」他一聲嘆息，甚覺可惜地搖搖頭。

與他詳說了片刻後，決定一人睡寢榻，一人睡寢榻另一側的書房，中間僅隔一層珠簾。在我抗議再三之下，成禹做出了最終決定，我睡書房、他睡寢榻，而且還說了個冠冕堂皇的理由。

「寢榻在外，書房在裡，這樣才可以保護您的安危。」

在太師府內待了近五日，成蔚與轅沐錦再沒來找過我的麻煩，我亦寸步不離地跟在成禹身邊不敢亂走。他倒挺閒適，這幾皆待在府裡，幾乎不出去。當眞是個游手好閒的貴族公子，鎭日無所事事於府內遊蕩。他最常逗弄的就是緊隨他身側的兩隻獵犬，常聞貴族子弟都愛養幾隻小動物，這成禹的口味卻是兩隻身形龐然的動物，果是與眾不同。

我不敢接近那兩隻獵犬，總覺得牠們眼中常閃過嗜血的凶猛，彷彿隨時會朝我撲過來。每回成禹身邊跟著那兩頭獵犬時，我總是趕忙退避。

直至多年後我才由夜鳶口中得知，那並不是獵犬，而是狼。

今夜我依舊躺在書房的小木床上，外邊嘩嘩下著大雨，身上蓋著單薄的絲褥有些涼，令人難以入睡，只能緊擁著被褥，睜眼望著漆黑的屋子，側耳聆聽大雨侵襲之聲。幾日下來，成禹並沒有多加刁難我，性格由最初的殘暴變得有些冷淡。我倒很意外他這樣的轉變。

突然聽見一陣輕微的步伐聲朝書房內走來，我立刻閉上眼睛，心跳得厲害。我明顯感覺到是成禹的氣息，這麼晚他偷偷溜進來做甚，難道又想對我施暴？

腳步聲突然在我床邊停下，書房內瀰漫著陰森冷鬱的詭異，我幾乎想要放聲尖叫，卻在此時一個厚重的東西壓在我身上，隨後腳步聲漸遠，「咯吱」一聲，他拉開門離開了屋子。

猛烈的心跳漸漸平復，由床上起身，指尖撫過方才成禹為我蓋上的那層厚厚被褥。我輕笑一聲，想來是我疑神疑鬼了。但是都子時了，又下這麼大的雨，他還要去哪兒呢？

我彷彿聽到一陣細微的談話聲從外頭傳入，疑心頓生，遂赤足下床跑到窗旁，由窗縫望向外邊。成禹身著單薄的寢衣負手傲立於廊中，傾盆大雨中跪著幾名手持佩劍的高大身影。瞧他們的低姿態我有些奇怪，彷若犯了什麼錯正向成禹請罪，口中還不時飄出幾個字：「少主。」

少主？

成禹不是太師府的長公子麼，如何變成了少主？

「爲何要將未央擄進太師府？」一聲陰寒之語讓我打了個冷顫，這聲音，我一輩子都不會忘記，正是與我相處七年的莫攸然。他，不是回去若然居了麼，怎會出現在成府？

「我並不知她就是未央。」成禹的聲音被雨聲沖刷了幾許，卻仍清晰可聞。

「既然現在已知，爲何還不放人？」

「如果我說不放呢？」成禹一聲冷笑，在這樣陰冷的雨夜中顯得異常陰鷙。

「你想破壞我們的計畫？」

「笑話！沒有未央，難道我們的計畫就會功虧一簣？」

計畫！

莫攸然什麼時候竟與成禹聯手？他們的目的，是安插暗樁到壁天裔身邊獲取更多情報嗎？成禹的父親是當朝太師，他的姐姐是壁天裔的成昭儀，他們成家權傾朝野，根本沒有理由要對付壁天裔！

「請少主記住自己的任務便是。屬下替大妃提醒您。」

此言方罷，便聽聞一片寂靜，再無人答話，莫攸然似乎走了……

我的腦海頓生驚覺，有個聲音告訴我，不能再偷聽下去了，否則我的小命怕是難保。

一想及此，便躡手躡腳躺回了床上，被褥將我整個身子裹得緊緊的，腦海中浮現的皆是那幾聲少主，還有……大妃。

興許成禹並不如我想像中那樣游手好閒……

正當我思考出神，一陣呼吸輕拂在我耳畔。我全身一僵，緊閉眼睛就是不說話，僵硬地躺著。

「還裝？」他輕笑一聲，扯開我緊裹在身的被褥，手襲上了我的腰際。略帶冰涼的吻也襲了上來，我只得猛地睜開眼睛對上那雙在黑暗中閃亮如火的眸子。

「你……」才張口，他火熱的舌尖便探進口中，我無法推拒，只能被他壓在床榻之上，愈吻愈烈的探索讓我感受到他眼中濃重的情欲。

我不敢再掙扎，最後乾脆大大方方躺在床上任其索吻。他吻了片刻，深覺無趣，便由我身上翻轉而下，與我併肩躺在床上。天知道這張床有多小，容我一人尚可，再加上一個成禹，我真擔心下一刻床就要塌了。

「剛才，你都聽見了吧。」他的語氣讓人琢磨不透，甚至讓我覺得害怕。沒待我說話，他便笑道：「你的姐夫莫攸然不曾告訴過你嗎？」

「他只告訴我，姐姐是壁天裔殺的，我必須進宮替姐姐報仇。」聽他已在向我揭底，我也沒必要再隱瞞了，遂打開天窗說亮話。

「憑你一介女子，如何報仇？」

「莫攸然說，『你的手中沒有刀，只能用身子與美貌去魅惑他，讓他爲你弱水三千而只取一瓢。』」我一字不少地把莫攸然的話講給成禹聽，像是在說笑話，像是在嘲笑自己。

「弱水三千而只取一瓢。」成禹低沉地重複一遍，語中似含笑，「不過，以你的姿色確實能夠做到。但你要魅惑的人是壁天裔，可他並非皇甫承那等昏庸好色之輩被碧若三言兩語就迷惑了，直至兵臨城下才發覺一直躺在自己身側的女人是奸細。」

「既然壁天裔如此清明，那你與莫攸然爲何還要將我推進皇宮呢？」

「哦？看來你眞是失憶了。」帶著幾分輕笑，他的手攬過我的腰際，呼吸不斷噴灑在我頰側，劃過耳垂。

「既然沒把握得到壁天裔的心，不如跟了我吧。我帶你脫離苦海……」

我一笑，當他的話是戲言，他們布置了多年的計畫，豈是說放手便放手。興許是我在他們的計畫中雖微不足道，卻很可能因我而敗露吧。

「在你救我脫離苦海之前，能否說出你的身分呢？」

他目光一凜，嗤鼻一笑，一個翻身由床上躍起，「小丫頭，將我的話當眞了？你在我心中充其量不過是一枚棋子，閒暇之餘逗樂的玩物。」

「哦？未央還以爲長公子你愛上我了呢。」絲毫不介意他言語上的輕蔑，我大大方方地將被褥扯過，將冰涼的身子蓋好，慵懶抬眼望著他。

他的目光一沉，抿嘴成鋒，一聲嗤鼻的笑意由嗓中逸出，隨即無聲無息地離開。

第八章　富貴花．情何堪

這些日子我總在盼望著轅羲九快些找來天竺九龍壁珠，就不消再受成禹的壓迫。豈料一件令我措手不及的事卻在這之前發生了。太師府一夜間被眾侍衛團團圍住，火光爍爍，我感覺有什麼大事即將發生……不，已經發生了。

自今白一早便不見成禹的人影，令我隱約覺得事有蹊蹺，此刻又聞重兵已然包圍整座太師府。而領兵之人正是玄甲衛的統領郝哥。

自成禹口中曾略問及「玄甲衛」三字——皇上登基後第二年便設立了殿前玄甲衛，如今已是專屬天子的一支強悍禁軍，大都駐守於帝都皇城之內，掌侍衛、緝捕、刑獄之事，直接聽命於皇上。由於皇上對玄甲衛十分重視，他們也日漸跋扈，不將任何人放在眼裡。

而今夜玄甲衛來勢洶洶，令太師府上下皆陷入恐慌，我與丫鬟家僕們擠在一起望著闖進府的玄甲衛，軍容整齊地手持火把，將周圍照得通亮。成太師與成蔚佇立在一名身著錦衣的中年男子面前，雙手負立，睥睨著他們，「你們好大的膽子，這裡可是太師府。」

「太師府？哼，這裡馬上就要變為一座廢墟。」男子狂妄一笑，瞧他那副盛氣凌人的樣子，定是玄甲衛統領郝哥了。

「郝哥！」成蔚指著他，話還沒說出口，郝哥便由懷中掏出一箋金黃聖旨，「成太師，你可看清楚了，這是什麼！」

「這……」成太師臉上終於露出了一抹恐慌，就連一向冷靜的成蔚都無力地後退了一步。

「成太師你爲兩朝元老，位居高位，卻包藏北國二王子夜翎整整十七年。他在南國網羅了多少軍政機密，收買了多少朝廷官員，而一人之下萬人之上的太師又在兩國之間得到了多少好處？成太師，您倒是說說啊。」

郝哥臉上布滿了鬍鬚，我看不清他的表情，但能感受到他身上熊熊的怒火與殺氣。

夜翎……難道夜翎就是成禹？難怪那夜聽莫攸然口中談起「大妃」，只有北國才稱皇后爲大妃吧。莫攸然爲了幫碧若姐姐報仇，竟然勾結敵國麼，他對壁天裔的恨當眞到了如此地步？

成太師驚恐地瞪大了眼睛，不可置信地望著郝哥，自己籌劃了二十年的計畫竟會在今日被揭發。他搖搖欲墜地晃了晃，猝然癱坐在地，「皇上……都知道……了……」

「是的，全都知道了。」郝哥放肆地一笑，「來人，將成府上下統統拿下，一個也不准放過。」他凌厲的目光將在場所有人都掃了一遍，「成禹……成家長公子人呢？」

眾人皆面面相覷，無人答話。

「報告大人，封鎖城門之時屬下們見一人鬼祟欲逃，後經咱們眾侍衛圍捕，已將其當場擊斃。看相貌，似是成府長公子。」一名玄甲衛單膝跪地稟報。

「屍體呢？抬上來給本統領瞧瞧。」

不一會兒，幾名玄甲衛將滿身是血、身中數刀的成禹抬了上來，郝哥低頭俯視著地上屍體，圍著轉了幾圈。郝哥微撫鬍鬚，長嘆一聲，「眞的是長公子，沒想到北國大妃的兒子夜翎竟如此不濟，死得眞慘……抬回宮，交皇上親自驗明。」

成禹眞的死了？我有些不敢相信，立刻擠身上前，仔細望著躺在地上的人——雖全身上下滿是傷痕，但容貌仍清晰可辨。他那雙漆黑眼睛瞪得大大的，空洞無神地瞪著我，這就是所謂的死不瞑目嗎？

成禹今年二十三歲，那便是自六歲起即放棄自己皇子的身分孤身一人來到南國，十七年了，那該是一種怎樣的煎熬？原本對他的厭惡反感頓時轉化爲同情，他也是個可憐人。

盯著他的眼睛良久，突然我笑了起來，毅然收回視線不再看地上那狠狠瞪著我的人。

「還有，未央是何人？」郝哥處理完成禹的事，便朝在場眾人吼了一句：「在下奉了九王爺之命，接未央姑娘回九王府。」

太師府上下皆被玄甲衛捕獲打進天牢，原本權傾朝野的成家在一夜之間沒落，落了個淒淒慘慘，也終於體會旦夕禍福皆掌握在當朝天子手中，一切榮辱由他說了算。我隨郝哥回到九王府，郝哥一路都用怪異的目光上下打量我，由於常年與殺氣頗重的楚寰一起生活，自能感受到郝哥身上的凜凜殺氣。

如果太師府上的事跡敗露了，想必我與莫攸然之間的計畫壁天裔也一清二楚，那麼我此次回到九王府……

一思及轅羲九那個「風白羽」的身分，再聯想到他半路攔截我，之後莫攸然的出現，隨之風白羽的死亡，接著轅羲九的出現，最後……太師府的暴露。這一切串連起來竟是個完美的陰謀……完美虛幻得不可置信。壁天裔是神人？身在皇宮，坐倚金鑾，竟能將一段隱藏了十七年的計畫給揭露，可想而知壁天裔是個多麼可怕的人。原來一切盡在他掌握之中。

露葉鶯啼，風幕捲袂，我在九王府莊嚴豪華的朱紅大門前看見了轅羲九，還有靳雪，她孤身立在轅羲九背後望著我，目光微微隱含複雜情緒。涼風習習，吹散了我的髮絲，割在臉上好疼。轅羲九深邃的眸子直直地盯著我。看著他的目光，我黯然低下了頭，盯著自己的鞋尖，十指糾結著。如今事跡敗露，他要如何處置我呢？

突然，手腕被一雙厚實溫潤的大掌掐握住，拽著我進入九王府。玄甲衛統領郝哥一怔，立刻將我攔下，

「九王爺，這未央可是莫攸然一干人等的同黨。」

「本王自會向皇上解釋。」冷睇一眼郝哥，他拽著我的手始終沒有放開。

「九王爺，這可是欽犯，將來會危害南國的欽犯！」郝哥壓低了聲音警告著，但粗獷的聲音任其如何壓抑仍顯高昂。

「有任何事，本王自會擔下。」他不顧郝哥反對，摟著我的肩便逕自越過，獨留郝哥一人在外。只聽郝哥扯著粗嗓門朝我們大喊：「九王爺，今日的一切我都會稟報給皇上，看你如何向皇上交代。」

明月皚皚星璀璨，風揚柳絮頗曉夢。穿過迴廊，眼前一片皆以白璧石砌成，雕鏤闌檻，廊外假山嶙峋，花草芬芳撲鼻而來，春日清爽之氣襲上心頭。手腕被他掐得很疼，我卻緊咬著唇不肯呼一聲痛。他眸底深沉，掠過一絲冷然神情，似乎在掙扎，在猶豫。

直到領我進了一間幽暗的書房他才鬆手，書房內沒有燃火，異常幽暗。他始終以冷寂的背影對著我，挺拔身影讓一襲飄逸修長的白色斗篷裹住，瞬間滿室沉寂。我的眼眶泛起一股酸澀，依稀憶起當日渡口邊他於小船上隨波逐流的背影，又彷彿見到他於水緣潭離我而去的那份決絕。

心被扯動，疼痛蔓延。

須臾，他轉身喚了一聲：「未央。」深沉的眸子如此寂然，清冷的目光帶著幾分傷痛，「以後九王府就是你的家。」

我不禁一怔，「皇上會放過我嗎？」

「他本對碧若有愧，他的心即使再狠再硬，於你，他也會心存憐憫。」

憐憫——未央不需要憐憫！可是，爲何在他面前，我的心中卻不由翻滾起無數心酸，總想依賴他。只要他在我身邊，便油然生出前所未有的安心。不知爲何，淚水蔓延至眼眶，內心最脆弱的一處被人勾起，我克制不住地撲進他懷中，淚水一發不可收拾。

這個動作……似乎曾經做過很多次，竟是如此自然。

他緊緊將我摟在懷中，手指輕撫我的髮絲，「別哭，沒事了，一切都結束了……」一遍又一遍重複著那句「一切都結束了」，我的雙手更加使力環著他的腰際，將臉深深埋進他的胸膛。

「以後不要再丟下未央了，我好怕風白羽再丟下未央，眞的好怕。」

他亦使盡全身氣力般將我深深地摟進懷中，唇輕吻著我的耳垂，呼吸噴灑了我一臉，「不會了，再也不會了。」

聽到他這句承諾，我猛然一怔，他說的是眞心實意還是敷衍安慰？

「你騙我，你在白樓……你說過會回來的，你說一定會回來的……可是你沒有回來，你只留下那個冷冷的面具。」

手臂一緊，他又多用了幾分力，「不會了，再也不會了。」又一次的重複，聲音又低又柔，就像催眠曲般讓人安心。

他告訴我，七年前莫攸然突然離開，便令他懷疑莫攸然是否懷恨壁天裔。

而所謂的「未央乃命定皇后之說」是壁天裔對莫攸然的一道承諾，因愧對了碧若，所以他要補償碧若之妹，而有了眾人皆知的命定皇后說。莫攸然說，未央還小，他捨不得將年幼的她送入皇宮，給他九年的時間，待未央十六歲便送其進宮爲后，條件是，這九年間不許任何人打擾他們的生活。

數月前，莫攸然飛鴿傳書告知壁天裔，未央已經長大，應該讓她學學規矩見見世面，提前兩年進宮。他與壁天裔深知事情沒有那麼簡單，於是推脫讓未央先至九王府學學規矩，實則是爲了便於觀察其本性與目的，如若有異心，則殺之。若要殺之，絕對不能在九王府殺，才有了半路白樓那一劫。

聽他說完，我便看出他忠於璧天裔的心，天下傳言璧天裔與轅羲九不合之事自不攻而破。儘管我不瞭解為何轅羲九還要創立一個白樓與朝廷作對，但眼下我更感興趣的是另一件事。

「為何沒有殺我？」

他的臉色異常凝重，盯著我的目光閃過迷離與複雜，考慮很久才道：「熟悉。雖然小時候的你十分難纏，甚至幾度惹我生厭，但長大後的你竟給了我一種……溫馨。時常懷疑，幼時的未央和現在的未央是否為同一個人。」他低語著，似在自問自答，口氣中更有著連他自己都理不清的疑惑。

聽他略顯迷茫的聲音，還有數不盡的笑意，我卻蹙起眉頭，「幼時的我很討人厭嗎？」

「我看你是真不記得小時候的事了。」他無奈地揉了揉我的額頭，「你還小時總愛纏著我，比任何人都黏，還從慕雪身上下手，想方設法地要接近我。」

我年幼時那麼纏轅羲九……難怪了，他總說我和小時候不一樣，看我的眼神也透出一股莫名。如果我小時候是這樣纏著轅羲九，那轅沐錦為何要說我與她搶男人？莫非她這是畸戀，愛上自己的親哥哥……

聽他剛才提及的一個名字，腦海中瞬間浮起無限的熟悉之感，忙問：「慕雪是誰？」

話才問完，轅羲九便突然沉默下來，讓我有些喘不過氣，只覺他渾身上下都充斥著壓抑的悲傷。良久他才說：「她是我妹妹，轅慕雪。」

他說，轅慕雪是他的親妹妹，性格開朗活潑，與我曾經是一對活寶兒，一群丫頭整天爬在樹上朝正院偷看。

我立刻想起庭院裡那棵樹齡三百零七年的古松，又回想起那日一閃而過的記憶，興奮地說：「是偷看曠世三將對嗎？」

他含笑點點頭，「你們一群丫頭全擠在那棵樹上偷看。你們還以為躲著看，我們便不知道。」說起曾經的事，他的目光閃過苦澀。

「我和你妹妹以前很要好嗎？你妹妹呢，帶我見見呀。」聽及此我有些尷尬，也對轅慕雪有了幾分好奇。始終掛著淡淡笑容的轅羲九，臉色僵了下來，一片冰霜。他的眼睛含藏著哀痛，我不禁問：「發生了……什麼事嗎？」

他深深吸上一口涼氣，用沙啞的嗓音道：「七年前，慕雪與沐錦遭遇了一場大火，沐錦逃生了，而慕雪卻死在那場大火之中。」

我的腦海飛速閃過種種畫面——火，哭聲，還有那一句句「救命」、「未央」……一分分刺痛了我的心……同時我也看見轅羲九目光中那淡淡的哀傷，我不願將這個話題繼續下去，立刻問：「那你是白樓的樓主，皇上知道嗎？」關於白樓之事，他似乎該給我一個交代。

「是，創立白樓是皇上授意的。」瞧出了我心裡的好奇，他握起我的手走至桌案旁的花梨木凳椅坐下，順勢將我拉坐在他腿上，雙手輕環著我的腰，「想繼續聽嗎？」

聽他的問話，我笑了出聲，順著他的力道靠在他胸膛上，「你說我就聽。」

他嘆了一聲，「其實，最聰明的是皇上，一切俱在他的掌握之中。如果你想聽，那我便與你說個故事。」

・風白羽

那夜皇上收到莫攸然的飛鴿傳書，便祕密召他進宮。約莫七年了，他與皇上兩人刻意在朝廷大臣面前裝作關係冷淡，暗地卻聯繫密切，一有大事便會派皇上最信任的玄甲衛統領郝哥祕密領他進宮，他通常扮演郝哥身邊的侍衛。朝廷上下皆以爲，皇上不顧念兄弟之情而將他的兵權悉數奪去，再表面賜給他一個九王爺的頭銜，令他如閒雲野鶴般待在府內無所事事，就連上不上朝都乏人過問。

當年皇上初登大寶，朝廷中皇甫黨餘孽尚存，江湖中也淨是一些打著「光復皇甫江山、推翻壁家天下」旗幟的武林人士，幸好壁家常年與北國交戰屢立奇功，故而民心穩定，百姓皆十分擁戴皇上。

那時的皇上早就在心裡暗暗打算，假意隔去兵權，另派給他一件極爲重要之任務，那便是創立白樓——掌控江湖，培養殺手，獲取情報，替皇上除去礙事之人。這些年來，白樓表面上看似對付朝廷，實則暗中調查了許多反對朝廷的人。白樓乘勢將名單上報朝廷，玄甲衛就更容易對付那股反勢力。

皇上此次召他，爲的就是碧若的妹妹進宮一事。當年，皇上許下承諾要讓未央當皇后實爲權宜之策，是爲了安撫莫攸然，更重要的是皇上確實虧欠了碧若。原本約定好讓她十六歲進宮封后，卻突然提前了兩年，這讓皇上起了疑心，故而派他以白樓樓主身分將未央劫下，目的乃爲引莫攸然出現，並以他樓主身分會見莫攸然。倘若察見未央有異心，便殺之。

有時，他覺得皇上眞是個很難摸透的人，一方面出於對碧若的虧欠欲立未央爲后以作補償，另一方面卻一直防著未央，若有異心便欲狠心除去。正如當年，他說爲了碧若要放棄攻城，轉身卻又親手將她一箭射死。皇上之所以能一舉奪天下，後穩坐龍位，自是因他那份心狠手辣吧。當年天下人稱「曠世三將陰、狠、絕」，眞是一點也不錯。

將未央劫至白樓之後，他原本打算將她囚禁起來，卻沒想到，是夜，第一眼見到那位躲在槐樹後偷偷瞧著他的少女時，呼吸竟有片刻的窒然，胸口漾起異常起伏。能讓他有這份熟悉感的，應該就是幼時總是纏著自己的那個未央吧。不置可否，如今的她確然比小時候多了幾分清雅與脫俗，身上還散發著若有若無的嫵媚。

話說女大十八變，七年不見，她變得讓他無法認出了，唯有心頭那份熟悉感牽引著他，否則他斷然認不出眼前女子就是未央。

她睜著怡然的美眸盯著他，無所恐懼與害怕，相反地卻有隱怒之色。與她一席話下來才驚覺，未央眞的不是從前的未央了。

次日，雪溶。

前一夜被未央的突然出現打亂了心神，就連他自己都無法理解，那個曾令他頗生厭惡的未央爲何會牽動他的心，已許久未曾湧出這份感覺了。莫攸然，你確實有能耐，竟讓那個任性刁蠻的未央在短短七年間有了這麼大的轉變，你的目的眞是要對付皇上嗎？眞的不願顧忌咱們三兄弟情分麼，曾經併肩作戰的一切竟抵不上一個女人麼，況且，送碧若進宮的是莫攸然你自己，你有何資格去恨？

拈起一片竹葉，吹起當年由莫攸然親自譜出的童謠，他們三兄弟都會吹。只可惜，那首童謠沒有名字。驀然想起多年前三人在戰場上斬殺敵人無數，多少次的劫難他們都一同承受、一同走了過來……

「沒想到，你竟會吹〈未央歌〉。」

一聲清脆卻略顯失望的語調由背後傳來，只聞未央輕輕念著：

夜笙清，素微讕。
瀲瀲夜未央，碧紗疏韶華。
縈離殤，驚瓊雪。
黯黯夜未央，月斜愈聲悲。

「〈未央歌〉？」他重複了一遍，說的是這首曲子嗎？他怎麼不知道原來此曲名爲〈未央歌〉。

接著，她親自吹了一回，曲聲動人宛轉，韻似神更似。看著她的側臉，他幾乎要以爲眼前這個少女是慕雪，情不自禁地脫口問：「你是誰？」問過之後便後悔了，慕雪早於七年前葬身大火之中，那具燒焦的屍體殘酷地呈現在他眼前，那情景至今仍歷歷在目。

後來，他沒有想到，離開白樓之後的那一個月竟不自覺常常想起她，正如當初答應將嵐交給她一樣，也令自己感到不可思議。他一生擁有的女人無數，能讓他眞正記在心中的卻從來沒有。一個月來，每次一人獨處之時，總會在寂靜無聲之處想起那個在他面前吹奏〈未央歌〉的女子。年幼時的未央讓他心生厭惡，長大了的未央卻讓他常記於心。

一時間不能接受此番轉變，他便夜夜都去舞姬閣，從她們身上索求慰藉，在她們身上發洩欲望，以爲這樣就能不再想她，以爲這樣就能將她由腦海中抹去。直到那一次，被他壓在身下的蘭姬哭了，這才發現，她的下身因他猛烈的撞擊而滲出了絲絲血跡。他立刻起身，披起衣袍便要離去，蘭姬卻帶著哽咽的聲音道：「主子，蘭姬之所以會哭，不是因身上的疼痛，而是主子從頭到尾喊的人是——未央。」

那天夜裡下著大雨他仍回到了白樓，內心湧起一股衝動，那就是想再見到未央。才踏入浣水居，便見到正開門而出的未央。她衣著單薄，髮絲微亂，屋中點點燭光由糊紙窗映出，傾灑在她的側臉，將她白嫩如雪的肌膚襯得更加剔透晶瑩。略顯迷濛的目光仰望著天際潑灑而下的大雨，嘴角的淡笑在見到他之後僵凝住，她頓住片刻竟冒雨走了出來，冰冷的雨水侵襲了她滿身。

她說想看他的眞面目，眼底的期待與誠懇讓他動容，讓他心疼。爲何每次見到她，總有一股說不出的舒心之感，甚至不忍拒絕她的任何要求。

直到他摘下臉上那個面具，心中便已暗暗下定決心，只要莫攸然的事處理完，他便會將一切坦誠於未央，將她永遠留在自己身邊。

第二天夜裡，莫攸然果然出現了，能在短短一個月內靠著他刻意留下的線索追查至白樓，確實不愧爲莫攸然，心思縝密。

「風樓主花了這麼多心思引莫某來，所爲何事？」莫攸然嘴角勾起淡淡的笑容，始終淡定如一，與七年前絲毫沒有分別。

「莫將軍確實夠聰明，那我便直說了。你也知道白樓與朝廷相抗衡已經四年，所以此番想請你與白樓合作。」

「風樓主眞愛說笑，皇帝與我是莫逆之交，你要我與白樓合作，豈不是天大的笑話！」

「興許，你這話騙得了天下人，卻騙不了我。」他冷笑一聲，緩緩將臉上銀色面具取下。

一張令莫攸然震驚的臉出現在眼前。

莫攸然先是驚訝，很快即恢復淡定，笑道：「早該猜到是你的，也唯有你才有那個能耐創立白樓。三弟，你爲何要反朝廷，天裔可是我們的兄弟！」

轅羲九一聲冷哼，眼底淨是不屑，「兄弟？我辛辛苦苦幫他打下江山，他竟然立刻削去了我的兵權，給我弄了個什麼九王爺！而你的妻子碧若，他明明答應過不攻城，卻對你反悔了，你說，天底下有這樣做兄弟的嗎？」

莫攸然望著轅羲九有些激動的目光，眼底那壓抑的怒火與仇恨令他半信半疑，轅羲九眞的恨壁天裔？還是，這只是一場計謀？「三弟，你還是早早收手吧，這事我不會傳出去的。」

「我就不相信，你不恨。」轅羲九一字一語地說道，那份恨意怎麼也掩飾不住，「你莫在我面前裝了，我都知道了——北國二王子夜翎。」他滿意地望著莫攸然的臉一分一分地變色，他本不欲洩露此事，可莫攸然始不鬆口，無計可施之下，只能放手一搏了。

「你還知道什麼！」莫攸然低聲冷問道。

「我只是想告訴你，若我存心誘騙你，何須多此一舉，不如直接將你與夜翎之事稟報皇上便好。」他發出一聲低沉冷笑，將手中的銀色面具遞給莫攸然，「將這個面具交給未央，就說我已經死了。」

莫攸然接過，眼中閃過異樣的色彩，「她……愛上你了？」

「這丫頭，爲了我都不願進宮爲后了，你必須告訴她我死了，這樣她才能死心踏地進宮。」

「三弟果然是當年的三弟，心智計謀全然不遜當年。好，那咱們帝都再見。」

聽完轅羲九說的話，我心久久不能平復，沉寂良久，才不解地側首望著他那含笑的眸子。「我也很納悶呢，既然你知道莫攸然與北國的夜翎有關係，爲何還要假意與他合作？難不成想從他口中套出什麼話來？」

「對。」眼中浮現一抹靜靜的微光，繼續娓娓而述，「因爲我們想知道北國的二王子究竟是誰。早在數年前我們就得到密報，北國的二王子六歲時便被送進南國。這些年來我一直派人祕密打探，卻始終抓不到他們絲毫蹤跡，只知道，夜翎長期潛伏在某位朝廷大官的府中。」

「那你又如何得知莫攸然與夜翎有關係呢？」

「其實我也不能肯定，那日只是爲了試探莫攸然，卻沒想到，他眞的與夜翎有關係。」他聲音很低沉，卻帶著淡淡的傷感，「從沒想過，我們三兄弟竟會走到這樣一步。」

「那你又是如何發現成禹就是夜翎？」桌案上的燭火一晃一晃掃過我的眸子，我不禁又想起成禹如烈火般的赤紅瞳目。

「說來也巧，正與那顆天竺九龍璧珠有干係。當時我日夜兼程親自去了一趟天竺，在那兒竟得到一個驚人的消息——天竺九龍璧珠世上僅兩顆，並早在二十年前便進貢於北國的皇帝夜宣，而夜宣已將那兩顆天竺九龍璧珠分賜於他的兩名皇子夜鳶與夜翎。」

「原來是這樣。」我了然地點點頭，他的雙手愈發摟緊了我的腰，在我耳邊輕問：「還怪我嗎？」

我搖搖頭，「不怪了，但是以後，你都不許再瞞我。」

「夫妻之間才相互不隱瞞，難道你要做我的妻子嗎？」邪魅的聲音誘惑著我，他的唇酥酥軟軟地吻過我的耳垂，四周的氣氛頓時一陣曖昧。我心如小鹿亂撞，立刻由他身上彈了起來，跌跌撞撞朝書房外跑去。

「未央。」他依舊坐靠在椅上，深炯的目光熾熱地望著我，揚嘴笑問：「你跑什麼？」

我單手撐住門檻，回首望著他含藏絲絲柔情的目光，臉上一片火辣辣的灼燙。「我……我……」看著他的眼睛，我一陣慌亂，竟連一句完整的話都說不出。

「沒想到，你也會害羞。」戲謔之語使我的臉更加滾燙，慌張地拉開書房的門，竄了出去，只留下一句：「我回屋睡去。」

只聞背後隱隱傳來幾聲笑，我一個勁地往前跑，急劇跳動的心幾乎要跳出來。春日夜裡寒氣直逼，我的全身卻是一片燥熱，難道，這就是愛嗎？我從來不知道，這就是害臊，這便是臉紅。只因他那一句——做他的妻子。

花謝明月照，寒煙滿目飄。也不知跑到哪兒了，只覺四周一片寂靜，灌木叢生，我輕靠在一棵桐樹上，仰望著天空那皎潔的上弦月，心頭被填得滿滿的。

原來，愛情的滋味如此美妙。讀過《西廂記》，看過《梁祝》，看過《天仙配》，書裡的愛情可歌可泣，直教人生死相許。多少次我嗤鼻訕笑所謂的愛情，因爲不信，也從來不相信一個人會因爲愛而放棄榮華富貴，放棄骨肉親情，至少我不會。但是今日，我不得不信，愛，眞的會讓人迷失自我。

「未央。」一聲輕喚，令我臉上的笑意徹底僵住，怔怔凝望著眼前之人。

他那雙寂然幽深的眸子依舊深邃，那讓人看了不禁神傷的憂鬱之眸依然能牽動我的情緒，依然是一襲修長的淡青長袍，烏黑如墨的髮絲隨意攏束起，一派翩翩儒雅。他不要命了麼，難道不知這帝都城正四處通緝他這個與夜翎合謀之人。

「事跡敗露，我是來帶你離開的。」

「不，我不走。」我倔強無懼地對上莫攸然的眸子，堅定異常地說：「我要留在九王府，我要做轅羲九的妻子。」

他的臉色一變，「你說什麼！」聲音不再淡漠，還夾雜著一絲絲緊張。

「我愛他。」

聞我之言，他驀地一怔，目光中顯出震盪，趨前緊掐住我的雙肩，激動地道：「你不能愛他。」

明顯感覺到雙肩疼痛，亦頭一次見到如此激動的他，神態可怕得令我心驚，「爲什麼不能？我進宮爲后的計畫今已敗露，爲何我不能選擇自己的幸福……」

話音未落，只覺臉頰一陣火辣辣的疼，不可置信地望著莫攸然——他竟然打我！

淚水凝聚在眼眶，我強忍著逼了回去，雙手緊緊握拳微微發顫，哽咽地喚了一聲：「姐夫。」這是我頭一次喊他姐夫，原來喊出姐夫兩個字竟比想像中簡單。

看著莫攸然臉上劃過明顯的詫異，他的目光流露出淡淡的哀傷與痛苦。我緊咬著下唇，平靜地勾起一抹笑容，「姐夫，未央也想擁有幸福，這個世上只有轅羲九能給。身爲一名女子最大的夙願不是榮華富貴，不是錦衣玉食，而是一段刻骨銘心的愛情，白首偕老，哪怕是貧賤糟糠也是幸福的。」說到此處，我的淚水已然緩緩沿著臉頰滑落。

看出了我的決絕與堅定，他諷刺一笑，「今後我不會再勉強你做任何不願做的事，只要你不和轅羲九在一起。」

「沒有人能阻止我與他在一起。」

「因爲他是你的親哥哥。」

這兩句話幾乎是同時脫口而出，他的臉上依舊帶著笑，卻是如此淒楚。

而我的腦中卻轟隆一聲大作，如雷鳴閃過，思緒突然中止，不斷重複著莫攸然那句話——「因爲他是你的親哥哥」。

一陣涼風劃過，割在臉上很疼，我驀地驚醒，「莫攸然，你說什麼！」

「未央，不，或許我該喚你爲慕雪，轅慕雪。」他仰頭盯著慘淡的蒼穹，上弦月已爲烏雲遮住，四下陷入一片幽寂的黑暗。

「我之所以如此膽大讓你冒充未央，其一，你七歲之前的記憶早已在那場火海中喪失；其二，在轅羲九的記憶中，他的妹妹已經葬身火海；其三，時隔七年，轅慕雪已由當初那個嬌小的女娃變成了傾國傾城的美人。我設想了一切，卻沒料到，你竟然會愛上他。」他的聲音如此平靜沐人，說起他的計畫，聲音中帶著淡淡的得意之情，還有一抹苦澀。

「你胡說！」我立刻打斷他的話語，「如果我是轅慕雪，那未央呢？」

「未央？未央早在七年前便葬身火海了……」他由腰間取出鐵笛，指尖輕輕劃過每一寸，最後停留在頂端刻著的若然笛三字上，「碧若唯一的親人，我都沒有保住。」

我僵硬著身子，腿腳忽然一軟失了重心，狠狠跌坐在草地之上。

一陣塵土味伴隨著輕煙傳進氣息中，潰爛的泥土與青草味使我感到一股噁心。

恍惚間憶起楚寰對我說的第一句話：「丫頭，你眞可憐。」

原來，我眞的很可憐呢，比沒有親人的楚寰還要可憐。

水緣潭。

那兩滴血的相融更是可笑，原來這個世界上根本沒有奇蹟。我與轅羲九的血之所以能相融，全因我們倆是親兄妹，因爲我們的體內流著一樣的血，所以血才能融合……

原來如此，原來如此。

「未央，不要錯將兄妹之情當作愛情。」他緩緩轉過身，蹲下身子與我平視，「現在的你還小，根本不懂何謂愛情。」

眼前這張與我相處了七年的臉，也是我傾慕了七年的人，到最終竟也是騙了我七年的人。尖銳的指甲已狠狠掐入手心，冰涼的血液在我的拳中蔓延黏膩在一起。一股腦的憤怒湧上心頭，揚手便狠狠朝他臉上搧了過去，他沒有閃躲。巴掌狠狠甩在他的右頰上，我滿手的鮮血染了他半邊臉，異常駭人。

「未央，跟我走吧。」

他摟著我的肩，想將我從地上扶起，我卻甩開了，「我不走。」

一抹精光由他眼底閃過，隨後只感覺頸上一陣錐心的疼痛，我陷入無邊無際的黑暗之中。

第九章　前塵夢．火海生

前塵憶夢

南國元承二年，夏。

皇甫承初登大寶二年，慧眼識英雄，提拔南國副將壁嵐風，任命其爲大元帥，統帥大軍出征北國。堤柳鳴蟬聲聲，滿城車馬塵土喧囂。

粼粼碎金般的日光絢爛璀璨地包圍整個帝都城，刺得人眼睛都睜不開。院落中的白色木槿花在驕陽下開得嬌豔欲滴，色澤香氣濃郁，爲四周平添了幾分旖旎之態。

此時傳來一陣陣夾雜著呻吟的慘叫之聲，在夏日寂靜中異常響亮。朱紅梨花木門扉內，三位產婆正幫一名少婦接生，不時喊著：「夫人使勁……夫人使勁……」

進進出出的奴才們換了一盆又一盆的熱水，額頭上早已大汗淋漓，自昨兒個戌時夫人便腹痛連連，直喊著孩子要出世了，這都近十個時辰了，夫人的嗓子都要喊破，卻連孩子的頭都沒見著。也難怪老爺在外頭急得暴跳如雷，甚至請了眾位得道高僧在佛堂爲夫人虔誠祈禱，只求夫人能安產。

驟然間，原本陽光明媚的天際劃出一道破天的電閃雷鳴，幾乎要將整個天際裂成兩半，更是駭壞了一直守在屋外焦急不安的轅大人。他抬頭怔怔望著日頭漸被黑暗呑噬，萬里無雲的蒼穹隨之被黑暗重重籠罩，狂風大作，將其衣袂捲起。

院落的木槿花擋不住那陣陣狂風，歪歪斜斜地隨風搖擺，雪白花瓣亦凋零飄散。

原本在佛堂祈福的高僧卻手執念珠，於狂風中走向轅大人，臉色異常凝重。

「大師，爲何風雲變幻？莫不是有大事發生？」轅大人立刻迎了上去，心頭浮現異常的驚恐。

高僧恭敬地向轅大人膜拜一禮，「妲己轉世，妖孽降臨，禍害南國。」

「妲己？妖孽？禍害？」轅大人爲之一驚，目光投向門扉內不時傳出的叫喊，大駭道：「高僧可是指內人腹中之子？」

他搖搖頭，「夫人的孩子之所以歷經十個時辰都無法生出，全因此妖孽作祟。敢問轅大人，府中可有千金？」

轅大人立刻搖頭道：「犬子倒有一個，千金卻……」

「老爺，老爺，二夫人剛產出一位千金！」產婆抱著二夫人剛產下的孩子匆匆跑了過來，背後跟著一名約十歲的少年，儘管年少，眼底卻顯出超齡的沉穩，原本清冷的目光也因妹妹的降臨散發出綿長笑意，一瞧便知將來會是一位翩翩美少年。

轅大人疑惑地自產婆手中接下剛產出的女嬰，須臾，他才反應過來這個女嬰原來是芙英與自己的孩子。原來芙英也是今日生產，望著懷中這個笑得異常……嬌媚的孩子，他不敢相信，才剛出生的孩子竟能笑得如此嬌媚？

他的手微微顫抖著，驚懼地朝產婆道：「爲何她不哭？」

原本喜笑顏開的產婆被這話問得一僵，才意識到嬰孩自呱呱墜地一直未曾哭出半聲。上前一步，看著大人懷中的女嬰，一雙靈動柔美的眼睛眨巴眨巴地瞅著四周，咯咯的笑聲傳遍了四周。產婆立刻朝女嬰手臂上狠狠地捏了一下，女嬰仍然笑著。一急，連連捏了好幾下，仍無啼哭跡象。

少年見產婆這樣對待自己剛出生的妹妹，怒氣襲上心頭，「你做什麼，要捏死她麼！」

高僧激動地指著轅大人懷裡的女嬰，大喊連連：「妖孽，此乃妲己轉世，天地變色，剋父剋母又剋兄……此女萬萬留不得啊。」

「妖僧，你莫出妄語……」

少年一聽此話，一張臉立刻冷了下來，陰鬱地盯著高僧。

轅大人對他們的言語已是置若罔聞，木然盯著懷中對他笑得萬分甜美的女嬰。突然，他將女嬰高舉過頭頂，欲狠狠朝地上摔去。

少年恍然見到父親將妹妹高舉，呼吸窒了窒，一個飛身趕緊撲了過去，這才將妹妹救了回來。他緊緊擁著妹妹，帶著仇恨目光瞪視竟想狠心摔死自己親生孩子的父親。剛才，只要他再晚一瞬，妹妹怕是已經命喪父親之手了。

轅大人一觸及他的目光，頓感心虛羞愧，方才……自己究竟在做什麼，那個女嬰可是自己的親生骨肉。動了動唇，他喃喃著：「我……」

話未落音，屋內便傳來一陣響亮的嬰兒啼哭聲，吸引住所有人的目光。只聞裡邊產婆大聲嚷叫：「大人，夫人生了，生了個女娃！」

轅大人這才鬆了口氣，邁著歡快的步伐推門而入，這名嬰兒的陣陣啼哭聲給府內上下帶來了歡喜之氣。另一頭，少年的手輕輕撫上妹妹粉嫩的臉頰，若有所思地凝望那半敞的門，另一隻手已緊握成拳。

此後其父爲大夫人的女嬰取名轅沐錦，「沐錦」其意爲終身沐浴錦衣玉食，富貴榮華；爲二夫人的女嬰取名轅慕雪，「慕雪」其意爲沐血而生受盡天災，妖孽之身。

自那一刻，兩個名字加上一句預言，改變了三個孩子的命運。

七年後，南國元承九年，夏，天弘貴族學院。

斜風驟雨，滿地落紅，香霧飄零。

此刻的帝都城完全被濛濛大雨籠罩著，課畢早該各自回府的公子小姐們皆被困在了天弘學院。他們個個都是金貴的寶貝，即使有傘也不敢就這樣貿然出去，便躲在課堂內靜靜等待雨勢停歇。

天弘貴族學院乃當今天子皇甫承所立，亦是帝都城裡最大的一座學院，尋常百姓家對其只能望而卻步。因爲皇甫承嚴令，但凡非在朝爲官之人的子女哪怕是擲下重金也不允許入內就學，若有違皇命者必嚴懲不貸。而在朝爲官者的孩子，無論男女，只要年滿五歲便得送進天弘貴族學院學習，無須繳交半分束脩。這一規矩起先令朝廷眾臣疑惑頓生——這皇上何以要花那麼多錢財置辦一座天弘學院呢，後來才由伺候在皇帝身邊的富公公那兒得到口風，皇上立此書院乃一箭雙鵰之策。

於天弘學院授課者乃兩朝翰林學士張韻喜，年近六十，學識淵博，曾有「帝都第一才子」之稱，於此間頗具威望，名重一時。由他於男學童中擇才學出眾、資質聰穎的孩子呈報給皇上，再由皇上親自考核擇優選入朝廷爲官。

在天弘學院授課的另一位乃太子皇甫鈺的奶娘戚姑姑，她不僅是太子的奶娘，更是帝都唯一受表爲節婦的女子，不僅琴棋書畫樣樣精通，繡功手藝尤爲一絕。所以便由她在諸位臣子的女子當中挑選德行溫婉、美貌出眾的女子進宮，讓皇后娘娘親自過目後，爲已屆成年的諸位皇子選妃。

由此，天弘學院便於十年前設於帝都城西郊的空曠之地，四周都有禁衛軍把守。但凡在此就學的孩子亦頗得嬌寵，每個人背後都跟著由府中領來的四、五名奴才，有的負責飲食，有的負責幫其欺負同儕，有的助其完成先生的作業，更有的在此充當出氣筒……反正這些少爺小姐總無所不用其極，大多人的心思皆不在書本上，反倒將學院當作擺脫父母可自由玩樂的地方，並想盡辦法在眾人面前炫耀自己的家世。

「沐錦，上了一天的課你累了吧？瞧，這裡有去皮去子的橘子，有櫻桃，還有成塊的蘋果……」少年坐在轅沐錦身邊，端著五彩果盆討好地朝她猛獻殷勤。

她勾起柔柔一笑，手中仍舊捧著戚姑姑前日要諸女子背誦的《女論語》，委屈地望了一眼成家二公子成蔚，「戚姑姑要求在三日之內將《女論語》十二篇全數背完，否則要罰抄一百遍。二公子就饒了沐錦讓我先將它背完，到時候你帶來的東西我全吃了。」

「不行，你現在就得吃了。」成蔚不依不饒地盯著轅沐錦，笑話，這些可是他擺弄了一個時辰的果盤，今天她無論如何都得將它吃了，否則他這個太師府二公子的面子往哪兒擱。

「臭小子，你好不知羞，成天只會跟在轅家丫頭後邊跑，真是丟盡了我成家的臉面。」一名個頭稍高、年約十二歲的妙齡紅衣少女，揪起成蔚的耳朵，將他由凳上拖了起來，「給我回座位上念書去，張學士交代的《論國策》你可完成了？」

成蔚側著頭，捂著被她揪紅的耳朵，恨恨地瞪著她，每回她總是要在沐錦面前丟他的臉，他可是堂堂男子漢，若連這點臉面都丟了，沐錦哪裡還會喜歡他呢。一想及此，一股腦的火氣頓時湧上心頭，衝她喊道：「成昔，別以為你是我大姐就能處處管著我，告訴你，我的事用不著你管。」

成昔聞言，再次揪上他那般紅未褪的耳朵，「成蔚，你再朝我喊喊試試？」

「哎喲，姐，姐，我不敢了，您快鬆手！」成蔚疼得慘叫連連，引得課堂內的學生們哄堂大笑，就連轅沐錦都拿書捂著唇，露出了滿眼笑意。

成蔚的一張臉已經漲紅，卻又無可奈何，誰讓這個人是他從小到大怕了整整十年的大姐呢。

「過些日子你就十歲了，還整天在這兒渾噩度日，你瞧人家壁大元帥麾下三員小將，人家自十四、五歲起跟隨壁元帥出征於今已有三年，大小十幾場戰役他們均功不可沒。再瞧瞧你，羞不羞呀！」成昔一副恨鐵不成鋼的樣子，揪著弟弟耳朵的手又添了幾分氣力。

「我不愛打仗！」

「不打仗便進朝為官。」

「為官之事是大哥的事，與我無關。」

「朽木不可雕也。」她終於將手鬆開，憤憤地瞪了他一眼，心中有一抹苦澀滑入心頭。隨後嘆了口氣，也罷，這個弟弟只適合待在成家羽翼之下做一名遊戲人間的公子哥。

沐錦側首望著外頭的傾盆大雨，卻見廊前佇立著一道身著緋衣的身影，腦海裡突然竄入一個想法，她立刻端起成蔚帶來的果盤衝出課堂。

素來不喜課堂內嘈雜的聲音，慕雪獨立於廊外靜靜聆聽大雨傾打之聲，盼著雨勢快些減小，這樣她便能快快回府，不想此刻那份屬於她的安靜被人打斷。一聲甜膩的嗓音伴隨著大雨侵襲之勢傳來，「慕雪姐姐，這是沐錦的心意，你吃吧。」

她清冷的目光瞥了眼沐錦，諷刺一笑，揚手便將擺在她面前的果盤揮打在地，拋出一句：「惺惺作態。」

沐錦盯著地上的果盤，淚水瞬間由眼眶中滴落，蹲下身子便將打碎在地的玻璃一片片撿起，「都是沐錦不好……姐姐莫生氣……」

「喂，你這丫頭做什麼欺負沐錦！」成蔚一見沐錦受委屈，連忙跑了出來，惡狠狠地瞪著面前這個比他矮小許多的女孩。她臉上那股冷淡中夾雜著嘲弄的神色，卻令成蔚一怔——她的年齡看起來與沐錦相仿，為何眼底卻一點兒也不似這個年紀該有的目光呢。

她俯視著蹲在自己面前、彷彿受了無盡委屈的沐錦，嘴角諷刺的笑容始終未見斂去，「跟你說過多少遍，不許叫我慕雪姐姐。」她的聲音沒有一絲溫度，說完便欲離去，才走兩步，驀然回首朝沐錦冷道：「還有，收起你那故作姿態的嘴臉。」

讓眼前這個冷然中帶有些許凌厲的女孩怔住片刻，成蔚終於回過神來，「喂，欺負了人就想走，還得問問我成蔚答不答應。」成蔚立刻吩咐左右道：「把這個臭丫頭給我抓住，丟到雨裡去。」

「是，二公子。」他的家丁應聲而來，捲起衣袖便要將她抓住。

沐錦眼中那一閃即逝的精光悄然劃過，最後趨於平淡，再轉爲委屈。

「誰敢！」聲色俱厲，言辭之間淨是狠辣。

沐錦聽此聲音，全身僵硬，猛然躲至成蔚背後顫巍巍地探出頭，望著自轅慕雪背後緩緩走來的那道身影。

那人身著白羽銀盔，腰按佩劍，黑色大氅迎風捲起，渾身散發壓迫得令人難以呼吸的力度，顯是剛從戰場上歸來，連戰甲都未褪去便來到了天弘學院。如墨一般烏黑的髮傾瀉在他的銀盔之上，額前濕了幾縷，擋住了晶亮黑眸卻愈發生出魅力。這張臉孔生就一副貴冑士族氣質，懾人心魄，似能融化天下間的寒冰。

「轅羲九！」最先喊出他名字的是成昔，恰恰因爲這一聲，那幾個上前欲抓住轅慕雪的家僕連連後退，滿目驚恐。連成蔚亦緊張得攥緊雙拳，手心滲出絲絲汗水。

他便是早在兩年前即名滿天下，受百姓擁戴的「曠世三將」——轅羲九。

曠世三將乃天下兵馬大元帥壁嵐風麾下的大將，十四、五歲時就跟隨壁嵐風一同領兵出征，猶如三顆橫空出世的耀眼新星，爲南國抵禦北國的進犯，屢建奇功，連皇上都對其讚譽有加。此三人分別是莫攸然、壁天裔、轅羲九，百姓對他們欽佩又愛戴，便爲之取了至高無上的臣號「曠世三將」，三人皆以陰、狠、絕著稱。

轅慕雪聽到這個久違的聲音，唇角漾出如沐春風的笑意，也不管此刻令人詭異的氣氛，回首便撲向來人，「大哥，你終於回來了！」

轅羲九見她朝自己撲來，立刻頓住前行步伐，穩穩地接住這個不顧一切撲向他懷中的小丫頭。一年未見，這丫頭又長高了些許。他緊抿的唇終於勾勒出淺淺的弧度，拂過慕雪臉側散落的髮絲仍帶著雨露，肅淡的臉上終於有了一絲笑意。

成蔚驚詫地看著眼前這一幕，方才轅慕雪的臉上仍是萬年冰霜不化，轉眼間卻變得如此……可愛！

成昔則是怔怔盯著轅羲九的笑容，似乎不敢相信，眼前之人眞是南國的風雲人物轅羲九嗎？陰、狠、絕，眞的是比喻他的嗎？

轅慕雪蜷在轅羲九懷中，眼眶有些濕潤，彷如久別重逢後的喜悅溢出。一年的邊關惡戰，該是多麼令人身心疲憊的戰爭。慕雪哽咽著說：「大哥，我們回家吧。」

常年在外領兵作戰的他太久沒聽到「家」這個字，如今由她口中吐出，心中那塊最柔軟的深處受到了牽動。他抬頭不著痕跡地掃了成蔚與沐錦一眼，濃厚的警告之色令他們不寒而慄。

「嗯，回家。」他鬆開了懷中的女孩，轉而握起她纖細玉手，朝這條長長的迴廊走了出去。

伴隨著夏日電閃雷鳴，丫鬟蘭語匆匆登上了閣樓，揭開閣內飄飄灑灑隨風舞動的鵝黃輕紗，急急忙忙由紫檀蟠龍櫥取出一條江南絲質錦棉布遞給少爺。她始終頷首垂著眼瞼，從來不敢直視少爺的面容，對於他那雙寒氣逼人的瞳她總不敢直視，說懼怕談不上，可怪的是那眼底深黑如潭，只要盯上了，彷彿下一刻便會被他給吸了進去。曾經她便有過這樣的經歷，所以如今她學乖了，盡量避看少爺的眸子。她想，少爺不僅才學出眾，更是戰場上的英雄，又生得一副連女子都妒忌的面容，怕是有無數女子早已將芳心暗許了吧。

轅羲九接過乾布，也顧不上自己滿身雨水，捂上慕雪的臉便開始將殘留在她臉上的雨珠擦乾淨。慕雪被乾布捂著，不時發出「唔唔」反抗的聲音，揮舞著雙手想要掙脫，無奈，他不將她擦抹乾淨是不會放手的。他看著慕雪這個樣子，不禁失笑，回來的路上原本欲帶她乘馬車回府，她卻非要步行回府，還要與他共撐一把傘。

雖然一路上他盡量將傘移在她身側，卻還是教她讓大雨侵襲了一身。

半晌，轅羲九直將慕雪擦抹乾淨後，才轉身越至她背後呵護地拭其濕透的髮絲，「傻丫頭，都跟你說雨很大了，你偏要步行回府，被淋了一身吧。」

她轉過頭想對他說些什麼，卻被他強制擺正，「安分點。」

蘭語看著小姐這般模樣，不禁抿嘴輕笑，這一府上下怕是除了少爺，沒人能制得住她了。

慕雪撇了撇嘴，有些黯然地望著閣樓外那始終不絕的大雨，於黑幕之中淨顯蒼白，「一年沒見大哥，有許多話想與你說。馬車跑得太快，一會兒便到了這個冰冷的府中，那時可有很多話不能說了。」淡淡的哀傷中夾雜著一抹苦笑，如果可以，她早在一年前也願隨大哥離開轅府。

轅羲九聞言，手一頓，僵在那裡。

屋內突然安靜下來，氣氛有些凝重。慕雪便起身，款步走至閣樓的欄杆前，俯身望向院落裡風雨中仍開得嬌豔的木槿花，臉上浮現虛幻飄渺的笑容，口中喃喃地說：「大哥，你看木槿花開得真嬌豔。」

語方罷，一聲雷鳴夾雜著閃電在閣樓上方劃過，蘭語被嚇得捂住雙耳一聲尖叫，就連一向鎮靜的轅羲九都微微顫了顫。唯獨站在欄杆旁的慕雪，帶著悲傷的目光鎮定如常，依舊含笑凝望著下面那雪白的木槿花，扶在欄杆上的手卻狠狠掐進了紫檀木中。

「慕雪。」轅羲九像是察覺到了什麼，立刻上前將冷靜異常的慕雪扯入懷中，輕輕拍著她的脊背，「都過去了，一切都過去了，我會永遠在你身邊保護你的，你不會再孤單了。」

蘭語望著木然如傀儡般靠在少爺懷中的小姐，可目光卻始終盯著閣樓外的木槿花，而意識似乎早已被人抽走一般，呆呆地凝視著。

或許在他人眼中小姐性格孤僻冷淡，眼中那份淡漠之色一點兒也不像七歲的孩子，但是她一直都知道，小姐從小便一直孤單著。起初她很怕小姐，因爲小姐總是冷著一張臉，幾乎從不與轅府任何人說上一句話，對著轅老爺之時，眼中更不像是對著父親，而是一個陌路之人。也唯有少爺才能讓小姐這樣毫不避諱地坦露自己的眞性情，在他身邊會大笑、會大哭，更會刻意惹少爺生氣，如此小姐才能感受到被人疼愛的感覺。

直到有一日，她在洗衣裳之時，聽下人偷偷聊起——慕雪小姐，當年若非少爺救得及時，她早就因一位高僧的預言而無辜死於自己父親手中，在這個轅府，眞正用心疼愛小姐的唯有少爺一個而已。

今日是轅天宗的四十大壽，朝廷的大小官員皆帶著厚禮前來拜壽，轅天宗僅是朝廷從二品的一名文官，皇上從來都沒太看重他。今日會有百官前來巴結，皆是因爲他生了個能征善戰的好兒子轅羲九，其名聲響震天下，將來封侯拜相定可預見，轅老爺自然成了百官巴結的對象。

慕雪今日本不想參加這無聊的壽宴，更不屑去參加，大哥非讓她去，說不可讓外人看了笑話。她對大哥的話向來言聽計從，即使千萬個不願意也會照辦。

在宴席上她絲毫未舉筷，只是含著冷漠的目光直勾勾盯著父親，見他眉開眼笑地接受諸位大人一杯杯的敬酒，腦海中閃過的卻是那年自己慘遭毒打的一幕幕，至今仍難忘懷。

記得當時她剛滿六歲，大哥受壁嵐風大元帥賞識被調至其麾下爲將士，常年追隨壁嵐風元帥四處征伐北國，保衛南國邊境。昔日大哥在家時，總會想方設法保護她與母親，而如今大哥遠在他方……轅家的二小姐轅沐錦在旁人面前總是甜膩著喊母親爲「二娘」、喊自己爲「姐姐」，私下卻喚母親爲「狐狸精」、喚她爲「野種」。多少次她想甩轅沐錦幾個巴掌，母親總勸她能忍自安，總說：「她是大房的孩子，咱們沒有資格與她爭，就算受了委屈也必須默默承受。」

可是誰又知道，其實慕雪的母親才是名正言順的大夫人。

母親十六歲時不嫌轅天宗家貧下嫁於他，更為了夫君變賣了家財讓其赴帝都應考，轅天宗最後高中榜眼，在翰林院謀了個小官職。可誰知，翰林院的張大學士看中轅天宗的才華，欲召其為婿，唯有一個條件——他的女兒不能做妾。於是，轅天宗便貶母親為妾，光明正大地迎娶張大學士的千金為妻。自此以後，昔日鬱鬱不得志的轅天宗平步青雲，位居從二品文官。

「你給我把那擦乾淨，快去！」轅沐錦躺在床上支使著她，大哥打仗在外的這一年，轅沐錦老拿她當下人使喚。轅沐錦最樂意看到的便是她哭，一直想方設法地要逼她哭，但無論轅沐錦使出多少壞招，她始終都沒掉過一滴淚。

她默默地端著一盆水，踮起腳擦著轅沐錦所指的那尊送子觀音，突然轅沐錦由床上跳下來跑到她身邊，一把便將送子觀音給打碎。她不解轅沐錦為何這樣做，沒來得及反應，轅沐錦便放聲大哭，「爹爹、娘親，慕雪姐姐把你們好不容易求來的送子觀音打碎了。」

這時她才反應過來，轅沐錦為的只是給他們演一齣戲。回首望著剛邁進門檻的大夫人與父親，她沒有說話，只是望著兩人臉上的怒氣漸漸浮現。轅沐錦嗚咽地跑到他們身邊指著她繼續道：「方才我說起娘親你多年未得子所以求了這個送子觀音，我讓她好好擦乾淨，她卻故意摔碎，說您求十個送子觀音都沒用，生不出就是生不出。」瞧轅沐錦哭得好不傷心，大夫人一張臉冷到了極點，父親的目光則含著熊熊怒火，一把抓起放在門側的雞毛撣子便朝慕雪身上揮打過去。

疼痛無限地蔓延在身上，她沒有喊痛，依舊站在原地望著父親。父親沒有留情，又是幾下揮了過來，身子很疼，她卻沒有哭。

直到母親衝了過來，緊緊將她護在懷中，雞毛撣子便一下一下地抽打在母親身上，「老爺，別打了，孩子……孩子還小……」母親哭著乞求父親別再打了，可是父親仍舊不顧，發狠地抽打著母親，口中怒喊著：

「什麼樣的女人就生什麼樣的女兒，都是賤人……還妄想要我轅天宗絕後？」

被母親護在懷中的她終於落淚了，六年來，這是她頭一次哭泣，因爲母親已經被打得皮開肉綻卻仍將自己護在懷中。母親的淚水一滴一滴打落在她的額頭上，她哭著朝父親喊道：「父親大人，對不起，以後慕雪再也不敢了，再也不敢了……求您別打母親了……求求您……」

那日，她看見大夫人眼底那陰霾的冷光，還看見轅沐錦得意的笑容。她在心中暗暗發誓，她與母親所受的苦將來定要加倍向他們討索回來。

漸漸收回了過往的回憶，望著繁雜熱鬧的大堂獨缺大哥的身影，她便默默地離席而去，心中納悶大哥叫她去參加父親的壽宴，爲何自己卻沒了人影。在轅府繞了一大圈，沒尋到大哥的身影，卻看見一個與自己年紀相仿的女孩，正掙扎著想往那棵已經有二百九十八年樹齡的古松上爬。

「喂，你做什麼！」她朝那個女孩喊了一聲，女孩一驚，便由樹半腰處摔了下來，重重地跌在草叢裡。

她朝女孩走了過去，看著連痛都喊不出來的女孩，她的肌膚在暖陽照耀之下更顯白皙如雪，一雙大大的眼睛炯炯有神，彷彿能夠滴出水來。「別……別喊出聲。」女孩掙扎著自草叢爬了起來，不時揉著自己的腰際，「曠世三將就在那邊院子裡呢。」

「哦，你是想偷看他們。」她恍然點點頭。

「誰想看他們啊，莫攸然我每天看都看膩了，壁天裔我沒多大興趣，我的目標是轅羲九。」她的櫻桃小嘴一張一合甚爲可愛，興許是因她臉上的表情純眞無邪，慕雪竟對她產生了好感。

「你想看轅羲九？這很簡單。」慕雪輕笑一聲，便吩咐下人取來梯子，梯子的高度正好可及樹的頂端，「上去吧！」

「未央，你在這兒做什麼？」一聲清脆甜膩的嗓音打斷了正想攀爬上梯的女孩，兩名年約十四歲的少女朝她走了過來，未央回頭望去，喚了聲：「姐姐、攸涵姐姐。」

慕雪原本帶笑的目光漸漸冷下，默然凝望著面前兩個稍稍年長的少女，姿色出眾，一豔一純，兩人站在一起能吸引所有人的目光。「國色天香」用在她們身上，尚不足以形容她們眉宇間展露的無窮魅力。

正當慕雪打量著她們的時候，她們同樣也回視著她，未央連忙上前扯住她倆的胳膊，說道：「這是我的親姐姐碧若，這是莫攸然的親妹妹莫攸涵。我叫未央，你呢？」

看著未央侃侃介紹著，慕雪心念一動，脫口道：「轅慕雪。」

「你姓轅？那你和轅羲九……」未央興奮地鬆開碧若與莫攸涵的手，轉而親暱地握著慕雪的手問：「你是他妹妹嗎？」

「嗯。」對於她突然的親近，慕雪感到有些不自在，除了娘親、蘭語與大哥之外，還沒有其他人如此近身觸碰過她。很想掙脫，但未央手中的那份溫暖卻讓她捨不得掙開。

「攸涵姐姐，裡面還有你的心上人壁天裔呀，想不想上去看看？」未央指著隔壁庭院，眼睛一眨一眨地望著莫攸涵。只見莫攸涵聞言，臉上頓時流露少女的嬌羞，嗔道：「未央！」

「你不上去，我們可要上去了。」未央拉著慕雪的手朝那棵百年古松爬了上去。緊接其後，莫攸涵也扯著碧若爬了上去。

未央靠在慕雪身上，朝那個院落望去，百草叢生，秋風蕭瑟，慘風捲落葉。慕雪一眼便認出了大哥，此刻他正與兩位年紀相仿的少年在院中射箭。慕雪指著正開弓射靶的轅羲九，道：「你看，那位就是我大哥轅羲九，就在那兒。」

「哪個？是那個嗎？」未央探出脖子張望著。

「慕雪姐姐，那個就是兵馬大元帥的兒子壁天裔麼，長得真俊。」不知何時，轅沐錦竟出現在轅慕雪的身邊，親昵著扯著她的胳膊。慕雪厭惡地將胳膊抽了出來，冷道：「哪有莫攸然俊，哎呀，你別擋著我。」雖然她還不知道到底哪個是莫攸然、哪個是壁天裔，但轅沐錦誇「俊」的男人她是定然不會認同的。

「你別擠呀，讓我好好看看轅羲九嘛。」未央似乎瞧出了慕雪對轅沐錦的嫌惡，立刻將擋在身旁的轅沐錦擠開。

慕雪見此情景不禁笑了出聲，望著未央的側臉，一股淡淡的溫暖填入心頭。原來，自己竟是如此容易滿足的人，只要有人稍稍對她好一些，她便覺得自己是很幸福的……

那日在未央的強烈要求之下，碧若無奈地讓自己妹妹留在轅府陪慕雪住一段日子。慕雪知道，未央想留下無非是想多見見大哥。她並不介意未央留下是出於某些目的，可至少未央不會讓她討厭，所以她願意幫未央見大哥。

才來到慕雪小閣，外邊就傳來蘭語一聲低呼：「少爺，您回來了。」

未央一聽是轅大哥到來便有些緊張，雙手不知該擺在什麼地方，眼神四處亂飄。慕雪飛快地衝出小閣，口中還大聲叫喚著：「大哥，有個女孩很想見你，快來，我帶你……」聲音戛然而止，怔忪地望著大哥背後站了兩個少年，俊偉不凡，身上充斥著貴氣，讓人無法抗拒。

轅羲九寵溺地摸著慕雪的額頭，側首望向背後兩人道：「這位便是我妹妹，慕雪。」他很簡單地介紹著，「慕雪，他是大哥莫攸然，二哥壁天裔。」

慕雪原本笑得動人的笑容漸漸斂去，一動不動地站在轅羲九身邊，毫不閃避地直視著從頭至尾冷著一張臉的壁天裔，原本他就是轅沐錦一天到晚念叨的壁天裔。

莫攸然一直帶著淡淡笑容打量著眼前這個女孩，他若沒看錯，剛才轅慕雪帶著笑容衝出閣的那一刻竟讓他有一瞬間的恍惚——她眞的只有七歲？為何他卻覺得轅慕雪的笑顏深藏妖媚，她才七歲不是嗎？

「大哥，慕雪今天認識了一個朋友，她叫未央……她可是慕雪唯一的朋友，你一定要對她笑。」慕雪收回目光，用力搖晃轅義九的胳膊要求著，只因她知道大哥向來不愛笑，總喜歡故作冷然，而再三提醒他要笑。

轅義九不顧莫攸然與壁天裔異樣的目光，笑容漸漸浮現於嘴角，「好，我笑。」

「大哥，我能借一下壁天裔嗎？」慕雪突然掉頭直勾勾盯著壁天裔那漆黑幽深的眸子。晶亮黑眸，神采逼人，此少年眉宇間無不透露著湛然冷峻之態，彷彿這塵世間沒有任何事能引得他動容。

「可以。」轅義九附在壁天裔耳邊說了些什麼，只見壁天裔的眉頭愈皺愈深，冷峻的表情掠過一絲無奈與妥協。慕雪甚感好奇，大哥到底在他耳邊說了些什麼，竟讓他萬年冰霜的臉上浮現了異樣表情。

邁著輕快的步伐，慕雪走在前，壁天裔一語不發地跟在後，自始至終她的臉上都掛著笑容。壁天裔，天下兵馬大元帥的兒子跟在她背後，更重要的是，這個壁天裔是轅沐錦掛在嘴邊更放在心上的人。

漸漸地，他們倆走到一片空曠草地，那兒的風很大，吹襲著他們的髮絲與衣角，淡雲漂浮的天際朵朵白雲籠罩暖陽。

慕雪突然止步，望著青天白雲晃晃入眼，她仰頭盯著刺目璀璨的夏日灼光，沒有眨眼。很多人都說她的眼睛是妖瞳，只因她能與日對視，那雙眼睛簡直能勾人心魄。轅府上下更是對當年高僧說其是妲己轉世之說深信不疑，皆對她避之唯恐不及，每回見家僕這樣避著她，她總是一笑置之。

恍惚間，她聽到一陣陣銀鈴般的笑聲由遠處傳來，聲音甜美動人，聽在她耳中卻是如此刺耳。

她刻意掠過那令人厭惡的笑聲，轉而與壁天裔搭話。

「你就是壁嵐風大元帥的兒子壁天裔嗎？」

「嗯。」清冷的一聲應話，讓人感覺不到他曾啓口。

「你和大哥的感情很好？」

「嗯。」

「你還未成親吧？」

「嗯。」

「難道你只會說『嗯』嗎？」這個壁天裔似乎很吝於多回答她幾個字，慕雪悄然失笑。但是沒關係，她並不介意。她含笑回首望著壁天裔的頭頂，「你能彎下身子來嗎？」

他雖感納悶，仍依言彎下了身子，卻見轅慕雪踮起腳探出手，取下他頭頂上一片泛黃的枯葉。他愣了愣，正對上慕雪那雙笑得異常動人的瞳，不禁多了幾分好奇。這一段路上，慕雪一直都在笑，但在她眼中藏得更多的似乎是股冷漠之色。

轅沐錦正與成蔚在無垠草地上放紙鳶，細線牽引著一隻翺翔於蒼穹的金鳳，轅沐錦口中大喊著：「飛啊，飛高一些，再高一些……」

成蔚大汗淋漓地牽扯著紙鳶，賣力將紙鳶愈放愈高，不管多累，只要能聽到沐錦的笑聲便值得。

倏然，沐錦滿臉的笑容僵了下來。她瞪著不遠處的轅慕雪正踮腳，親暱地爲壁天裔取下頭頂那片泛黃的枯葉。她的小手緊緊握拳，微微泛白，脫口暗咒一聲：「賤人！」

成蔚乍然停下手中一切，僵在原地詫異地望著轅沐錦。他剛才聽沐錦說了一聲「賤人」，會不會是他聽錯了？一向溫柔而楚楚動人的沐錦會說「賤人」這兩個字？肯定是他聽錯了。

一個風旋，紙鳶線斷，黯然墜落。

赤金紙鳶在天空劃出一個幻光流金的弧度，最後飄落至慕雪腳邊。沐錦立刻朝慕雪跑了過去，正想彎身撿起紙鳶，卻被慕雪先行撿起，她的唇畔露出一抹薄笑，「金鳳飛得再高，終究是要摔下來的。既然摔了下來，那便是萬劫不復。」

僵硬而站的沐錦雙拳緊握，目光陰狠地瞪視著她，最後輕輕鬆開了拳頭，唇邊擠出一分笑容，「慕雪姐姐說得對。」

「又是你！你怎麼做姐姐的，這樣欺負自己的妹妹，你很開心嗎？」成蔚怒氣攻心，指著慕雪的鼻子便怒道。

「蔚哥哥，算了。沐錦與姐姐並非一母同生……」沐錦愈說愈傷心，最後哽咽著聲音，「姐姐不當沐錦是妹妹，也是情有可原，沐錦不怪……」

「好一張楚楚可憐的臉蛋，既然覺得委屈了，爲何還待在此處丟人現眼？換了我是你，我早就去死了。」慕雪說得異常輕鬆，唇邊的笑意漸漸擴散，吐出的話語竟是那樣雲淡風輕。

就連壁天裔都詫異地打量起慕雪，未待成蔚抱不平的聲音脫口而出，壁天裔冷冷地勾勒出一抹寒笑，「眞難想像，此話竟是從一個七歲的孩子口中吐出。」

慕雪冷笑道：「轅家的事你又懂幾分？」

「昔日常聞三弟在我耳邊說起他的妹妹多麼可愛，今日我總算是見識到了。」壁天裔一聲嗤笑，眸中淨是冷意，看得成蔚心驚——先前一個轅羲九，現在一個壁天裔，都是如此凜厲之人，難怪天下百姓都稱他們三人是「陰、狠、絕」，今日他大開眼界了。

未央撐著頭趴在花梨木桌上，眼睛眨巴眨巴地凝望著轅羲九，莫攸然雙手抱胸立在轅羲九背後，好笑地睇著未央。她自轅羲九進來那一刻起，視線便一直追隨著轅羲九沒有離開過，直令莫攸然一聲嘆道：「未央，你眞是不知分寸，有你這樣盯人的姑娘家嗎？」

「莫攸然你是不是很無聊？若無聊就去陪姐姐啊，你不是馬上就要與她成親了嗎？」未央蹙著眉頭驅趕著這個礙事的人，眼光依舊流連在轅羲九身上。

轅羲九被未央看得怪難受，若非在意慕雪好不容易交到一個朋友，他當場就會拂袖離去，哪會乾坐著讓一個丫頭這樣盯著看。

莫攸然但笑不語，側首望著天色漸漸陰沉，落日被黑暗吞噬，秋日涼爽的勁風由窗外灌入，有些淒涼之感。但見壁天裔孤身一人回來，他略覺奇怪，轅慕雪不是與他一同出去的麼，爲何單單他先回來了？

「慕雪呢？」轅羲九霍然起身，疑惑地望著獨自返回的壁天裔問。

「不知道。」

冷漠的三個字讓轅羲九一怔，「你說什麼？」

閣內氣氛頓時冷到了極點，空氣中有股逐漸上升的火藥味。壁天裔只是沉了沉眼眸，簡略敘述方才發生的一切，最後丟出一句：「她莫名其妙地走了，總不能教我跟著她吧。」

此時轅羲九雙手緊握成拳，目光黯然，沒有勃然大怒，卻是一語不發地離開了小閣。壁天裔盯著轅羲九的腳步，心中的疑惑多了幾分，又回想起轅慕雪那句「轅家的事你又懂幾分」……確實，三弟鮮少提起自家的事，每當眾人說起家人時他總是默立一旁，靜靜地聆聽著，眼底那落寞是怎樣都掩飾不住的。興許，他應該跟上去，應該盡一個二哥的責任，眞正去瞭解三弟。

未多猶豫，便提步追隨上去，只因他看見三弟眼中閃過的焦急與擔憂，還有心疼。

一路上，三弟對他說得最多的，還是自己的的妹妹轅慕雪。

慕雪剛出生，一名妖僧便預言她是妲己轉世，是注定顚覆南國的妖孽。只要他再晚一步，剛出生的慕雪就要死在他們的父親轅天宗手中。

慕雪兩歲時，大夫診斷大夫人終身不孕，更荒謬地稱是慕雪剋了大夫人。再一次，轅天宗要掐死她，幸得母親拚死保住其性命。

慕雪四歲時，親眼看著母親因打破一只瓷杯而被大夫人毒打，一句句的「賤人」罵著母親，慕雪衝上去想保護母親，卻被大夫人連帶一起打，還罵她是「野種」。

那次之後，他轅義九便暗自發誓要肩負起保護母親與妹妹的責任。而後他去參軍，投奔壁嵐風元帥的軍隊。豈料遠赴邊關征戰的那一年，卻鑄就了他一世的悲劇。

夜幕中，轅義九與壁天裔走到一處荒蕪之地，野草叢生，荊榛滿目。涼月洗秋空，風露淒清，殘花繡地衣。

「慕雪每次傷心時都會來這兒，但不知為什麼，她從來不哭。」轅義九的步伐頓了頓，悲傷凝望著不遠處那個嬌小的身影——她跪在一座墓塚前，雙手捧著一束雪白芙蓉花，呆呆凝視著那塊陳舊的墓碑。轅義九正欲往前走，卻被壁天裔按住了，他道：「我去。」

轅義九待在原地，看著二哥的步伐朝慕雪漸漸走近，內心閃過了苦澀。

每當壁天裔走近一步，陳舊墓碑上那刺目猩紅的字便愈發清晰地映於眼前，上面刻著七個大字：「母親李芙英之墓」。

慕雪感覺到有人接近，緊握著芙蓉花的手一顫，仰頭盯著壁天裔那冷峻的臉，她諷刺一笑，「你來這兒做什麼，繼續說風涼話嗎？那你大可免了。我之所以接近你，只因轅沐錦喜歡你，看著她難過、氣憤便是我最開心的事。你在我眼中只是個有利用價值的東西，所以，請不要以為你能教訓我、指責我。」慕雪看著壁天裔陰沉冷鷙的目光，笑了笑，「生氣嗎？大元帥的兒子被我這個小丫頭當作欺負妹妹的工具。」

壁天裔不說話，只從她手中輕巧奪過那束芙蓉花，問：「你母親很喜歡芙蓉嗎？」

她沒想到，壁天裔居然不生氣，還問起母親之事，一時閃神，爾後道：「因為轅天宗喜歡，所以母親也喜歡。母親總對我說，轅天宗當年不顧一切跳入污泥中為她採了一朵雪白的芙蓉花，一句『芙蓉脂肉綠雲鬟，罨畫樓臺青黛山』便贏得母親的芳心。愛情真是賤價呢，終究抵不過榮華富貴，平步青雲。」她伸出指尖撫摸著母親那冰冷的墓碑，平靜地說起深刻在心的往事，隨後朝壁天裔笑了笑，「我母親如何死的，你想聽嗎？」

他不由一怔，這丫頭說起悲傷的往事，還能笑得出來。他確實難以想像，一個孩子的心機與冷漠竟能至此地步，她這七年又該是如何長大的。

「你肯說我便聽。」

「那你得幫我做一件事。」慕雪指著他手中的芙蓉花道：「將那朵芙蓉花插在我的髮上。」

未多思考，便摘下一朵芙蓉，很快便將它插在慕雪的髮絲之上。慕雪疑惑地看著壁天裔呢喃道：「母親騙人，她說當男子爲一個女子拈花於髮之時便是最幸福的一刻，可是我怎麼沒有感覺呢。」

他聞此言不禁失笑，「你的母親沒有騙你，只因你還太小。」

這頭一次見壁天裔笑，竟是如此好看，難怪一向心高氣傲的轅沐錦會如此喜歡他。「既是如此，我便和你說我母親的事。但你可別告訴別人啊，這原是我與大哥之間的祕密。」此時慕雪的臉上總算顯露出七歲孩童該有的天眞稚氣。

「嗯。」

見壁天裔點頭應允後，慕雪才放心地開始講述屬於她的一番故事。那是一段一直深藏在心，夜夜糾纏於夢中的不堪回憶：

「還記得，前一年大哥隨壁大元帥出征邊關抗擊北國的突襲，而母親與我卻受盡了大夫人與轅沐錦的欺辱，我多麼想快快長大，那樣就能保護母親不受欺負，可是我卻怎麼也長不大。

「記得有次轅沐錦陷害我打破送子觀音，轅天宗憤怒地拿起雞毛撣子抽打我，他下手毫不留情，根本不當我是他親生女兒。直到母親爲我挨下無數的抽打，我才哭了，那是我第一次哭，爲了母親。

「後來轅天宗累了，才放過母親離開了屋子，而母親已然渾身是血地躺在血泊之中，奄奄一息。我看見大夫人笑得多麼張狂，轅沐錦笑得那樣可恨，我不想低頭，但是不得不低頭，因為母親的傷。

「我乞求她們為母親找個大夫治傷，轅沐錦要我磕頭求她，我便磕了無數個響頭，額頭上的血都滲進了眼睛裡，卻聽見大夫人冷笑一聲，從衣袖裡丟給我十文錢，讓我去找大夫。

「十文錢，如何能請來大夫？我扯著大夫人的裙角求她救救母親，她卻一腳踢開了我，罵著：『野種，給你十文錢算本夫人對你仁慈了，這賤女人死了活該！』轅沐錦臨走時還突然回頭笑道：『小野種，你若受不了苦，也可以和你的賤人娘親一起去死啊。』

「我看著母親的眼簾虛弱地漸漸閉起，有血緩緩溢出口，我知道，母親的身子多年來落下不少病根，再加上這一回的狠抽猛打，她如何能經受得住？我求遍了府中的所有下人，求她們幫我請大夫，但她們都說大夫人有令，誰敢幫我便會被趕出府。

「那一刻，我終於知道世間人情冷暖。於是默默地撿起十文錢，衝出了轅府，想用那十文錢為母親請個大夫。還記得那天下了好大好大的雨，天上轟隆隆電閃雷鳴，我將帝都城每條街大夫的門都敲遍了，也被所有大夫轟了出來。只因我的手中只有十文錢，十文錢，就連買瓶金瘡藥都不夠。

「大雨侵襲了我滿身，我不知道自己是否哭了，只知道手中一直緊緊捏著那十文錢。大夫不都是懸壺濟世之人麼，只要施捨我一瓶金瘡藥，或者隨我去一趟轅府，母親興許就能活下來，可他們為何不肯，那只是舉手之勞不是嗎？

「當我再回到轅府時，母親依舊躺在血泊之中，周圍有些血跡乾了，可母親臉上的血色也盡褪去。她那滿是鮮血的手緊握住我的手，唯留下一句話便離開了，永遠地離開了。你知道母親留下什麼話嗎？你肯定猜不到。她說，『不要怪你父親，娘心甘情願。』

「我不敢置信，母親臨死之前竟然不讓我怪轅天宗，還說……她心甘情願？我不懂，這樣一個男人如何值得她愛，只因當年他爲母親跳入淤泥採下芙蓉花，只因他曾在母親的雲鬢插上一朵芙蓉花？

「不久，我跑到一家藥舖，拿出大夫人給我的十文錢買到了一包老鼠藥。回到轅府，我偷偷潛入水房，將一整包老鼠藥都倒進了大夫人的壺中。之後便躲在大夫人屋子的後窗，親眼見她飲下那杯摻了老鼠藥的茶，她喝完後，血便由她的嘴角溢出。那個場面，正如母親死前吐血。看著她痛苦倒地的樣子，我眞的好開心，好開心……

「後來，大夫人身邊的丫鬟一見此景便欲尖叫，大哥卻不知何時竟由邊關回來了。我看見他的盔甲上沾染了血，我知道，那是母親的血，他已經看見了母親，看見了我們死去的母親。大哥眼明手疾捂著那名丫鬟的嘴將其捅死，然後關上門。他悲憤的目光對上了我正於窗外偷看的眸子，我說：『大哥你爲何不早幾個時辰回來，你要是回來了，母親就不會死了。』

「大哥和我一樣，沒有哭，只是扯出幾件床褥冷靜地將兩具屍體包裹起來，自後窗丟了出去。他說：『慕雪不用怕，大哥已受皇上進封爲大元帥麾下的副將，再沒人敢欺負我們了。眼下只要將這兩具屍體處理妥當，一切都會過去的。』於是，我們乘著天黑大雨之際，將她們埋了起來。」

聽著慕雪那出奇平靜之聲，璧天裔深受震撼，忙問：「處理了她們的屍體之後呢？沒有人追究嗎？」

「我與大哥故意在屋內留下那灘血跡未清理，目的就是爲了告誡轅府上下，殺人償命乃天經地義。所有人都猜測大夫人已遭不測，所有人都猜測是我與大哥做的，但是他們沒有證據啊。賣老鼠藥的店舖老闆被大哥滅口了，而大夫人屋裡上下的奴才亦被大哥處理掉了，更重要的是，他們連大夫人的屍體都找不到，憑什麼說我們殺人？」慕雪帶著輕笑娓娓而述，那笑容中有著無盡淒楚之色，有淚水想要溢出，可她卻硬逼了回去，又說：「轅天宗也懷疑是我與大哥下手的，但如今的大哥已握有權勢與兵權在身，他斷然不敢對大哥輕舉妄動。」

璧天裔內心最深處似乎被什麼東西牽動，黯然回首望著孤立在風中默默凝望著他們的轅羲九，原來……三弟自小出生在這樣一個家庭，難怪每次聊起親人之時，他都悶不吭聲。心念一動，壁天裔將慕雪摟進懷中，輕撫著她的肩膀道：「想哭就哭出來。」

「不，我不哭。」慕雪竟出奇乖巧地倚靠在他胸膛之上。「你眞像我大哥，他也喜歡這樣摟著我。」

「那你就當我是你大哥。」

她笑了，那一刻她便知道自己贏了，贏了壁天裔對自己的同情與疼惜，更贏了轅沐錦。

在壁天裔懷中她試著找尋探看大哥的身影，卻只剩下呼呼的風聲颳在耳邊，心頭沒來由的一陣慌亂。

大哥呢？大哥呢？

自那日之後，大哥就再沒來過她的小閣，嘴上是爲了躲避那個纏人的未央，其實她知道，朝廷發生了一場大變故。兩個月前，壁嵐風大元帥麾下的副將莫攸然成親了，他的妻子正是未央的姐姐碧若，而一場驚天大變就發生在婚禮當天。

壁嵐風大元帥慘死屋內！

可門窗卻是緊閉的，這樁離奇死亡令天下震驚，朝野動亂。大元帥死後的三個時辰內，八百里邊關急報，北國趁大元帥遭遇不測，正率大軍朝南國邊防挺進。這可把皇上急壞了，連夜召集大臣們商議此事，該立誰爲天下兵馬大元帥此事一直難以決斷。畢竟朝廷大臣們俱是貪生怕死之輩，這麼多年來壁大元帥領兵在外與北國抗擊，這些大臣坐享榮華之福，過慣了奢靡享樂的日子，哪個有膽子領兵出征。

最後，皇上逼不得已，便封年紀尚輕的壁天裔爲將天下兵馬大元帥，命他們三人齊心統帥三軍抗擊北國。

大哥離去那日，她早早等在大軍必經之地峰頂，遠遠望著一身白衣騎在馬背上的大哥——又要去邊關打仗了，大哥千萬得當心，慕雪等著你回來。

當夜未央竟哭著跑到轅府找慕雪，口中急嚷著「姐姐不見了，姐姐不見了」，哭得跟淚人兒似的。好不容易她才止住了哭聲，開始講起她與碧若的身世。

原來未央的母親在生她時難產而死，父親又嗜酒好賭欠了一身債，無奈之餘便將她們兩姐妹帶到大街上賣，幸得路過的壁嵐風大元帥看不過眼，便將她們二人買下，收入府中做下人。對於她們兩姐妹來說，壁嵐風簡直就是她們的大恩人，碧若同時識得在壁府爲下人的莫攸然。他亦是個孤兒，自幼由壁嵐風收養當作親生兒子看待，碧若與莫攸然的關係便顯微妙，壁府上下多認定他們二人是天造地設的一對。就在兩個月前成親之時，壁嵐風元帥慘死，天下震驚，碧若當場脫下嫁衣，披上雪白孝衣爲壁嵐風守靈，一個月後便神祕失蹤。沒有人知道她上哪兒去了，可莫攸然似乎並不著急她的失蹤，依然披上戰甲隨軍出征。

未央恨恨地朝慕雪道：「姐姐失蹤了他居然毫不著急，我恨死他了。」

慕雪笑著說：「既然你姐夫都不著急，肯定是你姐姐沒事，你也別太著急。」

「但願姐姐沒事，否則我要和莫攸然拚了。」未央氣得滿臉通紅，迷濛的眼中充盈著閃閃淚光，足見她與姐姐的姐妹情深。

南國元承九年，冬。

萬俟朔風侵邊城，烽火連天數月休。

整整一年的光景，曠世三將領兵守衛南國邊關，剛毅不拔牢牢守住邊關，沒有絲毫縫隙讓敵軍有機可乘。三人聯手，無堅不摧。百姓們每日都在傳頌曠世三將的英雄事蹟，而未央和慕雪也常常偷跑出轅府，混在大街人群中聽百姓們訴說他們的神勇非常。無論是人們憑空想像或是眞有其事，未央和慕雪均聽得津津有味，毫不猶豫地相信著。

南國元承十年，秋。

大軍順利歸師卻未進入帝都城，而是於城外三里駐紮。帝都城城門也異乎尋常地緊閉著，百姓們突然陷入一陣恐慌。帝都禁軍皆死守城門，手持金刀佩劍整兵欲戰。百姓們沒有人知道到底出了什麼事，只知道曠世三將與帝都城內將有一場惡戰。

南國元承十年，冬。

帝都城破，皇帝被擒，一時間烽煙四滅，戰火停息。天下易主，百姓皆拿起鞭炮沿途點燃，意爲恭賀皇甫政權倒臺，壁家大勝。

據聞今夜壁家大軍便會尾隨進城，而轅府上下早已被查封，空空寂寥無一人。轅府之所以如此空寂，皆因皇甫承在得知大哥有反意後，命人將轅府上下一千人等囚禁起來，以便威脅大哥退兵。慕雪之所以能躲過一劫，只因大哥早在數月前便飛鴿傳書，祕密告訴她一個轅府的藏身之處，裡面有水有糧，足夠她躲上幾個月。信上還有莫攸然的筆跡，要她必將居處壁府的未央一同接進密室躲避。也不知轅沐錦如何懷疑上了慕雪的行蹤，寸步不離地緊跟著慕雪，死皮賴臉隨未央、慕雪一同進入了那間密室。慕雪本來想趕走她，但未央說：

「她畢竟是你的妹妹。」

可慕雪最終答應轅沐錦一同躲進密室，卻並非因爲未央這句話，而是不想將事情鬧大，萬一轅沐錦將此事傳了出去，她與未央不僅有性命之憂，更對遠在他方要辦大事的大哥有影響。當皇甫承的軍隊闖進轅府時，她們三人早已躲進密室，靠著那些乾糧與水維持了整整兩個月。

直到外邊響起震天的花炮與歡呼之聲，慕雪便知道大哥贏了。因爲百姓的歡呼聲絕無可能是給那個昏君皇甫承的，只有曠世三將的勝利才能讓百姓點響花炮，才會大聲歡呼。

「是他們贏了嗎？」未央握著慕雪的手，激動地問。

「是的，一定是大哥他們贏了，我們可以出去了。」慕雪牽著未央的手走到密室門前，按下機關便跑了出去。轅沐錦緊隨其後，目光幽深，不發一語地跟在她們二人背後。

天色微暗，星火通明，煙花閃耀。

她們三人倚伏在小閣欄杆前眺望漫天的花炮，五彩流光耀花了她們的眸。轅沐錦緩緩側首，盯著轅慕雪的側臉，那張她痛恨了八年的側臉。此次轅羲九的勝利便印證著將來他一朝獨攬大權，而轅慕雪就會更加肆無忌憚地欺負自己，她早就受夠轅慕雪的譏嘲與冷眼，她恨轅慕雪總是一副高高在上的模樣，她恨，她非常恨。

她無聲無息地後退了幾步，隨手拿起花盆，惡狠狠盯著轅慕雪的背影，高舉過頭朝著慕雪她頭上砸了下去。

慕雪突感後腦勺一陣疼痛，一陣冰涼之感由後腦後滑入背後的衣襟，隨後無力癱倒在地。未央一見此景便尖叫出聲：「轅沐錦，你做什麼！」

轅沐錦拿起倚門擺放的長棍，朝未央揮了過去，「我要殺了你們，我要殺了你們！」

未央立刻閃過那一棍，望著轅沐錦眼底那分陰狠，她完全無法想像，那個溫柔可人的轅沐錦竟是這般陰險可怖。未央一邊閃躲轅沐錦的長棍襲擊，一邊道：「她可是你姐姐……」

「姐姐？」轅沐錦霎時頓住，微微喘氣狂笑著，「她根本就是個野種，還想做我姐姐？我的娘親就是被她和轅羲九那個混蛋殺的……還想做我姐姐！好不容易我喜歡壁天裔，她又要和我爭，只要是我喜歡的東西，她都要想盡辦法和我搶。我知道，她最開心的事就是看著我生氣，看著我難受……這個野種和她娘親一樣是個賤人……」話未落音，一棍又朝未央揮了過去，「要怪只能怪你命不好，竟與這個野種結上了朋友！」桌案上的燭火被她揮倒在地，滾落在漫漫飄拂的鵝黃輕紗帳上，滾滾大火瞬間而起。

「你瘋了麼！」未央見火勢蔓延四周，而轅沐錦目光中的陰狠殺意仍爲之不去，她不禁打了個寒顫。「火起了，難道你想同歸於盡嗎？」

轅沐錦一怔，望著滿閣的大火悄然蔓延，目光閃過驚慌。猶豫片刻，便丟下手中的棍子，孤身跑出了閣外。

未央也想趕緊逃出去，才走幾步，突然想起慕雪還昏倒在地，立刻返了回去。「慕雪，慕雪……」她蹲下身子，焦急地拍打著慕雪的臉，想讓慕雪清醒。可是慕雪一直沒有醒過來，眼看這火勢蔓延籠罩了整個小閣，出路也漸漸被火吞噬。她一咬牙，將癱軟無意識的慕雪背了起來，費力地想帶著慕雪一同逃出火海。可是，才前行幾步，滿是大火的屋梁再也支撐不住，轟然墜落。

轅沐錦站在小閣之外，冷眼凝望那濃煙滾滾幾欲塌落的小閣，始終沒有一個人逃出來。她笑出聲，「你們，都去死吧……都死吧……」

「轅沐錦，未央呢？」欲來接回未央的莫攸然一見那滾滾大火，便朝她大怒道。轅沐錦聞聲一怔，僵硬地轉過身去，見僅莫攸然一人前來頓時放下不少心，閃著淚花道：「失火了，裡邊失火了！」

「未央在裡面？」他震怒地盯著轅沐錦，沒等她回話，便使出輕功飛躍進那火勢早已一發不可收拾的小閣，他大聲呼喚：「未央……未央你在哪兒？」

「未央，未央！」

終於，在一聲聲焦急的呼喚中，他看見倒在地上的兩個女孩，讓他怵目驚心的是未央被一根梁柱壓在下面，全身上下皆燃起熊熊烈火。而慕雪，似在緊要關頭讓未央推了出去，這才免遭劫難。

莫攸然看著這一切，點點淚水含於眼眶，腦海中閃現壁天裔將碧若一箭射殺的情景，心裡一片絞痛。未央，碧若唯一的親人，他都不能保住，他還算個男人麼！

一個閃神，他將倒在一旁的轅慕雪扛起，飛身衝出了重重火海。

轅沐錦瞪大了眼睛，望著莫攸然將滿面煙灰、渾身是血的轅慕雪救了出來，她不自覺指著莫攸然懷中之人，「你……怎麼你救的是她，爲何沒救未央？」

他滿目血絲，青衣上沾染著漆黑的煙塵，髮絲微微凌亂。原本風雅絕塵的男子瞬間變得有些灰頭土臉，尤其是那雙頹喪無神的眸子，「轅沐錦，這場火是你放的吧。」她臉色一變，顫抖著雙唇，「你……」

「你畢竟是個孩子，憑你那點伎倆也想騙我？」莫攸然的聲音平淡無波，卻暗藏無盡的冷凜與殺意。「你放火的事我可以不告訴轅羲九，你間接害死未央的事我也能不追究，但你必須爲我做一件事。」

「什麼事？」

他回首望著火勢依舊的小閣，徐徐道：「如今轅羲九與壁天裔正籌備著新皇登基事宜，片刻後就會回到轅府。待到他出現在你面前之時，你必須告訴他，死在裡面的人是轅慕雪。」

聽罷，她猛然一怔，「爲什麼？」

「你沒有資格問我爲什麼。」陰寒的目光直視轅沐錦，若非她還有利用價値，他早就擰斷了她的脖子。「你只需如此告訴於轅羲九，若不依，那你便是殺人凶手。以轅羲九的個性，你認爲自己還有命活嗎？」

「那……那未央呢？」

「你只消說，莫攸然早在一個時辰前便將未央接走了，而小閣如何失火的，用不著我來教吧。你挺會演戲的，相信你一定能演好這齣戲，對麼？」莫攸然附在轅沐錦耳邊輕道，他眼中那陣陣寒光令她不寒而慄，駭得她如搗蒜般點頭。

莫攸然深深凝望著懷中早已不省人事的轅慕雪，一個計畫已在心中成形。

壁天裔，九年後，就讓你的慕雪妹妹親手殺了你，好替碧若報仇。

相信，這會是一場很好玩的遊戲。

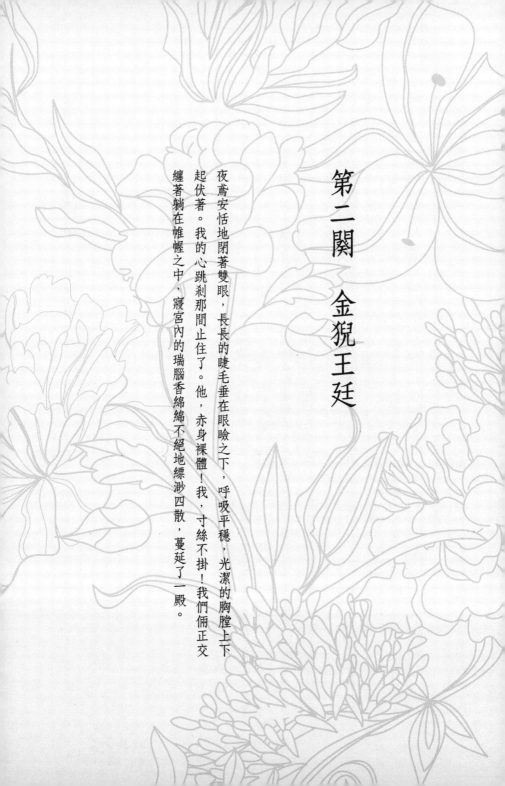

第二闋　金猊王廷

夜鳶安恬地閉著雙眼，長長的睫毛垂在眼瞼之下，呼吸平穩，光潔的胸膛上下起伏著。我的心跳剎那間止住了。他，赤身裸體！我，寸絲不掛！我們倆正交纏著躺在帷幄之中，寢宮內的瑞腦香綿綿不絕地縹渺四散，蔓延了一殿。

第一章　神殿宇・王廷爭

山林嘯聚，沙漠群凶，林泉潭水夜翠微。

山河日下，長驅渡河，秀色隱空羨白雲。

莫攸然說，他要帶我去北國。

前往北國的路上，莫攸然講了很多很多有關我孩提時的事。我只是閉上眼簾靜靜聽他對我訴說一切，一言不發，但腦海中卻閃過無數個畫面：幼時與大哥的親情，後來與風白羽的畸戀，連串畫面相互重疊摧打著我的心。

多少次我想放聲大哭，但是我沒有。因爲莫攸然在我眼前，我不願在他面前顯出我的懦弱與狼狽。

此次莫攸然擄我去北國，我毫無脫逃之意，更不知道要逃去哪兒，何處能讓我容身。尤其沒有面目去面對……我的哥哥，轅羲九。

這一路上，莫攸然曾喚我爲「慕雪」，卻被我出聲打斷，我告訴他別叫我慕雪，我是未央，永遠都是未央。

莫攸然揭開馬車的簾布，指著荒煙大漠的另一端道：「你看，那就是北國的天龍城。」

我順他所指方向望去，大風將荒漠塵沙捲起，偌大的都城幾乎要被塵沙吞噬，北國的風沙平時都是這樣大嗎？難怪南國一直無法攻克天龍城，是因爲北方與南方的氣候之差，南國軍隊根本無法抵禦如此風沙。

馬車離天龍城越來越近，雲屯壁壘，氣勢恢宏，無不泛著安謐而神奇的美。

北國的天龍城與南國帝都城全然迥異，天龍傲峙山河，孤立城墩，睥睨蒼穹萬物。帝都卻是金碧輝煌，繁華昌盛，龍騰之氣蔓延。

當城門大開，成列身著盔甲、手持大刀的侍衛闖入眼簾，領兵者傲然跨於一匹步態矯健的棕紅千里馬上，他那閃耀著駭人之紅的瞳目直勾勾盯著馬車緩緩前進。

他，不是成禹又能是誰呢？

其實早在那日我便已知被亂刀砍死之人並非成禹，縱使容貌相同，眼睛終究騙不了人。成禹的眼睛向是火紅耀眼之色，而那死去者瞳子卻是黯淡無光的黑色。

我跟隨在莫攸然背後下了馬車，只聽成禹……不，此時的他應該是北國二王子夜翎。

夜翎手繞韁繩道：「奉母妃之命特來請先生進宮。」

大風吹得莫攸然衣角飛揚，他淡雅的目光清然望了一眼馬背上的夜翎，頷首而應。

夜翎那偉健的身軀直挺挺地坐在馬背之上，朝我伸出了手，「未央，記得我說過，你是我買來的，便是我的人。」

我仰頭凝視著他，少了當初在成家的那份玩世不恭，多了幾分肅穆沉穩，天潢貴冑之氣圍籠著他整個人。再看看那雙修長的手掌，我將手交給了他。他一個用力，便將我帶上馬背，圈在懷中。

夜翎一扯韁繩，馬兒嘶啼聲響徹雲霄。「回宮！」凜然之語一聲令下，浩浩蕩蕩的兵隊絕塵而去。

我，終於要進入那個可能會禁錮我終身的宮廷了嗎？

我沒有害怕，唯有期待。

宏偉城郭，翠玉華蓋蛇龍飛舞。金燦燦耀得人眼花繚亂。

黃金鋪首，花石階梯複道如虹。像是通往神的棲息之處。

隨著夜翎，我們穿過雙闕進入北華殿，那兒的侍衛面容冷漠如霜，單手緊握著刀柄。外邊跪伏了一地的宦官與宮娥，似乎有大事發生。

黑壓壓的滿地人群見是夜翎到來，立刻分散兩側，讓出一條道供他通過。許多宦臣眼底淨是些教我讀不透的期待，有些宦官的眼中卻充滿鄙夷。

「二王子，您回來了！大王病危，請您快去看看吧。」一名老宦官焦急道。

夜翎沉默著邁進了那金碧輝煌卻略顯陰暗的北華殿，莫攸然的神情亦嚴謹得讓人琢磨不透，隱約感覺這個皇宮略顯不尋常。

「翎兒，莫先生到了嗎？」一名雍容華貴的女子一見我們步入便趨前相迎，眸中閃爍點點淚花，握著夜翎的手微微發顫。

這位想必就是北國的大妃，夜翎的生母吧。

「大妃莫急，待臣先為大王診脈。」莫攸然謙卑地行了個禮，得大妃允許便揭開那赤金幻龍絲繡簾帳，大王應就躺在裡邊。

我靜靜佇立在旁打量著神色哀傷的大妃，她約四十年華，鳳目晶亮，肌如白雪，粉黛雙娥。雖拂上了歲月的斑駁痕跡，卻依然風華絕代，可想而知初承皇寵的她該是多麼貌美。

「大妃您也莫急，大王多福，定然能躲過這一劫。」嬌媚柔膩的聲音傳出，這才讓我發覺大殿內還有旁人。

順聲而望，香培玉琢，柔媚嬌倩，珠光寶氣，明豔照人。

大妃身邊站著一名男子，幻彩流金的錦袍長長鋪了一地，烏黑如墨的髮絲傾瀉於袍更顯不羈之態，細細品聞便嗅到一股不同於蘭麝的香味。

最後，我才將視線投放在他臉上，正對上一雙耀目紅瞳，與夜翎的瞳子如出一轍。

他的面容不同於夜翎那般剛毅，而是……像天山上的雪蓮，讓人不敢褻瀆，更不敢去摘採。再襯上那雙紅色的瞳，更顯得如斯妖魅冶豔。

他的瞳目一閃，直射於我。那一眼，讓我心驚，立刻躲到夜翎背後，避免再次碰觸這樣讓人膽寒的目光。

大妃未加理會他的話語，只帶著異樣目光打量起我，再望望夜翎，問道：「翎兒，她是何人？」

「他是莫先生亡妻之妹，未央。」夜翎將我從他背後扯了出來，左手一勾，牢牢摟住我的肩。

大妃了然一笑，正欲啓口，卻聞一聲冰冷話語傳來，「二弟去了南國十七年，就帶了個女子歸來嗎？」

眾人目光皆投向說話之人，我也不由自主朝他望去。聽他稱夜翎爲二弟……莫非他就是北國大王子夜鳶？果如北國史書上記載的一般無二，難怪三位聖女都爲他自毀清譽。

「自然比不上王兄你引得三代聖女皆爲你而死。」夜翎嘴角一直在笑，眼中卻不見半絲笑意。

正巧莫攸然揭簾而出，才中止了這兩兄弟之間隱隱對峙氛圍。

「大妃，臣已將大王病情穩持住，暫無性命之虞。奉請大王定然不能再動怒，不能疲憊，多多休息，如此病情才會好轉。」

聽到此話，大妃終於鬆了口氣，「謝謝莫先生。」

後來大妃留我們宿於秦天殿以防大王病情突然有變，當天夜裡我連晚膳都沒吃，將自己鎖在書房內，翻閱著北國所有的史書。

北國大王夜宣有五子四女，堂堂大王竟只有五子四女，在歷史上確實算少。此外尤值得提的是大妃與三位夫人。

正妻漣漪大妃出身高貴，與大王夫妻情深，舉案齊眉。生二王子夜翎，長女夜綰。

華貴嬪出身低微，卻母憑子貴，位居三夫人之首。生大王子夜鳶，四王子夜景。
沛夫人家世好，性格溫淳，頗受大王寵愛，可惜至今仍無所出。
卿貴人是先王的養女，性格刁蠻，目空一切，就連大妃也讓她三分，至今亦無所出。
剩餘二子四女皆是品級低的嬪妃所出，於是朝廷早就分為兩派，一派擁立大妃之子夜翎，另一派則擁立華貴嬪之子夜鳶。

據史書上所載，二王子夜翎六歲時生了場大病，為免傳染，故長居於府內十七年不曾外出。就在數月前，夜翎竟破天荒好了起來，以完好無恙姿態出現在百官面前，更以一篇〈論國策〉博得滿殿喝采。

大王可真是用心良苦，為了將孩子祕密送去南國，竟連史官都騙過了。漣漪大妃竟能捨得將自己親兒送去南國十七年，想必也是捨棄小愛以成就大愛吧。

這一切更令我明白了夜翎的用心良苦，那顆天竺九龍壁珠根本不是巧合，而是預謀。他定然早就接獲其父王病危的消息，必須找藉口回去。但他銜父王之命來到南國，若無父王的手諭絕不能返國。由此當他得知我是未央之時，便順水推舟讓轅羲九去找天竺九龍壁珠進而探刺發現自己的身分，逮獲藉口回歸北國。

果然，夜翎的才智亦不容小覷，以前是我看錯了他，誤以為他純是個游手好閒的公子哥，淨會對人施暴。

大王病危，朝廷勢將引起一場皇儲爭奪戰，夜翎歸來即是為與夜鳶爭奪王位吧。權力真是引人瘋狂，竟比繼續待在南國蒐羅情報來得更重要。為了王位，十七年的心血，盡皆付諸東流。

揉了揉疲憊的眼睛，望著自己身邊滿地鋪擺的史書，我無力地靠在書架上，想著：那……莫攸然定是站在夜翎這邊了。屋內的燭火明晃晃地閃耀著，窗外明月皚皚如雪，蟬聲啼嘶，恍惚之間又憶起轅羲九那句——

「夫妻之間才相互不隱瞞，難道你要做我的妻子嗎？」

我不禁笑了起來。驀然又是一陣黯然，生生收回笑靨與思緒。

前來北國的路上，莫攸然說，如果我想恢復幼時的記憶，他可以幫我，因爲我所有的記憶皆是被他以「忘魂水」扼殺。神醫果然是神醫，僅憑一瓶藥就能剝奪一個人的記憶。

我並未領受他的好意，更不想恢復那所謂的記憶。

如果孩提時的我眞如莫攸然所言那般可恨又可憐，那索回那段記憶又能如何，況且其中還含藏著我最不想收回的一段記憶。

一個月後，夜宣大王病情稍微好轉，便召集大妃與華貴嬪，還有莫攸然與我至御花園品茗。楊花飄絮，蝶飛燕語，風沼縈新波，處處皆是欣欣向榮之景，不禁教人嘆爲觀止。

大王年近五旬，臉上淨是斑駁病態，眼角尾紋蔓延蹙在一起顯出老者的滄桑來，看他虛弱地倚靠在漣漪大妃的肩上，光說句話彷彿都要耗盡全身氣力。

眼下我才發覺，原來至高無上的北國君主也不過是個平凡老人。

聞鶯啼滿庭，感碧波蕩漾。受暖風輕拂，我坐在莫攸然的下首與夜鳶對面而坐，低著頭有一下沒一下地撫弄杯中的鐵觀音，聽著華貴嬪連連語中生刺地暗諷漣漪大妃與夜翎。

她對於夜翎遠至南國做奸細之事甚爲瞭解，足見她在後宮勢力多麼龐大。我甚至幾度懷疑大王與大妃的政權早被架空，但這純是猜測而已。

「莫先生，你這位小姨眞乃國色天香，不知是否及笄，可許人家？」不知何時，華貴嬪竟將話題轉移到了我身上。

我仰望著她笑道：「《禮記．內則》有云，女子十有五年而笄，您看未央並未束髮帶簪，代表未央並未及笄亦未許人。華貴嬪您這問話豈不教人發笑？」

一聞此言，華貴嬪整張臉頃刻沉了下來，漣漪大妃輕咳以掩飾她的笑聲，夜翎絲毫不避諱地大笑出聲，而夜鳶依舊是那副淡然妖魅的模樣盯著我。

瞬間，御花園的氣氛被我弄得有些僵，直到夜鳶突然發話，駭住了在場所有人。

「父王，咱們北國聖女之位空懸三年遲遲未有人選，兒臣倒認爲未央小姐足堪勝任。尚未及笄也就代表還是處子，莫先生又是大妃欣賞之人，更是二弟的知己好友，其小姨的身分便自然而然高貴起來。更重要的是，她國色天香，言談不凡，乃聖女的最好人選。」

我怔怔望著夜鳶那一張一合的口，回想起那日在史書上看見的一行記載——「北國王子夜鳶，儀容絕美，深得父愛。三代聖女皆因他自毀清譽，終沉江祭祖。」

「不行！」夜翎倏然起身，朝夜鳶怒道。

大妃立刻將夜翎拉回位上，勾起淡笑，從容地對大王說：「也難怪翎兒如此激動，其實早在未央住到秦天殿那日，臣妾便將她許給了翎兒。」

「大妃行事果真迅疾，但未央可受得了這委屈？據本宮所知，二王子早在六歲時便與國師的千金翡翠訂了婚，十六歲那年便已『帶病』迎娶其爲翎王妃。」華貴嬪笑得嬌媚，眼波不停在我與大妃之間流轉著。

莫攸然立刻笑道：「未央早已與二王子許下終身，臣認爲，未央爲了愛是絕不介意做妾的。」他用眼神示意著我說話。

忽然間，一個罪惡的想法竄入腦海中，如果我絲毫不給大妃與莫攸然面子，揭穿他們的謊言，下一刻又將如何。最終我還是沒有當眾揭穿，而是拜倒在地，有條不紊地回道：「大妃說的句句屬實，大王子的舉薦，未央心領。」

抬頭的剎那，我見到夜鳶瞳中閃爍著令人費解的光芒，那意謂——奸計得逞！

大王臉上露出了慈愛的笑容，顫巍巍地將跪地的我扶起，再單手牽過夜翎的手，將我倆冰涼的雙掌交握在一起，「翎兒能夠找到自己心愛的女子，父王很高興。」他的眼睛竟閃著點點淚光，絲毫不介意此刻亦在場的華貴嬪與夜鳶。

夜翎微微動容，眉宇間盡閃悲傷，反手將我的手包覆住，再緊握大王的手。我的手被兩隻厚實的手掌夾得微微生疼，卻又不便打破此刻溫馨的氣氛。

夜翎，自幼便離開雙親，拋棄自己王子身分去了敵國，隱藏身分十七年，那該是多麼寂寞的童年。大王對夜翎也有莫大的虧欠吧，人常言：「人之將死，其言也善。」相信他早就料到自己的身子已是一日不如一日，而他對夜翎的情感是那般眞摯，全然沒了一個王者該有的風範。

我瞧見華貴嬪正冷著一張臉，盯著大王與夜翎之間的父子情深，而夜鳶仍舊悠哉地坐著，端起鐵觀音輕吮一口，似在回味茶香。舉手投足間無不流露出王子貴氣風雅氣派，那拒人於千里之外的高傲讓人遠遠觀望都是一種享受。

「莫攸然聽旨。」大王收起失態，顯出王者的威嚴，「莫攸然教導翎兒有功，進封爲太子太傅。」

這一語驚壞了眾人，尤其是華貴嬪，她渾身一個冷顫，「王上您說什麼？太子太傅？太子在那裡？」

大王似乎下了很大的決心，目光落在夜翎身上，才欲開口，就聞夜鳶道：「兒臣認爲太子之位的最好人選便是二弟，他忍辱負重潛入敵國十七年，又是嫡長子，名正言順，誰敢不服？」

此語才出，又驚倒在場眾人。

就連華貴嬪都露出了不可置信的目光，「鳶兒，你說什麼！」

「兒臣請立二弟爲太子。」夜鳶這話說得異常冷靜，更有著不容抗拒的堅定。

「既然鳶兒也沒意見，那朕即刻下旨……」大王似乎也沒想到事情會如此順利，生怕他會反悔一般，急著想立夜翎爲太子。

「父王，但兒臣同意，滿朝文武未必心服。」夜鳶打斷了他的話，續道：「二弟要做太子必須有個名正言順的理由。適逢此次南國又派兵前來攻打咱們北國，領兵之人正是多年未打仗的曠世三將之一轅羲九。若二弟有能耐打敗南國的神話，那他就是太子的最佳人選……」

夜鳶後面說的話我再也聽不進去，腦海中只不斷重複著「轅羲九」三個字。他終於再次披上戰甲領兵出征了？壁天裔終於願意光明正大給他兵權了嗎？

直到夜翎那聲「好，兒臣願意領兵出征」，我才回過神來，也明白了夜鳶的目的。難道他料定夜翎此戰必敗？萬一贏了呢，他當眞這麼敢賭？

看得出來，就連大王都要看夜鳶的臉色行事，足見皇權果眞已被架空了。只要夜鳶一聲反對，就算是大王金口玉言的冊立也無可奈何。可夜鳶卻要賭，他何以認定自己必然會贏？若輸了，到手的皇儲之位可是飛了。

御花園這場暗潮洶湧的茶宴，終於在大王一聲「乏了」宣告結束，夜翎當著眾人之面拽著我的手離開園子，於宮娥們眾目睽睽之下將我帶去一處無人小院。

小院內開滿了血紅的月季，日暮暖風吹得枝葉四下搖擺，片片花瓣被風捲落，遍地鋪滿如紅毯鮮豔奪目。香豔氣味撲鼻而來，不禁讓人沉醉其中。

我看見夜翎轉身走入那月季叢中，忍不住開口說：「打仗很危險，爲了與夜鳶賭氣而上戰場，拿自己的命開玩笑……」

「沒想到，未央也擔心起我來了。」背對著我的他，彎腰拔出一枝色澤正濃的月季低聲笑道。

「我是很認眞地在跟你說話。」他總是這樣玩世不恭的樣子，眞教人討厭。

他手執那枝月季朝我走來，臉上始終掛著初見時的邪惡笑容，「不是賭氣，而是基於一個男人的尊嚴，我必須贏得這場戰爭，我必須保護我的父親與母親。」

這句話怔住了我，腦海中驀然閃現一個溫柔的聲音——「慕雪，大哥必須肩負起保護母親與你的責任，我不在的這段時日，你一定要好好照顧母親……」

那聲音那畫面如此斷斷續續，令我不禁後退一步，而夜翎則將那朵月季由枝頭摘下，插在我的髮上，「這裡沒有芙蓉，只能拿月季代替。」

——將那朵芙蓉花插在我的髮上。

——母親騙人，她說，當男子爲一個女子拈花於髮之時便是最幸福的一刻，可我怎麼沒有感覺呢。

我呆呆凝視著夜翎如火的目光，「你……怎麼知道？」

「你小時候的事，莫先生全告知於我了。」他的手撫摸著我髮上的月季，目光有深沉，有掙扎，有隱忍。這一切終於變換成一抹輕笑，「芙蓉象徵純潔，而月季則象徵等待著有希望的希望。」

看著他的笑，我多想對他說，不要去，不要去，夜鳶早已布好了局等你跳入，你去了只會滿盤皆輸……但是這個道理他又何嘗不知道？可他早就別無選擇了，不是嗎？

我的目光流轉在月季花叢下一顆灰色的小石子上，立刻蹲身撿起遞給夜翎，「喏，這是給你的護身符，帶在身上就會護你平安。」

他瞪大了眼睛瞧著我，似乎不敢相信我會隨便撿一顆石子給他當護身符。我也忍不住笑了笑，「你不要我可扔了！」說罷便舉起手欲將石子扔入月季叢內，卻不想手掌讓人緊緊握住，輕輕一扯，我便撞入一個堅實的懷抱。

「未央，等我回來好嗎？回來，我便娶你。」

此刻的我很想回覆他一句：「娶我？做妾嗎？」

這句話終究沒說出口，如此只會與他繼續糾纏不清。

只任憑他那雙手臂將我緊緊繞在懷中，既不答應也不反對。

我並不知道夜鳶下一步是如何布局的，沒有人猜得到，但願……夜翎你能安然回來吧。

第二章　環中環・局中局

記得那天在承袁門的高樓之上，凝望夜翎騎上白馬率領大軍遠去，莫攸然也受皇命追隨其後。漫天大風迷亂了我的眼眸，蒼穹下璀璨的明日照耀了整座皇宮，絢麗奪目。

一個幾無聲息的腳步聲緩緩而至，一步一聲都是那樣的虛幻縹緲。夜鳶與我併肩站在高臺上，用如斯冷淡的聲音問：「你說他回得來嗎？」

「那你希望他回來嗎？」我沒有看他，淡淡地反問。

簡單的兩句問話卻再沒有繼續下去，唯剩天地間大風呼嘯之聲。轅羲九，此刻的你離我有多遠呢？是在天龍城之外，還是在北國之外？如果我現下逃離皇宮，是否便能見到你，你對我說的第一句話會是什麼呢，我又該用什麼面目面對你？

忽聞夜鳶一聲輕笑，我詫異地收回視線，側首望著笑得邪魅的他，「你笑什麼？」

他燦爛的瞳子直逼我的眼底，「笑你眼中的仇恨。」

「大王子看錯了。」我的唇邊勾起薄笑。

「未央，想不想與我合作？」

唇角一勾，我似笑非笑地望著他，道：「我可是莫攸然的小姨子。」丟下這句話便轉身離開，走的時候明顯感覺有道凌厲目光始終追隨於後，有如芒刺在背。

夜鳶就像個口蜜腹劍之人，猶如笑裡藏刀。他每一抹笑容似乎都掩藏了讓人難以捉摸的計謀，教人怎麼也猜不到。

夜裡晚來香，明月照高檻，樓外眼波斷曉天。算算日子，大軍出征已兩個多月，邊關戰況一直未有消息傳來，而我的私心卻是……夜翎兵敗！不能怪我心無情，只怪他的對手是轅羲九，我不想轅羲九輸，僅此而已。

「未央小姐，您在外邊坐了一整日都未進食，奴才親自爲您熬了一碗粥，您趁熱喝了吧。」秦天殿內伺候我起居的宮娥冰蘭端著一碗香味四溢的粥到我面前，原本不怎麼覺得餓，可是一聞到香味，肚子立刻「咕嚕咕嚕」地叫了起來。我接過那碗粥，坐在屋外的石階上便吃將起來。

冰蘭撐著額頭凝望著我，嘴角劃過淡淡的笑意，「小姐，您一點兒主子的架子都沒有。」

我一口氣便將溫潤的粥喝完，將那已經見底的碗遞與她，「我之所以沒有架子，是因爲我還不是主子。等到我是主子那日……」突然間，只感覺頭昏昏沉沉的，眼前的冰蘭由一個變兩，兩個變四，四個變八……這粥，這粥裡有迷藥……

身子滾燙得讓人想立刻沖涼，我拚命睜開眼睛，卻覺全身無力，僵硬得一動不能動。似乎，被什麼東西纏著……

不對！

我用盡全力睜開朦朧睡眼，正對上一張放大了的面容，這一看之下彷若雷擊。

夜鳶安恬地閉著雙眼，長長的睫毛垂在眼瞼之下，呼吸平穩，光潔的胸膛上下起伏著。我的心跳剎那間止住了。他，赤身裸體！我，寸絲不掛！我們倆正交纏著躺在帷幄之中，寢宮內的瑞腦香綿綿不絕地縹渺四散，蔓延了一殿。

我羞憤難當地將沉睡中的夜鳶一腳踢下床，扯過絲棉薄毯將自個兒赤裸身子緊緊包裹起來，瞪著夜鳶毫無預警之下重重摔落床邊。他睜開惺忪睡眼，莫名其妙似地盯著我，「你做什麼！」

看著夜鳶無所避諱地從地上優雅起身，毫不介意在我面前展露赤裸身軀。一展臂，將垂掛於屏風之上的衣袍取下，披在他那光潔健挺的身軀之上。

「是你對我下的藥！」我低著頭，滿臉緋紅地不敢看他。

「下藥？」夜鳶一聲嗤鼻之笑傳來，「昨夜我一回宮便見你渾身赤裸躺在本王寢榻之上，而你……」他俯身，單手勾起我低垂的臉頰，上下摩挲著，「難道你忘記昨夜是如何勾引本王的了？真沒想到……一向冰清高傲的未央居然如此放蕩！」

我緊咬雙唇，聽著他嘲諷語音傳入耳中，屈辱咨意蔓延，緊攥著被褥的手漸漸泛白，夾雜著疼痛。

「你這是要哭了嗎？」夜鳶輕笑著，側首於我臉頰上落下輕輕一吻，呼吸傾灑在我頰側，「昨夜，你不是挺開心的……」

硬是將淚水給逼了回去，我不能輸了人又輸了尊嚴，就算哭也不能在他面前哭。

寢宮的門突然讓人推開，我一驚，立刻將全身蒙進被褥內。只聽得那片刻的沉寂，詭異凝重的氣氛教我險些喘不過氣。

「鳶兒，你平日裡風流也就罷了，現下竟然將女子帶進寢宮，成何體統！」是華貴嬪微慍的聲音打破了此刻的寂靜。

夜鳶沒有說話，異常安靜，而華貴嬪又說：「哪家的女子，見到本宮還不行禮！」

我十指緊扣，蜷縮著身子將自己隱藏於黑暗中，默默無言地垂首。直到華貴嬪硬將唯一能裹住我身軀的被褥扯掉，巨大的光芒照射在我肌膚之上。我看見華貴嬪訝異的目光，以及她背後奴才們的鄙夷之色，有人甚至抿嘴偷笑。強烈恥辱將我包裹，淚水終於沒有忍住，掉了下來。

夜鳶依舊坐在寢榻之上，深邃的目光盯著我良久，陰鷙地朝華貴嬪背後的奴才冷道：「誰敢再笑，我剝光你們的衣服丟到大街上示眾。」

此話一出，奴才們皆噤若寒蟬，身子發顫地跪下直呼：「奴才該死，奴才該死……」

夜鳶伸出食指，為我揩去臉頰上幾滴淚水，淡淡地勾了勾嘴角說道：「我會稟報父王，娶你做鳶王妃。」幾聲冷冷的抽氣聲響徹滿殿，我不可置信地望著夜鳶，這句話……竟是從他口中說出來的？

這場鬧劇未及片刻便傳遍了整座王宮，就連長期臥病在床的大王都來到大王子夜鳶的鳶華殿。我在宮娥們的伺候下換上一身乾淨衣裳，便跟隨夜鳶前去正殿覲見大王與大妃。

秋日驕陽如火映射在偌大的鳶華殿，為枯萎乾草染上了一層紅暈，遊廊外的花圃一串紅開得正豔。一路上夜鳶都牽著我的手，雖然他的手心溫熱，卻讓我感覺異常冰冷。華貴嬪邁著輕緩蓮步走在最前頭，記得她對我說，在大王與大妃面前切勿胡言。我面無表情地點頭，卻冷笑在心，如今掌控大半個朝廷的你們還會對大王與大妃有所忌憚嗎？即便我說是大王子對我下了藥，大王與大妃又能如何呢？

才邁入鳶華殿便感覺幾道寒光射了過來，首座是大王與大妃，他們的目光都凝聚在我與夜鳶相握的手，臉上隱隱有怒氣。大妃身邊站著一名面容清秀可人而眉宇間卻存著嬌媚之態的韶華女子，看她一身綾羅綢緞、珠光寶氣，定然身分高貴。

「豎子！你可知未央是二弟未過門的妻，朕也允婚了，而你……」大王氣得滿臉通紅，怒火衝冠。一陣氣急猛咳了起來，大妃連連為其順氣。

「父王，兒臣欲娶未央做鳶王妃，望父王允婚。」夜鳶那平淡的表情與大王的怒氣騰騰相比簡直如天壤之別。

「未央，你是莫攸然的小姨，你與翎兒也曾是心意相許的一對。翎兒才離開兩個月，你竟與大王子做出此等苟且之事！」大妃淩厲的目光掃向我，聲音平和有餘，卻言辭犀利。

夜鳶擋下大妃對我的步步進逼，淡淡說道：「大妃，男女之事兩廂情願，夜鳶與未央已有夫妻之實。想必大妃也不甘要一個失貞女子做二弟的女人，即使是妾！」

大妃的手緊緊握拳，含怒瞪著夜鳶，卻對他無可奈何。終於，她緊攥著的拳鬆開，回首凝望臉色慘白的大王，沉重地開口道：「你與未央的婚事，待翎兒與莫太傅回來再作商議。」

「難道二弟一日不歸，未央就要一直等下去嗎？夜鳶可以等，但是未央不能等。今日之事早已鬧得全王宮盡人皆知，很快便傳入整個天龍城。若一天不嫁，她將一日受到天下人的嘲笑，這關乎一個女子的名節，還望大妃慎重考慮。」夜鳶表面恭敬，語氣卻是咄咄逼人。

「未央，你可願意？」大妃不死心地將問題轉拋給我，神色異常期望。

「回稟大妃，未央別無選擇，因此願意。」我的回話不僅讓大妃大失所望，就連夜鳶都有些納悶地望著我。片刻，夜鳶勾起一笑，單膝跪下，「父王，懇請您允婚，兒臣半個月後迎娶未央為鳶王妃。」其氣勢不容抗拒。而大王也就揮了揮手，疲憊地嘆息一聲，「罷了罷了，一個女子而已，待翎兒勝利歸來要多少沒有。」

大妃張了張口，卻未再言，只是扶起大王離開了鳶華殿。

一直陪伴在大妃身邊未開口的那名貴氣女子，與我擦肩而過之時，柔美的目光清掃過我，嗤鼻一笑地諷刺道：「二弟說的那名特別女子，也不過如此。」

二弟？她是夜翎的姐姐夜綰？

我倏然側首，她卻如風般自我身旁離去，留下那陣陣刺鼻的香粉味。

燈火煒煌隱射著綠琉璃簾，熠熠閃光刺得人眼花繚亂。燭光瀲灩映著鳳冠霞帔嫵媚明耀，九翬鳳冠，恍然如夢。

華貴嬪所下的聘禮盛大得令全城轟動，宮娥眼紅，半個月來討論的皆是這批讓人目不暇接的嫁妝。琉璃玉樹兩棵，香色地紅茱萸二十丈，波斯鸞鳳結一對，天竺彩翼風翟一對，西域溫甸玉鐲一對，夔龍素雪錦貂彩絨袍兩件，百蝶穿花衫一件，福壽瑪瑙珠一金盤，香草金葉子一盒，俏色紅晶石串珠一副，玉玲瓏垂環一對，金錢、香草、鳳簪、翡翠、稷米更不在話下，堆滿了秦天殿，金光焱焱，將原已金碧輝煌的大殿照耀得更加璀璨奪目。

我靜坐在秦天殿的妝臺前，手中把玩著金盤中那對金絲鴛鴦，對鏡凝望宮女碧雲拿著翡翠玉梳為我順撫纖細如縷的髮絲。記得上次讓我喝下那碗粥的宮娥冰蘭已無跡可尋，怕是早已被滅口了吧。

一想及此，唇邊噙出若有若無的淺笑，聽著碧雲口中唱道：「一梳梳到尾，二梳梳到白髮齊眉，三梳梳到兒孫滿地，四梳梳到四條銀笋盡標齊。」

明日，就該是我與夜鳶的大婚之日了，恍若繁華一夢。

「爲何嫁他！」寢宮內傳來一聲徹扉怒呼令我爲之一僵，握在手心的金絲鴛鴦滑落妝臺。碧雲被這一聲呼嚇得手一顫，翡翠玉梳摔落於地裂成兩半，她驚恐地跪在地上，「二王子您……您怎麼回來了……」

如今正是南國與北國交戰之期，烽火早已連綿數月未停，夜翎是先鋒統帥，戰事未結束，他竟然丟下大軍孤身回來了？眞的，回來了麼。

我沒有回首，只由鏡中望著手捧銀盔的他，臉上有多日煙塵未洗盡，狼狽不堪。他踩著沉重的靴子，一步步朝我走來，眼中有不解、複雜、隱忍與不甘。

「二王子，您這樣回來，是犯了重罪的。」我的話才落音，一陣陣刺耳的腳步聲便傳來，十多名手持長刀的侍衛闖入，領頭人是夜鳶。

「二王子罔顧國家安危，擅自丟下大軍潛逃回宮，給本王拿下關入大牢，聽候大王處決。」夜鳶的臉上始終掛著那抹妖魅冷笑，紅眸異常妖豔。

「未央，你告訴我，為何嫁他。」夜翎站在原地沒有反抗，任侍衛們將他制住。他的聲音很低沉、很冷淡，虛幻地飄灑進我耳中，竟使我心中產生了絲絲的愧疚。

「因為恨他。」我的聲音在那個「他」字上異常用力，冷得不敢置信這是由我口中吐出的字眼。

夜翎怔了一下，望了眼夜鳶，再望望我。「原來如此……」他狂放地一聲笑，夾雜了無盡悲哀與蒼涼，轉身隨眾侍衛離去，最後隱入那漫天的黑夜，獨留一室的淒寂。

一切，都結束了。

寢宮內的奴才皆被夜鳶遣退下去，金光四射的寢宮獨獨剩下了我與夜鳶，空氣中凝結著異常壓抑的氣氛。他一言不發地站在房中凝視著我，似想將我看透。

我平靜地側首正視著他，「戲，已經演完了。」

夜鳶劍眉一挑，不解地問：「戲？」

看他那佯裝不解的面容確實逗笑了我，「大王子，若我連區區迷藥都聞不出來，豈不是白白與莫攸然相處了七年？你以為自己的計畫天衣無縫，讓人察覺不到嗎？你錯了，早在你設計讓我以為貞節被毀，我就知道你的計畫了。」

「哦？」夜鳶頗有興趣地盯著我，想要聽下去。

「假意讓大王相信你真的不想爭奪太子之位，隨後又用激將法逼得夜翎不得不領兵出征。而你的目的不在於他輸贏與否，而是臨陣逃脫。試問王子出征，丟下大軍連夜趕回就爲了一名女子，此感情用事不顧重責之人，何有資格坐上皇儲之位。這樣一來，你不費吹灰之力便將爭奪你皇儲之位的人打入萬劫不復。我雖未及笄，男女之事至少也通曉一些。破處之夜理應全身痠痛，可我的身軀不僅未感絲毫疼痛，就連一個吻痕都沒有。敢問大王子，您若要作戲爲何不做足，好讓未央完全相信呢？」語罷，我伸手一揮，將妝臺上那對金絲鴛鴦重重拂落於地。「既然大王子這樣用心良苦，未央便配合你演完這場戲，對於我的演出你可滿意？」

「本王倒眞小看了未央。你恨的『他』，是誰？」他邪魅的目光閃過一絲狡黠。

「莫——攸——然。」我含著笑，一字一字地道。

他了然一笑，朝我信步而來，鋪地的長袍迤邐在金磚之上發出了窸窣聲響。他站在我面前，勾起我的下顎，「本想這場戲在今夜就此結束，可是怎麼辦呢，突然對你產生了興趣。所以，明日大婚本王照常舉行。」

心頭一顫，照常舉行？

對上他那雙美眸，平復心頭的紊亂，我的笑意未斂，「好，照常舉行。」

·夜鳶

記得那年他十歲，母妃祕密請來北國最有名的巫祝替他預測能否登基爲帝，巫祝看著他良久才道：「看面相是天命所歸，只是……」

母妃焦急地問：「只是什麼？」

巫祝長長地嘆了口氣，「只是缺少一個人助王子登基。」

「是什麼人？若找不到，鳶兒就無法爲帝嗎？」

「是的，這是上天的定數，大王子命定的福星是一個名爲『未央』的女子。王子只要找到了她，便是北國一統天下的君主。」

自那一刻起，不僅母親將「未央」這兩個字牢牢記在心上，就連他自己，亦已將此二字深深刻在心頭。

這麼多年來母親不斷命人尋找「未央」，卻一直無所獲，漸漸地，他們也將這句預言淡忘出記憶。

他生性自負，從不認爲自己的帝位須靠一個女人才能得到，女人在他眼中只不過是床上的洩欲工具，除此之外別無用處。就像那三名聖女，與他有了肌膚之親後就吵鬧著要他娶她們爲王妃，他最厭惡的就是這種女子。若非爲了利用這群女子達到挑釁父王威信的目的，他絕不會碰這樣的女人一下，即便她們是北國數一數二的美女。

直到那一日父王病危，本以爲可藉父王這場大病來控制朝廷，逼其退位，但是他忘記了一個人——夜翎。夜翎冠冕堂皇地回到了北國，聯合大妃手下的臣子請求覲見父王，這是他們始料未及之事，一場即將成功的計畫就因夜翎的歸來而失敗。

更讓他驚訝的是他在北華殿見到了一個人，她叫未央。

他與母妃都十分驚訝，沒想到苦尋多年的未央竟如此這般出現在他們眼前。

看著夜翎對她似乎動了情，新的計畫便湧入心頭。他特意在夜翎面前向父王提議，選未央做北國的聖女，果然不出所料，一向狂妄自傲的夜翎竟緊張地大呼「不行」，倒讓他給矇對了。

或許，未央眞會是個絕好的利用工具，她足夠牽動夜翎的一喜一怒。

那夜，他吩咐潛伏在秦天殿的冰蘭往未央的食物下迷藥，再祕密送往他的寢宮，當他看到赤裸躺在他床上的未央時不禁失笑。若是翌日一早她看見自己光著身子與他躺在一張床上又該是何光景，是大哭還是大鬧，還是跑去告狀？

一想到能令這樣的女子大驚失色，他不禁有些期待。

可是，他失策了！

當他脫光衣裳與未央躺在一張床上，感覺到她溫熱柔軟的肌膚之時，他竟有了欲望。

他立刻下床將整個身子浸在涼水中，好不容易才平息了那股衝動，卻又於躺在床上半個時辰後再次去泡涼水浴。反反覆覆折騰了大半夜，終於疲累得倒在寢榻之上。

看著未央睡得異常安恬，他萌生一股想要弄醒她的欲望，憑什麼受折磨的人是他，而她卻睡得這樣安穩！多奇怪，他明明可以來個假戲眞做，當場要了她，可是他卻沒有。興許是不想將事情鬧大，又或許是根本不屑碰夜翎喜歡的女人……

也不知道什麼時候，他終於昏昏欲睡，還沒睡個安樂，便被未央一腳踹下了床。他夜鳶長這麼大，從來都是他將女人踹下床，哪有女人膽敢將他踹下床。瞪著她，很想擰斷她的脖子，可是他忍住了，未央還有利用價值！

可怪得很，她沒有破口大罵，沒有尋死覓活，而是強忍住淚水冷冷地望著他。這小姑娘倒是挺倔強的呢。

直到母妃當眾將其被褥扯開，赤裸的身子暴露在眾人面前，她強忍多時的淚水終於落下。

原來，未央這個倔強女子的底線在這裡。

對她來說，這是奇恥大辱吧。

直到未央平靜地對他說了那句「戲，已經演完了」之後，他才眞正開始相信巫祝對他說的話。他佩服的是自己的所有計畫被她猜得滴水不漏，欣賞的是她在他面前談起一切陰謀之時是那樣鎮定。

未央是他唯一看不透的人，表面看似單純，每分每秒臉上都掛著淡淡淺笑，但卻成了最好的掩飾。

她，冰雪聰明。

若果眞如巫祝所言，未央將是他的福星，那就更無理由放過未央了。更重要的是，未央她恨莫攸然，只要有了她的仇恨，便能徹底將夜翎一干人等打入萬劫不復。

於是，他說：「明日大婚照常舉行。」

她沒有質疑，笑著點頭說道：「好，照常舉行。」

可是在大婚當夜，未央竟然逃了！

她只留下了一張字條——「未央絕不會因恨一個人，而出賣自己的肉體。」

他狠狠將那張字條揉搓於掌心，望著血紅的嫁衣與鳳冠被丟棄在地，原本陰鷙憤怒的他突然笑了，邪魅妖異的瞳子散發著詭異的紅。

好個未央，明知道那夜即使想拒婚也不可能，索性就順了他的意答應了這樁婚事。而北國的規矩是，但凡已有妻室的王子皆不能再居王宮，王上會賜其一座府邸，往後便居住於此。所以，未央才能逃得如此輕鬆。

一個計劃要逃跑的女子竟能對著他面不改色？而他竟然看不透這個女人有問題！

將手中那團縐巴巴的字條再次攤開，重又唸了一遍上頭的字，他笑意更大了。

愈發有意思了，這個未央果然和他見過的女人都不同，她想逃？光她一個人能逃去哪兒？暫且讓她先快活幾天吧，待夜翎的事解決後，她就快活不了了。

手一鬆，那張字條在空中盤旋片刻，最終飄落在冰涼的地面。

第三章　曲闌深・悲花凋

一陣風沙過去，金黃大漠漫漫肆延，烈日透過黃濛濛的風沙照射下來，襤褸的衣衫無法遮蓋已經開裂的肌膚。我無力地倒在荒涼大漠中，一路上帶的乾糧與水早已在三天前用罄，而那匹帶我逃出天龍城的馬兒也早就精疲力竭而死。我一連走了三日，都沒能走出這片荒涼大漠，似乎怎麼走都無法走出。

記得我將陪嫁丫鬟碧雲弄暈，自己換上她的衣裳逃出熱鬧的王府，一路上自是沒人關注一個小小的丫鬟。爲逃避夜鳶追兵，我特地弄了張地圖，繞著走小路，卻沒想到竟迷路了！

天知道我帶出來的地圖被風沙掩蓋到哪兒去了，我不會……就死在這片無邊無際的大漠裡吧？舔了舔乾裂的嘴唇，我有些絕望。我終將成爲風沙掩蓋下的枯骨嗎？淚水滴落沙礫之中，隨即湮滅無蹤。

義九……大哥……

突然聽見不遠處傳來珠玉和鈴鐺交扣鏗鏘之聲，悅耳的歌聲如清泉般行過，絲絲縷縷地流淌盤旋。

我喜出望外，掙扎著起身凝望遠處一小股騎著駱駝的人朝這兒徐徐前行，大漠落日下映射出他們的臉，駱駝上有一名嬌美的婦女，扭動著腰肢唱著一首民間歌謠，聲音清脆嘹亮，就像大漠中最純潔的歌聲。

最後他們停在我跟前，「哪兒來的小丫頭，竟躺在這荒漠之中。」

「安希，別多管閒事，讓她自生自滅吧。」一個無情的男子聲音掃過。

「多可憐的小丫頭，救了吧，說不準還能爲咱們店招點生意呢。」

「你瞧她皮包骨的，嘴唇乾的，皮膚裂的……嘖嘖……不把客人嚇走就萬幸了。」

「哈哈……琪子，大不了收去做個打雜的也行……」

我聽著他們你一言我一語的，卻像催眠曲般哄著我入睡。

迷濛之中，彷彿有人將冰涼的水灌入我嘴裡，緩解了我乾澀的喉嚨。又感覺一雙手將我托起，最後毫不溫柔地把我甩在駱駝上，帶著我離去。

後來我才知道，救我的那名中年女子叫安希，是飛天客棧的女店主，另一名中年男子叫琪子，是總管事的。他們二人一同經營飛天客棧已經十個年頭了，客棧位處北國與南國的交界，方圓幾十里就這麼一家客棧，所以生意異常興盛，每日來來往往的人幾乎擠滿整間客棧。

而我，休息了十天之後臉色漸恢復以往的紅潤，乾裂的肌膚亦慢慢癒合，安希臉上的笑容也愈來愈明顯。當我能下床之後，她說的第一句話便是：「以爲撿到一根草，沒想到卻是個寶。」

聽聞她這句話，我便做了一個決定，裝啞巴。

無論她說些什麼我都只是點頭、搖頭，要麼呆呆望著她。

在多次試圖讓我開口之後，她終於放棄了，無奈地嘆了口氣，嘆道：「算了，算了，本以爲有姑娘可以接替我的歌藝呢，沒想到卻是個啞巴。」

聽到這句話，我總算鬆了口氣，幸得躲過一劫，否則這安希定然會要我接替她當著客棧裡來來回回的客人面唱歌。這……和妓女有何分別！

飛天客棧當眞是個好地方，由於地處南國和北國的交界處，對兩國所發生之事皆可聽聞。其分上下兩層，占地甚廣，整間客棧打雜的連我就五名，廚子有三位，小二有五名，唱歌的丫頭有兩個，年紀與我一般大。

更厲害的是客棧內居然連說書的都有，每日午膳時他便會說起兩國之事，而我也是由說書人口中得知兩國消息。晚膳之時便由女店主安希登臺獻唱，雖然年紀稍大，卻頗受往來的客官歡迎。她的嗓音好極了，猶如天籟之音，宛若驚鴻，連我都不自覺陶醉其中。

在飛天客棧，我每天都必須早起打掃桌椅，洗洗碗，安希與琪子待我也說不上好壞，就是嚴肅著一張臉使喚我。雖然辛苦了點，我倒也樂在其中，因爲這裡很熱鬧，客官們都挺友善，出手很大方，動不動就是幾十兩的賞錢。在飛天客棧待了兩個月，我已經拿到了上千兩的賞錢。

看得出來，住進此處的不是往來南國與北國的商人，便是販賣瓷器珠寶之人，反正個個絕非一般的客官，全都大有來頭。

我倚靠在客棧的門扉上，看著說書先生手執一把紙扇，口沫橫飛地講述如今最爲兩國人關注的一場戰役。

「說起北國這次可眞是出師不利，兩個月前被夜宣大王任命的統帥夜翎二王子，竟爲了一女子丟下大軍潛回王宮，當場被擒。無奈之下，大王將統帥之權交給大王子夜鳶，命其領兵出征。畢竟虎毒不食子啊，此等重罪得到了大王的寬恕，將其軟禁在翎月殿不得離開半步。而前線受命領兵的夜鳶則與南國多年未出征的轅羲九交戰，說起轅將軍啊，那可是南國人心中的神，只可惜了，如今曠世三將只剩他一人出征……」

「啞妹，你傻站著做啥，有客官上門了，還不去招呼著。」安希朝聽得正起勁的我吼了一聲，我登時一溜煙地跑出門去，迎接又一大隊正緩緩朝客棧而來的人，瞧他們的裝束打扮，是從南國來做生意的吧，又是一群肥羊啊。

這客棧裡的人名字都挺奇怪的——安希，安息。琪子，棋子。看我是個啞巴，就給我取名叫啞妹。還有那兩個唱歌的丫頭，一個名叫花圓，另一個好月，合著念就是花好月圓。其他打雜的就更不用說了，小黑、小白、小影、小路……

看著那一隊「肥羊」停在了客棧前，我立刻彎腰迎他們進裡頭來，一名粗獷男子望著我大笑一聲，「主子，您瞧這荒蕪的沙漠有客棧已挺稀奇，還藏了這麼美的妞。」

騎坐在白馬上、被稱爲主子的男子優雅翻身下來，白袍拂地，揚起陣陣輕塵刺鼻。背後那一小隊騎馬而來的跟班，約莫二十來個，亦個個衣著華麗，神情冷峻嚴謹。背後運的幾大馬車貨物，則牢牢用麻布包好。

肥羊，果眞是一群肥羊，也不知道安希會怎樣宰他們。

但見那「主子」才踏入客棧，安希立刻迎了上來，那嬌媚的笑臉卻在見到此人之時僵硬了片刻，目光閃了閃，隨即便大喊著：「客官您幾位？」

「二十二，開兩間上房。」那位主子雖是背對著我，但由他冷峻的聲音可感覺到他此刻應是面無表情。眞奇怪，明明有二十二人，竟然只要了兩間房，難道這其餘二十位都不休息的？難道是要日夜看守他們的貨物，生怕有人劫了去？

「好呢，小白，帶這位爺去上房。」

看著那抹白袍身影漸走上樓，我不禁有些看呆了。只能用優雅貴氣來形容這名男子，雖然他的相貌我沒仔細看，但光他的背影就足以吸引人了。淡淡地收回視線，我暗笑，又是一個富家子弟吧，生在溫室不知愁滋味，走到哪兒都得這麼多隨從保護著。

「妞，你看上咱們家主子了？」那個名叫翔宇的男子單手搭上了我的肩膀，笑得異常輕佻，「要不，跟著咱們走，給主子做妾？」

我不著痕跡地擺脫開那隻架在我肩上的大手，今兒個安希可眞奇怪，以往有客官對我動手動腳，安希總是冷著一張臉驅走他們。而眼下，她卻只是靜靜地站在一旁望著我。

「怎麼？不願意？」翔宇依舊笑著，濃密的鬍子籠罩了他半邊臉，這樣的人該是嚴肅模樣吧，爲何如此輕佻？

「這位爺，她是個啞巴，叫啞妹。」安希賠著笑臉，生怕我會惹怒他，隨後一把將我推往另外一端去幹活。我一個踉蹌險些摔倒，幸好扶住了旁邊的桌案才勉強撐起身子。我帶著疑惑回首瞧著安希，她今天真的……很奇怪。

「啞巴？眞是可惜了……」翔宇對我露出一抹同情的目光，口中連嘆著可惜步上樓去。

夜裡風大，我們早早便將大門牢牢關上，外邊風沙滾滾，裡邊卻歌舞笙簫。安希著盛裝豔服，珠玉琳琅，站在高臺之上擺弄腰肢起舞吟歌，臺下的客官皆圍著她拍掌叫好。

我站在暗灰的木臺前凝望著安希那曼妙絕倫的舞姿，很是佩服與欣賞。整間客棧內，只有一桌客人從始至今都沒看臺上的安希一眼，那便是今兒個下午住進來的肥羊。他們那一桌與此刻喧鬧非凡的客棧相比，顯得格格不入。

翔宇突然朝我招了招手，「啞妹，拿一壺上好的竹葉青給我家主子。」

我為他們各斟了一杯酒，將壺放下正要離去，手腕卻被翔宇掐住。他將那杯竹葉青端起遞到我面前，笑道：「喝一杯吧。」

我立刻搖頭，示意不會喝酒。

「我給你賞錢啊，只要你喝了這杯，爺就賞你一百兩。」他從懷中掏出一張銀票，在我面前揮了揮。

看著他的神態，我打從心底感到厭惡，他以為錢能收買一切嗎？

於是我接過那杯酒，一飲而盡，突感一陣火辣燒著我的舌尖，忍不住將滿口的酒噴了他一臉。他那張原本堆笑的臉，頃刻僵在那裡，似乎馬上要勃然大怒。我用手搧著火燙的舌頭，滿臉無辜地向他鞠躬致歉。

他的主子突然側首，若有所思地望了我片刻，沒等翔宇發怒，便用冷淡的聲音說道：「翔宇，一個丫頭而已，難不成你還想與她較真。」

翔宇一張怒氣騰騰的臉因主子的一句話瞬間平息，狠狠瞪了我一眼後便不再說話。

我疾步離去，臉上掩不住的笑恣意擴散著，待我走到琪子身邊之時，他用那厚實生繭的手掌不重不輕地拍了一下我的額頭，「啞妹，你故意的吧！」

我揉揉疼痛的頭，側首又望了一眼那桌。豈知正對上一雙目光冷酷而深長的眼眸，我的呼吸窒了窒，立刻收回視線，感覺背脊涼涼的，有冷汗沁出。

深夜，我窩在暖被中睡得正香，卻被安希拽了起來，命我立刻去偷馬毛做古箏弦和二胡弦。我真不懂安希，客棧裡那麼多打雜的，為何偏偏要我這小丫頭去幹那種偷馬尾毛的事。她吐出了個冠冕堂皇的理由：只有我去，馬兒才不會驚叫。

頂著夜裡的寒露及風沙，我披起一件袍子跑進馬棚，裡面有數百匹馬，顏色不一，體型也不一。這些馬都是飛天客棧客官們的，我每隔十日都要到馬棚做小偷，專挑上好馬匹的馬尾毛下手。

一圈轉了下來，我發現最外邊那匹白馬的尾毛數極上乘，體型矯健如虹，可以想見馬尾毛的韌性之優。我小心翼翼地跑到馬臀後方，才摸著馬尾的毛，牠竟後腿一蹬，嚇得我連連後退險些摔倒。瞪著這匹性子剛烈的白馬，我氣得直瞪眼，拔馬尾毛以來頭一回遇阻。

想再次靠近牠，牠竟朝我一聲啼嘶，我氣得指著馬鼻子大怒，「你這個死畜牲，拔你幾根毛而已，還衝我叫！你再敢叫，別怪我把你分屍五段丟在鍋裡煮來吃！」

「哦？」

黑暗中突然傳來一聲冷語，還含著淡淡的笑意。我回頭望去，一道身影漸從暗處走出，是翔宇口中那位「主子」。

大漠皚皚月光映射著他全身，散發異常的光輝，其俊顏湛冷，輪廓如斧削。

他站在我面前，姿影凝立不動，再無聲息，良久沉寂。

這是我首次如此貼近打量他的輪廓，玄色眼眸如豹子般犀利危險，那是令人恐懼暈眩的冷與美。

被身形高大如他俯望著，我備感壓迫，不自覺地後退幾步。

「原來啞妹不啞。」他的語聲沉緩，卻讓我的呼吸一頓，滾滾風沙幾乎要將我倆淹沒。我的髮絲上與鼻子裡都有風沙，眼裡的他卻顯得有些模糊，便十指糾結而低聲道：「我裝啞也是爲了自保，還望大爺莫說出去。」

他沒說話，只不過摸了摸白馬的鬃毛，那性子剛烈的白馬瞬間變得異常溫順，似乎很享受他的撫摸。此時我才認清，這匹白馬不正是他的嗎？糟糕，我竟在馬匹主人面前說要將馬分屍煮了吃，他肯定很生氣吧，萬一他跑去告訴安希我並不啞，安希豈不活剝了我。

正尋思該如何對他解釋這件事，一隻白鴿撲打著翅膀飛到他肩上，我清楚看見鴿子的腿上綁著一個竹筒，是信鴿。只見他由肩上取下鴿子，一語不發地轉身隱入茫茫黑夜之中。

又是一陣風過，我打了個寒顫，恍然回神，面前已無人影。

剛才，眞的有人來過？還是我作的一場夢？

「話說南國與北國的對戰整整打了四個月，終於在數日前以南國勝利宣告結束。其實也不能稱之爲南國勝，北國風沙實在太大，南國的軍隊根本撐不了久戰。更何況，這秋馬上就要過去，冬季即將來臨，南國若不見好就收，定然要兩敗俱傷。各位皆是行走南國與北國做生意之人，他們兩邊現下必缺糧缺藥，你們要能從這方面入手，肯定發財……」

說書先生在臺上說得頭頭是道，我則爲各位客官斟茶倒水，南國與北國的交戰數日前已經結束了麼，興許我該尋機逃出飛天客棧，否則夜鳶就該追來了……不怕，我有客官們賞的銀兩，想回南國綽綽有餘。

當我走到翔宇那桌之時，頭垂得老低。總覺得有道凌厲的目光在盯著我，慌張地將桌子擦抹乾淨，爲他們斟上茶水後，便緊緊捧著壺轉身走開。

卻與一人撞了滿懷，我連連哈腰表示歉意，手腕突地被人緊攥住，這才抬頭望著眼前之人。

我愣住，手中的水壺砰然摔落在地，茶水濺濕了我們的衣角。

北國與南國之間的交戰不是才結束麼，他竟這麼快就找到了我？

「數月不見而已，如此激動？」他笑得依舊邪魅如火，附在我耳邊用只有我才能聽見的聲音笑道：「我的鳶王妃，玩了兩個月，該隨夫回去了吧？」

「這位爺，您這是做什麼！」安希見我與他之間發生不同於常的摩擦，立刻衝上前想解救我，卻被他冷喝：「滾開！」

受到這一聲冷語驚嚇，安希隨即發怒道：「啞妹可是我飛天客棧的人，你想動她，也不問問老娘……」她的聲音啞然而止，四把鋒利的刀已經架在她脖子上，整間客棧都被此時的景象怔住，鴉雀無聲。

「飛天客棧？只要我一聲令下，你這裡馬上變成廢墟。」他的聲音十分悅耳，卻藏著異常危險的氣息。

「你別傷害她，她是我的朋友。」知道自己再也裝不下去了，便開口替安希求情，我知道夜鳶這個人，他說過的話絕不會是兒戲。

夜鳶使了個眼色，他的手下才將刀從安希頸項鬆下。她不可置信地盯著能說話的我，眼底漾起憤怒以及受騙之後的傷痛。

夜鳶冷然的目光在客棧內掃了一圈，最後回到我的臉上，「天色近晚，咱們就先在這兒住上一夜，明日你隨我回去。」不顧我的反對，他拽著我的手腕，硬將我拖上樓去。

半拖半拽之間，我已經被夜鳶帶進一間雅致的小屋。他這才鬆開了我的手腕。

「在這兒吃了兩個月的苦，脾氣還是如此執拗。」

我揉著自己被他掐得鮮紅的手腕，後退幾步朝他說道：「夜鳶，早在夜翎回來那一刻，我們的戲就結束了。」

「我們拜天地也是戲嗎？」夜鳶步步逼近，那抹深藏算計的笑容始終掛在臉上。我連忙點頭，下顎卻被他的手指勾住，「天龍城多少雙眼睛都見證了這場大婚……」

對上他的眼睛，我突然笑了，「確實，天龍城多少雙眼睛見證了這場大婚，但他們見證的是蓋頭底下的新娘，誰能說我就是那個新娘？」我滿意地看著他那張突然震懾住的臉，繼續往下說：「所以，你還是放了我吧。」

「如果我說不放呢？」他一把攬住我的腰，俯身似要吻我，我立刻別過頭，「夜鳶，你要做什麼！」

「行那夜未完成的洞房花燭夜。」他邪魅一笑，攔腰將我打橫抱起，便朝寢榻走去。

才正要掙扎，卻聽一聲巨響，後窗破。

我與夜鳶齊目而望，但見一個披著灰色斗篷的男子破窗而入，手中的劍寒芒四射，將原本燥熱的屋子內籠進一片陰冷之中。

夜鳶立刻放開我，單腳一勾，擺放於桌的長劍隨即被他緊握手中，銀光乍現。一直守在屋外的四個侍衛馬上衝了進來，將夜鳶保護在後。

可是那個穿著斗篷的男子卻縹渺不辨何處，當我看清楚他的身影之時，他已出現在我身邊，如鬼魅般飄忽。我才欲後退，斗篷男子便攬住我的腰，凝聚著強大內力將我奮力一推，我彷若被一根水藻緊緊纏住了腳，無可動彈，筆直飛出後窗，墜下樓。

摔下去的一刻，我看清了隱藏在斗篷之下的那張臉，是楚寰！

會死嗎？

結果沒有，我掉入一個溫暖的懷抱，他帶著我迎風平穩降落在地，是莫攸然。

他與楚寰都來了，是來殺夜鳶的嗎？

莫攸然靜靜地將手從我腰際收回，唇邊勾勒出淡淡的笑容，用那依然溫柔的聲音吐出兩個字：「何苦！」

那淡淡的笑容像極了七年前的笑容，我早已分不清眞假，只能冷笑出聲：「何苦？那你又是何苦？」

「你可知道，我當初提起多少勇氣才決定忤逆你，下了多大決心才決定與轅羲九在一起？當我滿懷希望時，你竟然告訴我，他是我哥哥，我的親哥哥。你告訴我，其實我的名字叫轅慕雪，那個被我仰慕了七年的姐夫竟然一直在利用我。而今你問我何苦？我何苦？你教我怎能不恨你！」直勾勾地盯著他的眼睛，我的聲音有些哽咽。

莫攸然眼底微微動容，看著我的目光藏著淡淡哀傷，「你可以恨我，但爲何要牽連二王子？你可知道那日戰火正熾之時，二王子孤身一人跑去荒煙漫漫屍骨遍地的戰場中，只爲了尋找一樣東西。找了一整夜，直到南軍發現他的身影時，還是沒有找到。若非我及時趕到，二王子怕是早就淪爲南國的俘虜。」

「找……什麼？」我的聲音有些顫抖地問。

「一顆石子。」莫攸然說起這幾個字竟笑了起來，笑得如此刺眼，「堂堂主帥，冒著生命危險只爲尋找一顆石子。只因，那顆石子是他生命中最重要女人送給他的護身符！」

「那又如何？」我黯然轉身背對著莫攸然，輕笑著。

莫攸然順著我的聲音也笑了起來，「早該知道，未央從小就是那樣心狠，失憶之前你在乎的人唯有轅羲九，失憶之後你在乎的人依舊只是轅羲九。」

「論起心狠，未央遠遠不及莫攸然你。」聽莫攸然說起轅羲九的名字，我的心口一窒，幾乎要喘不過氣來。這些時日以來，一直盡量要自己別去想那三個字，可爲何莫攸然總要在我面前提起他，還要提醒我，未央曾經愛過轅羲九，愛過自己的哥哥。

莫攸然沒再說話，我便繼續笑道：「七歲前，我因仇恨父親、大夫人、轅沐錦而活。失憶後，爲了幫我姐姐報仇，爲了進宮做璧天裔的皇后而活。後來，我爲了與轅羲九在一起而活。如今我卻找不到一個理由讓自己活下去，所以，我必須恨你，我要因爲恨你才能活下去。我的人生是否很可悲呢，十四年來都在爲仇恨他人而活。」

「利用你，是我的責任。」莫攸然重重地嘆了口氣。

「責任？」

「我是個孤兒，本是北國人，在璧家，乃以一個奸細的身分潛進去。」莫攸然緩緩走到我面前，手指撫過我的臉頰，一滴晶瑩的淚珠停留在他的指尖。

「九歲那年一個下雪天，我故意倒在璧家府門前，是璧嵐風大元帥親自將我救回府中。我留在那裡，只爲竊取攻打北國的情報，璧大元帥卻視我爲己出，待我恩重如山。與他相處了三年我才認清，他是個好將軍，不僅體恤下屬，所作所爲亦都是爲了南國的江山。我不忍心，眞的不忍心出賣這樣一個好將軍。正深陷於矛盾之中的我，遇見了碧若，她的一笑一顰引我心動。那時我便徹底拋開了北國賦予我的責任，欲與碧若長相廝守，和那個待我如親生兒子的璧大元帥併肩作戰。自十三歲開始，我即一心一意地待璧家，毫無異心。我眞心將璧大元帥當作我的親生父親！」

他頓了頓，臉上透著掙扎，眼眶微微散紅，「就在我成親當日，璧將軍離奇死亡，我們都猜測是皇甫承那個昏君命人殺的，頓時起了反意。碧若，她披著孝衣跪在壁天裔面前，說：『壁大元帥待我如親生女兒，我願進宮幫助壁家竊取情報，我願在皇甫承身邊迷惑他。』」

「碧若主動提及要進宮幫助壁家？」我突然欽佩起這名女子，竟能為大局犧牲小我，難怪莫攸然如此深愛她。

「是的。當時碧若都這樣說了，我還能說什麼呢？畢竟被害死的人也是我所尊敬的父親！」當他說起「父親」二字時口吻異常堅定，眼中隨即流露出憤恨，「碧若為壁家犧牲了那麼多，壁天裔竟狠毒親手殺了她……」

我們沉默了下來，蒼鷹啼嘶，風沙捲衣袂翻揚。

緊接著，一陣陣令人聞風喪膽的馬蹄聲席捲而來，我與莫攸然收回思緒，齊目望向遠方。那滾滾黃沙幾乎籠罩了整個天際，卻看不見一個身影，但能肯定有千軍萬馬正朝此地而來。

莫攸然臉色一變，「是南軍！」

「南軍？」我低聲重複了一遍，卻不知何時翔宇已經出現在我們面前，表情嚴肅，與之前對我的輕佻之色全然不同。

緊接著，翔宇背後走出了一個白色身影，目光如炬，唇抿成鋒，頰如刀削，面容冷峻，儼雅如神。

莫攸然臉色大變，怔在原地望著眼前之人良久，立刻朝上方正與夜鳶糾纏的楚寰大喊一句：「楚寰！」

楚寰手持長劍飛身躍下，夜鳶的四名侍衛隨之尾隨而下，楚寰擋在莫攸然和我的面前，長劍指著翔宇的主子，眼中滿是戒備。

鷹鷙翻，雄氣風沙段雲幽，虎豹戰服銀盔閃。

冷蕭瑟，地動山搖聲沸騰，號風霆迅動北陬。

密密麻麻的南軍氣勢如虹直逼我們，已經沒有人再顧得上個人恩怨，目光皆齊齊望向那千軍萬馬。唯獨翔宇與他的主子異常平靜，負手立在原地，神色淡然，絲毫沒有如臨大敵的表情。

看著南軍為首的那人，我的手不住地顫抖，隨即緊握成拳抑住自己不再發抖。腳不由自主朝前走了幾步，但理智將我拉了回來，伴隨著嗆鼻的黃沙，我連連後退想要逃脫。卻感覺到自己撞到一個冰涼堅挺的懷抱，我全身一緊，驀然回首對上一雙冰冷如豹的眼神，彷彿就要被千年冰霜凝結住。

我驚慌地收回視線，抬頭正對上一雙深炯如鷹的眼睛，他，正邁著堅毅的步伐朝我走來。殘陽將他的銀盔映得刺眼耀目，他那雙絕美的瞳子依舊那樣邪美冷淡。

可是他的眼中卻再沒有我了。

單膝在我面前跪了下來，不，他跪的人是……我背後這個男人。

「臣轅羲九恭迎皇上駕到。」轅羲九的話音剛落，其背後那千軍萬馬也跪伏而下，齊聲喊道：「皇上萬歲萬歲萬萬歲！」

「萬歲，萬萬歲！」

山山動搖，海海沸騰。

聲浪一波一波響徹荒蕪的大漠，塵沙滾滾，刺得我眼睛無法睜開。

我自嘲一笑，隨即望著有些絕望的莫攸然，再望著眼底充滿仇恨的楚寰，最後仰首朝立於二樓窗前俯視這一切的夜鳶看去。

原來，在壁天裔面前，我們每個人不過是早已被他安排算計好的一顆棋子。

我、莫攸然、夜鳶，以為算計了一切，其實真正被算計的人是我們。

一切，終將落幕了。

南軍將飛天客棧裡的客官們悉數趕走，空蕩蕩的寂靜讓人感覺到強烈的壓迫。

壁天裔一人獨坐在正中央的小桌，渾身上下充斥著壓抑之極的王者氣派。

夜鳶、莫攸然、楚寰和我，沒有人反抗，畢竟武功再高，也敵不過這千軍萬馬。裡邊一片寂靜無聲，無人開口說話，只是這樣靜靜地站著。

不知不覺，外邊下起了漫天的傾盆大雨席捲著整個大漠，塵土的腥味過後是水滴的清新舒爽之氣，更洗滌了風沙。來到飛天客棧兩個月，今夜是我遭遇的第一場雨。也正是這一場大雨沖刷了這詭異窒息的氣氛，壁天裔端起桌上的碧螺春輕吮一口，用清淡如水的語調率先開口：「你們說的話，朕都聽見了。」

我全身一僵，聽見了？聽見了多少？知道我是轅慕雪？

莫攸然非但不緊張，反倒在壁天裔的對面坐下，兩側的侍衛立刻大呼「放肆！」壁天裔隻手一揮示意他們退下，而莫攸然則放肆地笑道：「二弟，許久沒與大哥同坐了吧。」

「是的，許久了。」壁天裔並未因他直呼自己而惱火，反倒坐姿軒軒，又飲下一口茶香四溢的碧螺春。隨後側首望向始終佇立在他身邊的轅羲九，竟笑道：「三弟你也坐吧，咱們三兄弟已經多年未同桌暢聊了。」其目光無邪，有些霧氣濛在眼眸之上，也不再冷若如霜。

轅羲九將手中的盔甲放在桌上，隨即優雅地坐下。

一冷魅，一邪美，一淡雅，三人同坐，竟是那樣和諧。

那一處就是最璀璨光輝之地，沒有別處的風景能與之攀比，那氣勢猶如泰山壓頂，無人能與之爭鋒。

七年前的神話，曠世三將，今日再重聚卻人是物非。

隨後，壁天裔吩咐在場所有人都退下，我知道他們三人定然有很多話想說，於是跟隨大批侍衛欲退出客棧，不料卻被壁天裔叫住，「未央，你留下。」

我頓住腳步，回首疑惑地望著壁天裔，他叫我「未央」就表示……他根本沒聽見我與莫攸然先前所說的話，根本還不知道我是轅慕雪。一顆緊吊著的心終於放下些許，走到桌前坐下，正對上轅羲九的目光，裡面平淡無波，彷彿……與我根本不曾相識。

轅慕雪，你在難過什麼，面前的人是你的親哥哥啊，你還想奢求些什麼呢。

「未央，如今再無外人，你就坦白說說你與碧若的眞實身分吧。」壁天裔雙手交叉置於桌上，清冷地望著我。

壁天裔這話問得奇怪，我率爾回答：「眞實身分？我不懂你在說什麼。」

壁天裔一笑，他當我是在裝糊塗，「你與碧若、莫攸然是同樣的身分，是漣漪大妃的暗人。」

「不可能！」有個聲音應得比我更快，但見莫攸然倏地起身大吼，眼中的憤怒無盡地蔓延。

「壁嵐風大元帥在你與碧若成親之時，就看穿你們的身分了，但是他沒有揭發，只因你們一直未曾危害過壁家。」開口的是轅羲九，他的目光掃掠過激動的莫攸然。「你回想一下，第一個發現將軍死去的人是誰？」

莫攸然一怔，思緒似乎飄移到很久很久以前，隨之喃喃道：「碧若？難道你想說將軍是她殺的？她一個手無縛雞之力的女子怎麼可能……」

「是的，當時沒有人懷疑到碧若身上，因爲在我們眼中她是那樣純潔乖巧，柔弱得需要人去保護。後來她自願進宮做皇甫承的妃子，更成了壁家的大恩人，有誰敢懷疑碧若呢？但我們都錯了，碧若進宮不是爲了供予情報來幫助我們奪取皇甫承的天下，而是挑撥皇甫承誅殺我們，而她給我們的情報皆是假的。」轅羲九一字一句清楚道來，令莫攸然不可置信地連連搖頭，「情報若是假的，我們何以能一路通行無阻地攻到帝都城？」

「這就是她的高明之處了，先將眞實情報傳給我們，使雙方兩敗俱傷，待最後一刻拋出假情報，好讓皇甫承滅了我們，那樣北國便可輕而易舉地攻克南國。但我怎可能如此之傻，只在皇宮安插一個碧若？皇甫承身邊連同碧若一共有三個線人，那最後一道至關重要的情報，唯獨碧若與其他兩個線人不一樣。這麼多小小巧合聯繫起來，就不再是巧合了。」壁天裔把玩著茶杯的蓋帽輕輕撫弄著，隨即一笑，轉而凌厲地盯著我，「而未央，假意與三弟的妹妹慕雪交好，目的也只是爲了接近三弟博得信任而已。」

「不可能。」我矢口否認，有些激動地望著莫攸然，未央如果只是假意接近，爲何在那場大火中要不顧自己性命救了我，最後還害得自己喪命？不可能，壁天裔一定是捏造事實。

「人都死了，你自可妄加罪名。」莫攸然也隨著我站起來，眼中透出明顯的不信。

「漣漪大妃能捨得將自己的親生兒子送來南國做奸細，可想而知這個女人的厲害。而她是你的主子，當年親自將你送去壁家，當她知道你變節想幫助壁家對付北國時，你認爲她會放過你嗎？」壁天裔頓了頓，「若我沒猜錯，碧若正是漣漪大妃派來殺你的，或者是派來挑撥我們兄弟之間的感情。」

轅羲九說：「皇上之所以沒有將這些告訴你，只因不想傷你，他明白你對碧若用情至深。而且，我們並無實據證明碧若的身分，你斷然不會相信。」

「我當然不信。」莫攸然單手重重一擊面前的桌子，將其劈成兩半。

「你大可親自去問問你的主子漣漪大妃，倘若她願告訴你眞相的話。」壁天裔對於莫攸然的舉動毫不震驚，依舊一派傲然地坐在凳子上，凌然目光直逼莫攸然的眼睛。

碧若與未央也是漣漪大妃的暗人？

那夜翎知道這件事嗎？

漣漪大妃是否知道，如今的未央並非當年的未央？

太多太多的疑問讓我有些不知所措，甚至不敢相信。可壁天裔與轅羲九所說的一切卻又是那麼讓人懷疑，一切都只是誤會嗎？

壁天裔殺碧若全是想爲壁嵐風大元帥報仇，而莫攸然自以爲聰明一世，利用我，又聯合他曾背叛過的主子漣漪大妃，欲對付自己的兄弟，目的竟只是爲了要幫妻子報仇……報仇？最終都只是被漣漪大妃玩弄於股掌之中嗎？不可置信，我曾見過的那個溫柔美善的漣漪大妃竟是這樣厲害的一個女子。

那麼，轅羲九，你又騙了未央，你又騙了未央。

——皇上會放過我嗎？

——他對碧若有愧，他的心即使再狠再硬，於你，他也會心存憐憫。

但皇上對碧若從來就沒有愧，對我，又怎會心存憐憫？

爲何要騙我呢？

「不好，夜鳶不見了！」不知是哪個士兵一聲大喊，伴隨著風雨傳了進來，客棧內的我們依舊安適地站著，無人在意夜鳶是否還在。

莫攸然徒然垂下雙肩，頭垂得很低，以至我們都看不清他的表情，但我能感受到他身上蔓延著無盡的悲傷。原來，莫攸然這個人也很可悲呢，那一瞬間，我對他的恨似乎淡了許多。

「壁天裔，如果你眞當我是兄弟，現下就放我和楚寰回去找漣漪大妃問個清楚。」莫攸然的聲音甚低沉，音調中有些顫抖。

「好，你們走。」壁天裔這話說得很是隨意，似乎根本不在意他二人的離去，眼中那道閃閃的冷光彷彿在宣告：即使你們回了北國，我一樣有能力將你們毀滅。

莫攸然腳步虛浮，黯然轉身，走了幾步卻又頓住，「未央，你不隨我走嗎？」

「未央不能走。」壁天裔這句話說得異常強勢。

莫攸然始終背對著我，似乎猶豫片刻，隨即邁著沉重步子離開了客棧，走入那漫漫大雨，與楚寰一同離去。

我深深記得楚寰離去之時，那雙陰冷的目光始終徘徊在客棧之內，那是仇恨。

隨後，壁天裔帶著我進入他的房間，屋子裡相當雅致，帶著淡淡的香味，是芙蓉花香。

放眼望去，紫檀桌上的觚內插著紅、粉、白三色芙蓉花。當我的內心被這芙蓉花強烈牽扯之時，只感覺壁天裔走到桌旁，折下一朵粉色的芙蓉花，朝我走來。

那瞬間，我似乎察覺到什麼，心中閃過異常的不安，怔怔望著壁天裔的眼睛，那眸子美得刺目讓我暈眩。

直到他將那朵芙蓉花插在我的髮絲之上，我的內心滑過一股異樣的暖流。

我如夢初醒般對上他的目光，手微微顫抖，雙腿發軟，再也提不起一分力氣。

他，知道了！

「第一次，你淪陷太師府。第二次，你與夜鳶大婚。這是第三次，再不會放手了。」他的指尖勾過我頸邊的髮絲，聲音雖有些矛盾，卻像是下定了很大的決心。

可是我不懂，第一次、第二次、第三次，這到底是什麼意思？

我張口想要詢問，卻在對上他清冷眸子之時再也發不出聲音，腦海中彷彿閃過一道冷然的聲音——「待我勝利歸來，便為你蓋一座宮殿，在裡面種滿你最愛的芙蓉花。」

這句話，如此熟悉，卻又是那樣陌生。

這都是孩提時的事麼，還有什麼是我不知道的，還有多少是莫攸然沒有告訴我的。

小時候，還發生了什麼！

是夜，外頭的大雨依舊不停地下著，我在床上翻來覆去不成眠，胸口異常壓抑難受，就連呼吸都十分困難。腦海中不斷閃過壁天裔說過的話，他說要帶我回南國，讓我隨他進皇宮。那時，我知道自己不能拒絕，便只是沉默著，呆站著。

終於，我翻身而下，來到客棧用膳之地，我突然間很想喝酒，很想喝醉。

已是深夜，客棧內早不見半個人影，唯獨小黑趴在櫃檯之上熟睡著，案前燃著紅燭，隱隱能將一小處地方照亮。

我踮腳取下一壺花雕，才轉身，便見轅義九剛自客棧外回來，他的髮絲上淋了些許雨水，更顯不羈之美。他看見我時也愣了一下，隨即收回視線想要離去，卻被我喊住。

「能不能陪我喝幾杯。」

他步伐一頓，似在猶豫著，我便佯裝輕鬆地笑道：「喝一杯酒而已，你怕什麼？怕壁天裔？」似乎被我的話所影響，他靜靜與我同坐，卻一句話也沒說。

我為自己斟上一杯花雕酒，端著它放在眼前細細打量著，酒中倒映出我無神空洞的眸子，這雙眸子依然是莫攸然當年笑稱魅惑勾魂的妖瞳嗎？

受不了此刻異常尷尬的氣氛，於是想方設法尋找著話題，「花雕酒便是黃酒，可為何要稱之為『花雕』呢？因為黃酒產自紹興，有時也稱『紹興酒』。那裡的人家只要生女兒，便會釀一罈黃酒，罈子為了美觀，而在上面雕花紋。然後用紅紙封罈口儲藏，等女兒十八歲出嫁時再拿出來作嫁妝，於是黃酒就這樣被稱為『女兒紅』。可沒想到他的女兒還未到出嫁那天便早夭，所以就將女兒紅取名『花雕酒』，意思就是花兒已凋謝。」說完便一口飲盡杯中花雕，酒味甘香醇厚卻辣得我喉嚨疼痛，痛得我想要落淚。

「花雕，花雕。」我喃喃重複著花雕二字，對上他的目光，依舊是冷淡如霜，也不回我的話。

難道，他眞的不願再理我了嗎？

——你不能愛他，因爲他是你親哥哥。

一句話猛地傳進耳中，我倏然起身，手足無措地望著他，「有酒無菜怎麼行呢，我現下就去炒兩碟小菜，你在這兒等我，一定要等我。」再三吩咐後，我慌忙跑進灶房。

蹲下身子想生火，但不論我如何用力搧著，冒的只是煙沒有火。

那刺鼻煙霧迷濛著我的雙眼，籠罩整個灶房，我承受不住輕咳了起來，很想止住，可非但止不住，就連淚水都隨之滾滾而落。

我氣憤地將手中的扇子丟至地上，朝爐灶氣道：「我只不過想爲他做最後一頓飯而已，這麼一點要求你都不願滿足我麼，你爲什麼就是點不著……」聲音漸弱，無力地跌坐在冰涼的地面，我將頭深埋在雙臂之間，任淚水恣意蔓延。

也不知過了多久，感覺到一雙手臂將我攬入懷中，是那份熟悉的感覺，熟悉得令我安心。我依戀地靠在他的胸膛上，理智告訴我應該離開，卻始終捨不得。

我怕，這次離開了，那個位置就永遠不屬於我了。

「他說要帶我去南國，他要帶我進那個皇宮。」我略顯孩子氣地纏繞著他的腰際，低喃著。

感覺到他的手突然鬆了幾分力氣，「去吧。」他的聲音依舊像記憶中那樣好聽，卻深藏著喑啞與複雜。

「你……你說什麼？」我的手一顫，猛然推開他，對上他略顯滄桑的臉，我失笑了。

「第一次，你淪陷太師府，郝哥統領親自查抄成府，更奉命將你帶入皇宮。是我攔住了，我忤逆了皇上，而皇上也放了你。第二次，你被莫攸然擄去，皇上給了我機會，讓我親自領兵出征北國贏奪你回去。第三次，你從大婚上逃跑，被飛天客棧女店主救了，卻再次碰見皇上。於是皇上飛鴿傳書，命我停戰。我知道，皇上已經不願再放你了……其實與你有緣分的人是皇上。」他的唇邊劃出一絲苦澀的笑意，聲調如水。

聽罷，我怔住，原來璧天裔說的第一次、第二次、第三次是這個意思。

「原來如此。」我一聲輕笑，笑中凝淚，「那……爲何，爲何你不能求皇上再放我一次？」

他突然伸出手，想要撫摸我的臉頰，想說些什麼，卻噙了回去。手也僵在半空中，自嘲笑道：「因爲，皇上已經見到了你。」

見他悄然收回了手，我平靜地問：「所以……所以你要將我給璧天裔了？」

「多少女子夢寐以求的便是進入皇宮，得到皇上的憐惜，我相信……皇上會善待你的。畢竟你……」他頓了頓，眼眶已漸漸泛紅，藏著無數的心酸與隱忍。最後他深深吸了口氣，「畢竟我頭一回見皇上要留下一名女子，不惜……不惜對兄弟壓上身分……」

轅羲九後面再說些什麼，我已經聽不清楚。掙扎著從地上爬起，撞翻了身邊那一大籮筐鮮嫩白菜，踢翻了盆中安逸的鱸魚，被水濺得一身。我什麼都不在意，只是逃也似地跑出了灶房，衝出了客棧，大雨沖刷著我的全身。

空濛雨夜風亦襲，大雨幽夜欲斷魂。

望著茫茫沙漠中無數個帳篷，裡面皆是南軍吧……聽璧天裔說，明天就要回南國，要回去了……

腳踩在被雨水蔓延侵襲的沙土中，漫無目的地走著，大雨早已迷濛了我的眼眸，再看不清前方的路。

「是哥哥，是哥哥。」我不斷地對自己告誡著。

「永遠只是哥哥……」

這是最好的結局不是嗎？只要我進宮，我們就能相互斷了念想；就不用面對天下世俗人的眼光，更不會毀了他的身分。他可是南國的神話，是令北國聞風喪膽的元帥，他哪裡能承受天下人的唾棄，我更不能讓璧天裔與他兄弟反目。

我知道……他很珍惜壁天裔與他的兄弟情，他對壁天裔的情，絲毫不少於對我的愛。

白雨如瀑，珠浸沙。

寒徹侵身，滿是傷。

第四章　宮闕深・鎖紅顏

當我再次睜開眼睛時，已身處顛簸的馬車之中，身旁有個名爲卓然的丫頭伺候著我，她說我已經昏迷了五日，大軍不能有所拖延，便將昏迷的我帶回了南國。她將那一勺一勺的墨黑藥汁餵入我口中，苦澀的藥味在我口中無限蔓延。

我很少喝藥，每次生病都是莫攸然用內力將我治癒，從來不允許我碰藥。他總說，喝藥會變藥罐子的，也會少了女子該有的那份脫俗之氣。

我此刻才發現，原來莫攸然施與的一切我都深深銘記在心，任何一件極爲細小的事都能聯想到他對我的告誡。其實他說的一切都是爲了我好，那個皇宮並不如我所想的那麼簡單，興許……莫攸然是眞的關心過我，眞的把我當作妹妹疼。只不過，仇恨將我與他阻隔了。

莫攸然，如今的你應該在北國了，漣漪大妃又會對你說什麼呢，你是否已經得到關於碧若的眞相？

恍惚間，我回神，一陣北風襲過，將馬車的簾幕吹揚而起，聲聲悲愴的歌聲震耳欲聾。

我揭簾而望，天色慘白，淡雲飄浮。

大軍邁著整齊沉重的步伐踏在遼闊的土地之上，荒煙漠漠充斥著令人心血澎湃之感，每個將士的口中皆唱著：「出不入兮往不反，平原忽兮路超遠。帶長劍兮挾秦弓，首身離兮心不懲。誠既勇兮又以武，終剛強兮不可凌。身既死兮神以靈，魂魄毅兮爲鬼雄。」一遍又一遍地重複著屈原所作的〈國殤〉，我甚爲訝異，爲何要唱〈國殤〉？他們的戰爭贏了不是嗎？

卓然笑著回答：「姑娘這你是有所不知，皇上有令，大小戰役無論是勝是敗都必須吟唱〈國殤〉，來悼念那些為國捐軀的戰士們。若沒有他們的犧牲，哪能換來咱們此刻的勝利呢，所以將士們必須感恩，必須抱持最眞摯的心感恩。」她也探首凝望著外邊那群將士，「南國有這樣一個皇帝，是百姓們的榮耀呢。」

「是嗎。」我猶自輕喃著。

「難道不是嗎？」卓然好奇地盯著我，眼底淨是疑惑。

我沒再答話，只是收回了視線，隨著馬車進入帝都城，穿越過繁華的街道，感受著街道兩側百姓們的歡呼之聲，還有鞭炮聲。那一波又一波的歡呼沸騰見證了壁天裔坐此皇位的穩固，以及民心所向。

對於民間種種傳聞我多不大相信，今日一見確實震撼，尤其是那首〈國殤〉。

壁天裔，十八歲便橫空出世，奪取皇甫家天下，果然是個能成大事者。這樣一個優秀的皇帝，難怪轅羲九會放心將我交給他，我想，我也能放心將自己交給他吧。

歌聲哀號，響徹雲霄。

前面，就是皇宮，在我記憶中出現了七年的皇宮，如今眞眞切切出現在我面前。

馬車的轂轆碾過青磚鋪成的琳琅大道，城門大開，萬人跪伏在地恭迎。

天龍雙闕，金碧輝煌，殿宇恢宏，晃晃閃耀。

是壁天裔親自接我下馬車，他牽著我的手走過雙闕，我在萬人注視之下隨他進入雙闕。他的手掌很溫暖，指尖微傳冰涼之感。

滿朝文武上前恭迎，看見了他身邊的我，眼中充滿疑惑。壁天裔鬆開我的手，轉而輕輕摟著我的肩，用不大不小的聲音宣告：「她便是我南國母儀天下的未央皇后，自今日起，入住未央宮。」

大臣們皆面面相覷，臉上的表情不大好看。

壁天裔嘴角勾勒出一絲完美的弧度，未理會他們的神色，領著我揚長而去。

未走多遠，便見到數名女子在宮前相迎，她們個個濃妝豔抹，打扮得花枝招展。我知道，那是壁天裔的宮妃，是他的眾位侍妾。

但聽得她們嬌膩著嗓子，齊聲道：「臣妾恭迎皇上回宮。」

我看見了莫攸涵，她站在最前頭，無論是容貌、氣勢、首飾皆將背後諸位宮妃的勢頭壓了下去，可見其在後宮是如何得寵。

我很好奇，壁天裔明知莫攸然對他的殺意，為何莫攸涵還能如此得寵，壁天裔到底在打什麼主意？

「皇上，這是終於回來了，臣妾可擔心您了。」她最先開口，邁著輕盈從容的步伐黏到了壁天裔身邊，餘光不時朝我射過來，頗有敵意。

我佯裝看不見，任由壁天裔將我護在懷中，嗅著他身上那淡淡的龍涎香味。我想，壁天裔的後宮並不如我想像中那麼平靜，面前諸位宮妃對我的笑容雖如此充滿善意，但那份笑意卻沒有到達他們的眼底，反是冷意藏不住。

這就是我將來要過的生活嗎？鬥爭？與一群女人鬥？

我不怕，因為我是皇后，是六宮之主。

・未央宮

飛檐捲翹，朱壁宮牆，瀰漫著富貴祥和的盛世華麗之氣。

井梧蕭然，明透殘紅珠簾捲。

入住未央宮一個月來，壁天裔未再踏進過。聽卓然說，朝中大臣對我這個突然出現的皇后頗有質疑，於是在封后這件事上一直爭執不休，始終沒有得到完善解決。

我也不願多過問一些令人煩心的事，皇后之位若不屬於我，我便不用捲入後宮紛爭，皇后之位若屬於我，那我便留在這寂寂深宮，只要……偶爾能見到轅羲九，只要能遠遠地看著他，我便滿足了。

冬日來臨，我親眼目睹未央宮那滿池的芙蓉花已漸漸枯萎，再無當初那淡淡芬芳撲來，尤其是夜裡，嗅著它的芬芳之氣我便能安然入睡。

寒風陣陣，吹散我身上素雅的衣襟，於黑夜中輕紗漫舞。卓然默默站在我身邊，隨著我的視線一直凝望天上那皎潔的月光，朦朧散輝，照耀著天地萬物。

手指緊緊掐著屋前欄杆，血一點一滴與朱紅的欄杆之色混合在一起，卓然驚呼一聲：「主子！」

「卓然……你說，皇上將昭昀郡主賜婚於九王爺。」沉默許久之下，我才靜靜地吐出這句話。

「主子您的手……卓然為您包紮……」她顯然沒有顧忌我的問話，全部注意力都放在我的手上。

「卓然，沒聽見我在問你話嗎？」我的聲音猛然提高，冰冷地看著她。卓然神色一僵，怔怔地望著我良久，似乎還不能接受我突然的轉變，隨即跪在我面前，「回主子，是的，就在今日早朝，皇上將她的表妹昭昀郡主賜婚於九王爺。」

「是麼。」我頹然笑了笑，隨即鬆開手，看那鮮紅血液將我的手心染紅，猶自一笑，「那要恭喜九王爺了。」

「可是九王爺當眾拒婚了。」卓然輕輕一嘆，「如今那位昭昀郡主正在寢宮大發脾氣呢，將宮中的瓷器盡摔碎了，而宮裡上下全將昭昀公主當笑話看呢，因為是她親自請求皇上賜婚的。」

聽到這裡，我緊揪著的心終於放下些許，問：「那皇上呢？」

「皇上在朝上並沒有過多的勉強，退朝後聽聞昭昀郡主大發脾氣便親自去瞧了瞧她，她哭著求皇上一定要為她討回面子，甚至揚言非九王爺不嫁。」卓然抿著唇輕笑起來，眼底滿是嘲諷之意，可見昭昀公主之事已被皇宮上下給傳遍了。「昭昀郡主性格刁蠻高傲，仗著郡主身分目空一切，就憑她也想做九王爺的妻子，眞是……」

「卓然。」我立刻冷言打斷她的話，「我不希望自己的奴才是個愛言是非之人。」

「奴才知罪，主子息怒。」她立刻收起臉上的嘲諷，慌張地向我磕頭請罪。

「罷了，以後注意便是。」我揮了揮手，轉身繼續凝望天上的明月，呢喃道：「為何要拒婚呢……」

「很介意？」黑暗中似乎傳來一聲輕笑，卻又像是比笑更加殘忍的氣息。我回首凝望，那個孤獨的身影漸漸明晰，走出了黑暗。燭火光輝傾洩在他金色的龍袍之上，更顯蒼然肅穆。

對上壁天裔那雙忽明忽暗的眼睛，我有絲絲訝異。擋在我面前的這副身軀堅實密不通風，他遣退了卓然，兀自步入寢宮，我緊隨其後。

只見他熟稔地拿出藥箱，取出一瓶金瘡藥，牽著我坐下，親自為我上藥。

他的唇緊抿著，眸黑如墨，在燈火的照耀下，明若星辰。

「如果當年你有一瓶金瘡藥，就可以救母親了，也不用那麼小就背負一條命。」他這話說得平淡，可我的心卻彷彿被人狠狠敲打著。

血，大雨，電閃雷鳴，匕首……

一幕幕飛速閃過，指尖隱隱傳來的疼痛令我的意識更加清晰。

「皇上如何認出未央便是慕雪的？」

「或許是你一口酒噴灑在翔宇臉上，那副奸計得逞的模樣不禁讓我想到你每次故意接近我，氣得轅沐錦想將你千刀萬剮的一幕。又或許是那夜你拔馬尾毛指著牠直跳腳的樣子，讓我不禁回想起你學騎馬時總是被馬甩下來，氣得暴跳如雷的樣子……」突然間，他那剛毅冷漠的眼眸泛出絲絲笑意，「直到那日聽見你與莫攸然的對話，我才肯定了自己的猜測。未央，便是轅慕雪。」

我猛然攥著壁天裔的手腕，「求你，求你不要告訴轅……九王爺，我就是轅慕雪。」

壁天裔深深凝視著我，唇邊笑窩一現，慢慢啓口：「好，但是你必須答應朕，不許再跟朕提『轅羲九』三個字。」

我堅定地點頭，「我保證，絕不在皇上面前提起『轅羲九』三個字，否則不得好死。」

他將手腕輕易從我手中抽了出來，單手勾起我的下顎，明亮的眸子中帶了幾分潤澤，重複了一遍「不得好死」，才笑問：「眞的如此在乎？」

我不語，仰頭望著他，脖子有點痠痛卻不敢掙扎，只怕他會告訴轅羲九我就是他妹妹。

我能肯定，壁天裔並未將我的身分告訴轅羲九，因爲，他是壁天裔。

既然他不知道，那便不用告訴他，他就無須承受我們是兄妹的事實。與其兩個人爲此傷心，不如將這一切由慕雪一人來承受。

「朕知，你七歲前的記憶全部喪失。」他終於鬆開了我的下顎，轉身背對著我，「當你在你母親墓碑前說起以前的種種，我便在心中決定，轅慕雪要做壁天裔的妻子。」他頓了頓，倏然回首，犀利的眸子猛然對上我的眸，「因爲壁天裔的妻子，絕對不能懦弱，選來選去，唯有轅慕雪最適合。」

我了然一笑，起身正對上壁天裔的眼睛，一字一句地說：「小時候，關於我們兩人的故事，能講給我聽嗎？」

第一次見轅慕雪是在轅府，她竟當著自己、大哥與三弟的面要借他用用，他很想拒絕，但是三弟卻在他耳邊輕道：「二哥，她可是我最疼愛的妹妹。」

因爲這句話，他便跟在轅慕雪的背後走了，雖然不明白這個小女孩到底想做什麼，但他總覺得她很奇怪，眼睛裡那閃亮的光芒與隱隱的冷意讓他頗爲好奇。直到她含笑將飄落在腳邊的金鳳紙鳶撿起，說了一句：「金鳳飛得再高，終究是要摔下來的。既然摔了下來，那便是萬劫不復。」

正因爲此句話，他便覺得這個女孩一點也不簡單，她眞的只有七歲？

直至他見到那個瘦弱的女孩捧著一束雪白芙蓉花跪在母親墓碑前，眼睛不見淚滴，可是渾身上下蔓延著的悲傷似乎將他心中的悲傷也勾起：三年前，父親找了無數的藥材，請遍了天下名醫都無法將身患重病的母親治癒，那年他才十四歲，親眼看著母親撒手而去。

然而轅慕雪的母親卻僅是因爲少了一瓶金瘡藥、少了一兩銀子，否則便不會就此死去。由此更感到眼前這個女孩特別需要人保護，雖然她看上去很堅強，像隻刺猬，誰都無法靠近。但當你眞心想接觸她、瞭解她時，她滿身的刺便慢慢褪去，畢竟她也只不過是個普通的孩子，也需要人疼愛。

看著靠在自己懷中的轅慕雪，他突然閃過一個念頭，也許轅慕雪可以做他的妻子。反正近來大哥與碧若正風風火火地籌辦婚禮，而父親也總是催他找個姑娘趕緊成親，爲壁家延續香火。而轅慕雪今年才七歲，等到及笄還得八年，這八年裡他就能安心完成自己的大業。最重要的是，轅慕雪並不教他嫌厭，而且以她那倔強的性格，夠資格做他壁天裔的妻子。

那天夜裡送回轅慕雪後，便在那棵近三百年高齡的古松上找到了三弟，三弟慵懶地倚靠在樹杈之上，手中隨性捏著一枝松葉，似乎在沉思些什麼。直到他縱身躍上古松，三弟才回神，勾起一抹淺笑道：「二哥。」

「你的妹妹挺有趣。」壁天裔揚手將一片松葉摘下，卻換來轅義九的滿臉驚愕，「有趣？」

壁天裔一手搭上了他的肩膀，「咱們親上加親如何？」

「親上加親？」轅義九依舊不解地盯著他，再望望垂在自己身上的那隻手臂。

「訂下你妹妹，做我壁天裔的未婚妻。」

「為什麼？」音量猛然提高。

「一來是解決父親逼婚的問題，二來是你妹妹並不讓我討厭。」

轅義九手中的松葉乍然掉落，最後平躺在底下的草叢之中，神色有些古怪與淡然，「這事我不能作主，若慕雪願意，我絕不會阻攔。」說罷便以翩然之姿降落在地，沒有回頭，信步離去。

壁天裔靠在樹上凝望那孤寂的背影愈走愈遠，蒼涼之感油然而生。

雖然剛才他說讓妹妹自己決定，但畢竟與三弟相處了這麼多年，若連他眼底隱藏的不捨都看不出來，那他壁天裔還當什麼二哥。

這幾日轅慕雪老纏著他學騎馬，而每次他到轅府的馬場教她之時，轅沐錦都在場。每次轅慕雪一見轅沐錦來，就對他特別多話，每次總要氣得轅沐錦哭著離去。轅沐錦一離去，轅慕雪便沉下了笑容，獨自駕馭馬匹。這兩個孩子之間還真有深仇大恨似的，暗中較勁。

他又怎會不知道轅慕雪對他是利用居多，騎馬是個幌子，氣轅沐錦才是目的。

一想及此他便陶然失笑，孩子之間的鬥氣都是這樣麼，她喜歡的東西，另一個便要想盡辦法搶過來。

不知為何，他對轅慕雪這樣的舉動竟然不反感，反而愈看愈可愛。興許是他見慣了一些大家閨秀的矜持，對於像轅慕雪這樣愛憎分明的女孩還是頭一次遇見。

忽然間，馬一聲啼嘶，轅慕雪那弱小的身子根本無法馴服那匹烈馬，重重地摔了下來。他這才回神，焦急地衝上前想看看她有沒有摔傷，沒想到她卻自己爬起，一邊拍落身上的灰塵，一邊朝那匹馬大叫：「你這個畜牲，居然敢把我摔下來，信不信我將你全身的毛都拔了去，來一場『烤全馬』晚宴。」

他看著她直跳腳的模樣忍俊不住，低聲笑了起來。轅慕雪聞聲回頭，瞪著壁天裔，「你笑什麼！」

轅慕雪白皙的臉蛋上早已沾滿灰塵，見她又嘟著一張小嘴，圓圓的大眼瞪著他，不免有些滑稽。看到這幅光景，他的笑意又多了幾分。

「慕雪，你怎麼渾身髒兮兮的？」轅羲九的聲音傳了過來，轅慕雪一張怒氣騰騰的臉蛋立刻轉爲笑臉，視線投向轅羲九，甜甜地輕喚：「大哥！」

「你學騎馬摔了多少次了？每回都渾身瘀青地回去，讓你別學了又不聽。」轅羲九有些生氣地上前，提起衣袖擦拭她的臉蛋。

「我喜歡騎馬。」她似乎很喜歡看轅羲九生氣，掛著笑容乖乖站在原地，任他爲自己抹去臉上的塵土。

「以後不准學了，跟我回去。」轅羲九毫不溫柔地舉起她一把扛在肩上，正對上壁天裔的目光，他的步伐頓了一頓，「二哥，慕雪確實不大適合騎馬。我先帶她回去。」

他聽了也只一笑置之，這話頗有責怪他的意思。他總覺得，轅羲九對於這個妹妹，似乎保護得有些過了。

三個月後，壁家發生了一場驚天巨變，他當時則奉皇命去對付進犯的北國軍隊。

離開前的夜裡，他偷偷潛入了轅府，自己也覺得很是奇怪，爲何要偷著進來？想他壁大元帥的獨子，何曾做過這等偷偷摸摸之事。

他溜進轅慕雪的小閣，竟發現她趴在床榻之上哭得異常傷心。當她淚眼朦朧抬頭看見他時怔住了，趕忙將滿臉的淚水拭去。

瞧她一副可憐兮兮的模樣，他猜測著她到底為了何事哭得如此傷心，嘴上卻沒多問，只在床邊坐下為她擦淨滿臉的淚痕，伸手輕撫那雙紅腫如兔的眼睛，「小ㄚ頭，將來做壁哥哥的妻子可好？」

她呆呆地凝望他許久都沒有說話，似乎在猶豫些什麼，徬徨與不安閃現臉龐。

他的目光帶著幾分掙扎矛盾，最後重重地將心中那股窒悶之氣吐出，「待我此次勝利歸來，便為你蓋一座宮殿，在裡面種滿你最愛的芙蓉花。」

從那一夜起，壁天裔才真正認定了自己妻子的人選非轅慕雪不可。

雖然她還小，但是他可以等。

雖然她很壞，但是她也很孤獨。

今日壁天裔設宴於紫微殿，宴請諸位王侯，主要是為了真正地重新恢復轅羲九的兵權與身分。我本不願意去，但壁天裔卻堅持要我前去，還賞賜了許多珠寶首飾與綾羅綢緞。

卓然得皇命以皇后裝束為我妝扮，頭戴鳳冠金步搖璀璨生光，端為華勝，上為鳳皇爵，以翡翠為毛羽，下有白珠，垂黃金鑷。鳳凰爭鳴之衣袍，長長曳在明鏡如金的地面，窸窣之聲隱隱傳來。單層絲帛緊裹緊貼肌膚，在這暮寒之際為我全身上下平添幾分暖意。在鏡中遠遠觀望自己的衣著，秀麗華貴卻不顯張揚，反倒有些含蓄柔和之感。

描畫眼線，淡掃娥眉，胭脂紅唇。

我未讓卓然在自己臉上抹粉塗脂，因為討厭那刺鼻的香味，總覺抹上粉顯得過分庸俗。

卓然梳妝罷，不免一聲讚嘆，「主子，這皇后的裝束彷彿是為您量身訂做的，穿起來說有多美就有多美，足有魅惑眾生之容，卻也有雍容高貴之態。」

未曾答話，我將一直停放在鏡中的視線收回，遙望早已昏暗的天色，暗夜朦朧淒慘，今晚能見到轅羲九吧。聽說……昭昀郡主也會去呢。

影踱迴廊，風驚初霽，殿宇寒濃。

還未踏入紫微殿便聞皓齒清歌襲耳間，滿是笙簫之樂。

我的到來無疑引起了百官們的竊竊私語，眼中既有驚豔也有疑惑，更有鄙夷與不屑。也許我在他們眼中只是名身分卑微的女子，居然妄想一朝飛上枝頭變成國母，我這個沒身分、沒靠山的女子，怎配當皇后呢。

在眾人的注視下，我穿過妙舞妍歌俱獨步的歌女們，走向那個後宮女子可望而不可及的位置，即皇上身邊的鳳椅。雖然此刻的我還未封后，根本沒有資格坐在那兒。但那是皇命，他在向眾人宣告，那個位子是鐵了心要給我的。

還記得那日夜裡，壁天裔只簡短地將孩提時的事說給我聽，短短幾件事便教人明瞭我與他之間曾發生的一切。更確定了壁天裔之所以認定我為他的妻子，只因我的性格能夠匹配上他——我並不讓他討厭，僅此而已。

看著壁天裔那寂寥的輪廓與決然的鳳目，我才發現，壁天裔乃是天生王者，他給人的感覺只可遠觀而不可褻瀆，他擁有與日同輝的高度，其他人只能遠遠地仰望。這也包括與他親如兄弟、友朋的三弟轅羲九。

這便是一個帝王的悲哀，他喜歡的女人只能是妃子，他的兄弟也只能當臣子。

與壁天裔併肩就坐於鳳椅之上時，我對上了莫攸涵那清冷的目光，她那白皙如雪的臉龐在燈火照耀之下更顯明媚嬌豔。看著此刻的莫攸涵，我想到了一句詩——「明眸皓齒，豐肌秀骨，渾是揉花碎玉。」

殿中央的舞姬們賣力地扭動肢體，以討好眾大臣。而諸位大臣在那纖腰曼舞縈迴雪的舞步下也沉醉其中，不時向幾名貌美女子丟去一抹輕薄之笑。

坐在高處便是這樣，將腳底下的一切盡收眼底，令我更能感覺到壁天裔的可怕。

壁天裔並不留神觀賞那絕美的舞姿，而是抬手將一枚髮簪插在我的鬢中，凝視我，「玉骨冰肌比似誰，淡妝淺笑總相宜。這話用在此刻的你身上最為合適。」他說這句話時，聲音柔和極了。我不禁暗暗思索，這話眞是從這位冷酷的帝王口中說出來的嗎？

他突然想起了什麼，劍眉微蹙，指尖撫摸著我的髮髻，「是朕疏忽了，還未及笄便讓你綰鬢。」

「快了。正月十九。」我平靜地回答，眼瞼低垂凝視著自己交疊在腿上的雙手。記得莫攸然說過，正月十九是我的生辰，如今已是臘月，約莫尚有一個多月吧。

「是五月初七。」他篤定地糾正我所說的話。

我頭一仰，疑惑地望著他篤定的表情，我便明瞭，正月十九是未央的生辰，五月初七才是慕雪的生辰。

「及笄之後，大婚。」

這六字說得輕巧，卻有著不容抗拒的威嚴霸道，這就是能操控生殺大權之主宰者才有的氣魄。我黯然一笑，目光微移，正看見一個身影位居首座，目光凝視著殿中正在曼舞的舞姬，酒一杯一杯地猛灌下肚。

須臾，歌舞罷，眾舞姬退下，留下滿殿芬芳。

隨後壁天裔當眾宣布，將駐守漠北的三十萬兵權授予轅羲九統帥，足見他對其信任之深。

當轅羲九離席謝恩之時，一名身著玫瑰紫二色金銀鼠比肩褂的女子，也起身與他併肩而跪，「皇帝哥哥，您答應過要給昭昀與九王爺賜婚的。」

一聽此話，我藏在袖中的手突然一陣輕顫，是昭昀郡主？

「昭昀，不許胡鬧，上回九王爺已然拒絕婚事了。」壁天裔的聲音提高了幾分，似乎對於昭昀這樣當眾請婚的作法甚為不滿。

「可是昭昀就是喜歡九王爺，非他不嫁。若是皇帝哥哥不允，那就讓昭昀一輩子老死後宮。」這話說得氣勢凌然，也異常決絕。

未待壁天裔開口，莫攸涵倒是先開口道：「皇上，您瞧郡主對九王爺是多麼癡心。九王爺你若是要拒婚，總得有個理由吧？莫不是嫌棄郡主不夠美不夠好，所以才拒婚的吧。」

「郡主很好，只是臣尚未有娶妻的打算。」他依舊單膝跪著，淡淡地回莫攸涵的問話。

「九王爺你今年也二十有四吧……」莫攸涵彷彿刻意想將事情鬧大，窮追不捨地問，卻被壁天裔一聲「夠了！」給打斷，手中的玉龍杯重重放在龍案之上，整個大殿頓時安靜了下來。詭異的氣氛蔓延著，而莫攸涵早已跪在地上，頭垂得老低。

壁天裔最後一言不發地當眾離席，我頭一回見他如此生氣，一向冷漠淡然的壁天裔何以這般動氣呢？當初也是他先提起賜婚之事，才有了今日這樣的尷尬鬧劇。

所有人看著他拂袖而去，紫微殿頓時安靜下來，似乎都還不能反應過來，只能僵硬地坐著。

隨後轅羲九也起身，抬頭那一刻對上我的眼睛，僅那瞬間便收回，轉身悠然而去。

我的手緊攥成拳，看著他的背影漸漸消失在殿中，便也起身，於眾目睽睽之下離殿而去。

夜露微泫，香澤芳熏。

頂著大風濃露，我一路追隨遠處那個身影而行，我知道他發現了我，但是他卻沒有停下步伐。我知道，這是皇宮，四處皆是皇上的耳目，他不可以停下，我也不能衝上去。

直至一處荒寂無人之角落，他才停下腳步，驀然轉身，一雙如蒼鷹般幽森的目光在黑夜中依舊清晰可見。

我的步伐一頓，隨後又走了上去，沒有任何解釋，猶自開口將這些日子以來我最想說的一句話脫口而出。

「轅羲九，如果我要你現下帶我走，你願意嗎？」

「您是未來的皇后，應該注意自己的身分。」他面色沉靜，口氣明顯疏離。

「我只是說自己想說的話，我不能騙自己的心。璧天裔我不喜歡，我只愛你一個人。」看著他的眼睛，我終於正視了自己的心，即使他是我哥哥，我仍控制不住，每日每夜就是克制不住地想他。

凝視著我，他有片刻的怔忡，「您是未來的皇后。」

聽他再次提醒，一股酸楚湧入，瞪著他有些隱忍的目光，怒氣也隨之而上，「轅羲九，你根本是個懦夫，在你兄弟面前就是個懦夫，甚至心甘情願要將我讓給他。可是你有沒有爲我想過，我根本不愛他，你要我做他的皇后嗎？爲何你不能再爭取一次呢……對，我是自私，可是愛一個人有什麼錯？我以爲，只要我進宮就能偶爾見見你，可是我控制不住，當我聽聞皇上將昭昀郡主賜婚於你之時，我以爲我能看淡，我以爲我能笑著祝福，可是我做不到，眞的做不到。」激動地將一大段話脫口而出，淚水迷濛了我的眼睛，可他的表情卻仍舊充滿掙扎與矛盾。我驀然回身，仰著頭將淚水逼了回去，「原來，我的自私與任性也換不回你的堅持……」我一步一步朝回去的路途挪動著。

「慕雪，對不起。」

突然間，五個字由背後傳來，聲音帶著微微的哽咽。

霧閣雲窗，籠月燭，閉雲房。

盲目地走過水漾鏡湖，北風颳在臉上很疼，腦海中的一切彷彿被人抽走。

腦海中只有方才轅羲九對我說的字字句句，敲打在我的心房之上，絲絲絞痛。

——「慕雪，不是我沒有爭取過，而是早已無力再去爭取。」

——「慕雪，皇后之位才是你的最終歸處，記得小時候我們一同偷跑出府麼，我們碰見一個算命的老先生，他說你並非妖孽轉世，你將會是母儀天下的皇后娘娘。『待我勝利歸來，便爲你蓋一座宮殿，在裡面種滿你最愛的芙蓉花』，這話你可記得……皇上會對你好的，自幼他就對你挺好……」

——「我已經不知道何時認出了你就是慕雪，或許是第一眼見到你時，又或許是在水緣潭那兩滴血的相溶……只是我一直在騙自己，努力說服自己你是未央，你是未央。」

——「後來，我想清楚了，既然莫攸然設下了這個局，那我便將計就計，想將這個祕密永遠埋葬下去，讓你永遠做未央。可是……我確實太過天眞，最終，皇上還是見到了你。他放了我們這麼多次，可你終究還是與他相見。你們自幼就很有緣分，而我們……無緣又無分，一輩子只能做兄妹。」

寶閣朱宮夜未央，曉鑒胭脂拂紫檻。

走進這繁華的未央宮，淡靄空濛，夜涼如水，天外濃雲。

再也忍不住腳底的虛軟，我跪在寢宮前的迴廊，雙手撐著如冰的冷，刺得我手掌疼痛。

我終於知道，爲何在白樓他總似掙扎隱忍著什麼，直到我出現於九王府，他對我的若即若離，他要我給他時間考慮。

原來，他早就知道未央就是慕雪，就是他的妹妹。

影然卓立，一雙手出現在我面前，將跪著的我扶起。看著眼前髮髻微鬆且略帶幾分醉意的壁天裔，我努力控制自己哀傷的情緒，「皇上喝酒了。」

「朕該拿你們怎麼辦。」他的聲音很低沉，身上隱有微醺的酒味傳來，但眼眸卻很清明。指尖撫上我的髮髻，笑渦淺現，「朕又怎會不知你對三弟的情，早在多年前朕就知道了，可是你知，那是爲世俗所不容的孽情。你可懂？

「當初在飛天客棧，朕曾動過要殺你絕了三弟的念頭，但是看著慕雪的笑容教朕如此熟悉，朕不忍心下手。當三弟在飛天客棧見到你之時，朕的確想過再放你一次，當作什麼都不知道，可是朕已經放不了手了。你可懂？

「天下人皆說朕是個冷酷的帝王，朕做的決定沒有人敢忤逆，而今三弟卻當眾忤逆。朕都容了，忍了。朕與他的兄弟情，你可懂？」

一連三句「你可懂」問得我呆愣，直到壁天裔離開未央宮我仍舊站在迴廊之中，冷風迎面拂來，將我的鬢髮吹亂。

壁天裔原是這般用心良苦，他爲的只是平衡我跟他，以及與轅羲九的關係。而我卻一味破壞壁天裔營造的一切。

是我錯了，爲何要追隨轅羲九離開紫微殿，爲何要逼得他將眞相說出。以前那樣不是很好麼，我永遠不會知道轅羲九從見到我的第一眼，就認出了我是他妹妹。

花謝風來雪漫天，千里玉鸞飛，冰玉滿清潔。

也不知站了多久，天際竟已飄起漫天雪花，冰涼之感源源不絕地拍打在臉上令我逐漸回神。勾起一抹自嘲之笑，有些事早該放手了，只不過自己不甘心，所以放不了手而已。

「未央。」柔膩中隱隱帶著幾分冷意，我收起臉上自嘲的笑容，回望朝我走來的莫攸涵。她於茫茫雪花之中徐徐前行，彷若仙子脫塵而來。

「莫攸涵？」我低聲喚了一句，見她那番高傲的模樣，我反感地將她上下打量了一遍，「眞是奇怪啊，莫攸然是北國奸細的身分早已被揭穿，他的妹妹竟可安然待在皇上身邊享受萬千寵愛。」

莫攸涵嫵媚一笑，這才走進迴廊之中與我面對面站著，「是的，我們同爲漣漪大妃派來的暗人，只不過我與哥哥選擇了忠誠壁家，而你與碧若卻奉命來挑撥曠世三將的兄弟之情。碧若眞是個厲害的女子，騙過了壁府上下所有人。更不得不佩服漣漪大妃，確實很有眼光。」

「是麼，壁天裔知道了？」壁天裔既然知道莫攸然、碧若、未央是北國的暗人，那莫攸涵也瞞不住了。但聽莫攸涵方才喊我爲未央，那就是說，她還不知曉我的眞實身分。

「我知道你想問什麼，爲何皇上會留一個暗人在他身邊。可未央你也是個暗人，他同樣要立你爲后，不是嗎？」莫攸涵拂去髮梢之上那殘留的雪花，美目流轉，「眞是奇怪，皇上何時喜歡上你的，而你，不是一直都很喜歡轅羲九嗎？」

我悠然側首，凝視著漫天雪花熙熙攘攘吹散在我們面前，「我失憶了，這點你是知道的。」我迴避著她的問題，怕繼續與她說下去，會將自己暴露得更多，便轉移話題，「你今夜突然造訪，到底所爲何事？」

「如果我說想與你站在一條戰線上，對付後宮這群不識好歹妄想爭寵的女人呢？」莫攸涵的口氣微帶試探，也有認眞。

「涵貴妃寵冠後宮，竟想與我這個初入宮闈的小小女子聯手，眞是受寵若驚。」

「你怎會是小小女子呢，你可是將來的皇后。」

伴隨著一聲輕哼，我笑了出口，「承蒙涵貴妃看得起，但是，既要與未央合作，拿出點誠意給我看吧。」

見她沉默，我沒再理會，轉身朝寢宮內走去，卻聞她喊住了我，「何謂誠意？」

我的手輕輕撫上冰涼的朱門，冷道：「轅沐錦。」

第五章　青綾被・笑飲淚

莫攸涵辦事果眞迅疾，三日後便將轅沐錦帶到未央宮，看著轅沐錦睜著一雙無辜大眼凝視著我，便覺好笑。當初那個將我丟去倚翠樓欲讓男人羞辱我的那個轅沐錦呢，怎麼這會兒竟扮起無辜來了？若要說演戲，轅沐錦眞是個天才，比臺上唱戲的戲子還要厲害，難怪能騙過那麼多人，讓他們以爲轅慕雪已死。

莫攸涵臨走前附在我耳邊輕道：「人，我已帶到，你想如何處置都無人過問。莫看她是九王爺的妹妹，她的死活與任何人無關。而你答應過我的事，可別忘了。」

看著莫攸涵傲然離去，我不禁猜測著她在這皇宮的勢力到了何種程度，竟敢將九王爺的妹妹光明正大帶到皇宮，也不怕惹人非議。

是什麼讓她如此放肆？

她是個暗人，卻不知收斂，還敢在後宮如此興風作浪，究竟爲什麼？

若說是衝著璧天裔對莫攸然的虧欠倒能說得過去，可如今眞相早已大白，莫攸涵還有什麼憑恃？

莫攸涵才離去，轅沐錦一張無辜的臉蛋立刻冷了下來，帶著戒備與冷意瞪著我，「你到底想做什麼！」

我笑道：「你認爲一個女子進宮是爲了什麼？」

轅沐錦目光一亮，張口想說些什麼，卻被我用嘲諷的笑聲打斷，「你在妄想我讓你進宮來做皇上的妃子麼，就憑你這樣的女人也配？」

她的臉色泛白，一字一字地道：「難道你要我進宮來做奴才？」

「真聰明。」我走至她的背後勾起一縷髮絲，放在鼻間聞著，有淡淡的茉莉花香傳來。

她的頭一側，那縷髮絲由我的手心溜出，她怒道：「你憑什麼！」

「憑我是未來的皇后。」我的聲音瞬間蓋過了她怒氣騰騰之聲。

「只不過是未來的，還沒當上皇后就這麼囂張，與小時候的你真是一個樣。」

「壁天裔承諾過的，五月初七，及笄後大婚。」看她氣得朝我咬牙切齒，真教我痛快極了。

「你知道了……他知道你是……」忽然間，她的口齒有些不清，像看見鬼一般凝視著我，這是我第一次見她如此失態。

「知道，都知道了。」我捏著她小巧細嫩的下顎，「壁天裔和轅羲九，他們都知道了。」

她的腿一軟，重重跌坐在寢宮那澄泥金磚鋪成的地面，臉色早已經慘白一片，目光慌亂，呢喃著：「都知道了，都知道了……」

「所以，你最好乖乖待在未央宮，否則我將你所做的一切告訴皇上……即若你逃回轅府，難保九王爺不會殺了你。」我滿意地看著她驚慌失措的模樣，「好了，既然你願意待在未央宮，以後你就跟著卓然，她會吩咐你該做的與不該做的。」

夜裡，壁天裔駕臨未央宮用膳，他一身金色繡龍袍，氣度端華，臉色依舊是那份冷酷。御廚們端上了一盤盤佳餚山珍於膳桌，他端坐在那裡，孤獨神色更加清明，彷彿千年孤寂。

他用膳之時很安靜，小飲幾杯酒，細嚼幾口小菜，卻不說一句話。

我沒有動筷，而是靜坐望著他說：「皇上，未央想要一個奴才。」

「怎麼，今日弄了個轅沐錦進宮做奴才還不滿意？」他沒有看我，聲調如水。

我垂首不語，他又道：「說吧，想要哪個奴才？」

聽他這樣說，我立刻抬頭，正好碰上他那道朝我射來的目光，「就是曾經被皇上你派去九王府訓導我宮廷禮儀的瑞姑姑。」只聽得背後傳來一聲冷冷的抽氣聲。

他的手輕輕把玩著玉杯，莞爾一笑，「你要瑞姑姑？」

「嗯。」

「既然你都開口了，那朕就給你吧。」

一場晚膳就這樣結束，壁天裔遣退了在場的所有奴才，當寢宮大門緊閉之時他推開了後窗，雪花隨風拂動飄灑進來，落在他如墨般的髮髻之上，白若塵霜。我站在他背後，冷風大抵皆被他擋去，唯有少許北風颼在了我臉上。

很奇怪，對於轅沐錦的事他竟然沒有過問，只稍稍提了一下。我正沉思，他卻開口了，「莫攸涵是北國的暗人，照理說她早該死。可她是朕的救命恩人，亦是唯一懂朕的人。跟她在一起很安心，不用朕開口她便懂我心中所思。」

他的聲音隨風縹緲而來，虛幻無蹤。我淡淡地問：「皇上何故對我說起她。」

「她個性十分要強，凡事都想爭到最前頭。她做的一切，朕都知道，卻也佯作不知。」

見他沒有回答我的問題，我順著他的話題說：「皇上喜歡她，所以才能如此包容。」

「是的，朕喜歡她。朕的後宮美女如雲，唯獨她不讓朕感到厭煩。」他的聲音頓了片刻，倏然轉身，目光灼灼地看著我，「可是，慕雪卻給了我不一樣的感覺。」

他捉住我的手，放在他的心房之上，「不是莫攸涵的安心、平靜，慕雪給我的感覺，是心跳、快樂。」

手感覺到他的心跳正怦怦地傳入手心，我慌張地收回手，低低吟了聲：「皇上。」

天色濛濛，雪花一片片紛飛進寢宮，鋪了一地的塵霜。他清冽的眸子傳來絲絲笑意，我臉頰一燙，別開臉。腰間一緊，我已被他攬入懷中，抬手捋起我鬢角的碎髮，只聽他輕輕說，呼吸拂面，「以後，叫朕『天裔』。」

輕靠在他的衣襟間，我聽話地喚了句：「天裔。」

他低沉地應了一聲。我問：「我是第一個這樣稱呼你的女人嗎？」

他的呼吸一促，「嗯。」指尖滑過我的臉頰，暖暖的氣息拂在我脖頸間，桌案上紅燭隨風搖曳，明晃晃地映照在我們身上。

窗外傳來風吹過枯枝的聲音簌簌，他的吻落了下來，既輕又柔。我不由自主地閉上了雙眼，腦海中閃現在白樓與轅羲九發生的一幕幕，但此刻的我沒有激動，只是靠在他懷中承受著他那輾轉輕柔的吻。

舌尖撬開我的唇齒，霸道地糾纏上我的舌。我的呼吸被他全數抽走，曖昧旖旎的氣氛頓時包圍著我們。腳底一空，我已被他打橫抱起，穿過重重輕紗，滿目的鵝黃飄揚在眼前，迷花了我的眼眸。滿宮的熏香細細，白霧如煙瀰漫一殿，彷彿進入了另一個世界。

當我被放在柔軟的寢榻之上，綰好的髮髻早已鬆散，鋪了滿床。感覺到他眼底濃郁的熾熱與欲望，我有害怕，想要退卻，但是我不能。也許我成了他的女人，就能愛上他，就可以將那個人忘記。

當安公公的聲音由外面傳來之時，璧天裔仍未醒，躺在幄帷中睡得安詳，我讓安公公莫打擾。看這天色還未破曉，離早朝尚有一段時間，想讓他再睡一睡，畢竟他太累了，累到連睡覺都緊蹙著眉頭。

我躺在他懷中，細細打量著他的輪廓，朦朧的光舞在他清冷的面孔上，俊美出塵。回想起昨夜，我不禁輕嘆一聲。

我以為我們會發生什麼，但卻什麼都沒發生，他只是擁著我一整夜。

壁天裔，到底是個什麼樣的人，說他是冷酷的帝王，他無情冷血，可是他的孤獨感卻總是籠罩在四周，讓人可望而不可及。

我悄悄起身，穿好衣裳，輕手輕腳地離開寢宮，安公公一見我便朝我行禮，「奴才參見主子，皇上可醒了？」見他一臉曖昧的笑容，我知道他誤會了。

「安公公讓皇上多躺會兒吧，時辰還早著呢。」我淡淡地吩咐了一聲，便離去。

庭霰天寒色，百泉皆凍，雪滿梧桐。

我走過未央宮的遊廊，滿目皚皚塵霜，忽聽兩個輕聲細語的交談聲傳來。

「聽說沒，昨夜九王爺竟然親自向皇上請求賜婚……」

「聽說了，聽說了。九王爺還眞是奇怪，當初皇上賜婚，他當眾拒絕，昨夜竟然一反常態去求皇上賜婚……」

「昭昀郡主怕是在宮裡偷笑了吧，嫁了個這麼好的男人……」

「對了，皇上允了嗎？」

「皇上當然允了，聽說下個月由皇上親自主婚呢……」

聽到此處我只是笑了笑，轉過遊廊，千笋如株玉，驚雪如塵，襟已覆寒。

我仰頭遙望遠處，一個嬌弱的女子正蹲在井邊費力地提水，我一步一步朝她走去。卓然這丫頭果然狠，我只不過對她說了句「只要是粗活重活全交給這丫頭」，沒想到卓然竟讓她忙活了一夜？

看著轅沐錦一臉倦意與疲累，可見她眞是忙了一夜都沒休息，還眞是個倔強的丫頭。

她無視我的存在，將滿滿一桶水嘩啦啦地倒進盆中，水濺濕了我的裙角。她蹲下身子用力揉搓著盆裡的衣裳，突然想到什麼似的，手中的動作突然停住，仰頭望著我，「聽說……你昨夜侍寢了。」

「不然你以為呢。」竟連她都知道了麼，也難怪，昨夜璧天裔確實與我在寢宮共度一夜，換了任何人都會認為他已寵幸了我。

她的臉色黯淡而下，「從小到大你都是如此幸福。」

「幸福？」對於她說的話我只覺好笑。

「小時候有大哥疼，長大了有皇上寵……」

「你以為我想要的是這些嗎？」我厲語打斷，「我要的只不過是母親能少受點苦，父親能多關心關心我。可是父親從小就認定我是妖孽轉世，而母親卻被你和你娘親害死！」當我將話說罷，聲音愕然止住，我怎麼會說出這樣的話！

腦海中突然閃現某幅景象：一名男子手持雞毛撣子狠狠抽打一個小女孩，有個臉色蒼白的女子正奄奄一息倒在血泊之中。

轅沐錦紅通通的小手浸在水中緊握成拳，渾身上下皆泛著冷冷的怒意，「你母親本來就是個賤人，她妄想介入我父親與母親之間。」

一股怒氣油然而生，我一巴掌便甩向她的右頰。她的頭偏去一邊，眼睛卻恨恨地瞪著我，「反正我已經是階下囚，你即便殺了我，也無人會過問吧。」

我冷眼望著她那淒慘的表情。轅沐錦，果然是個戲子，既然她愛演戲，那我便陪她演戲。

「以後不用幹這些粗活了，和卓然一同伺候我吧。」才說完，遠遠望去，身披貂裘銀襖的莫攸涵，站在白茫茫的雪地間儼如一座冰雕，絕美孤傲。

是來找我的嗎？

想及此我也不自覺地朝她走去，我清楚見到她目光中閃現出哀傷。

「涵貴妃？」

她黯然回神，水眸凝淚，「你侍寢了……」

「是的。」

「你，你從小喜歡的人是轅羲九，爲何要與皇上……」她的聲音微微哽咽。

「我現下喜歡的是皇上。」

「你別再自欺欺人了，你根本不愛皇上，你可以求皇上放你走，他不會勉強你的。爲何你還要留在這裡……爲何要和我爭。」

「莫攸涵，你別忘記當初與我的協議，我們是站在一條船上的，不要將我當作你的對手。」看著她善變的性格，我感到有些可笑，莫攸涵是來我面前裝可憐麼，「若要將我當作你的對手，請你掂量清楚對自己是否有好處再來找我。」

「未央！你的眼睛告訴我，你不愛皇上。如果你想離開，我可以幫你……」

「我在這個後宮過得很快樂，不需要離開。」不打算繼續聽她說下去，我轉身便走，踩過嗞嗞的雪花，冰涼之感由腳底傳來。

轅慕雪，從什麼時候開始，你也愛這樣自欺欺人了，明明很想答應莫攸涵離開的。可是我不知道該去哪兒，隱居一輩子？

不，我不屬於平凡，這是莫攸然告訴我的。

後來，我才從卓然口中得知，瑞姑姑是壁天裔的奶娘。

後來，我從奴才們口中聽聞，九王爺與昭昀郡主的婚期定在元宵那日。

不知不覺，來到皇宮已經兩個月了，如今已時近新年，未央宮一片喜氣，每個奴才的臉上都喜笑顏開，很多嬪妃皆帶著厚禮前來未央宮拜訪，一時間可謂門庭若市。壁天裔的妃子哪裡乏國色天香，嬌媚動人的有，柔美可憐的有，高傲強硬的也有，做皇帝還眞好。我聽卓然說了，所有妃子都來拜會過，唯獨謹妃未到。

想來也是，關於封后的事曾鬧得沸沸揚揚，朝堂之上一方擁立謹妃爲后，另一方則擁立涵貴妃爲后，而我卻是孤立無援。沒過幾日，擁立涵貴妃的黨羽竟然一夜間撤下了所有擁立涵貴妃的摺子，轉而支持我。

那一刻我不得不佩服莫攸涵，她確實是個聰明的女人。我於焉更加確信了壁天裔那句——「她是唯一懂朕的人」，莫攸涵眞的很懂。

我撫弄著轅沐錦方才端上來的龍井，熱氣汨汨逸出，莫攸涵揭蓋輕吮。

我笑道：「涵貴妃不怕茶裡有毒？」

她的手立刻僵在半空中，眼底閃過一抹詫異，「毒？」她悄然將手中的杯子放回案几之上。

「這茶可是轅沐錦斟的。」我依舊把玩著茶水，「娘娘要知道，她斟的東西我從來不動，只擺放著看看。」

莫攸涵的臉色驚恐，隨即便用笑意掩飾了去，「未央你太謹愼了，她再大的膽子也不敢這樣明目張膽對你下毒啊，除非她不想要命了。」

「小心駛得萬年船。」我笑笑，「這後宮人心不得不防，隨時有人在背後捅刀，如今呀，唯有皇上的奶娘瑞姑姑讓我信任。這皇上，總不會想殺我吧？」

她聽聞後整張臉有些蒼白，神色僵硬，「是啊，皇上不會殺你。你可知我爲何突然放棄爭奪皇后之位？不是因皇上喜歡你，更不是怕爭不過你，而是政權。自從成家沒落，謹妃便一朝得勢，成了後宮另一股勢力，而我則是唯一能與之抗衡的。你知道的，歷來後宮之爭皆能牽連朝政，而皇上爲了穩固政權，絕對不會立我或謹妃。所以他選擇了你未央，你手無政權，沒有黨羽，所以后位非你莫屬。」

「我沒有勢力，就算坐上了皇后之位也無法穩定。」

「未央你就別裝了，現下朝堂以九王爺爲首要擁立你爲后，想九王爺與皇上是什麼關係，況且他手握三十萬兵權，在後宮誰又敢動你！」莫攸涵說到此處有些激動，而我也愣住了，從來沒有人告訴我九王爺他……

莫攸涵自嘲地笑了笑，「若沒有九王爺，你早就成爲眾矢之的了，還會有眾妃前來請安賀禮嗎？在這個後宮，不是只要得到皇上寵愛就能爲所欲爲的。」

突然間的沉默讓整個大殿顯得異常安靜，冰涼的空氣中瀰漫著我們的呼吸聲，良久我才收回思緒，驀然轉移話題，「成昭儀現今如何？」

「成昭儀？早已被關入冷宮了，她成家窩藏北國二王子，皇上沒有殺她全因大皇子還年少。」一提起成昭儀，她整張臉即刻冷了下來，彷彿與成昭儀有著多年難解的深仇大恨。

「大皇子？」原來壁天裔有孩子了，可是爲何聽在心中卻那麼奇怪，孩子……「皇上他有多少個孩子？」

「就大皇子一個，可惜成昭儀不是皇后，否則大皇子早就被封爲太子了。」莫攸涵咬牙切齒，目露寒光，突聽外邊有人唱道：「皇上駕到——！」

莫攸涵臉上的冷意驀地收起，即刻轉化爲淡淡的笑容，道：「參見皇上。」我與她一同行著拜禮。

壁天裔才進來，卻剛好與正欲出去迎接的轅沐錦撞了個滿懷。她被撞得七葷八素地癱在地上，睜著一雙水汪汪的眼睛仰頭看著壁天裔，隨即立刻跪著猛磕頭，「奴婢不是故意的，求皇上恕罪……」

「哪來的奴才，竟敢衝撞皇上，來人呀，將她拖下去……」莫攸涵見此情景立刻怒道。

「好了，退下吧。」璧天裔揮了揮衣袖，正欲朝我們而來，步伐卻頓住，「你是……」

轅沐錦淚眼朦朧地哭道：「回……回皇上，奴婢轅沐錦。」

璧天裔了然地點點頭，目光直射向我，眼底有淡淡的笑意，「未央，她伺候得可舒服？」

我不答話，心中卻暗笑轅沐錦的用心良苦，即使在未央宮也不忘演戲。

待他在首位坐好，順了順自己衣襟，手竟把玩起我的那杯茶水，問：「攸涵你這麼有空來未央宮？」他的聲音很低沉，卻格外透出危險氣息。

「臣妾怕未央妹妹有什麼不懂，便來瞧瞧……」莫攸涵笑意甚濃。

璧天裔端起茶水欲飲，我慌張地喚了一句：「皇上……讓未央親自爲您泡杯茶吧。」迅速將他手中杯子奪下，也不顧他眼底的訝異。在轉身那一刻，我見到轅沐錦緊攥的拳微微鬆開，彷佛鬆了口氣。

正在泡茶的我，恍惚間聽見璧天裔的聲音隱隱傳來。

「元宵即將來臨，九王爺與昭昀的大婚之日也近了，朕打算親自主婚，不知攸涵你有沒有興趣與朕同去九王府觀禮。」

「還是未央妹妹去比較好，畢竟她是未來的皇后，與九王爺的關係似乎也挺好……」

一陣疼痛猛然傳入我的手背，滾燙的茶水傾灑了我的左手，「啊——」我低呼一聲，端在手中的杯子摔碎在地，璧天裔衝至我身邊，拿起另一只壺中的涼水爲我沖洗。

看著手背變得通紅一片，疼痛也無限蔓延至整個手臂，我只低低道了聲：「謝皇上。」

「想什麼那麼出神。」他的聲音平淡無波瀾，卻彷佛什麼都看透了似的，隨後他嘆道：「元宵，你可願去？」

「我，可以去嗎？」

他的目光深深凝視著我，目光微微閃過複雜，「你若願去，朕就帶你前去。」

我咬著唇，內心一片掙扎。良久我才笑道：「未央，是該去九王府看看了……」看看那個記憶中沒有的「父親」，親眼看著自己的哥哥成親，看著他得到幸福。如此一來，我便可以安心待在皇宮，好生尋找我自己的幸福。

元宵那日，九王爺大婚。

我與皇上只是著了一身便裝，背後帶了幾名侍衛隨行。

九王府內處處張燈結綵，燈火闌珊，映得每個人臉上都紅通通一片，更覺喜氣。

來的路上，皇上一直牽著我的手，他的手心溫熱，卻怎麼也暖不熱我冰涼的手。

今日的九王爺一襲紅袍尤顯俊逸奪魄，昭昀郡主風姿綽約笑得羞媚。

主婚人是九王爺的父親，那也是我的父親，轅天宗。與轅天宗並列而坐的是皇上，而我只是站在皇上背後冷眼看著他們對拜，心似乎瞬間迸出了裂痕，可臉上始終沒有表現過多的情緒。

當他們夫妻交拜之時，我終於忍不住悄悄地離開，在那熱鬧的場面中，沒有人會注意到我的離去吧。

我漫無目的地走在偌大的九王府，欲哭無淚，北風如刀一般割在臉上，很疼，很疼。

與九王爺成親的那個人，原本是我，原本是我！

昭昀郡主不配做九王妃，她不配！

可是，那誰又配呢？我嗎？

冷笑一聲，思緒猛然被眼前那早已枯萎得只剩殘枝的木槿勾住，腦海中驀然閃過一個雨夜……

——「大哥，大夫人的屍體，我們要埋在哪裡？」

——「別急，我想想。」

——「慕雪倒有個好想法，就將她埋在我閣前那片木槿花圃吧，不會有人發現的。」

瞬間，我像瘋了一般衝進花圃，用雙手刨著泥土。

手指溢出了鮮紅的血，混合著手中的泥土，我仍然不住地刨著。

一雙手臂卻在此時緊緊將我摟住，制止我的瘋狂，「冷靜點，慕雪。天裔哥哥會一直陪在你身邊，從此，你不會再孤單，不會再是一個人！」他的聲音少了以往的冷漠，多了幾分熾熱。

我撲在他懷中，手緊緊攥著他胸前的衣襟，放聲大哭。

在心中，為自己的哭聲找了一個藉口，因為我還是個孩子，所以我能任性地靠在他的懷抱中大哭一場。

我保證，待長大了，絕對不會再有今日之舉，絕對不會！

也不知依靠在他懷中多久，只記得天色暗了下來，赤金的燭火如流光般閃耀在王府。我的情緒早已平復下來，只是不捨得離開這個懷抱，因為太暖，而我也太冷。

「哭夠了嗎？」見我的情緒已平復，他便輕揉著我的髮絲問。

「夠了。」我將臉埋在他懷中，盡量使聲音平靜些。

「現下朕要進去受三弟的喜酒，你可願陪朕進去？」

「願意。」

「放下了？」

「放下了。」

短短數言，竟讓始終糾結在心底的那個結徹底解開，壁天裔不僅是個出色的帝王，更是一個懂女人的男人。如今我才明白，皇帝，不是什麼人都能做的，也唯有壁天裔這樣的王者才配。

我與他一同起身，小手已被他緊緊包裹住，「記住你對朕說的，你已放下。既然放下，此後，你的心中只能有朕一個人。朕，便是你的夫；你，便是朕的妻。」

聽他霸道的宣言，我不禁失笑，卻笑得如此苦澀，「皇上你對所有的女人都這樣霸道嗎？」

「你敢說朕霸道？」他聽後將臉色一沉，佯裝惱火。

我用力回握著他的手笑道，心中暖暖的，「未央說的是事實。」不等他開口，我很認真地說，「天裔哥哥，便是未央的夫君。」

沒有再說話，他牽著我的手走進了喜氣的大堂，百官一見皇上到來，皆跪拜行禮。

「今日九王爺大婚，他是主角，對朕無須多禮。」他袖袍一揮，百官皆起。

新娘不知何時已被送入洞房，一襲紅裝的九王爺手執酒杯，一一謝禮。幻火流光的喜燭隱射在他的臉上更顯魅惑逼人。壁天裔牽著我的手走向讓大臣們團團圍住的新郎官，由桌案上端起一杯酒對九王爺說：「羲九，如今你已是個有家室的男人了，要好好待朕的昭昀郡主。」

九王爺微微淡淡地笑著端起一杯酒，「會的。」兩杯相碰，一飲而盡。

看著面前這兩個兄弟情深的男子，我也端起一杯滿滿的酒，舉杯置於胸前，「九王爺，未央也敬你一杯，恭賀你新婚之喜。」

「謝謝未央小姐。」他目光平靜，淡淡的笑容始終掛在臉上，目光中含著令人著迷的亮光。

兩杯相碰之時「叮」的一聲彷彿敲到了我的心間，很多事我已放開，不願放的我也不得不放。從今之後，我與他就是君與臣的關係。

一口飲盡，火辣辣的酒如刀般狠狠割著我的咽喉，我用力將其嚥下，此時的一切似已化作一抹輕煙，緩緩逝去。

九王爺，是慕雪的哥哥。
轅慕雪，已經死去。
未央，是璧天裔的皇后。
酒飲罷，我便退居皇上背後，眼神飄亂之際看見了獨坐角落默默飲酒的轅天宗，他的表情落寞且滄桑，絲毫沒有為人父見自己兒子成親時的喜悅，甚至有股難掩的憤怒。這就是我的父親嗎？害死娘的父親？
趁九王爺與皇上閒談之際，我悄悄越過他們走向轅天宗，每接近一步，捏著酒杯的手便多用了幾分氣力。直到站在他面前，他竟還未發現我的到來。我由他手中接過那壺酒，他立即仰頭，瞅了幾眼便認出了我，趕緊起身拜道：「臣參見未央主子。」
「轅大人好福氣，生了這樣優秀的兒子。」我沒有容他起身，目光含笑地緊盯著他彎伏在我面前的身軀。只聽他笑著回道：「臣有幸能得子如此。」
「既覺得有幸，為何還在此喝悶酒？似乎並不為這樁婚事開心，難道是嫌棄皇上為你挑選的兒媳婦？」我一邊為自己倒上一杯酒，一邊用咄咄逼人的口氣質問。
「不敢、不敢，臣怎麼會嫌棄昭昀郡主，臣得此兒媳乃畢生——」沒有等他繼續說完奉承的話語，我悠然截斷，「既非嫌棄昭昀郡主，那便是對九王爺有不滿了。」
轅天宗全身一僵，猛然抬頭對上我的眼睛，眼底全是疑惑與慌張。看著他那張老臉，我掩不住憤怒，將滿杯的酒全潑灑在他臉上。
他彷彿受到了天大的侮辱，目光含著熊熊怒火，卻又礙於身分不敢發作，一張臉漲得通紅。
「怎麼？很憤怒嗎？」我迎視著他憤怒難抑的目光，「轅大人貶妻為妾，利用張學士的千金平步青雲時，可曾想過你的妻子亦是如此憤怒？」

「你！」被人揭了短，一張老臉頓時慘白一片，顫抖雙唇瞪著我。

「很驚訝我怎麼知道？不只未央，滿朝文武皆知道你轅大人做的好事，只是礙於九王爺的臉面未給你難堪。可是誰又能知道，你轅大人也是寄子籬下，每日還要誠惶誠恐地看兒子臉色於轅府偷安。」我的笑愈發燦爛，「轅大人想必每日都在煎熬中度日吧，而內心又帶著無比愧疚與恐懼在睡夢中時常驚醒吧？可憐的轅大人呀，未央若是您，早就不活了，免得在這世上丟人現眼。」

原本微微顫抖的轅天宗聽完我的話，抖得愈發厲害，在這酷寒的冬日，額頭竟滲出了冷汗。

「未央。」遠處傳來皇上的呼喚之聲，我含笑回首，望向那個正注視著我的男子，彷彿與轅天宗之間根本沒發生過任何事。聽皇上又道：「該回宮了。」

我點點頭，丟下早已失了魂呆立原地的轅天宗，疾步奔至壁天裔身邊。還未站定，手已被一陣溫暖包圍，看著壁天裔的嘴角輕輕上揚，目光掃掠過轅天宗，我頓時一陣心虛。

回到宮中天色已近子時，我的步伐虛浮，昏昏沉沉地尾隨在壁天裔背後走著，深夜寒露與北風呼嘯，我的手腳早已冰涼麻木。他見我走得慢便停下腳步，回首凝望隱沒在黑夜中的我，「不舒服嗎？」

我搖搖頭，強自一笑。

但聽他微微嘆了一聲，迎面而來，將我打橫抱起。

我蜷縮在他溫暖的懷中，兀自闔上了雙眼，口中喃喃道：「天裔哥哥，若被奴才看了去，你天子的威嚴哪裡放？」

「方才你對轅大人說了些什麼，看他臉色很不好。」他答非所問。

「天裔哥哥，你會一直對未央這樣好嗎？」我亦答非所問。

「轅大人這些年已懺悔了許多，你也別將過往之事太放心上。」

「天裔哥哥，後宮佳麗三千，你會為了未央而空設嗎？」

終於，我一連三句「天裔哥哥」引得他宣告投降，「未央，你還未做皇后便開始學會吃醋了？」

「我只是想知道。」我緊咬著這個問題，始終不肯鬆口。

「朕知道你在擔心什麼，寵幸妃子也是為了平衡後宮，於你，朕會護你周全。」他的聲音低沉而宛然，我卻沒有再說話，只是閉上眼睛任由他抱著我前往未央宮。

壁天裔，始終是個理智的天子，斷然不會為了我而空設後宮。

但是，哥哥會，哥哥會，哥哥會……

還記得今日遊蕩九王府時，我遇見了靳雪。她的表情漠然且傷感，我知道她在為九王爺成親之事傷心。我早就知道，她愛他。

靳雪見到我，眸中沒有驚訝，只是朝我勉強一笑，「沒想到，今日竟有一個與我懷著同樣心緒的女子遊蕩在此。」

我立在她身側沒有說話，而她微微吐納了一口氣便轉身與我對視，「當初你怎就那樣無情地離開了九王府？真羨慕未央小姐。」

「羨慕？」

「還記得那夜九王爺突然傳召靳雪，他吩咐我，十二舞姬全數遣離九王府。我很驚訝，王爺怎會突然做此決定，而他只是笑著對我說：『因為我要娶未央。』第一次見王爺他笑得如此真實，第一次聽王爺說要娶一個人，第一次感覺王爺竟如此在乎一個人。可當我將十二舞姬遣離之後，你竟消失了……王爺發了瘋般地在帝都尋找你的下落，那時靳雪便知，已無人可代替你在王爺心中的位置。」靳雪異常平靜地陳述著這件事，彷彿事不關己，可眼中卻藏著令人憐惜的痛楚。

「是嗎？」對於她長長的這番話，我僅僅回答了兩個字。靳雪不可置信地盯著我，「你眞無情。」

「情對我來說，早已無用。」丟下這句話時我已離去，很想哭，卻欲哭無淚。

直到聽聞一聲「參見皇上」，這才令我由沉思中回神。蜷在壁天裔懷中，我悄悄將眼睛睜開一道縫，原來我們已經回到了未央宮。出來迎接的是卓然與轅沐錦，看到被懷抱著的我明顯愣了一愣，尤其是轅沐錦，雙拳已然緊握，卻還是露出淡淡的微笑，恭謹地站在一旁。

壁天裔親自將我送進寢宮安置於床榻，隱隱聽見他低聲吩咐：「朕感覺她額頭微燙，似有感染風寒的跡象，你們趕緊去請御醫過來。」

「是。」卓然忙應著，即刻飛奔出去。

我將身子軟軟地埋在被褥之中，眼眶湧出一片熱潮，不知是爲誰心碎。

後來，我眞的病倒了，躺在寢榻上迷迷糊糊地夢喃，時而清醒時而恍惚，全身如火焚燒著，卻仍被卓然用被褥包裹得裡三層外三層。不時有溫熱而苦澀的藥汁滑入口中，大部分都讓我吐了出來，未央宮瞬間陷入一片焦慮之中。

雖然我神智恍惚，但卻很清楚地知道，壁天裔今日來過三次。

第一次他靜靜地站在榻邊，凝視了我許久才離去。第二次他執起我的手，輕聲對我說，快些好起來。第三次他朝跪了滿地的御醫怒吼，再這樣昏睡下去，小心你們的項上人頭。

無論御醫們用什麼方子治我，我仍舊不省人事地躺於床上整整三日，即使身體已不再發燙，卻是昏迷不醒。

當下瑞姑姑便提議請法師來未央宮作法，皇上見我一直迷迷糊糊意識混亂，當夜就請來幾個法師為我作法，半個時辰後我竟出奇地好了起來，精神抖擻得能下床走路。滿屋的御醫皆鬆了口氣。

皇上見我已能下床，緊抿的嘴角微微上揚，滿目的擔憂也漸漸褪去。大法師執著念珠向皇上微微行禮，臉上掛著滿臉的祥和，說：「佛主慈悲，佑我南國未來的國母度過此劫。」

「多謝大法師救了未央一命。」我的聲音微微沙啞，唇齒間有些乾澀。

皇上摟著我的肩上下打量了片刻，才正色凝視大法師，問：「是何故引得她連日來昏迷不醒？」

法師暗自思忖片刻便問：「敢問娘娘您昏迷之前去過何地？」

我與皇上對望一眼，只道：「九王爺大婚，我與皇上前去觀禮。」

大法師立刻掐指一算，臉色立刻凝重起來，我忙問：「怎麼了，有什麼問題？」

他立刻跪伏在地，戰戰兢兢地回答：「貧僧不敢說。」

「說！」皇上眉頭一蹙，冷冷的氣勢讓人無法拒絕。

「九王府新進女主人，與娘娘命中犯剋，故而……」他的話音未落便被皇上厲色打斷，「好大膽的妖僧，竟敢當著朕的面妖言惑眾，那可是朕的臣妹。」

「貧僧只是……」他仍想辯解些什麼，卻見一名公公疾步衝進了寢宮，口中急急稟報道：「皇上，九王府出事了！」他嚥下一口唾沫，仰頭望了一眼示意他繼續說下去的皇上，額頭上還淌著絲絲冷汗，「奴才聽說就在今兒個晌午，九王府的奴才推開門便看見轅大人他，他死在屋子裡。」

寢宮眾人皆驚起，一聲冷冷的抽氣聲響遍四周，我的手微微一顫，卻被皇上緊緊握住。寢宮中驀然陷入一片冷寂，詭異的氣氛籠罩著我們，唯有冬日的冷風在外呼嘯。

「代朕備禮，慰問九王爺。」終於，在皇上這句話脫口而出之際，凝重的氣氛散了去。

大法師微微嘆息道：「昭昀郡主不僅剋娘娘，更剋九王爺的家人。」

此話一出，才鬆了口氣的奴才與大臣又陷入一片凝重，皆垂首不語。而皇上也未再駁訴法師妖言惑眾，而是用沉穩犀利的目光盯著與我交握的那隻手，良久、良久……

深夜，當未央宮再次陷入一片寧靜之時，我披上一件襖子翻身下床，推開緊閉著的紫檀窗。冷凜的北風迎面撲來，冷如刀割，有那麼一瞬間我險些緩不過氣來，只能緊緊捂著胸口艱難地呼吸著，卻不曾後退一步，仍舊迎著凌厲的西風。

若它能就此將我摧殘，便也心自成灰，盡湮滅。

可是它不能，它不能！

寢宮門被人緩緩推開，一聲穩健的步伐悄悄朝我移來，我沒有回首，仍舊承受著那無情的冷風。

而那個步伐亦停在我背後，無人說話，卻是這樣安靜。

我不禁閉上了眼睛，喃喃問：「宮娥們如今可有在傳？」

「回主子，傳得很厲害。」聲音略顯滄桑，卻有藏不住的沉穩老練。

「哦？都怎麼說的？」我頗有興趣地問。

「人人私下都傳昭昀郡主天生命硬，不但剋得未央主子您昏迷三日，還剋死了九王爺的父親。」

終於，我睜開了眼睛，回身對上瑞姑姑那雙毫無溫度的眼睛，我笑了。而她的嘴角也隨我勾起淡淡笑容。

半晌，我突然斂起笑容，淡淡地問：「我是不是很自私？」

「何苦。」她的目光隨著我而漸漸黯淡。

何苦二字讓我很是心酸，卻只能強顏歡笑地道：「昭昀郡主配不上他。」

「那主子認爲誰配得上?」她眼露精光,悄然逝去的狐疑彷彿看透了一切。

淡淡收回與之對視的目光,怕繼續下去會被她看穿。「此事我自有主張,這次你幫了我,而我答應你的事也會做到。」

瑞姑姑的臉上出現了一抹笑意,「那奴才就等著看主子您如何對付她。」

我沒再言語,黯然轉身望著漆黑無星的夜,烏雲密布朧殘月。

沒錯,在轅曦九大婚之前,我便與瑞姑姑開誠布公,只因我早就查明瑞姑姑的親弟弟曾在莫攸涵的手下做奴才,後來不知因何事竟被莫攸涵命人杖責致死。而瑞姑姑面對此等情景,竟然袖手旁觀,更未自恃皇上奶娘身分而爲弟弟求情,所有人都認爲瑞姑姑與自己弟弟不親。但是誰又能知道,畢竟血濃於水,即使再疏離,他也是自己的親弟。我不信瑞姑姑她不恨!就像我的父親,轅天宗……當我聽聞他死在屋內之時,腦海中瞬間慌了神,即使我根本不記得有這個父親。

當我問起瑞姑姑她是否恨莫攸涵之時,她並未立即回答我,只默然地盯著我的眼睛許久。我知道她試圖看透我,看我是否值得相信,最終她僵硬地吐出一個「恨」字。我便知道,她已經決定要將自己的命交給我了。

於是,我僅用一件事作爲條件,那就是讓昭昀郡主千夫所指,無臉待在九王府。

在九王爺大婚之前,我想盡一切辦法讓自己受風寒,瑞姑姑對此事很是精通,她掐準了時間,讓我在大婚的前一日受了些風寒。之後我便順理成章地病倒,御醫來診斷,我確是受了風寒沒錯,誰又能懷疑我裝病。

我知道,璧天裔這樣聖明的君主絕對不信占候之事,而我的目的也不在於璧天裔是否相信,我只要整個帝都、乃至天下人都知道昭昀郡主命硬。爲了讓這齣戲演得更逼眞,我當面侮辱了那個早已對自己當年所做之事而懺悔的轅天宗,我本想他年紀大了,頂多被我氣得病倒在床。

可我沒想到的是,他竟然死了。

就這樣……死了？

時光飛逝，白駒過隙。

算算日子，來到這座皇宮已有三個月，如今距離我及笄之日亦只剩三個月了。眼下每過一日，我便在心中刻下一道傷痕。

站在寢宮後苑的煙波亭賞湖面漣漪陣陣，慘淡的白雲與碧綠的湖面相互映照。近日來，昭昀郡主命硬之說已傳得沸沸揚揚，宮娥不但將昭昀郡主之事當作笑話私下閒聊，就連整個帝都都將此事當作茶餘飯後的話題。如今回想起，當日她在大殿上盛氣凌人說要嫁給九王爺之舉不禁令我失笑，此時的昭昀郡主應該學會了安守本分。那麼……下一步便好辦多了。

而轅沐錦每日待在我身邊伺候著，卓然把一切重活全部丟給轅沐錦做，將其折磨得精疲力盡。皇上每日都會來未央宮小坐，那時我必定要轅沐錦在身邊伺候著。

我知道，當最愛的人站在面前，卻連愛的資格都沒有，那才是最大的煎熬。

而我就是要讓轅沐錦每日飽受這樣的煎熬與折磨，我要她身心俱疲。

「主子，靳雪姑娘來了。」卓然清脆的聲音在這近春時分顯得神采奕奕，一陣微風拂過，我悠然轉身凝視那依舊白衣勝雪、容貌清麗動人的靳雪。我朝她一笑，她先是一愣，隨即也對我一笑，恭謹地喚了聲：「未央主子。」

我摒去卓然，讓她於遠處候著，邀靳雪在亭內坐下，親自爲其斟下一杯西湖龍井。杯水相沖之間水聲潺潺，煙霧迷濛籠罩在我們眼眸中。

她受寵若驚地接過茶連聲道謝，可是眼底卻有明顯的戒備。

我也不拐彎抹角，直插主題，「九王妃如今在府中地位如何？」

她被突然其來的話怔了怔，雙手捧著翡翠杯詫異地看著我片刻，才道：「王妃是王府的女主人。」

「那你可當她是女主人？一府上下的奴才可當她是女主人？」我緊緊跟著問題不放。

她這才意識到我話中有話，正色問：「未央主子到底想說什麼？」

我輕輕撥弄著熏爐裡的炭火，淡淡的煙霧伴隨著清香縹緲擴散，我隨性輕笑了起來，「若不嫌棄，讓未央替你與九王爺作媒如何……」話音才落就聽見咯噹一聲，靳雪打翻了手中緊握的翡翠杯。

直到我掏出帕子爲她擦去手心上的水漬，她才回神，倏然起身跪下，「未央主子，您別拿靳雪開玩笑了。」

「未央從不開這樣的玩笑。」我的表情很認眞，甚至帶著一些冷然，「昭昀郡主性格乖張跋扈，自恃是皇上族妹便以爲高人一等。這樣的女人配做九王妃嗎？」

「所以，未央主子你便要爲九王爺選一個配得上他的女子。那個人便是靳雪嗎？」她的神色突然緩和，略顯慌亂的情緒漸漸平息。

那一瞬間我們靜默了下來，各懷心事地相互對視，暖寒相沖。

看著那種種複雜情緒滲透在她的神情裡，有掙扎、有隱忍、有複雜、有欲望……那些個表情變換之快令我的臉色更加深沉。

深深吐納出一口涼氣，我才開口：「只要你點點頭，我便能讓你成爲九王爺的二夫人。」

靳雪依舊跪在地上怔怔地瞅著我，片刻後才說：「昭昀郡主不會同意的，她的性格……」

我冷聲截斷：「不然，你以爲我費盡心機讓她變成人人口中命硬的女人爲的是什麼？」

靳雪恍然大悟，「原來是您……」凄慘地笑了笑，又道：「做了這麼多，只爲了滅滅昭昀郡主跋扈刁蠻的威風，讓她無臉拒絕九爺納妾。事到如今，靳雪還能拒絕嗎？」

見她很快便反應過來，我悵然一笑，上前將跪著的她扶起，「雪姐姐……九王爺，就交給你了。」突然感覺到她的手一顫，想回握著我說些什麼，我卻很快地鬆開了。兀自轉身離開煙波亭，朝卓然走去。

「未央，你放心。」

背後傳來靳雪微微哽咽的聲音，我的腳步頓了頓，隨即莞爾一笑，邁著看似輕快卻又無比沉重的步伐離開了煙波亭。

哥哥他……需要的是像靳雪這樣懂他、體貼他的女子，而不是像昭昀那樣只知占有，得不到就越想要的女子。

我知道，靳雪很愛九王爺，她是個好女孩；更相信，她會珍惜這份感情。

靳雪，請替未央好好愛他。

次日，紫微殿。

我跪在紫微殿外已經整整一夜，夜裡風寒露重，卓然爲我送來襖子，我卻拒絕了。而瑞姑姑則是面無表情地立在我背後，陪了我整整一夜。

昨夜我親自求皇上爲九王爺賜婚，而皇上則用深不可測的目光盯著我說：「你答應過朕不再提起『轅羲九』三個字，否則不得好死。你是要違背誓言嗎？」

我直視他那雙令人不敢直視的瞳子，平靜地說：「昭昀郡主天生命硬，若是繼續與九王爺生活在一起，九王爺永遠不會開心的。」

他瞇著眼，一字一句地說：「那又與你何干？」

「皇上你知道的，那是我哥哥，我只想要他幸福。」

看著我倔強的表情，他沉默良久，一句話不說地將我趕出了紫微殿。而後我並未離去，只是這樣靜靜地跪著，我知道……皇上一定會答應的。一定會的。

當天色破曉之時，瑞姑姑終於出聲道：「主子，你可知這樣做會影響到皇上與九王爺的兄弟情？」

「瑞姑姑你錯了，若我不這樣做才會引起他們之間的隔閡。」此時的我早已全身僵硬，卻仍舊強自歡笑著。今日此舉不僅是爲了成全靳雪與九王爺，更是爲了化解九王爺與皇上之間因我而產生的隔閡。

當初九王爺拒婚後竟又請婚，我便知道他是爲了化解與皇上之間的嫌隙，更是爲了讓我死心。可是單憑他一人之力如何能化解？也唯有未央親自表明態度，退出他們兩人之間……只有這樣才能化解。

瑞姑姑一聲嘆息後，始終緊閉的大殿終於打開了，我仰頭對上的是一雙深邃複雜的目光。

與我對視片刻，他提步朝我而來。

直到他停在我跟前，半蹲與跪著的我平視，他才開口：「你贏了。」

是的，我贏了壁天裔。

可是，我卻輸給了自己，輸得狼狽，輸得徹底，輸得連最後一分情都由心間摒棄。

第六章　深宮謀・黯驚魂

偶爾聽宮娥提起九王爺的家事，譬如轅天宗唯留下「爲父有罪」四個字便自盡；譬如昭昀郡主聽聞皇上在她成親不到一個月便賜給九王爺一個小妾，因而親自面聖；譬如九王爺對於父親之死一滴眼淚都未流，只是草草將他葬下；譬如皇上唯一的大皇子突然大哭不止，高燒不退；譬如於一個枯井中又發現了一具女屍，正是失蹤多日的芙嬪……

宮廷的是是非非每日都在不停變換，令人匪夷所思的宮闈祕事一樁接著一樁，誰又能眞正道破其中眞相？誰又有膽子敢捅破其中，那可會招來殺身之禍。

是夜，初春的夜風很大，吹亂了我未綰的髮絲，緋色的裙角飛揚飄散。

我與瑞姑姑一道行走於青石花階上，悠然前行欲往無痕宮。她手中爲我捧著一條石青緞綴四團夔龍銀狐貂裘襖，跟在我背後娓娓述說著有關涵貴妃與成昭儀之間的恩怨。

「當年皇上初登大寶，爲了安定朝廷，便下旨立了四位嬪，她們分別是成太師長女成昔、高大學士姪女高紫清、兵部尚書盧雲之女盧婉、戶部尚書穆翔之女穆雪珍。當時以成昔封的位最高，她便是九嬪之首昭儀。

「一年後朝廷情勢漸漸穩固，皇上又立了一位嬪，便是莫攸涵，封爲涵貴人。涵貴人的到來獲得了皇上的全部寵愛，夜夜專寵侍寢。記得有一回涵貴人使性子說她要天上的月亮，皇上竟帶著她去碧水湖撈月，後宮妃嬪們無一不眼紅心妒，而此事在宮中瞬間引起軒然大波。

「涵貴人雖受寵無比，但這個初入宮闈的小女子連個靠山都沒有，很難生存在這弱肉強食的後宮。當時以成昭儀爲首、聯合了後宮八位妃嬪合力打壓涵貴人，要知道成昭儀家中勢力可謂遍布半個朝廷，她想對付一個人就像捏死一隻螞蟻般輕而易舉。

「後來朝廷中每日都有人參奏涵貴人是紅顏禍水，要皇上將她賜死，皇上卻置若罔聞。直到涵貴人她身懷兩個月的身孕，皇上便冊封涵貴人爲涵妃，位居成昭儀之上。可不幸的是，半個月後涵妃便小產了，御醫說是身子太虛，導致小產。其實在涵妃之前也有幾位妃嬪懷過龍種，可她們不是小產便是滑胎，所以連續三年皇上都無一個子嗣，而今的涵妃也一樣避免不了這樣的厄運。

「涵妃喪失孩子，每日鬱鬱寡歡，皇上看在眼裡疼在心裡，想了很多辦法哄她開心都沒有成效。直至皇上冊封其爲貴妃，將屬於皇后的鳳印交由她代爲掌管，涵貴妃才露出了半年來第一個微笑。其後朝廷中的官員皆巴結這位掌握著鳳印的涵貴妃，而那些原本被成昭儀一直打壓的妃嬪們皆向涵貴妃靠攏。

「瞬間，宮闈有了兩股大勢力，一是成昭儀一黨，其朝廷最大靠山便是她的父親成太師；二是涵貴妃一黨，她不知用了什麼方法竟讓一向只忠於皇上的玄甲衛統領郝哥也向她靠攏。就在皇上登基的第四年，成昭儀爲皇上產下唯一的皇子，便是如今的大皇子壁少桓。」

聽完這些事，我便輕笑一聲，「爲何皇上所有妃子的孩子都會小產，唯獨她成昭儀能順利產下皇子呢？」

瑞姑姑依舊步伐穩健地隨在我身側，露出意味深長的笑容，「主子您說呢？」

「還用說嗎？」我嗤鼻一笑，這後宮齷齪之事多得數不清，再多說亦枉然，心知肚明便好。「我曾與涵貴妃私下交談過幾次，即使如今成昭儀被關在冷宮，涵貴妃提起她還是恨得牙癢癢呢。莫不是有什麼深仇大恨，怎會記恨至今。」

又是一陣風過，我冷得打了個寒顫，瑞姑姑忙將手中的襖子爲我披上，口中還低聲道：「成昭儀又何嘗不是呢。她因爲恨涵貴妃，曾在床底下製了個小人偶，無數的針孔遍布其全身上下，狠毒至極。」

「哦？」我頗有興趣地頓住步伐看著瑞姑姑。只見她嘴角勾起嘲諷的笑容，解釋道：「當時成家窩藏北國大王子夜翎，成昭儀受累便被打入冷宮，後玄甲衛自其床間搜出了涵貴妃的人偶。」

「你信嗎？」我不信，因爲那是玄甲衛搜出來的人偶，我可記得瑞姑姑說過，玄甲衛統領郝哥是莫攸涵在朝廷的靠山。

「人贓俱獲，由不得不信。」她眼底溜出一抹冷意，隨即消逝。「當時所有人都以爲皇上會因爲這個人偶而將成昭儀賜死，可奇怪得很，皇上竟只將人偶丟入火爐裡焚去，未予追究。皇上的行爲眞教人匪夷所思啊。」

聽她最後一句話意味深長，話中有話。我沉思片刻便已明瞭，兀自一笑，「壁天裔是個聰明的皇上。」

「萬萬不可直呼皇上名諱。」她一邊小聲提醒，一邊環顧四下無人的小徑，怕有人聽了去。

我暗自搖搖頭，瑞姑姑行事也太過於小心了，我們此去無痕宮，也就是關押成昭儀的冷宮，路上怎會有人聽見。不過我倒很欣賞瑞姑姑，正因她是如此小心翼翼與穩重，才能在面對自己親弟死於涵貴妃手下時，表現無動於衷。

我曾問過瑞姑姑，爲何涵貴妃要將她弟弟杖責至死，她隨即一聲冷笑，告訴我：「當年涵貴妃曾親自要奴才跟著她一起對付成昭儀，只因奴才是皇上的奶娘，說話有一定的分量。可奴才不願夾雜進她們二人之間的恩怨，便斷然拒絕，涵貴妃當下拂袖而去。三日後便聽聞，奴才的弟弟小路偷她的玉石，且人贓並獲，要將小路打死。奴才知道，涵貴妃只是爲了警告奴才，忤逆她的後果便是如此……奴才沒有求皇上開恩，因爲涵貴妃的勢力早已根深蒂固，而皇上對其盛寵不衰，奴才若去求情只能落得個維護親戚、妄想以皇上奶娘身分包庇偷兒的口實。」

當時聽完瑞姑姑此番言論，我對她的欽佩又多了幾分，故而放心地與瑞姑姑談論自己的計畫。因爲瑞姑姑的心機城府著實比我高出許多，令我自嘆弗如。更慶幸瑞姑姑能站在我這邊，若是當年她從了涵貴妃，此時的我怕是四面楚歌，連個商議計策的人都沒有。

我才收回思緒，便發覺已經到達了無痕宮，未踏入便已聞得裡邊一聲聲輕笑。笑聲在這殘破不堪的冷宮與寂靜無人的黑夜顯得異常尖銳刺耳，這便是冷宮嗎？

瑞姑姑上前一步輕輕推開微掩的宮門，難聽至極的響聲尖銳地迴蕩在這像是凝聚了無數怨氣的無痕宮。瑞姑姑掌著燈走在前頭，我們的腳踩在腐爛落葉上發出嗞嗞聲響，而那一聲聲虛無刺耳的笑聲也越來越清晰。

接著又傳來幾個夾雜的聲音一同吟唱著：「皚如山上雪，皎若雲間月。聞君有兩意，故來相決絕。今日斗酒會，明旦溝水頭。躞蹀御溝上，溝水東西流。淒淒復淒淒，嫁取不須啼。願得一心人，白頭不相離。」是卓文君的《白頭吟》，沒想到，在這冷宮之內竟然還會有女子相信所謂的「願得一心人，白頭不相離」，她認爲在帝王之愛中可能存在嗎？

「你們不要唱了！唱、唱、唱，每天除了唱這些還會做什麼！皇上不會來了！」厲聲厲語，帶著失控的激動一波一波傳來。

我與瑞姑姑聞聲而望，一名身著貴氣黃色針織衣裙卻因久未換洗而殘破骯髒的女子，手中拿著一面鏡子朝幾名蜷縮在角落的女子大聲吼著。瑞姑姑立刻附在我耳邊輕道：「主子，她就是那成昭儀。」

我上前幾步，目光緊緊鎖定在她早已沾滿灰塵的臉上，雖然經過近半載光景，她渾身上下那出自名門的高貴氣質卻一點兒亦未被淹沒，只是眼中那份波動卻再也控制不住。

成昭儀感覺到我的接近，側首迷茫地凝望著我片刻，再落向我身邊的瑞姑姑，眼神一亮，立刻衝上前大喊：「瑞姑姑，是皇上要你來的麼，他原諒成家了——」

嗅到她身上那股噁心的臭味，我立刻閃開，而瑞姑姑的雙臂卻被成昭儀一把抓住。瑞姑姑厭惡地皺起眉頭，冷聲道：「是未央主子要來見見您。」

那張原本充滿期待的臉頃刻間沉了下來，戒備地將視線投向我，喃喃重複了一遍：「未央主子——」恍然想起了什麼，仰頭大笑，「未來的皇后娘娘，終於進宮了。」

她一步一步朝我走來，呆滯的眸子直勾勾地盯著我，嘴角不時勾起嘲諷的笑意，「就算是未來的皇后那又如何，遲早要栽在莫攸涵那個賤人手中。」

「你就那麼肯定我會輸給她？」我揚眉輕笑。

「我成家曾掌控半個朝廷、統治後宮，都沒法將莫攸涵那個賤人整死，反倒是我自己淪落冷宮。而你這個還未及笄的丫頭，身分背景都沒有，你憑什麼和她鬥？就算登上了后位，也是個傀儡皇后。」

「是，成家確實曾經控制了半個朝廷，可是令尊卻勾結北國大王子，憑這一點皇上他就不可能信任你父親。而你統治了後宮換來的卻是眾妃怨聲載道，還有皇上的厭惡。你以為自己得到了一切，其實什麼都沒有得到，到如今你被打入冷宮是理所應當的。」

「你說什麼！」成昭儀尖叫著，臉色猙獰可怖。

「所以，即便是你害得所有妃嬪都滑胎、唯獨自己產下大皇子又如何？皇上依舊未念及孩子尚幼，將你成家全數斬殺，而你則打入冷宮。莫攸涵就不一樣了，她是北國漣漪大妃的暗人，即使小產都能繼續受寵於後宮，這就是得到帝王之愛的好處了。」相較於她的激動，我卻顯得極為平靜。

「那群庸俗女人妄想與本宮爭寵，還妄想懷皇上的龍種，不可能，本宮絕對不會讓她們得逞的。還有莫攸涵那個賤人，她沒來之前皇上最寵愛的人是本宮，是本宮！」突然她彷彿意識到，我那段話中最重要的並非第一句，而是最後一句——「莫攸涵是北國漣漪大妃的暗人」。她的唇微微顫抖著，激動的目光流露出悲哀，凝著閃閃的淚光，眼底還有不可置信。

「成昭儀，事到如今說這些還有何意義？」瑞姑姑乘勢而上，用淡淡的語氣續道：「娘娘可知您的大皇子此時高燒不退，夢中一直呼喊著『母妃，母妃』……可憐的大皇子才三歲。」

「少桓？」成昭儀一聽見關於自己孩子的事，臉色慘白一片，手微微顫抖握拳。

「做母妃的，忍心見孩子如此而不聞不問嗎？」我輕輕靠在她耳邊低語。

終於，成昭儀溢滿眼眶的淚水止不住地滑落下來，我與瑞姑姑對望一眼，很有默契地離開了無痕宮。

唯留下一宮失寵的女子獨自悲涼，耳旁依舊傳來那輕聲曼歌：「願得一心人，白頭不相離……」

次日，滿桌餚饌擺於面前，卓然與瑞姑姑伺候著我用早膳。窗外暖暖的日頭將整個未央宮籠罩得一片金黃，清風拂面，春芽新長，一切皆是欣欣向榮之態，而我心中的陰霾也隨著春日到來而逐漸摒去，取而代之的是滿心舒暢。

便聽聞一個消息，一直深居無痕宮的成昭儀昨夜偷跑出宮，潛入承謹宮欲將一直高燒不退的大皇子帶走。此事驚動了皇上，謹妃更是一副得理不饒人的模樣要嚴懲成昭儀。眾所周知，自成昭儀被打入冷宮之後，大皇子便交付謹妃照顧，皇上嚴令不准成昭儀接近大皇子，否則嚴懲不貸。而謹妃在成昭儀沒落之前一直深受其打壓，早已懷恨在心，如今好不容易逮到這個機會，自然不會放過。

可是沒等皇上發話，成昭儀就不顧一切在眾人面前演出一場撞牆尋死的戲碼，幸好御醫救得及時。今兒個一大早，額頭讓雪白紗布纏繞了許多圈的成昭儀，竟衝到御書房外跪著求見皇上。

我拿起絲絹輕拭嘴邊沾上的油膩，問：「瑞姑姑，成昭儀現下如何？」

「回主子，還在御書房外跪著呢。」

我收回絲絹整整衣襟，便由座椅上起身，目光清然地掃過滿屋子候著的奴才，當目光掃過轅沐錦時，我見她的唇邊又升起一抹嘲諷笑意，稍縱即逝。

我輕輕嘆了口氣，惋惜著，「可憐了成昭儀的愛子之心，卓然、沐錦，隨我去御書房瞧瞧。」

清風遐邇，萬木叢中一點綠。待轉入冗廊，遠遠便見那個依仍身著骯髒舊衣裳的成昭儀，她那纏繞於額的白紗已然被血滲透。她筆直地跪在御書房前，口中一直重複呢喃著什麼，聽得不甚清楚。

待走近些才聽見她口中喃喃道：「求皇上將少桓還給我，求皇上將少桓還給我……」她那沙啞的聲音不知倦地一再呢喃著，可見她是多麼疼愛自己的孩子。

當我的步伐停在她身邊之時，她噙著淚仰頭望我，張了張口似乎想說些什麼，最終還是嚥了回去。此時的我並未再嫌棄她身上那略帶霉腥味的氣息，伸手勾起她零散在頸邊的一縷髮絲，低聲道：「成昭儀確是愛子心切，連命都不顧了。」

她不語，我便繼續說：「謹妃畢竟不是大皇子的親娘，照顧不好也是難免。未央曾見過大皇子一面，對他頗為喜歡……」

成昭儀全身一僵，猛然對上我的眼睛，等待著我的後語。我則毫不避諱背後的卓然與轅沐錦，仍舊輕聲道：「成昭儀，你知道皇上的個性，就算你跪到死他都不會將大皇子給你。但你是大皇子的親娘卻是不可抹滅的事實，只要你對未央放心，大皇子便由我來照顧。未央是未來的皇后，有足夠的力量保護他不受欺負。」

她顫抖著雙唇，眼底有詫異、疑惑、徬徨、質疑，更多的還是猶豫不決。半晌，她彷彿下了很大的決心，才顫抖著吐出一個字：「好。」

得到這句話我立刻邁出幾步，朝御書房正門而去，兩側的玄甲衛立刻恭謹地朝我行禮，「未央主子，皇上正與幾位重臣在裡頭商議有關北國的戰事，還請您候著。」表面上雖恭敬，但語氣卻顯強勢。果然，玄甲衛與普通的侍衛就是不一樣。

「好，那未央便候著。」我後退幾步，卻迎上了轅沐錦的視線。她捂著肚子，表情異常難受地說：「主子，奴才肚子疼，能否，能否……」看她連句完整的話都說不清楚，我便不耐地揮手打斷，「好了、好了，你退下吧，丟人現眼。」

她彷彿得到解脫般，捂著肚子便衝出冗廊。看著她的身影漸漸消失在目光中，我的嘴邊勾勒出一抹淡到令人無法察覺的笑意。

轅沐錦一路小跑著回宮，卻不是回未央宮，而是奔赴涵貴妃的盈春宮，全然沒了方才在未央面前那副疼痛到氣力盡失的模樣。她氣喘吁吁地對守宮侍衛說：「快去稟報涵貴妃，說轅沐錦有要事與她當面詳談。」

侍衛上下打量她片刻，還在想這樣一個小宮女竟敢妄想與涵貴妃當面詳談。卻見轅沐錦沒了耐性，厲聲道：「我稟報的可是有關成昭儀之事，你們若耽擱了此事，涵貴妃怪罪起來你們準吃不了兜著走。」

兩名侍衛對望一眼，心知成昭儀與涵貴妃之間的恩怨，也不敢耽擱，當下便匆匆進去稟報，隨即將轅沐錦迎進了盈春宮。

寢宮內的奴才們早早被摒了去，獨留莫攸涵慵懶地躺靠在貴妃椅上，雪白衾裘覆蓋其身，手中捧著一本《女論語》正散漫地翻閱著。眼波中深藏著淡雅的嫵媚，長長的髮絲如網般鋪灑了一椅，隨風輕輕飛揚，彷若不染世俗的人間仙子。

轅沐錦站在她身側，緩緩開口道：「涵貴妃可知成昭儀在御書房前跪著？」

「嗯。」莫攸涵的聲音淡而冷漠，似乎絲毫不將此事放在心上。

「您就不怕皇上將大皇子……」轅沐錦的話還未說完，便被莫攸涵打斷，「若你來只為說這些話，不如馬上離開。」她依舊將視線停放於手中的《女論語》上，自始至終都未看轅沐錦一眼。

「沐錦知道皇上絕不會將大皇子再給成昭儀，可是就在方才，未央已經徵得成昭儀的同意，將大皇子交由未央帶著。貴妃娘娘要知道，大皇子待在謹妃那兒肯定飛不出頭，可若待在未央身邊……您知道皇上對她的寵愛吧，若是連大皇子都被她要了去，您在後宮還有地位麼！」轅沐錦這話說得分外有理，引得莫攸涵翻閱書頁的手頓了頓，僵在那裡。她終於仰頭望了轅沐錦一眼，目光凌厲，「大皇子在謹妃那兒待得好好的，皇上不會輕易將他交給一個還未行及笄之禮的未央。」

「據沐錦所聞，大皇子在謹妃那兒過得一點也不好，自從成昭儀打入冷宮，大皇子日日都會哭著從夢中驚醒。近來更是高燒不退，故而引出成昭儀『偷』孩子的鬧劇。成昭儀她畢竟是大皇子的母妃，若成昭儀以死請求皇上將孩子交給未央，您知道那是什麼後果。」

莫攸涵將手中的書放下，雍容地從貴妃椅上起身，眼波一轉，側首笑問：「轅沐錦，你這樣出賣自己的主子，難道不怕嗎？」

「怕就不會來貴妃娘娘這裡了。」

「哦？那你可知，是本宮命人將你弄進未央宮做奴才的？」

「沐錦知道。」

瞬間，兩人已將話挑明了說，對視的兩人似乎在彼此眼中找到了契合，相視一笑。

轅沐錦立刻跪在莫攸涵跟前道：「貴妃娘娘，奴才知道您想要的是什麼，奴才可以幫您，也可以向您供出個天大祕密。而沐錦只有一個條件。」

「與本宮談條件？有意思。」莫攸涵撫著中指那枚翡翠戒，饒有興趣地笑著，眼底卻蘊含一抹令人畏懼的寒光，「若是你口中所謂的祕密一文不值，當知後果。」

聽著她那極帶威脅意味的語氣，轅沐錦莞爾一笑，道：「未央並非未央，她的眞實身分是——轅慕雪。」

莫攸涵胸口一窒，呼吸幾欲停滯。

她是轅慕雪？從小便被皇上訂下的轅慕雪？難怪皇上待她如此與眾不同，難怪素來不喜歡未央的九王爺竟會成爲她在朝廷上的支柱，原來如此！

恐慌與不安瞬間湧上心頭，她的手緊緊握拳，指甲已深深掐進手心。

她深深吐納出一口悶氣，冷聲問：「那你的條件是什麼？」

神武高樓，阡陌大道，冗廊蜿蜒。

我迎著時輕時猛的春風靜立在御書房外候著，感覺有道探究的視線一直盯住我，我知道這是屬於成昭儀的，便大方地由她打量。

也不知過了多久，御書房的門終於開啓，成昭儀立刻滿懷期待地仰頭凝望出來的人，有六部尚書還有九王爺，可是她的目光始終在搜尋皇上的身影。

一時不見人，她便急著大喊著：「皇上，求您出來見見臣妾，求您。」

由御書房內出來的大臣被這突如其來的一聲駭了一下，厭惡地打量著成昭儀狼狽的模樣。甚至有人嘲諷道：「成昭儀您丟了自己顏面不打緊，可千萬別丟了皇上的臉，您回去吧，皇上不可能讓大皇子跟隨您這樣一個娘親。」

成昭儀不予理會，仍舊朝裡邊大喊著。看著成昭儀淪落至此，我不禁嘆了口氣，成家當年顯赫一時，卻是一招棋錯滿盤皆輸。勾結北國大王子，此等大逆不道之事他們也敢做。

「皇上，臣妾改變主意了，臣妾不要大皇子了……臣妾只想將大皇子交由我南國未來的皇后娘娘未央照顧。求您看在大皇子還小的分上，將他交給未央照顧吧。」成昭儀哭得撕心裂肺，淚水早已瀰漫了滿臉。

聽成昭儀說到這裡，我上前一步，正欲開口，卻發覺胳膊已被一隻手攥住，「別做傻事。」我全身一僵，微微側首看著九王爺的側臉，還沒來得及說些什麼，便見皇上如一陣風般已立在御書房門外。九王爺緊攥著我胳膊的手，也悄然鬆開。我揚了揚嘴角，越過九王爺，目光並非注視皇上，而是那個盈盈而至的莫攸涵。

「成昔，朕念你是少桓的娘親，故而放你一馬，你竟是自找死路嗎？」他的聲音很冷，目光暗沉中夾雜著冷冽。

成昭儀滿臉淚痕地撲跪至皇上跟前緊抱其右腿，懇求著：「皇上，謹妃她素來與臣妾有恩怨，她絕對不會好好照顧少桓的。少桓此刻高燒不退，謹妃她絲毫不過問……少桓也是您唯一的兒子啊，您眞忍心他如此嗎……」

兩側侍衛見成昭儀如此失態立即上前將其扯開，無奈她實在抱得太緊，而額頭上的傷口又裂開，一滴滴的血浸透紗布滴在皇上的龍袍之上，駭了眾人。

「皇上……」她如瘋了一般死死抱著皇上的腿，怎樣都不肯放開。有些血跡甚至滑過眼角，如一道可怖的疤痕怵目驚心。

「你們這群玄甲衛是飯桶不成？一個女人都制不住，皇上養你們是做什麼用的！」人未至，聲先到。莫攸涵蓮步輕移，眸光嫵媚，纖腰楚楚，她的到來讓六部尚書們皆恭敬地退居一旁，足見莫攸涵之勢力壯大到了何種程度。

「皇上，大皇子畢竟是成昭儀的孩子，也是您的孩子。」我上前扶起跪倒在地、緊抱著皇上腿腳的成昭儀。成昭儀很配合地鬆開了手，隨著我的力氣起身，軟軟地靠在我身上，眼帶淚光。我又說：「成昭儀是愛子心切，任哪個母親見到自己孩子久病不癒都會如此心急的。而未央也認爲，謹妃並不適合照顧大皇子。」

不等皇上開口，莫攸涵笑著插上話，美眸筆直地注視著我與成昭儀，「若謹妃不適合，那誰適合？莫非是未央你嗎？」

「我就是要將大皇子交給未央。」成昭儀的臉色早已因額頭的傷而蒼白一片，聲音也乾澀得有氣無力。

「笑話，未央還未及笄，怎能擔此重任？」莫攸涵一聲冷笑，那目光簡直可將成昭儀千刀萬剮。

看著皇上漸覆陰霾的臉色，我低聲道：「皇上，未央很喜歡大皇子，希望能收養……」話音未落，便被莫攸涵一句「不行！」給打斷。

「為何不行？」我疑惑地望著她。

「未央年紀太小，怕照顧得不妥當，若眞要選一個人照顧，本宮自認有能力擔當。」

看著莫攸涵將這句我期待已久的話說出，心中微微鬆了口氣，但臉上仍裝作為難，「可是……」

「就交給攸涵吧，她會是個好母親。」皇上面無表情地發話，成昭儀不能接受這個事實而猝然昏倒。

之後成昭儀被人送回無痕宮，而大皇子則被皇上命人從謹妃那兒接進涵貴妃的盈春宮照顧。一切盡在我與瑞姑姑掌控之中，眼下我們要做的只是等待罷了。可就在十日後，一場令我始料未及的事就在我眼前發生了。

皇上召轅沐錦侍寢。

我身披一件單薄素衣，迎著寒露冷風站立在未央宮的廊前。空滿院，落花飛絮春寒重。一輪明月懸掛於頭頂，吹散了我的髮絲，幾縷擋住了我眼前的視線。

我的心五味參雜，即使我對壁天裔沒有愛，仍感到氣憤，因為他寵幸的女人是我最恨的一個女人。

可我早該料到的不是麼，那日故意帶轅沐錦去御書房，故意讓她聽見我對成昭儀說要收養大皇子，目的就是為了讓她去給莫攸涵通風報信。她們之間的任何交易我都想過，也包括了侍寢這件事。但事到如今我仍不能接受，不能接受我未來的丈夫與我最討厭的女人繾綣纏綿。

「主子您知道帝王之愛是什麼嗎？」瑞姑姑捧著一條貂裘將我單薄的身子裹起，眼中依舊是那麼沉穩。

我笑著看她，不答話。她便與我一齊舉目凝望天上的殘月，幽幽道：「主子既然來到這個皇宮就不要妄想專寵，這樣只會讓自己腹背受敵，成爲後宮眾矢之的。涵貴妃就是一開始不知這其中眞正道理，所以導致自己小產。後來的她才慢慢懂得做妃子的分寸，不再每日獨霸皇上不放，而是開始培養自己的勢力，才有了今日的貴寵六宮。未央主子您是個聰明的女子，理應知道帝王之愛是最不可靠的東西，您不能將皇上當作您的擋箭牌。興許他能爲您擋住一時，但他擋得住一世嗎？若有一日您犯錯……皇上是保不了您的。您只有在此時蒙獲盛寵之時牢牢把握時機，拉攏朝中官員，這才是上上策。」

「帝王之愛。」我低聲重複了一遍，嘴角的笑容依舊，我又怎會不知帝王之愛是最不可靠的東西呢？可是我不想爭，也不願爭……因爲那個帝王我並不愛，若我愛他，今日轅沐錦侍寢之事斷然不會在我眼前發生。

只要我願意，轅沐錦定然會萬劫不復，更不要妄想睡上龍床。

可是我不願，因爲我並不想去爭那個帝王，我想要的只是……

「主子，奴才說句不該說的話。即使您不愛皇上，您也不能表現在臉上，否則那將是一把鋒利的刃器，會致命的！」

我的臉色倏然蒼白一片，因爲她看穿了我的心事，更一語道破我現下的處境。

「主子您一定要保存實力對付涵貴妃。興許別人不知道，但奴才曾在謹妃那兒照顧過大皇子半年，大皇子本就體虛時常患病，成昭儀打入冷宮這半年來謹妃不但對其不聞不問，甚至在數月前大皇子發高燒整整三日才請來御醫。可想而知，大皇子的身體更弱了，如今涵貴妃收養了大皇子，以她與成昭儀的恩怨來看，絕對不會悉心照顧他。我們眼下只需要等，等大皇子……大病的時刻，又或者……死的時刻！」

說到這裡，我的手一顫，死？

瑞姑姑眼中有淡淡笑意，又是那般無情，我心中閃過一抹晦澀，那樣一個孩子就要犧牲在我與莫攸涵的鬥爭下嗎？

我攏了攏披在肩頭的貂裘，微微嘆了口氣，「我想一個人去走走，瑞姑姑你先下去歇息吧。」

殘月鋪水，半瑟半紅，落月似弓。

我心低迷黯然。

翌日，轅沐錦被封爲錦美人，入住盈春宮的合歡苑。

我緊閉未央宮門，拒見皇上。連續七日，我皆拒見皇上，之後皇上就再沒來過。

當日瑞姑姑深深凝視著我，目光中有失望，只留下那一句：「奴才本以爲主子您是成大事者，沒想到卻如此意氣用事，是奴才看錯人了。」

當日，瑞姑姑便奉旨離開未央宮重回皇上身邊伺候，一時間未央宮由最初的繁華變得有些淒涼。這些我都不在意，我只是靜靜地站在未央宮中仰望漫天紛飛的柳絮與驕陽，留在我身邊的只剩下那個口無遮攔的卓然，每日聽她絮絮叨叨已成爲一種習慣。

我知道此時的自己很懦弱，是在逃避現實，更在害怕。

因爲還有一個多月便是我封后的日子。封后，多麼遙遠的兩個字，我將在深宮中沉淪迷失嗎？

我用自己的任性與不甘心逼走了瑞姑姑，更疏離了皇上。如果這樣就能不用面對封后之事，那我倒心甘情願終身待在這冷寂的深宮，只要偶爾能聽聽有關九王爺的事——這會兒，眼下卓然又在我身邊念叨了。

「聽聞這昭昀郡主天天都跑到皇宮中哭訴告狀，說九王爺冷落她，說她自己每日都受九王爺二夫人的氣。

這話說出來，一宮的奴才都笑了，若說起受氣，她昭昀郡主不欺負二夫人就是萬幸了。若說九王爺娶了昭昀郡主是禍，那娶了二夫人就是福，聽聞其對九王爺體貼有加，對昭昀郡主每日的找茬也是隱忍退避。」

我含笑聽著她口無遮攔的話語，如今我已經不再警告她勿亂言是非，因爲我的欲望早就隨著瑞姑姑那句「帝王之愛」消散，更清楚了自己想要的是什麼——我要的不是帝王之愛這麼簡單，而是要一心一意的愛，可是他沒有給我，而我也不想再要。

卓然時常問我爲何能接受皇上寵幸其他妃嬪，獨獨容不下轅沐錦，我沒答她，只是笑。很多次我也在問自己，爲何呢？單單是因爲自己討厭轅沐錦嗎？興許更多的是不甘心。失憶前我喜歡搶轅沐錦的東西，失憶後我一樣喜歡和她搶。我更加不能理解的是壁天裔，明知我討厭轅沐錦，他竟還要寵幸她……原來這就是帝王之愛。

帝王之愛眞的很卑微呢。

「主子，過些日子就是您冊封的日子了，您打算一直不見皇上？您一直與皇上這樣耗著……哎，奴才在皇宮多年，除了涵貴妃，還沒見皇上對哪個女子如此上心呢。」

「未央要麼就不做，要做就做唯一的。」伸出手接下幾縷紛飛而下的柳絮，離五月初七已經越來越近了，這個場面該如何收拾連我自己都不知道。

「哎，主子您與當年的涵貴妃性子一個樣，都是這麼剛烈傲氣。」卓然的目光突然顯得有些黯淡，「其實涵貴妃之所以這麼受皇上寵愛，與她是皇上的救命恩人有莫大關係。」

她那柔嫩白皙的臉蛋在驕陽照耀下更顯紅潤，我頗有興趣地側首凝望著她，待她繼續說下去。見我有興趣聽，她便興高采烈地滔滔不絕將她所知道的事講給我聽：

「當年皇上還是壁嵐風元帥手下的一名將士，與九王爺、莫攸然征戰沙場，金戈鐵馬。有一回與北軍作戰，他們兵分三路欲將北軍團團包圍，但皇上那一路軍卻遇上北軍的主力，遭遇一場惡戰。當時涵貴妃女扮男裝混入皇上的軍帳之中。在那場險些要了皇上命的激戰中，千鈞一髮之際，涵貴妃爲皇上擋下了致命的一箭。奴才想，正是因爲皇上欠了涵貴妃一箭，故而對她格外恩寵吧。」

原來上回皇上說的救命之恩是這件事，沒想到莫攸涵對皇上的愛竟到了可以付出生命的地步。

莫攸涵爲了阻止我，而將轅沐錦推上龍床，值得嗎？

或許你不會知道，比起我，轅沐錦才是你最大的威脅。

我對付你莫攸涵，是爲了幫瑞姑姑報仇。而轅沐錦，她是一個愛壁天裔愛到發狂的女人。

你會爲自己所做的決定後悔的。

我與卓然在苑內一坐便是兩個時辰，天際泛起的一縷縷晚霞爲滾滾烏雲籠罩，天色晦暗看似大雨將至。我們立即起身歸寢宮，剛落腳，一聲雷鳴轟隆巨響，一道閃電如巨斧將蒼穹劈成兩半。伴隨著一陣風勢，雨如珍珠萬點傾打，寢宮前濛起絲絲水氣來。

卓然出手接著拍打而下的雨珠，長長地鬆了口氣，「幸好咱們回來得快，否則就要被這大雨追上了呢。」

蹙了蹙眉，仰望大雨紛飛，這雨來得既快又猛烈得實令人措手不及，似乎正預警著什麼。果不其然，一名小宮女匆匆跑來，跪在我面前，「主子，奴才聽盈春宮傳來一個消息，大皇子病危。」

又是一陣雷鳴，其響聲駭得我後退一大步，迷茫地望著烏雲翻滾的天際，手不禁顫了顫。

「主子，皇上駕到，皇上駕到——」福遠帶著焦急的神態冒雨而來，水珠一顆顆地由他臉上滑落至頸項，滿臉的焦急與不安讓我知道大事不好。

隔著雨簾，我看見一位身著藏青色團龍祥雲夾袍的男子讓眾奴才擁簇著朝寢宮廊前走來，已經許久未見他了，而他的目光依舊是那樣犀利讓人深覺不安。直到他在我面前停住步伐，未央宮的奴才皆跪下恭敬地呼「萬歲」，唯獨我依舊呆站著沒有行禮，直視他的目光。

他亦與我對視，隨即一揮手，摒去了在場的宮娥們，長長的遊廊獨留我與他立於廊前。四周安靜得令人窒息，唯獨那漫天紛揚的雨聲充斥在耳邊，清風席捲著雨後的塵土氣息捲入我們之間，略感刺鼻。

「如今大皇子病危，皇上爲何不去看他，而是駕臨未央宮。」是我打破了此刻的寂靜。

他的目光比之遙遠的天星更顯冷冽而虛無，薄唇緊抿深深注視著我，有那一閃而逝的矛盾溜過，隨即轉化爲無情的漠然。「這一日你早就料到了，不是嗎？」

我沒有解釋，卻是愣愣端詳著他的側臉，以及那份藏於其胸臆中的運籌帷幄。「皇上也料到了不是嗎？」

這話由我口中吐出後，瞬間我便明白了許多許多，原來一切還是沒有逃脫他的算計。

「後宮之事朕一向甚少過問，但不代表朕不過問。你以爲朕不知你與瑞姑姑深夜造訪無痕宮嗎？你以爲朕不知你想用大皇子的病情來對付攸涵嗎？」他這話說得雲淡風輕卻極具危險。

無視他的冷漠，我輕笑道：「可皇上你最終還是順著未央的計畫，將大皇子給了涵貴妃，不是嗎？」

他不語，我便知道自己猜對了，眸底清淡笑著繼續說下去，「明知自己的親生兒子待在涵貴妃那兒只會令他病情加重，可是你這個父親仍舊這麼做了，是什麼原因能讓一個父親無情枉顧自己孩子的死活呢？未央猜測，恐是皇上早意識到涵貴妃在後宮勢力漸長，故而順水推舟成全了未央這場戲，以照顧大皇子不周之罪去打壓她。」說到這兒我不禁頓了頓聲，心底有些淒涼，這就是我的天翕哥哥，終究是帝王之心。「天翕哥哥，我說得對嗎？」

「對。」他很沉重地吐出一個字。

聽到他的回答，我心中頓時升起一股怒氣，他竟能如此堂而皇之承認自己做的一切，他可知道這是在用自己兒子的命賭這場遊戲。「眼下大皇子如你所願病危了，你告訴未央，你會如何處置莫攸涵。」

「朕，不會處置她。」

「不會？」我有些不敢置信地凝視他，眼底有質問。

「此回只是打壓其勢力，給她一個警告。然後藉由此事一點一點削弱她的勢力。」

「你用大皇子的命去削弱她的勢力？」我的聲音微微提高，與廊外的大雨聲夾雜在一起格外刺耳。

「她畢竟是朕的救命恩人。」

「皇上應該說，她畢竟是你愛的人。」

此話一出，四周瞬間回到最初的安靜，唯獨剩下那微微急促的呼吸聲。

「朕一直以爲慕雪你會懂朕的。」他的語氣帶著一絲失望的氣息，瞬間消逝的複雜被冷酷取代。

聽他再次喚起慕雪這個名字，我的心猛然一陣抽痛，「是的，慕雪一點也不懂你，而天裔哥哥也一點兒不懂我。」口氣微衝，雖知這樣對他說話是大不諱，可眼下我已顧不了許多，便將連日來心底的悶氣一股腦兒全部傾洩而出。

「你知道我討厭轅沐錦，你知道我召她進宮的目的是什麼，可你還是寵幸她了，你封她爲錦美人。像這樣一個人盡可夫的女人你也封她？她與成蔚那個小子早就做出了苟且之事，你……」臉頰傳來一陣火辣辣的刺痛中止了我還沒說完的話，他打我，因爲轅沐錦而打我？

但見他雙拳緊握，聲音卻是平淡如水，「冷靜如你，爲何一遇到有關於轅沐錦的事就亂了方寸？你這樣如何做朕的皇后！」

「皇后？誰愛做誰去做，我不稀罕。」我咬牙切齒地吐出心中眞實想法，腳步一邁，便想衝出遊廊，衝出這令人窒悶的未央宮。明知我這樣跑出去等待我的後果是什麼，可此時的我已失卻了往日的冷靜與淡定。

手腕突然讓人從背後狠狠抓住，我有些吃痛地停住步伐，卻未回頭，倔強望著殿基之下疾雨飛洩，頗爲壯觀。那一團團水氣將紅牆高瓦盡掩，幾陣風過，零落的細雨迎面拂打在我的臉頰上。

「若此時站在你面前的是三弟，你可會說這句話？」他的聲音很是低沉，握著我手腕的手冰涼徹骨。「你要對付莫攸涵，爲的不也是三弟的幸福嗎？」

手腕上不時傳來的疼痛令我的手臂幾欲麻木，我卻倔強地咬著唇，不喊痛也不回話。

「若你能將對待三弟的一半心思放在朕身上，今日的一切便不會發生。」他力道一鬆，手腕上的疼痛瞬間消逝。我未作多想，飛身衝出了遊廊，大雨沖刷著我的全身，理好的髮絲也被沖散。

當時的我，絲毫不後悔就這樣放開了皇上的手離開了未央宮。

後來我才明白，皇上對我說的最後一句話藏著多麼可怕的深意。我放開的不僅僅是皇上的手，還有最後一絲轉圜的餘地。

如果時光可以倒流，我絕對不會選擇放開他的手，而是轉身擁抱他，告訴他：「慕雪的心中只有天裔哥哥一人。」

可時光並不能倒流。

花褪殘紅，雲薄雨襲，亂雨彈珠。

我踏著滿地的雨水，奔出了未央宮，一路上無人阻攔我。如果我能跑出這無邊無際的深宮那該多好，可那只不過是個奢望罷了。

也不知跑了多久，我的雙腿已經虛軟無力，頹然蹲在這條空寂的紫陌大道之上，雨水早已經將我的眼眶瀰漫。迷濛地看著眼前這條沒有盡頭的路，我一時間迷失了方向，早已不知道自己的歸途在哪裡。

直到一聲「未央主子？」這才驚醒了我，仰頭見方御醫撐著一把油紙傘俯望狼狽至極的我，眼中有疑惑。

我的目光悄然一轉，看向方太醫身邊的人，心底最深處的一片脆弱彷彿被人挖掘出來，而他卻迴避了我的目光。

「未央主子您怎麼會在此呢？奴才正要去未央宮找皇上呢，大皇子已經快不行了，太醫院早已經亂成一團，沒有人敢拿主意。這會兒，我們找來九王爺請皇上，也可平息一下龍怒，在皇上身邊說上幾句話……」

我只看到方御醫焦急的臉龐以及那一張一合的嘴，卻彷彿什麼都沒聽見，唯獨那句「大皇子已經快不行了」深深敲打在我心口，恍惚間我應了一句：「皇上，在未央宮。」

於是，方御醫也沒顧得上此時狼狽的我，連聲道：「九王爺，那咱們趕緊去未央宮請皇上瞧瞧大皇子吧。」只見九王爺點點頭，便與他直接越過我而離去。

這一刻，我腦海一片空白，全身氣力彷彿被人抽了去，狠狠跌坐在地，雖然分不清自己臉上的是淚水還是雨水，但我知道自己哭了。也許我只能在這個雨天裡，藉著漫天的大雨來沖刷我的淚，用它來騙自己——其實我很堅強，其實我根本沒有哭。

此時的我應已一無所有了，我激怒了皇上，便不會再是皇后。可是我仍然不後悔今天所做的一切，那個皇后之位成昭儀想要，謹妃想要，涵貴妃也想要，可是我卻不想要。因為，即使登上皇后之位又如何，與我併肩而立的不是我心中之人那又有何意義？

原本沖刷在我全身的雨水突然被什麼擋去了，一雙玄色長靴出現在我面前，我仰頭，看著九王爺正用他手中的傘為我擋去傾盆大雨，而他卻任雨打濕全身。他俯視著我，目光深沉幽暗，那一汪如潭的眸子彷彿映出了我的倒影，如此清晰。

眼眶一熱，我不禁低聲喊出：「羽。」

他的眸底深處閃現出一抹動容與滄桑，多久了，我真的好懷念曾在白樓度過的歲月，好想念那個名叫風白羽的男子。

多少次，午夜驚醒喊出的那個字是「羽」，試過無數方法想要忘記他，可是沒有辦法，眞的忘不了。

「未央。」他的聲音很低沉，幾乎要被大雨吞噬，可聽在我耳中卻是那樣清晰。

「你走開，別理我。」突然間，我收回自己的失態，冷冷地說道。

「未央，跟我走吧。」這句彷彿經過深思熟慮且反覆練習多遍想講給我聽的話，聽起來是那樣自然，那樣令我心酸。

「不要和我開玩笑，我會當眞的。」喉間哽咽，我的手顫抖撐著青磚地面，雨水浸漫了我的雙手。

「舊時王謝堂前燕，飛入尋常百姓家。」他也蹲下身子，由懷中掏出一張紙條，拽起我的手心塞了進來，再將傘遞交在我另一隻手中，隨即起身頂著漫天的大雨揚長而去。

四月暮，雨厲風寒，一葉葉，一聲聲。

點點滴滴，空階流水逐波去。

我則是望著手中的紙條出了神。

「今夜子初煙波亭」這七個字是九王爺交給我的紙條上寫的，他這是什麼意思？眞的要帶我走嗎？

一宵風雨憑闌意，暗空殘月星鑽璀璨。晶亮的水珠殘留在翠綠嫩葉上，被月光照得閃閃發亮。我孤立窗前，目光深凝那寥廓的蒼穹，手心的紙條已經被我緊緊捏了數個時辰。

子初已過，他是否還在那兒等著我呢，又或者這張字條純是他給我開的一個玩笑而已。

去？不去？

內心有兩個聲音一直在迴蕩縹緲著，我猛然關上窗扉，發出了一陣輕響，卓然立刻推門而入，疑惑地看著我，「主子，您還不就寢，很晚了。」

「一會兒便歇息。」我佯作平靜地走至案前為自己倒了杯普洱，問：「大皇子的情況如何？」

「非常危急，皇上震怒，後宮大亂。眾位大臣皆跪於殿前求皇上饒恕涵貴妃疏於照顧之罪，而另一批則請求嚴懲。殿外有些混亂，故而許多玄甲衛都紛紛前去駐守，未央宮的守衛也由此鬆懈了許多。」卓然將此刻情形一清二楚地稟明，隨即我便揮了揮手，「好了，你也下去歇息吧，不用守著了。」

「是。」卓然畢恭畢敬地退了出去。

寢宮內頓時陷入一片寧靜，我鬆開緊握的手心，將那張早已縐得不像樣的紙條攤開，凝視許久。

去。他有家室有地位有權勢，若我不顧一切隨他走了，他將背負一世罵名，前途盡毀。

不去。便將終身與他無緣，至死待在深宮，與我不愛的男人相處一世，直至老去。

不能去。會害了他，不能自私，不能放縱。

我猛然握緊拳頭，堅毅地凝望著眼前的紅燭燃盡紅淚，流光四溢。

可是，我想去。就讓我與哥哥自私一次放縱一次吧，即便是一條不歸路，我也想與他走下去。因為轅慕雪不甘心，不甘心把這樣一個機會放開。

我緩緩脫下了身上的紫紅羽緞百褶衫，披上了初入宮闈時的清荷蓬蓮裙裳。卸下綴於額前的金蓮華勝，取下玲瓏步搖、鳳麒麟簪、花穗耳墜。深知自己脫下這些，這輩子將再與榮華富貴無緣，但我一直都知道，想得到一些東西就必須捨棄一些東西。

當一切都準備妥當之後，我便由寢宮的後窗翻爬了出去，去追尋那個我日日想做卻不能做的事。

石路晚風掃，斜橋曲水彎，花深漏短宵。

楊柳月依依風蕭蕭，水窪濺濕泥污點點。

我一路迎著雨後的冷風來到煙波亭，寒風透骨涼，四下風影搖曳，衣袂輕然而飄，我的影子拉了好長好長。在迷霧中我四下尋找他的身影，可是找了好久卻無發現人影，快速的步伐也逐漸放慢，最後呆呆立在晦暗的荊木前遙望瀰漫著霧氣的湖面，空浩渺。

是我來晚了，他已經離去了嗎？

正當我心中閃過苦澀之時，手腕被人用力握住，我猛然回首，對上的是一雙沉墜幽深的瞳子，眸中帶著一股清冷的安定。我不禁深深吸了一口涼氣，「你……」正欲說話，卻見他背後還站著一個手捧侍衛服的男子，目光鬼祟地四下張望著有沒有人發現。

「換上它，隨我走。」九王爺接過那人手中的侍衛服，遞至我面前。

我怔怔地接過侍衛服，用力咬著下唇，「你是九王爺，他是你二哥，我是你妹妹。」我用力提醒著他，想讓他認清眼前的情況，更不想要他後悔。

「換上它。」他彷彿沒有聽到我的話，口氣無比堅定。

「哥哥……」捧著侍衛服的手微微用了幾分力氣，指尖被盔甲上的甲片扎傷，很疼。可是我仍用盡氣力捧著侍衛服，沒有鬆一分力氣。

「未央！」他的目光一沉。

「為什麼，當初將我推進宮的人是你，現下說要帶我離開的人也是你。」我要的只不過是一個答案。

他扭過頭，眼光投向幽黑的荊木深處，良久才帶著微微一聲嘆息回首凝著我的眼睛，很認眞地說：「當初我以為二哥會好好疼愛你，我以為你會幸福，可是我錯了，錯得徹底。如果你不開心，唯有帶你離開。」

「包括背叛璧天裔？」

「是。」

有他這些話就足夠了，眞的。慕雪天涯海角都會隨你去的，即便這是條不歸路。

我轉身隱入一株大樹後將侍衛服換上，隱隱聽見九王爺與他背後的奴才小聲交談。

「今夜大皇子病危，玄甲衛大多皆守衛在殿前，故而當前守衛很是鬆懈。這是奴才的令牌，到時候您交給未央主子，見牌如見人，她能安全隨王爺您離開皇宮的。」

「那你呢，你沒令牌就出不了皇宮，很可能會被皇上……」

「王爺您對奴才有救命之恩，即便賠上了這條命又如何。」

「翔子，今日你的恩情，轅羲九沒齒難忘。」

我心中五味參雜地由樹後走出，望著翔子，張了張口，到嘴邊的話又吞了回去，只是感激地說了聲：「謝謝你。」

「未央主子，您與王爺一定要幸福。」翔子憨厚地笑了笑，用眼神示意九王爺快帶我離開。

九王爺朝他點點頭，算是最後的致謝與告別，便牽起了我的手離開煙波亭。

跟在他背後，看著他那堅毅的背影，感受到手腕上傳遞而來的淺淺溫暖，我的心一片迷惘。

眞的要飛入尋常百姓家了嗎？

後來我竟安全地隨他出宮了，我們上了馬車，飛奔出帝都城。

一路上竟如此順利，順利得令我感到恐慌，精明一世的壁天裔竟就這麼輕易地讓我從皇宮中逃脫？這一切爲何如此虛假，假得讓我以爲這是一場夢？多少次我用力掐自己的肌膚，卻清楚感覺到那份疼痛，更讓我清楚知道眼下發生的一切都是眞的。

當我內心仍懷疑不安之時，背後傳來了馬蹄聲聲，我渾身一僵，是他們追來了！

而他握著我的手緊了緊，似在給我力量，「放心，一切有我！」

我堅定地點點頭，心下的擔憂一掃而空，因爲相信他。

・北國天龍城

我們兩人喬裝成一對普通的夫婦走過天龍城那繁華的街道，四處的小販大聲吆喝著：「包子，三文一個，五文兩個。冰糖葫蘆，冰糖葫蘆，不甜不要錢……」

一路上我們遇見了三批玄甲衛，他們手中的刀刃鋒利無比，招招致命。似乎要將我們趕盡殺絕，一點情面都不留。可見皇上他……真的發怒了，他要殺了我們！

我們在那不間斷的追殺中逃亡了整整七日，他爲了護我周全受了頗重的傷，手臂上、肩上、後背傷痕累累，令我心驚。但我不曾後悔與他一同逃出皇宮。我只怕，他會後悔。

直到我們精疲力盡地躲在灌木叢中時，看著他的傷我流下了眼淚，我倒情願受傷的是我。可是我卻因他周密的保護，一點傷也沒有，這才是我最愧疚的地方。他伸手抹去我的眼淚，心疼地說：「不要哭，即使賠上這條命，我亦無半分後悔。」

看著他剛毅的臉頰，我做了一個決定，去北國。

只有去北國的天龍城，我們才能躲過玄甲衛的追殺，畢竟那是北國的王廷之都，他們再怎麼樣都不敢於北國天子腳下動手。雖然我知道北國對我來說有多麼危險，可爲了保住我與他的命，只有涉險一去了。

我扶著重傷的轅羲九打算找一間客棧落腳，再尋個大夫爲他治傷，可讓我萬萬沒想到的是，才進入天龍城沒多久便遇見我最怕遇見的人——夜鳶。他的背後跟著兩名侍衛，負手立在我們面前，含著邪魅笑容盯著我倆，似乎早就料到我們會到天龍城。

「鳶王妃，你終於回來了。」他的聲音很是低沉，卻藏著無盡冷意。一雙火紅的瞳子直逼轅羲九，眸底最深處藏著一抹我看不懂的深意。

「你怎麼知道我們要來？」我戒備地盯著他。

他玩味一笑，道：「全天下人都知道，九王爺與南國未來的皇后娘娘一同失蹤了。你們能逃到最安全的地方只有這裡，所以本王早早就在這裡迎接你們了。」這話說得狂妄自信，聲音中隱隱帶著幾分挑釁意味，一雙美眸不住地逡巡在我倆身上。

知道此刻不能與他硬碰硬，我收起眼中的戒備，扶著轅羲九朝他走去。「大王子，有任何恩怨我們暫且放開，能為他請個大夫嗎？」

夜鳶的食指撥弄著拇指上那個玉扳指，目光黯沉，隨即揮手示意他背後的兩名侍衛，將受傷的轅羲九由我手中攙扶而下。

「謝謝。」我沒有看夜鳶，只是垂首而立，可卻能感覺到夜鳶的目光一直停留在我身上。

「謝？」他嗤之以鼻，單手勾起我的下顎，俯身於我的耳側低聲道：「你是我夜鳶八抬大轎迎入府的鳶王妃，不要忘記自己的身分，更不要替別的男人謝我。」

我別過頭，遠離夜鳶的親暱之舉，卻見轅羲九用極為複雜的目光緊緊盯著我，一抹苦澀由嘴角劃過。

第七章　泠徹夜・水沉濃

百花繚亂，菲菲紅素。

瀟瀟煙雨白霧輕，晚月清遠蒼穹深。

院內有一欄花圃，裡面遍地開滿了紫、藍、黃、白各種顏色的花，花朵為蝶形，花冠紫白色，外列花被有深紫斑點，中央面有一行雞冠狀白色帶紫紋突起。簇擁夾雜在一起顯得美豔非凡，我從未見過此花，不自覺走至欄外採下一朵紫色的花把玩於手心，芬芳甘醇香氣撲鼻而來，漸漸掃去我滿心的擔憂。

突然，一片高大的影子落在眼前，擋去了眼前的清雅月光。抬起頭來，對上一雙肅靜的目光。

他垂首望著我手心中的花，眉微蹙，「你還真是喜歡花，走到哪兒都要順手摘採一朵。」

我不自然地笑了笑，問：「這是什麼花？」

「鳶尾。」

「難怪你會種了這麼多花在這裡，原來只因花名有一字與你的名諱相同。」我宛然一笑，又望了望那扇緊閉的門扉，大夫都進去快一個時辰了，怎麼還不出來，真的傷得很重嗎？

「放心，你的九王爺會沒事的，鳶王府中的大夫可不是隨便什麼人都能當的。」夜鳶看出了我的擔心，便勾勾嘴角，算是笑吧。

手中用了輕微的力道，拈在手中的紫色鳶尾便旋轉了幾圈，在黑夜中勾勒出翩舞的弧度。我沉思片刻便將花遞到他面前，「送給你，謝謝你肯救他。」

他眸子一黯，伸手攥住了我的手腕，微微一用力便讓我撞入了他懷中。他低頭俯視著我，暖暖的呼吸噴灑在我臉上，「一朵花就想報答我的恩情？」

手腕被他掐得有些疼，我扭過頭，垂首低聲問：「未央今時什麼都沒有，更找不到報答你的東西。」

他的手漸漸摟上我的腰際，微微用了幾分氣力，使我倆之間的距離又拉近了些，他附在我的耳邊輕道：「你是我的妻子，所以不需要你報答。」

聽他話說得極爲曖昧，我紅了雙頰，僵硬地想離他遠一點，可無奈他雖沒對我用多大氣力卻令我掙扎不開。不可否認，夜鳶是個極具魅力的男子，他突然一靠近就連我也很難不臉紅心跳，莫怪那三代聖女皆會爲了他連命都不要。

「大王子，成親只是權宜之計。我想，你也不可能是眞心想娶我吧，你天性風流不羈，無人可以牽絆住你。未央也不會是第一個能左右你的人。」

「你倒是挺瞭解本王。」夜鳶突然笑了出聲，在寂靜的黑夜中異常邪魅冷佞。

伴隨著這一聲笑，門扉被人打開，夜鳶摟著我的手不著痕跡地鬆開，我也在瞬間退開一步。大夫彷彿什麼都沒看到，一臉疲累地來到我們面前說道：「那位公子身上的傷實在可怕，老夫算了算，總共十三刀，刀刀險近要害。他可眞是命大，竟能挺下這麼多天！現下已然無大礙，只要休息半個月便能痊癒，但是切記不能服食辛辣，莫動眞氣，否則傷口又裂開就麻煩了。」

「謝謝大夫，那我今兒可以去看看他嗎？」終於得到他安全的消息，懸在心上的石頭總算放下。看到大夫朝我點頭，我丟下手中的紫色鳶尾便衝了進去。

迢迢清夜中，一陣風過，將掉落在地的鳶尾吹起，如紫蝶翩舞。

牡丹花心木，竹簾半捲，風透過輕紗捲入屋內，無垠而又清遠。

兩日了，身受重傷的他依然躺在床上，雙目緊閉，他實在太累了。我也守在他床榻之前，很少吃東西，心下也在擔心夜鳶是否會來爲難我，但很慶幸的是這兩日我都沒見過他。靜靜盯著床上那個睡得安詳的男子，輪廓分明，因傷勢關係顯得有些蒼白，血色盡失。

這兩日我一直自問來北國到底是對還是錯，本想暫避北國，待事情漸漸淡去後覓個安靜的地方生活，那兒只有我與他，了此一生便無憾了。可是我卻碰到了夜鳶，而我與他拜堂成親也是事實。夜鳶會放過我嗎？

我揉揉自己疼痛的額頭，心裡堵得慌，門卻突然被推開，外頭刺目的暖陽射了進來，我不適應地用手擋著眼睛。好一會兒才看清來人，我立刻起身，「你怎麼來了？」

「父王要見你。」夜鳶立在我面前，金黃的光芒由他背後射出，映得輝霞一片。

「見我？」

「走吧。」他睇了一眼依舊在沉睡中的轅羲九，看不出喜怒，彷彿沒有任何人能引得他動容。沒有等我，他逕自步出，我也跟了上去。

跟在他背後走出小院，轉過蜿蜒遊廊，步入莊嚴大道，最後出了輝煌的鳶王府大門。他背後沒有一名侍衛跟隨著，也未騎馬，只是徒步而去。看著他翩然而行的身影，我猜不出他在想什麼，只能靜靜地跟隨其後。

風起雲間，露葉裊鵲，絮飛蟬韻清清。

一路上我都在暗自揣測夜宣大王緣何要召我，卻怎麼也理不出頭緒。來到這裡，我是陌生的，更是恐慌的，怕……怕再也不能抽身而出，怕……注定要在此受到傷害。

夜鳶一直前行的步伐突然停下，若不是我收步快，恐已撞了上去。

他悠悠轉身，目光分明那樣清淡，卻仍可直探入我眼底心裡，很是淩厲。我清了清嗓音問：「怎麼了？」

他突然對我笑了，嘴角波瀾猶若冰山遇火被融化般，而他的指尖卻指著我們的身側，道：「回來北國，不想進去瞧瞧？」

帶著疑惑，我順著他所指之處而望。一座莊嚴肅穆的府邸，正上方寫著金燦燦的三個大字「翎王府」，腦海中閃過與夜翎曾經發生的一幕幕，初次見面時他的狂，後來的暴，來到北國後的雅，再來的癡。

心中微怔，隨即鳳目斜挑，望向笑得溫柔異常的夜鳶，「這是何意？」

「難道你不想見見他？」

「沒興趣。」絲毫不買他的帳，便越過他欲離開此處。卻聽夜鳶在我背後道：「這可是唯一的機會。」

我的步伐一頓，夜鳶便繼續說：「你知道的，二弟他當時私自離開軍營，後便被監禁在王府中。今日本王心情尚好，故帶你去見見那位『故交』。要知道，過了這個村便沒這個店了。」

「你吃定我了？」我回首看著他依舊微笑的臉，恨得牙癢癢。終於知道爲何那麼多女人迷戀於他而不得自拔，他根本就是隻披著羊皮的狼，用那璀璨如鑽溫柔無害的笑容將人吸引入局，然後狐狸尾巴就露出來了。

「本王有那個能耐？」他劍眉輕挑，側顏淡淡。

我低咒一聲：「狐狸。」沒待他回神便朝那扇偌大的朱門走去。

但聽見背後傳來一聲低笑，隨即便是緊追而上的腳步聲。

朱畫廊，千尺素。

比起夜鳶的府邸，此處甚爲幽靜淒涼，四下隱隱傳來陣陣花草芬芳。

當我們隨著府上總管進入一個僻靜的院子，一步步接近夜翎的屋內時，隱隱聽見屋內傳來陣陣咳嗽聲。

總管躬著腰哈著首擺了個請進的手勢，便退下了。我呆站在門外不肯踏入，唯聽見越來越清晰的咳嗽聲。夜鳶則推開半掩的門，笑道：「二弟，許久不見。」

咳嗽聲依舊充斥著整間屋子，斷斷續續傳來虛弱的聲音：「咳……大哥，咳，你怎麼有空……」這聲音竟是出自夜翎之口，不過十個月，他竟落得如此模樣？

「二弟，今日大哥帶了一個人來見你。」夜鳶的聲音很輕，我則深深吐納一口涼氣，邁步入檻。

珠簾捲，畫屏朧。鼎爐熏香裊裊瀰漫一屋，朦朧纏綿於室，幻若仙境。

咳嗽聲止，慵靠臥椅上的那個男子似未料到出現在此的會是我，怔怔地盯著我。

他的臉色呈現久病初癒的蒼白，下頷長出了些許鬍碴而顯得分外滄桑，目光朦朧不清，卻又波瀾不驚。

「二王子。」我生疏地喚了一聲，他恍然回神，捂著唇又咳了幾聲，隨即執起手邊的茶水輕吮一口。

夜鳶倒是反手握起了我的手走入屋內，表情自然，眸中一片空澈。

我們並排分座而下，有個奴才上來奉茶，茶香散開，頓時溢滿了屋內。我細細打量著屋內的一切，清然且高雅，還有淡淡芳草清香夾雜著淺淺的藥汁味，可見藥已是夜翎每日必飲。

左側畫屏上有幾行楷書字體，我認得，那是出自夜翎的手筆——「處眾處獨，宜韜宜晦，若啞若聾，如癡如醉，埋光埋名，養智養慧，隨動隨靜，忘內忘外。」是出自佛經，沒想到一向狂放自傲的夜翎竟能寫出這樣安逸於世的字來，還閱讀佛經呢。看來，這次的幽禁讓他收斂了許多，這也未嘗不是件好事。只是他怎麼說病就病起來了，著實令我難以釋懷。

「近一年了，二弟在此過得可好？」夜鳶這話問得不溫不火，看似閒話家常卻另有深意。

「外頭的一切似乎都與我無關了。」夜翎的聲音很低沉，清雅的目光若有若無地掃過我。

我則端起茶水，才掀開蓋帽，一團白霧騰空而起，直撲臉頰，是君山銀針。聞茶之香氣飄溢馥郁，清雲淡生，我立刻品上一口，岩韻十足，齒頰留香。

夜鳶忽而睇了我一眼，佯作納悶地問：「未央你與二王子應該是老相識了，如今爲何如此生疏。」此句問得我與夜翎都有些尷尬，我暗自瞪他一眼，就知道他帶我來見夜翎的目的肯定不單純。

倒是夜翎率先開口：「未央，許久不見。」

「是啊，許久不見。」也許是因爲曾經算計陷害過他，心底閃過一抹歉疚，如果不是我，他想必還是初次相見時那個意氣風發的成禹吧。

「你還好嗎？」

「好，你呢？」

「挺好。」

短短兩句生分的對話過後，陷入一片詭異靜默，氣氛頓時略微尷尬。

夜鳶臉上依舊掛著冷冷的笑意，沒人猜得透他在想什麼。

我們在翎王府只小坐片刻便離開了，畢竟夜鳶是奉大王的命接我進宮見駕，才出鳶王府我便與夜鳶各走各的。我總覺得夜鳶太過無情，無情到冷血，這樣的他讓我想起壁天裔。大皇子的病情現今如何呢？是否能安然度過這一場大劫？

進入王宮，我的手便被夜鳶握在手心，我沒有掙扎，因爲知道他是在作戲，當著整個宮廷的面與我作戲。當我隨夜鳶來到北華殿之時，航公公攔下了夜鳶，說是大王只召見我一人。夜鳶臉上未見多大起伏，他鬆開了我的手，讓我進去。

入殿前，我黯然回首望了一眼夜鳶，此刻他正背對著我仰望蒼穹天際的淡雲漂浮。他一襲白衣華袍迎著微風捲起而輕揚，墨色髮絲垂在背後如湖水漣漪般被風吹得一波接一波。

「鳶王妃？」航公公見我不走，忙喚了一聲，我忙回神隨著他進入大殿。

大王與大妃在東暖閣裡歇息，寂靜無聲的大殿內偶爾響起幾聲輕咳，這讓我想及夜翎的病情。地上兩只鎏金大鼎裡焚了些沉香屑，白霧輕煙裊裊升起，籠罩滿殿。明黃輕紗帳後隱約有兩個影子，我猜那便是大妃與大王。

我踩著殿中鋪著的厚氈上前跪拜，只聽得一聲柔膩的聲音道：「未央，兜兜轉轉你竟又轉回了北國，眞是天意。」

我垂首不語，待她下文。

「想當初翎兒眞是癡，爲了你竟然不顧一切奔回，而你卻又在大婚當日跑了。你可知你一人讓我北國兩位王子臉面無存？」語調雖輕卻是那樣冷漠，似乎還帶了一絲危險氣息。只見帳後的影子晃了晃，一雙纖柔的手探出，揭帳而出。邁著盈盈蓮步在我身邊打了個轉，我畢恭畢敬地垂首盯著地面血紅的厚氈。

「如今事過境遷，本宮便與你推開窗戶說亮話。雖然你在南國待了九年，可你是本宮暗人的身分卻變不了，你依舊是本宮的人。更不要忘了你的親姐姐是死在壁天裔的箭下。」大妃一語驚醒了我，此時的未央在大妃眼中依舊是未央，而非轅慕雪。那麼在飛天客棧時，壁天裔對莫攸然所說的一切都是千眞萬確了，碧若與未央眞的是北國漣漪大妃的暗人。

「未央一直銘記在心。」我不動聲色順著她的話而說。

「所以，這會兒你又有任務了。」漣漪大妃輕笑著，躬身將一直跪地的我托起，暖暖的手心將我微顯冰涼的手包裹住。

「大妃請明示。」

「未央你如今貴爲鳶王妃，便可近水樓臺先得月，以後夜鳶的一舉一動每日飛鴿傳書進宮。」大妃只是看著我笑，開口說這話的反倒是一直在紗帳後的大王。

「大王子不會信任未央的。」果然，大王與大妃仍未放棄與夜鳶的爭鬥。

「那就想辦法讓他信你。」大妃握著我的手多用了幾分氣力，我微微吃痛，忙點頭道：「未央明白。」

「既然明白，那最好。」大妃鬆開了我的手，自袖中取出一枚黑乎乎的藥丸遞至我面前，「服下它。」

看著眼前的藥丸我沒有動手接，只問道：「這是？」

「嗜心丸，若每月不能及時拿到解藥便會疼痛致死。」大妃扯過我的手，將藥放在我手心，聲音溫柔卻似利劍般能置人於死地。「這是作爲暗人的規矩，爲了讓本宮與大王相信你，便服下它。」

聽著那明顯逼迫的聲音，我知道自己再無選擇餘地，否則下一刻將慘死於大殿。咬一咬牙，我吞了下去。

大妃滿意地撫摸著我的髮絲，冷意斂去，「那本宮就等你的消息了，退下吧。」

圓月如冰輪初轉，萋萋芳草曉霜寒。

出了王宮黃昏已過，朧朧明月將天際染得透黃，我與夜鳶再次步行於紫陌大道，又轉入天龍城最繁華的華龍街。街道兩側燈火通明，如群星落地，將大街照得恍如白晝，璀璨芒芒點點。街上人聲鼎沸，許多孩子在嬉戲打鬧，還有許多公子對月吟詩，而那群手執團扇的小姐則目含秋波盈盈望去。

可我與夜鳶之間的沉默卻與這般熱鬧光景格格不入，我的手不時會捂上小腹，總覺得吞下那顆嗜心丸引得小腹一片燥熱，如穿腸毒藥。

「你怎麼不問大王對我說了什麼？」終於，我打破了彼此的沉靜。

「沒興趣。」

這話說得清涼冷淡，我不禁有些好奇地問：「爲何對自己的父王如此冷淡？」

「很奇怪嗎？他亦對我如此冷淡。」他的唇畔似笑非笑，緊抿著的唇弧度漸起，在百家燈火的照耀下很是絢爛奪目。

「既是父子，何故如此？」

「父子？」猶如聽到個天大的笑話，他可笑地重複了一遍。「他從未當我是子，我亦不視他為父。」

「為何？」

「今夜的你似乎特別多話。」他不答我，只用淺淺的話語將話題移開，月光透過重重夜色射下，夜風拂得他衣衫飄蕩。挺拔偉俊的身子沉澱了難言的清冷，突如其來的落寞尤顯身影孤寂。

見他不願說，我也不想多問，不緊不慢地跟隨他的步伐一步步前行，兩人再次陷入相對無言的地步。

穿過繁華的街道，熱鬧也漸漸遠離我們，夜涼如水，明星璀璨。風漸深，隱約聽得見他腰際懸掛著的白玉雙珮相互鏗鏘，如泉水清鳴。

「母妃身分低微，即使豔冠後宮又如何。」

夜鳶突如其來的聲音讓我一怔，疑惑地看著他平靜的側臉，但見他又開口：「那年我九歲，因夜翎久病不癒，眾臣請立太子。呼聲最高的是我，畢竟有規矩，有嫡立嫡，無嫡立長。可父皇卻當著滿朝文武的面，將摺子全數掃落在地，怒喝：『母賤，子更賤。』」

我靜靜聆聽著，沒有說話，眼眶卻沒來由地湧出一陣酸澀。

「從那時起，我就在心中對自己說一定要保護母妃，再也不讓人看不起她。」夜鳶突然冷笑一聲，「沒有人能體會，一個九歲的孩子在聽到父親罵母親與自己身分賤的感受，別人我可以忍，但說這話的人是我的父親！只因他最愛的女人是漣漪大妃，故而想將太子之位傳給夜翎，所以不惜當眾指責我母子身分賤。他沒有資格。」這樣的話語本應襯著忿忿不平的表情而說，可夜鳶的臉上卻是那樣淡如水的平靜。

「我能體會。」我隨意地朝他笑了笑，「我的出生給府裡帶來的不是歡笑而是恐慌，父親他甚至想當場摔死我，只因一句『妲己轉世，妖孽降臨』。六歲，父親拿著長長的雞毛撣子一邊抽打母親，一邊罵她是賤人，而我則是小賤人。」

看著他原本冷漠的瞳子曾幾何時已不再冰冷，有那一閃而過的詫異，我的笑意愈發燦爛。夜鳶步伐一頓，看著我的眼眸半晌，才一字一字地說：「不想笑就不要笑。你可以哭，沒有人會看不起你。」

聞言，我的笑容斂去了些許，只道：「大王子，你又何嘗不是一直在笑呢？」

淡風淺月流瀉，清寂香草味淡。

天地間彷彿變得無比寂寥，那一瞬間的沉默，成就了兩段哀傷，恣意流散。

與夜鳶分別後我便回了小院，鳶尾香氣迎面撲來，胸口一陣噁心的翻滾，我扶著欄杆便乾嘔起來。也不知過了多久，終於止住那份噁心之感，無力地跌坐在花圃前，手又撫上小腹……嗜心丸，就像一顆毒瘤生長在此，時刻提醒我有任務在身。

我該怎麼做才能讓夜鳶信任我。

不，我該找莫攸然，他是神醫，一定能幫我解毒。

只要解了毒，哥哥的傷好了，我便與他找個安靜的地方隱居，就不用面對世人異樣鄙夷的唾棄。

無力地癱靠在背後的竹欄之上，才抬眸，便見緊閉的門扉咯吱一聲被人拉開，轅羲九赤著上身步出屋。幾處傷口皆被雪白紗布纏繞，殷紅的血跡映在其上，在潔白月光照耀之下格外駭目。

見他醒了，我滿身的疲累皆掃去，朝他笑道：「你終於醒了。」

他的臉色很是蒼白，眉頭冷得一蹙，「你怎麼了？」說罷便朝我走來，我很想自地上爬起，可渾身上下的力氣彷彿被人抽了去，只能傻傻地坐著。

不能起身，我便雙手抱膝，指著天上的明月，道：「賞月。」

那眼底透出鮮明質疑，顯是不信任我。見他張口欲語，我忙握住他垂在身側的手，「大哥，陪我賞月。」

他很無奈，卻順著我手的力道緩緩蹲下身子，最後與我併肩坐在鳶尾花圃的欄杆前，我知道他的視線一直停留在我臉上，可我卻仰頭凝視著漫天的星燦。握著他的手始終沒有鬆開，我很依賴這份溫暖。

「大哥，自進宮後我就期盼能與你像這樣併肩坐在一起，賞月。」

「往後，大哥會一直陪著你的。」

「是以大哥的身分，還是風白羽？」

明顯感覺到他的手一僵，我收回了視線，轉而對上他的目光，晦澀一笑，「當我決定跟著大哥逃出皇宮那一刻起就不曾後悔過，無論你是以哥哥的身分還是風白羽的身分去做這件事，至少你心裡是有我的。」

「慕雪……」他輕輕呢喃著我的名字，良久沒有吐出一句話。

「若是我們能一直這樣該多好啊。」多用了幾分氣力緊握他的手，我依舊目光炯炯地凝視著他，唯有我自己明白那股深藏於心的苦澀。

他的眼底驀然流露出一抹淺淺暖意，俊逸的臉上浮現溫和柔意。伸出手撫摸著我流瀉一肩的髮絲，隨後便圈我入懷，用那再熟悉不過的聲音，說了句意味難解的話，「今生，注定負你。」

心口像有根極細的銀針慢慢在那裡刺著，眼底的酸楚幾欲奪眶而出，卻輕輕笑道：「慕雪明白。」

他是理智的。能為我背叛兄弟，甘冒天下之大不韙也要將我帶離那個皇宮，卻仍舊是理智戰勝了感情。

脫離他那溫暖的懷抱，我看了看他的傷口笑道：「大哥你傷得這樣重，還是快去歇息吧，慕雪也去睡了。」不等他開口，我便用盡全力撐起自己的身子，倉皇而去。步伐漸急，星月微明，走入那深深小徑，我穩住呼吸，深深吐納著夜晚的寒風。

突然想起今夜還未給他煎藥，本不願再去，可想到他的傷，我的心仍甚擔憂，繼而轉入灶房為他熬碗藥再回去歇息。

邁入灶房之時正好遇見一名丫鬟鳳兒，聽她說自己是在夜鳶身邊伺候的丫鬟，而夜鳶有個習慣，每天睡前必飲一碗燕窩蓮子羹。其香撲鼻而來，與我正熬著的藥汁味道夾雜在一起，又香又苦，她嫌惡得皺起了眉，一臉不滿地朝我說道：「你哪來的丫鬟，苦味若是沾著燕窩的香味，殿下會吃得不舒服的。一邊煎藥去。」

看她一臉傲氣淩人的表情，我笑道：「喲，在殿下身邊做個丫鬟就這樣頤指氣使，怎麼，殿下對你很好嗎？」

她得意一笑，「知道就好。殿下可離不開鳳兒呢，所以你最好識趣點閃開。」

我佯裝好奇地問：「看來你與殿下關係匪淺。」

她愈發笑得得意，「殿下說了，過些日子就收我為妾……你知道吧，若是殿下做了皇上，我可就是……」

不等她的話說完，我便含笑而截斷，「那你可知道我是誰？」

「你是誰？」她嬌媚地撫摸自己髮髻上的玲瓏簪，帶著輕蔑語氣反問。

我便由袖中取出一枚雪白通透的白玉晶石，那上面刻著耀目的「鳶」字，這是與夜鳶大婚之時，華貴嬪親自給我的，說是每位王子的王妃都會有這樣一枚白玉晶石。「認識這個嗎？鳶王妃專有玉石，知道我是誰了嗎？」

她怔神片刻，稍即臉色慘白一片，猛然跪下，連連磕頭道：「王妃恕罪。鳳兒有眼不識泰山，王妃饒命……」她一遍哭喊著求饒，一邊用力磕頭。額頭與地面相擊，悶響聲聲，我卻未喊停，冷眼看著她這般自殘。步伐微微後移，摸索上小罐裡的鹽，悄悄把那鍋煮得正沸的燕窩蓮子羹的蓋掀開，將大半罐鹽倒了下去。

隨即將一切放好，若無其事地看著依舊瘋狂磕頭的鳳兒，心中卻是一片感慨。聰明如夜鳶，怎會在身邊養個這樣傻的丫頭，是別有用心還是掩人耳目呢？

「好了，我不會和你計較的。燕窩蓮子羹已沸，送去給殿下吧。」

鳳兒聽到我這話才停止了磕頭，睜著淚眼由地上爬了起來，見她額角略帶血跡，我掏出絲絹爲她輕拭額頭，「伺候好了殿下，我也不會虧待你。」

「謝王妃，謝王妃。」她點頭如搗蒜，拿起銀盤上的碗，快速將燕窩蓮子羹盛進碗裡，「那……奴婢先告退。」

看著她恐慌的表情，我點了點頭，隨即她便托盤離去，落荒而逃，彷彿當我是地獄來的妖魔，隨時可能吃了她一樣。我勾了勾嘴角，轉身也將已煎好的藥汁倒入碗中，邁出了灶房。

清風將徐徐冒煙的藥汁吹散，撲上我的臉頰，濃郁的苦味充斥鼻間。一轉出幽寂的小徑，突感有道黑影自灌木中飛掠而過。我步伐一頓，舉目望著那個小小身影以卓絕輕功飛躍出了朱紅高牆。

手微微一顫，端著的藥灑了些許在手背，滾燙的藥汁於我絲毫沒有影響，只是怔怔地凝望高處那早已空空如也的黑夜。

天光泛金，雲淡星疏，風帶起一陣暗塵，衣角捲起。

良久，我自嘲一笑，捧著藥悄然轉身，順著來時路折了回去。

次日我便聽聞一個消息，昨夜大王子身邊的丫鬟鳳兒因做錯事而被杖二十大板，逐出鳶王府。鳳兒一路的哭喊聲讓一府的奴才心驚膽顫，心驚於夜鳶對待伺候多年的鳳兒竟如此無情，膽顫於某一日若得罪了夜鳶自己的下場是否亦然。

今夜，夜鳶又帶我入宮了，此次要見我的卻是華貴嬪。走過莊嚴大道，踩著雪白的石階，夜鳶問：「昨夜那一碗燕窩蓮子羹真鹹。」

聽他突然一語，我險些沒笑出聲來，爾後忍住笑意問道：「哦——原來今日被殿下趕出府的鳳兒是因為做錯了這件事。」

看我一直慢吞吞地跟在後面，他停下步伐轉身等我，別有深意地朝我說道：「其實一碗蓮子羹倒也不至於，重要的是……有人討厭她。」臉上露出一抹笑意，不同於往常的冷笑，我甚至有些懷疑自己看錯了。

「那個人討厭她，所以你就趕她出府了？」漸漸走近他，春末的陽光洋溢傾灑在他肩頭，將他那淡紫色的華袍映得閃亮異常。

他飄忽地朝我一笑，轉而上前兩步迎向我，一手摟住我的腰際笑道：「誰讓她得罪了不該得罪的人。」

看著他摟住我腰際的手，我有那麼一刻感到不自然，隨即發現無害，故而鬆弛下來。又聞他道：「也不知哪個該死的下那麼狠的手，加了大半罐的鹽巴。」

沒想到一向冷漠的夜鳶會有這樣的一面，再也忍禁不住，我噗哧一聲笑了出來。他摟著我腰際的手一緊，垂首附在我耳邊道：「笑得這樣開心？」

他溫暖的氣息噴灑在我耳邊，酥酥麻麻，令我本能地向後躲了幾分。

「喲，我當這是哪對小夫妻在這兒甜蜜呢，原來是王弟。」一聲柔美卻帶著尖銳的聲音傳來，我與夜鳶齊目而望那個盈盈走來的女子，是夜翎的姐姐夜綰公主。

我立刻由夜鳶懷中掙脫，他也順勢鬆開了我，笑意悄然而逝，如往常般淡漠喚了聲：「王姐。」

她在我跟前停下，一雙魅惑的眸子審視著我，「王弟，你不認為大婚當日王妃逃跑是件恥辱之事嗎？現下她回來了，你非但不對她嚴懲，反倒甜蜜得如膠似漆，真是讓王姐我大感不可思議啊。」一聲冷笑，似在嘲諷又似在看笑話，隨即又說道：「鳶王妃的手段眞是不容小覷，不但將夜翎迷得神魂顚倒，就連一向玩世不恭的夜鳶都成了你的裙下之臣。此等媚術怕是一般人學不來吧。」

「王姐，注意自己的身分。」夜鳶聲音雖低，卻含有濃烈的警告意味。

她終於收回游移在我身上的視線，嗤鼻一笑，隨即邁著輕盈的步伐傲然離去。

「走吧。母妃在等著呢。」絲毫不介意夜綰說過的話，他拽著我的手腕便朝蓮華宮走去。

蓮華宮亭臺樓閣水榭倒影參差相交，河蓮盛澤翠綠欲滴，白玉雕欄翠微依依，綺窗樓迴廊長，柳絮紛鋪如雪白的毛毯筆直延伸在這條小徑之上。

遠遠朝亭內望去，華貴嬪身著淡粉紅繪紗女衫，身下繫淡青鳳湘裙，滿身的珠圍翠繞，襯得她高貴卻不顯庸俗。其光華四射絲毫不減風華，可想而知當年是如何豔冠後宮，也唯有此般花容月貌才能生出夜鳶這樣一個「禍害」出來。

「楚寰？」待看清亭內還有一名筆直立在華貴嬪背後的男子時，我驚叫出聲。

這一聲呼引得亭內華貴嬪的側目，她嬌媚一笑，「鳶兒，你們來了。」

「母妃。」夜鳶牽著我的手依舊沒放開，我對上華貴嬪的眸光，恭敬地頷首道：「華貴嬪。」

「哦？還叫本宮華貴嬪？」她柳眉一挑，嘴角含笑。

我一愣，感覺夜鳶握著我的手緊了緊，似在提醒我。我忙反應過來，說道：「母妃。」

華貴嬪滿意一笑，望望我與夜鳶交握的手，目光意味深長，「未央，你在大婚那日逃跑之事大王沒有追究，本宮也就不追究，只要你與鳶兒好好在一起，本宮絕不會虧待你的。」

「未央會的。」我點點頭，華貴嬪邀我們與她坐下，而我的目光則不時看向楚寰，他依舊是那副冷冰冰的表情，眼底容不下任何人。看他一臉冷漠地站在華貴嬪背後，似是在她身邊當差。楚寰可是莫攸然的徒弟，莫攸然一直幫著漣漪大妃對付夜鳶，而今楚寰卻在此處當差？是莫攸然想在華貴嬪身邊安插自己人，還是……他已經發現漣漪大妃的眞正陰謀，轉而幫助夜鳶對付大妃？

楚寰目不斜視，彷彿根本沒看到我對他的注視。果然是楚寰，永遠都那樣冷冷淡淡，與他相處了七年，似乎從沒眞正看透過這個人。

「未央？我的侍衛這樣好看？」華貴嬪拈起銀盤中一塊芙蓉糕，食指間佩戴著的一枚翡翠玲瓏戒，在斜暉暖陽照耀下熠熠生光，刺得我眼睛有些疼痛。

我輕輕眨了眨眼，緩和了眼中的不適，收回視線笑道：「只是覺得母妃您的侍衛很像未央的一個故交。」

「不瞞你說，當初本宮同意你做鳶兒的王妃，只是因爲你名叫未央。」華貴嬪莞爾笑笑，隨即端起茶吮了口，迴避了關於楚寰的問題。

她此言害得我摸不著腦，卻見她將依然冒著熱氣的杯子放下，隨後拂了拂額前的流蘇，雲淡風輕地笑道：「多年前，有名巫祝說起鳶兒命定的福星是個叫做未央的女子，只要鳶兒找到她，便能做統一天下的君主。」

我聽聞華貴嬪此言爲之一笑，終於明白夜鳶爲何生出要娶我做王妃的念頭，原來多年前還有這樣一齣戲。這麼一來，一切都能解釋了。「華貴嬪認爲，巫祝口中的未央是我？」

「原本不願信，可是自你使夜翎大失方寸後，本宮便肯定，你就是本宮要找的未央。」

我垂首不語，也不知從何說起，說我的眞名並非未央而是轅慕雪嗎？如今木已成舟，說再多也是枉然。

「所以本宮希望未央你能永遠陪在鳶兒身邊，幫襯他。」華貴嬪聲音異常認眞，「幫他登上北國九五之尊的王位。」

「未央只是一介女流，怕難以擔此重任。」我倏然起身，一把鋒利的刀已然架在我頸項之上。我瞪著楚寰，沒想到有一日楚寰竟會對我拔刀相向。

夜鳶沒有看我，只是輕輕把玩著蓋帽，騰騰熱氣不斷湧出，他的表情依舊淡定從容。

華貴嬪的臉微有慍色，直勾勾地盯著我，「未央你是個聰明人，也甚討本宮與鳶兒的喜歡，知道什麼該做，什麼不該做。」

「娘娘……」我僵在原地不敢動分毫，我瞭解楚寰的劍，一旦出鞘便毫不留情。我若執意要拒絕，怕是眞的會慘死在他刀下。

華貴嬪從衣袖中取出一瓶陶瓷小罐，將雪白的粉末灑在杯中，隨即擺放在我面前，「這茶裡有治骨散，你可以選擇喝或是不喝。」

「未央不懂娘娘的意思。」看著眼前的茶，冷汗由背脊沁出，突然覺得自己瞬間掉入了萬丈深淵。

「爲了防你再次逃跑，我只能用它來控制你。治骨散，每月發作一次，它痛的不是身心，而是痛骨，隨著每次發作的疼痛，你的骨髓會逐漸破裂、腐蝕。但若你聽話，討得鳶兒的喜歡，每月便有解藥送到你面前，絕不會讓你承受這樣的疼痛。直到鳶兒登上王位，你便是大功臣，本宮不但給你解藥，更會讓你坐上大妃之位。」她臉上透露著自信，彷彿肯定我絕對不會拒絕。

是的，此時絕不會容許我猶豫。我深深吐納一口氣，接過杯子，將那杯帶有治骨散的茶飲盡。

突然覺得自己很悲哀，才與大哥從那座冰冷的皇宮逃出來，又陷入一場皇族的奪位之爭。若我早知道是這樣的結果……不，我不後悔，畢竟我爲自己的愛情爭取過，我了無遺憾。哪怕最終會受傷，我亦心甘情願。

喝下茶，華貴嬪便吩咐楚寰帶我先行出蓮華宮。看得出來，華貴嬪是故意支開我與楚寰，有事想當面與夜鳶談。

草色碧玉妝，庭樹飛花亂，萬柳綠絲條。

湖光漣漪起，碧波隨風蕩，敗絮倚微風。

與楚寰步出蓮華宮，他仍舊那副對我不冷不熱的模樣。直來到一處幽寂無人的池塘邊，我才邁步上前擋住他前行步伐，質問道：「楚寰，你何時變成華貴嬪的侍衛了。」

他不理我，直接越過我想繼續走，我又移上一步擋住他的去路，「莫攸然呢？」

「不要對外說起我與師傅的關係。」終於，他冷冷開口提醒我。

「莫攸然還在大妃身邊？他是不是知道了有關碧若的一切，所以仍舊潛伏在那兒？」

對於我的疑問，楚寰沒有回話，卻使我愈發肯定莫攸然與華貴嬪聯手了，目的是想掉轉頭來報復漣漪大妃。可此時的我身中兩種劇毒，非得與莫攸然親自見面，否則無異陷入了絕境——無論幫任何一方，死，都會是我最終的下場。

如今只有莫攸然能救我了，可他會救我嗎？

「楚寰，能不能幫我給莫攸然帶個話，我有要事非得見他。」

「現下不方便。」他一口拒絕。

「楚寰！虧我們還相處七年呢，你忘了以前你被師傅教訓的時候，是我幫你說話才免於遭罰的？」我開始算起曾經對他的恩情，想說服他幫忙帶話給莫攸然。

「因爲犯錯的人其實是你，我只是在幫你頂罪。」他冷著臉回了一句。

「你忘了你還曾經偷跑出若然居呢，若不是我幫忙瞞著，莫攸然早就知道了。」

「是你偷跑出若然居，我去找你吧？」他那張冷臉閃過一抹似笑非笑，還藏著無可奈何。

我有些尷尬地揉了揉自己的額頭，沒想到他都記得。既然軟的不行便來硬的吧。我扯著他的衣袖道：「我不管，我非得見莫攸然。否則我就將你與莫攸然相識之事大肆宣揚出去！」

他抿著唇，凌厲地盯著我。

被他這樣盯著，我的氣焰頓時消失得無影無蹤。我最怕楚寰這樣一語不發地盯著我，感覺殺氣凝重。

在我以爲他會拒絕我，或者當場一刀了結我之時，他竟丟下一句：「我想辦法。」便握著佩劍揚長而去。

我盯著他的背影轉身凝望漣漪陣陣的湖面，碧綠湖水隱約倒映著我的影子，幾片柳葉飄落，將倒影打碎，我看著竟出神了。

恍惚間有個身影來到我背後，一股危險氣息直逼，水中不知何時多出了一抹倒影，我立即回頭。沒待看清來人，便覺得有雙手從我背後猛推一把，我狠狠栽下了池塘。

冰涼湖水灌入口中，胸口一陣氣悶，無比難受。懂水性的我本想浮出水面，可腦海中卻湧入了許多記憶，一幕幕閃入腦海。

——「哥哥，那個壁天裔和你說什麼了？」

——「哥哥，你眞的要把我給壁天裔？」

——「哥哥，慕雪等你回來。」

往事一幕幕如泉湧，直衝腦海，來得那樣洶湧，那樣突然。

漸漸地，胸口間的呼吸被抽空，連掙扎亦已無力，如一顆墜入海裡的大石沉下湖面，墜入無底深淵。

第八章　魂夢杳・為卿傷

半個月後。

自上回被人推下湖之後，我未再踏出過房門一步，時常站在窗前遙望愁雲慘淡的蒼穹，暮寒涼風倦尋芳，春巷桃夭觸此情。若非當時夜鳶及時將我救起，只怕是早已遭蒙滅頂。夜鳶再三問我有無看清是誰將我推下湖，我總是說沒能瞧見。其實我早在倒影之中看到了，是夜綰公主親手將我推了下去，之所以沒說出來，就當是償還夜翎的恩情，今後與他兩不相欠。

這半個月裡，大哥來過幾次，可是每次我都在裝睡，我不想面對，也不敢面對。是夜，夜鳶一語不發地拽著我出府。我不知道他想做什麼，只能跟隨其後，也不詢問，畢竟有這樣一個可以接近他的機會，我沒有理由拒絕。

當我與他走到天龍城的大街之上，各色各樣的燈籠掛了滿滿一條街，火紅的光芒將整個街道染紅，猶如鋪了一條紅毯。一片和煦紅光充斥著眼眸，幻火流光的美景讓我心動。

突然，幾聲巨響響徹黑寂的夜空，我聞聲而望，幾簇花炮呼嘯而上，引爆於天際。絢爛的光芒為這冷寂夜空染上了顏色，形成一幅絕美畫卷。金色的光華頓教璀璨星鑽皆黯然失色，五顏六色之光耀花了眼，聲聲巨響震撼著我的心。

這還是第一次見到如此繁華的盛景，我不禁有些看呆了。

「今天是什麼日子，天龍城這麼熱鬧？」仰著頭，貪戀天際絕美的光芒，我問身邊的夜鳶。

「恭祝鳶王妃生辰快樂，年年有今日，歲歲有今宵。」周圍的百姓突然蜂擁而上，將我和夜鳶團團包圍起來，手持花燈，齊聲恭賀。

心底微微一怔，才記起今日五月初七，是我的生辰，軒慕雪的生辰。突然心底產生戒備，猛然側首盯著他的眼睛問：「你怎麼知道？」

夜鳶那如火的瞳子在璀璨光芒的映射下更顯明熠，他眼中清晰地映著我的身影。他沒有說話，只是牽過我的手走出重重人群，最後進入天龍城最大的客棧。客棧靜悄，連半個人影都沒有，卻是燈火通明，恍如白晝，看得出來有人花錢包下了整間客棧。

掌櫃領我們上至二樓雅座，踩著那一層層的階梯，聲響似乎狠狠敲打著我的心。軒慕雪的生辰雖然不足為奇，但此刻的我是未央，未央怎能與軒慕雪的生辰相提並論！

「殿下，王妃請。」掌櫃將我們帶至一間輕紗曼舞的雅座。

揭開珠簾，我與夜鳶踏入，掌櫃恭敬退下。

檀香自熏爐陣陣湧出，餘煙籠罩一室。窗敞，暖風襲入，吹散珠簾，叮噹作響。

他坐著，用一雙慵懶詭異的眸子盯著我。

我站著，用戒備僵硬的目光回視著他。

「今天你所做的一切，是為了提醒我嗎？」伴隨著外頭的陣陣花炮聲響，我問道。

「你是這樣想的？」他的目光很沉鬱，火紅的眸子直勾勾地注視著我。

「難道不是嗎？娶我，為的只是巫祝的一句話，只因他說我是你登上王位不可少之工具。而今日你所做一切，為的是博取我的信任，讓我心甘情願在你身邊幫你……」我口氣微衝，說話的同時怒火亦不斷升起。而我怒氣騰騰的話還沒說完，便被夜鳶一聲「轅慕雪」給打斷，我不可置信地望著他，他竟知道我是轅慕雪！

「你以為我夜鳶是什麼人，用女人登王位還不至於，巫祝所言占候之事我夜鳶從未信過，留你在身邊只是母妃的意思。」他聲聲低沉，字字清晰，向來喜怒不形於色的他竟微慍了起來。

「那你給我解藥，讓我離開！」他怒我也怒，上前一步朝他伸出手，索要那治骨散的解藥。還未站穩腳，他忽地起身將我推向後，抵在牆上，背上吃痛，怒氣不禁閃過。抬首正想怒罵，他的唇竟狠狠向我壓來，輾轉肆虐，不依不饒。

我揚手想推開他，手臂卻被他制住，用力之大疼得我一聲低呼，他的舌頭順勢竄入我的口中，下身緊緊貼著我。我感覺到他那勃發的欲望，以及渾身上下襲來的怒意與激狂，不禁倒抽一口氣，想要後退。背後是堅硬的牆壁已無路可退，反倒是他緊緊貼著我，不放我有任何躲避的機會。

「你放……開我。」感覺到情勢危險，我掙扎著。

「別動。」他忽地一聲怒吼，我驀然收聲，微喘凝視著他那雙情欲高漲的眼睛。他的欲望隔著衣褲頂過來，呼吸夾雜在一起，曖昧旖旎。

「我不會放你走的，你就死了這條心。」他似在用力平息自己紊亂的呼吸，喑啞的聲音拂過我的耳畔。

「你知道我和他是私奔到此的，你就算留住了我的人又能如何？」我壓低聲音，恨恨地別過頭不去看他。

「私奔？和自己的親哥哥私奔？」夜鳶嗤鼻一笑，這句話深深刺痛了我。緊咬著下唇，不語。

夜鳶接著又說：「是，我是曾利用你來打擊夜翎。可夜翎、壁天裔、莫攸然又何嘗不是對你居心叵測，心存利用！」

「我不在乎他們的利用！」

「那如果，你最在乎的哥哥也利用了你呢！」他緊攥著我雙肩的手隱隱用力，目光閃現出冰冷寒意，還有那一絲絲若隱若現的隱忍與掙扎，更彷彿他看透了我，知曉一切。「你恢復記憶了，對嗎？否則你怎麼會一直迴避轅羲九不見他？」

我用盡全身力氣將夜鳶狠狠推開，眼眸凝淚，朝他怒吼了句：「混蛋！」隨即衝出雅座，飛奔出客棧。

往事前塵，永絕佳期，一顆心如死灰般平靜得再無言語，心痛得連苦是何滋味都不知道，只能默默無語地徘徊在這繁華的街道。

街道上的百姓們拿著燈籠朝我大喊：「鳶王妃，生辰快樂。」

我不予理會，盲目地前行，甚至忘記前方的路該如何走。而每一次的心跳都牽扯出更深更遠的疼痛。這半個月以來，我一直克制自己的心，想讓它不痛，可是彷彿總有一根看不見摸不著的線在扯動著我的心。

是的，早在我落水後被夜鳶救起，我便恢復了記憶，所以我不敢見轅羲九。

曾經我沒有記憶，可以不把他當自己的哥哥，可是現下我的記憶全部回來了，清楚記得他是我的親哥哥。我如何面對？我如何去面對？

當我再也無力行走於這寥廓的大道之際，疲軟地蹲下身子，雙手抱膝，將頭深深埋在膝蓋間，哭出了聲。街道上很是熱鬧，嘈雜的聲音淹沒了我的哭聲，在人群之中我就像一個被父母遺棄的孩子。

冰涼的淚水滑過臉頰，滴至指尖，有的滑入口中，是鹹的。

也不知過了多久，一雙手臂將我由地上托起。含著淚，我仰望站在我面前的夜鳶。他舉起袖子為我拭去臉頰上的淚水，隨即扣住我的左手，一個回身將我扯至他的背上，將早已無力站穩的我背起。我沒有掙扎，沉沉地伏在他寬闊的背上，一滴凝聚已久的眼淚清然滴落在他的頸項，他一顫，步伐頓了頓。

「我認識的轅慕雪可不是如此懦弱的女子。」輕緩的語調透出略微的滄桑與嘆息，隨即又邁開沉重的步伐，以清淡的語氣開始娓娓而述：「初次見你，你躲在夜翎的背後看我，那時我訝異於你的眼睛隱隱透著妖異之光。再見你，御花園中面對我母妃的諷刺展現出慧黠，平靜地接受與夜翎突如其來的婚約，那時我欣賞你的沉穩。後見你，鳳臺高樓之上帶著仇恨的目光，望著夜翎與莫攸然離宮遠征，那時我好奇你那複雜的恨意。這樣一個複雜多變又堅強的女子，爲何在遭遇感情時竟如此不堪一擊？」

將頭靠在他肩上，整個身子隨他步伐而起伏，睫上含淚，我虛無地笑出聲來，第一次，夜鳶對我說了這麼多話。我沙啞地笑道：「夜鳶，突然發覺冷漠與不羈只是你的表相，眞正的你原是這樣婆婆媽媽，廢話連篇。」

「你是第一個說我婆婆媽媽的女人。」他失笑，可笑聲卻在幽寂的小道上格外冷然。笑過，短暫的沉默之後，他問：「你不好奇爲何我知道你是轅慕雪？」

「我問了，你會告訴我嗎？如果會的話，那我便問。」

「你果然很特別。」

心中的苦澀與傷痛在與他短短數言的閒聊中漸漸消散，我扯了扯笑容問：「巫祝說你的福星是未央，可我並不是未央，你不怕嗎？」

「你相信此等占候之事？」他劍眉輕揚，好笑地問。

「不信。」

「我也不信。」

說完這句話後我們已經回到了鳶王府，府上的奴才見我被夜鳶如此背了回來，臉上閃過明顯的詫異。夜鳶彷彿沒看到這些疑慮，仍當著眾人的面將我背回小院。

柳絲碧，玉階春蘚濕，鶯語匆匆。

院內的鳶尾開得繁盛依舊，清風間或一陣陣地吹過，香氣撲鼻而來，輕靠在他肩頭的我已昏昏欲睡。眼睛因流淚的關係有些刺痛，我伸手揉了揉眼睛，欲令自己清醒些。

他在鳶尾花圃前將我放下，我說了聲：「謝謝。」便欲轉身離去，卻被夜鳶叫住。

「你不是問我，爲何明知你是轅慕雪還要將你留在身邊嗎？」只見他彎腰折斷一枝紫色鳶尾，然後靠近我，將那枝鳶尾插於我的髮側，低聲道：「因爲我們是同一類人。」

怔怔地站在原地，直到他的身影消失在小院的拐角處我才收回目光。抬手將髮上的鳶尾花取下，黯然轉身，正對上一雙幽深的目光。只見轅羲九身披一件薄薄的單衣，雙手負於背後站在窗前，也不知站了多久，只覺他披肩的髮絲被風吹亂。

半個月未見，他似乎老了幾歲，臉上有滄桑的痕跡，可依舊那樣令人著迷，這就是我的哥哥。躲了半個月，今日終於躲不掉，於是我舉步上前，推門而入，只覺芳醇的酒香撲鼻，濃郁的菜香湧入。屋內的燭火燃去了一大半，紅淚滴垂蔓延於桌無人問津，我忙去櫃中取出一支紅燭，將那支早已殘剩的燭火換下。

「大哥，你還沒用晚膳嗎？」

他依舊背對著我立在窗前不說話，由於看不清他的表情，我上前幾步站在他身側，凝視著他的半張側臉被金黃燭火映得忽明忽暗。深沉的目光彷彿藏了許多事，也不知在想些什麼。

「大哥？」我又低喚了一句，他才轉身，目光掠過我望著那滿滿一桌的菜，「慕雪，生辰快樂。」

「我還以爲大哥忘記了。」我淒楚一笑，看著他於桌案前坐下，舉壺爲自己斟下滿滿一杯酒，見他正欲飲盡我立刻伸手攔下，「今日是慕雪的生辰，大哥怎能獨自飲酒，要敬慕雪。」說罷我也拉出一張圓凳坐下，爲自己斟滿一杯酒向他舉杯。「大哥，這杯應該祝慕雪火海逃生而乾。」

我一飲而盡，他亦一飲而盡。

我又爲自己斟了杯酒，舉向他。「這杯該爲我們兄妹重逢而乾。」

我再次飲盡，他卻未動。

「怎麼不喝？」我奇怪地問。

「你喜歡夜鳶？」杯中的酒映著他那幽暗的眼瞳，淺淺的淡笑以及殤然的淩厲。

「慕雪在王府過得很開心，以我鳶王妃的身分更可保大哥你萬全，所以……大哥以後陪慕雪久居王府好嗎？」未敢正面回答他的話，只好小心翼翼地反問。

「你過得開心便好。」終於，他將杯中之酒飲盡。

在大哥那兒飲了一些酒，我便微微有些醉，晃晃悠悠回到屋內，裡面漆黑一片。我跌跌撞撞地往櫃中摸索燭火，打翻了許多東西還是沒找著。我有些氣悶地關上櫃子，憑著記憶找到床榻，無力地癱軟上床。

「未央。」一個溫柔的聲音在我頭頂響起，我驀地睜開闔上的眼簾，在黑暗中對上一雙淡雅的目光，猛然彈坐而起低喊一句：「莫攸然！」

他於我的床榻邊緣坐下，「楚寰說你很著急要見我，何事？」

我輕挪了挪身子，「嗜心丸的解藥。」

「你中毒了？」莫攸然的聲音微微提高，立即扯過我的手腕診脈，臉色一變，隨即問：「誰給你的嗜心丸？是漣漪大妃？」

「是，她要我監視夜鳶。」我點點頭，隨即道：「所以你必須幫我解毒，否則我爲了求解藥，一定會出賣夜鳶。相信你也不希望看到我幫漣漪大妃的一幕吧。」

莫攸然鬆開我的手腕。黑暗中，我聽聞他發出一聲輕笑，「未央，即使你不用此言威脅，我也會幫你解毒的。」他由袖中取出一枚雪白的藥丸遞給我。

「嗜心丸是我幫漣漪大妃調配的毒藥，這顆是解藥，只要服下它便無事。但你仍須將消息傳遞給漣漪大妃，為了不引她起疑，你可以選一些無關緊要的事加以傳遞。」
「計畫倒是挺好，你不怕我不配合？」
「這事我不勉強你。但你是聰明人，知道什麼選擇才是最好的。」他頓了頓，隨即朝我一笑，「而且你的身上還有一種毒，我相信，那是華貴嬪給你種下的吧。」
聽他這話說得自信，我咬了咬下唇，糾結了十指，隨後問：「那你可以幫我解……」
「不行。」
「為什麼？」
「你知道我是華貴嬪的人，拆她臺的事我斷然不會做。」他緩緩由床邊緣起身，以背視我。
「其實，你只要一直待在大王子身邊，便不會有事。」說完，他踩踏著輕穩的步伐走至窗口，正欲離去，卻突然停住。恍然想起了什麼，回首道：「差點忘了，慕雪，姐夫祝你生辰快樂。」
「謝謝……」突生片刻的猶豫，轉而淡然一笑，「姐夫，謝謝。」
那一瞬間，與莫攸然之間的恩怨似乎頃刻消逝，多年的仰慕與仇恨也因這一句生辰快樂而瓦解。
畢竟我與莫攸然，都是可憐人。
那日夜裡，我渾身上下疼得連喊痛的力氣都沒有，不是肉體上的疼痛，而是深入骨髓的疼痛。我知道是治骨散發作了，提前發作了！
疼痛令我由床上跌至冰涼石面，終於明白何謂錐心刺骨的疼痛，治骨散發作起來竟如此令人難以承受。
門扉猛然被人推開，溶溶新月之光射進伸手不見五指的屋內，只聞一聲疾呼，馬上有一雙手臂將我緊緊攬進懷中。

「慕雪、慕雪，你怎麼了，慕雪……」是大哥的聲音，一遍遍焦急呼喚我名字的聲音似減弱了我的疼痛。貪婪地靠在他的懷中，只覺他雙臂用了好大的力氣，雖然很疼，我卻感受到前所未有的幸福。因爲只有在我受傷之時，他才會流露出對我的在乎，我突然希望冶骨散每日都能發作一次，如此一來我就能天天讓他這樣擁著，得以看見最眞實的他。

怯懦地仰頭看著月光照耀下異常溫柔的他，我顫巍巍地伸出手，撫上他的側臉，突然感覺有好多話想對他說，卻不知從何說起。

對於我的觸碰他全身一僵，隨即用力握住我停留在他臉上的手，是那樣用力，隱約帶了幾分顫抖。

「大哥……你可知道這個世上唯一能傷我的，只有你一人。」

看著他擔憂的目光因我此話一怔，原本的幽暗綻放出心痛的緋光，剎那間妖紅現於黑瞳。我沒有驚訝，更沒有詫異，只是朝他淒然一笑，「壁天裔於你是君，更是兄。而我的大哥重情重義，對於壁天裔的命令……永遠不會拒絕。這樣的大哥怎會甘冒天下之罵名，帶著南國未來的皇后私奔，叛離你所敬重的大哥呢？」

他緊握著我的手倏然沒了氣力，彷彿剎那間空氣都凝聚在一起。

「大哥可知道……慕雪會算計任何人，卻從不會算計你。會懷疑任何人，卻從不會懷疑你。會對任何人心狠手辣，卻從不會對你下一分狠手。所以大哥要帶我走，我沒有考慮這背後顯而易見的圈套，便義無反顧地隨你走了。直到那夜，我看見嵐……我才正視了你的欺騙。不只嵐、緋衣、落……你的白樓眾手下都來到北國了吧。試問一個要私奔的人，怎會帶上那個早已被解散的白樓徒眾？而玄甲衛的追殺，雖然招招致命，卻點到要害而止刀。」

「你都知道了。」他苦澀地吐出這五個字，唇邊淡笑，笑得那樣自嘲，「早該知道聰明如慕雪，怎可能連這樣的小計謀都看不穿，只不過裝作看不穿而已。」終於，他鬆開了我的手，無比的諷刺之笑恣意蔓延。

突然間憶起壁天裔對我說過的話——「若你能將對三弟的一半心思放在朕身上，今日的一切便不會發生。」

我彷彿明白了什麼，一行清淚由眼角滑落，卻是慘然一笑，「終於明白壁天裔寵幸轅沐錦只是爲了逼走我，終於明白壁天裔口中『今日的一切』是爲何意……若在那一刻我能回首擁抱他，告訴他我心中只有他一人，一切都不會發生了。可是我放開了他的手，助長他要將我送離皇宮的意念。怎麼辦，大哥……我後悔了，眞的後悔了！」

看著他的眼瞳慢慢聚起淚光，凝視我的目光是那樣傷痛與悲哀，我知道自己說對了，可是我從來沒有怪過他。不僅僅因爲他身爲壁天裔的臣子，更因爲，我愛他。

‧夜鳶

那夜他睡得正酣，卻聽一陣急促的敲門聲，是他特意指派至轅慕雪住處盯著她一舉一動的丫鬟。她說聽見鳶王妃屋內有動靜，有疼痛的呻吟聲。他立刻披上衣袍出屋，心裡不免有些擔憂，難道是冶骨散提前發作了？一想及此，步伐不禁加快了幾分。

當他由小院的遊廊轉出之時，發現門正敞開著，隱約傳來呢喃低語。他的腳步漸漸放慢，一步步緩緩走近。風將他的衣衫吹起，步履輕渺飄逸，容顏上有股攝人的高貴之美。

當他靠近紫檀木門前，只見那個滿臉疼痛、面龐慘白的女子被一名男子緊緊擁在懷中，他的雙臂隱隱有些顫抖。雖然看不到他的表情，卻能深切體會他渾身上下充斥的悲傷，以及對那名女子的深情。

看著那個早已疼痛得連說話都吃力的女子，仍舊強自鎮定地說：「慕雪從未怪過你，一切都是我心甘情願的。」

明知他利用了她，竟然還是不怪，還是心甘情願嗎？

真的如此愛嗎？

看著眼前的一切，記憶恍惚回到了數月前他聽聞南國未來的皇后與九王爺轅羲九一同失蹤之事，當時天下對他們二人一同失蹤之事眾說紛紜，對此事有褒有貶。有人罵他們枉爲一國之母、一國之將，竟私下通姦，一同私奔，丟盡了南國的臉面。有人讚他們能對抗皇權，爭取自己的愛情，可歌可泣。

他聽了之後只是笑笑，對此事一笑置之，可心中卻疑惑未央如此聰慧之人怎會做出那樣傻的事。私奔？除非她不想活命了。但也心知肚明，他們若想活命只有來到北國的天龍城。只有在這裡，他們才能免遭劫難。

果然，他們眞的來了。

看著她小心翼翼攙扶著那個身受重傷的男子，一步步朝他走來，觀察著她眼底對他的關切與擔憂。他不禁了然，原來是這樣一名男子讓她甘願爲之付出一切。當他們住進鳶王府的第七日，九王爺竟祕密會見了他，他手中有一封蓋了南國皇帝璽印的信，上面寫著：「朕願與大王子剷除漣漪大妃一千人等，將夜宣大王摺下王位。」他不禁失笑，原來私奔之事只是掩人耳目的幌子，目的是爲了名正言順將九王爺派來北國與自己聯手。

他問：「爲何要幫我？」

九王爺說：「因爲漣漪大妃是殺害壁嵐風大元帥的主導者。」

他思索片刻，又問：「那，未央可知你們的計畫？」

九王爺搖頭道：「不知。」

突然間他冷笑出聲，走至窗前臨風而立，腦海中閃現出那個倔強睿智又冷漠的女子。原來，聰明如她在愛情面前也依然迷失了方向。轉念又想及九王爺說的話，與壁天裔聯手？那麼聯手成功之後呢？下一個被踢出局的就是自己了吧。況且像壁天裔這樣一個冷血無情的帝王，怎肯放任這樣的大好機會？

考慮片刻後他才回轉過身，透出凌厲的目光與之對視，淡淡地開口：「我想，要拒絕壁天裔的好意了。我無法忍受自己的鳶王妃與你九王爺私奔，況且她還是你們南國皇后的身分。」
只見九王爺原本清淡的目光因這句話微微一變，瞬間閃過一抹悲痛之色。
九王爺說：「其實未央是我的妹妹，轅慕雪。」
聽到這裡，他的眼眸中掠過不可思議，轅慕雪……轅慕雪……那個在心中默念了九年的名字，竟然就是那個與他拜堂成親的鳶王妃！

恍然回過神來，夜鳶輕盈邁步走了進去，帶著淡淡的笑意說道：「九王爺，想救你的未央就趕緊出去。」
轅羲九深深吐納一口氣，輕柔地將未央自懷中鬆開，僵硬地起身，渾身蓄著一股令人驚心的冷漠與悲傷。眼眶微微泛紅，緊握雙拳看了一眼夜鳶，剛冷地說道：「一定要救她。」隨即邁出門檻。
夜鳶的視線一直緊盯著蜷縮在地上的人兒，內心百轉千緒地纏繞在一起，糾結異常。短暫的猶豫與掙扎過後，他終於上前將她輕摟於自己的臂彎中，自袖中取出一瓶陶瓷小罐，打開蓋帽便小心翼翼地餵她喝下。
過了片刻，她慘白的臉上浮出絲絲血色，青紫的嘴唇也慢慢紅潤，冰涼的身子開始有了溫度。
「從今兒起，你自由了。」對上她那雙由迷離漸漸轉爲清明的水眸，他平淡地說著。
「你……」她紅唇輕顫，卻一個字也說不出來。
「休書，明日會命人給你。」他收起瓷瓶，放開了她，正欲起身，手腕卻被一雙冰涼的纖手握住。
他回首，卻見她緊緊拽著自己的手腕，問：「夜鳶……你知道自己在做什麼嗎？」
他突然勾起一抹邪笑，以一如往常般的口氣說道：「我很清楚。」不著痕跡地便將手腕由她手心掙脫，轉身而去，沒有絲毫留戀。
春風拂過，紗帳漫舞，一室淒涼。

第九章　心淚湮・紙灰起

兩日後我收到了夜鳶的一紙休書，我有些措手不及，沒想到他眞的休了我，更知道這張休書意味著什麼——他眞打算放我了嗎？還是又一次的陰謀布局？可若這是一場陰謀布局，他圖的是什麼？我身上還有什麼利用價値嗎？如果有利用價値，他大可以每個月給我一次解藥，而非一次便將我身上的毒全數解盡。

他有何陰謀姑且不論，眼下我該何去何從呢？又有何處可以容身。大哥是斷然不可能離去的，畢竟他還有自己的事要做。

站在鳶王府的朱紅大門前，回首遙望莊嚴輝煌的府邸，一陣風捲起地上的塵土朝我吹來，髮絲紛亂飄散，遮住了眼眸。

突然間，我彷彿成了無家可歸的孩子，既然無家可歸……不如歸去，不如歸去。

我黯然回首，未與任何人告別，逕自離去。

天龍城依舊這般熱鬧繁華，我的心卻如此淒涼。漫無目的地穿梭條條大街，走過熱鬧的人群，看著每個人臉上的笑容，頓覺自己好悲涼，竟然連笑爲何物都不知道。自莫攸然教導我要隱藏自己的妖瞳開始，我都忘記自己有多少年不曾眞正開懷大笑了。從何時起，我的笑容竟然也被人扼殺了呢？

也許我根本不配擁有笑容吧。

荒煙外，風塵惡。

半山竹松臨水搖，蒼茫林崗翠色縈。

不知不覺間，我已經步出天龍城來到西郊的小竹林，翠色的竹葉被風吹打零落而下，幾片拂在臉頰上微微生疼。四周安靜得連鳥兒啼鳴之聲都沒有，這樣的氣氛感覺有些詭異。

我的步伐猛然停住，只覺一陣殺氣由背後逼來。

萬鳥驚飛，驚怖啼嘶。

緊接著，二十名手持大刀的人從天而降，目露凶光。此錦衣裝束，不正是南國的玄甲衛嗎？領頭之人，不是玄甲衛統領郝哥又能是誰？

他們是來殺我的！

我與大哥的私奔根本就是一場戲，爲何玄甲衛會在此劫殺我？

思緒還未理清之際，便聞馬蹄聲聲踏來，在詭異幽靜卻布滿殺氣的竹林間顯得清晰異常。

一匹白馬如閃電飛躍，馬上之人白衣如雪，風度翩然。他的到來令周遭霎時凝結成冰，目光中有明顯的怒意與肅殺之氣。

刀光交剪，迫人眉睫俱寒。

當馬飛奔至我跟前之時，一隻手攬上我的腰際，以迅雷不及掩耳之勢將我攬上馬。

忽聞郝哥一聲大怒，「皇上有令，格殺勿論！」

我不禁冷抽一口氣，格殺勿論？

壁天裔竟下這樣的命令？

雙手環過我而緊攥韁繩的轅羲九也明顯因此言一怔，我能想像他臉上的表情定是不可置信與傷痛。

白馬仰天啼嘶，踢踏幾步在原地停下，我們與眼前的玄甲衛相對峙而望，只聽頭頂傳來轅羲九冰冷的聲音：「格殺勿論可是皇令？」

郝哥勾起冷笑，由袖中取出金黃的聖旨卷軸舉於頭頂，一字一句重複道——「九王爺忤逆皇上密令，欲意叛離南國，格殺勿論。」

「叛離？」我低聲地重複一遍，猛然側首仰望著他，才開始思索他今日怎會突然出現在此。

沒有看我，他冰涼如雪的目光閃現一絲哀痛，卻依舊平靜道：「我以為，在信中已與皇上說得很清楚了。」

「九王爺，你太天真了。皇上為此花費的心血豈是你一封信說中止計畫便能停的。想和未央遠走高飛，皇上的臉面往哪兒擱？皇上的個性，九王爺您不會不瞭解吧，凡是背叛他的人，殺無赦！」郝哥說出了這句殘忍的話之後，我徹底怔住了，大哥……大哥他竟為了我要放棄一切？包括他自己的身分，以及對北國的仇恨？

「我不信皇上會如此無情。」軫義九的聲音肯定異常，充滿了對兄弟之情的無比信任。可是大哥，郝哥的聖旨拿在手中要誅殺我們二人，你竟還當他是好兄弟？也許大哥你向是這樣，重情重義，心中牽掛的東西實在太多太多，所以注定失去很多想要卻得不到的東西。

郝哥的眼瞳寒光乍現，高舉聖旨道：「皇上聖旨在此，殺無赦！」

話音甫落，二十多名玄甲衛蜂擁而上，殺氣駭了馬兒，長聲嘀嘶。

轉瞬間十多名白色身影長劍一揮，擋在我們之前，與二十多名玄甲衛相搏而起。

是白樓眾弟子，多日未見的落、嵐，還有緋衣。

剎那間，天際風雲翻湧，石灰漫天。竹林鳥怖驚飛，落葉翩飛。

緋衣白綾繞手，曼妙回身，一雙妖媚美眸凝視著馬背上的我們，眼底驀地閃過一絲痛楚。可臉上妖嬈之笑依舊不變，她用膩美的音調道：「樓主，您與未央先行離去，這裡有我們。」

「緋衣……」大哥的眼瞳中五味參雜，細弱地低語了一聲。

「緋衣……祝您與未央幸福，有多遠便走多遠。緋衣，無悔！」她的眼眶中緩緩凝淚，再次深深凝望一眼那個她曾愛得死心塌地的男子。堅毅回首，長綾揮舞，與玄甲衛廝殺起。

大哥一扯轠繩，掉轉馬頭，朝竹林深處飛奔而去。

馬奔得極快，厲風拍打著我的臉頰生疼。伴隨著風聲，他問：「未央，願與風白羽一同亡命天涯嗎？」

他喚我未央，稱自己風白羽。

恍惚間，我好像回到一年前在白樓與他相處的日子，他要我永遠留在白樓，留在他身邊。

徬徨間，我好像回到一年前在九王府，他攬我入懷，問我是否想做他的妻子。

酸楚與甜蜜夾雜，晦澀與幸福交纏。

「願意。」我點頭。

「是亡命天涯！」他加重語氣重複一遍，生怕我沒聽清楚。

「嗯，亡命天涯。」我亦加重語氣，表示我堅定的心。

突感他的雙臂緊了緊，將我環在臂間，我則順勢倚靠在他懷中，笑了起來，是眞正的笑了。

大哥，生死我都已經置之度外，亡命天涯又何懼呢？

風霆迅，天聲動。

紫霓烽煙硝，橫枝蔽日，燕幽神州。

也不知跑了多久，也不知身在何處，只覺暮色已近，馬兒也跑累了。玄甲衛不知被我們甩到了什麼地方，我想，眼下我們暫時安全了吧。

大哥扶我下了馬，繼而將馬綁在一條小溪旁讓牠休息，蓄養體力。

而我與大哥則併肩坐在小溪邊，先用沁涼的溪水洗了洗臉，掃去一日疲憊。

黃昏落日下，灰濛濛的天際籠罩著我們，星疏幾點，明月漸升。

風聲簌簌，流水潺潺，鳥兒聲聲，野草萋萋。

我輕靠在大哥肩膀上，藉著月光凝視溪水中我倆的倒影，漣漪陣陣蕩漾。

「羽。」突然間，我很想喊他的名字。

「嗯。」他低聲應道。

沉默片刻，我終於還是忍不住問：「背叛了你的兄弟，後悔嗎？」

「不。」此話說得冷漠，卻含藏無限的情意。

「放棄了與北國的恩怨，甘心嗎？」我的問話令他身體一僵，似沒料到我會有此一問。我笑了笑，輕輕閉上眼睛，安心地倚靠在他肩上續道：「我恢復記憶了，一切的一切都想起來了，包括大哥你對夜宣大王的仇恨。正因爲知道你對他的仇恨，所以我沒有怪你利用了我。不光因爲大哥的苦衷，也因爲，我亦如大哥一般恨著他！」

原本身子有些僵硬的他，因我這句話而緩緩鬆弛下來，攬著我的手臂加了幾分力道。突然感覺到有隻溫實的手撫上我的臉頰，是那樣輕柔。我依舊闔著眼簾，卻在唇畔勾起了淡淡的笑容。

「何德何能，有你如此眞心待我。」溫柔的聲音與熟悉的氣息夾雜，拂過我的耳際。

「因爲這個世上唯有你眞心待我。」我的手不禁纏繞上他的腰際，輕聲問道：「一路上我一直很想問你，爲何願突然放棄多年的仇恨，與我亡命天涯？這不像你。」

「因爲讓你孤單了太久。」他的指尖撫過我緊閉的雙眼，繼續說道：「你可知你毒發那夜我的心有多痛嗎？奄奄一息的你就這樣靠在我懷中，說了那麼多言淺意深的話教我動容不已。那一刻我的心完完全全被恐懼籠罩著，從來沒體會過那樣的感覺。其實我問過自己許多次，於你到底是親情還是愛情，可我怎麼都理不清，摸不透。」他的聲音微微起伏，呼吸有些急促，我的心也隨之上下波動。

「記得幼時，你突然跑到我屋子裡，扯著我劈頭就問：『哥哥長大了是否會娶我？』你可知那一刻我徹底呆住了，從沒想過自己的親妹妹會說這樣的話。

「記得，後來你給了我一巴掌，那是你第一次打我，第一次兇我。」我的腦海中瞬間閃現多年前的畫面，歷歷在目。

「其實就在那時，我的心裡也是矛盾的……就像那日二哥突然說要親上加親，我心中會恐懼，無數的矛盾與掙扎擾動著我的心。」說到此處他竟笑了出聲，可聲音卻是那樣淒涼。

往事的傷心頃刻間襲上胸口，我窒悶得想要哭泣，不想再談這傷感的話題，我低語道：「羽，我累了。」

「那就睡吧，我會一直在你身邊。」

「嗯。」我在他肩窩上找了個舒適的位置，神智飄忽，漸漸睡了去。

也不知睡了多久，猛然驚醒，只因察覺到周身似隱藏著陣陣殺氣。

迷濛的瞳目第一眼見到的便是點點火光，將漆黑的夜空點亮，無數輕微移動的腳步聲穿梭在山野間形成浩大聲響。

大哥也早就發覺四周的危險，手不禁撫上佩劍。我的雙手緊緊抓著大哥略帶寒意的右手，隨著他緩緩起身，遙望那逐漸逼近的火光越來越多，強烈的光芒將四周映得恍如白晝。

黑色衮金帥旗也被人高高擎起，清楚瞧見上面繡著一個大大的「北」字，原來是北軍。

北軍怎會來此？

「夜鳶」兩字閃入腦海之中，我隨即甩去了這個念頭。夜鳶若是要對付我們，在鳶王府早可將我們誅殺，何必等到今日呢？

瞬間，成千上萬的北軍將我們團團圍住，偌大空曠的高嶺之上有弓騎箭手無數，前排半蹲，後排高站，開弓正對我們。背後刀光乍現，寒光縱橫如練，無數將士早將我們的退路堵住，盾影交剪，風塵捲起。

我們已經無路可退。

弓箭隊前立著一名男子，他相貌粗獷，目光含威，身著鐵甲銀盔，負手而立睥睨著已是甕中之鱉的我們，面無表情道：「利用私奔之計謀，意圖混入北國爲奸細，吾王聖明，一早便洞察先機。哼，今日你們便是插翅也難飛！」

「你怕嗎？」此時的大哥很是平靜，側首深深凝視著我，眼中含著眞切的情意。

「有你在，我不怕。」我搖頭輕笑。

「好一對亡命鴛鴦，死到臨頭還情意纏綿。今日我就要你們這對鴛鴦死在我王廷的手中！」他仰頭對天狂笑一聲，揮手而起，示意弓箭手準備放箭。

看著那蓄勢待發的箭，忽而一笑，「我們的孽情於世所不容，那麼到了黃泉路上是否仍爲人所不容？既然不能與你同生，那便同死吧。」

面對眼前成排殺氣畢露的弓箭手，我與他的手交握，十指緊扣，那一刻頓如地老天荒。

「放箭！」王廷一聲令下，密密麻麻的箭由遠處高嶺飛瀉而下，勢如閃電直逼我們。

我閉上了眼睛，感受著大哥手心冰涼，笑著面對即將來臨的死亡。領略箭勢直逼而來的氣勢，我低語道：「羽，你是否如未央一樣，從未後悔過？」

話音剛落，突感一個身軀緊緊將我擁在懷中，而那想像中的劇痛並未出現在我身上，只有耳邊閃過長箭入肉的聲響，聲聲刺耳。

猛然睜開眼睛，對上一雙深邃輕柔的眼瞳，他正朝我笑著，那笑容沒有夾雜任何的掙扎與猶豫，只是那樣對我笑著。

那身軀如銅牆鐵壁般嚴實地將我護在他的懷抱中，密不通風，就像守護他生命中最重要的珍寶那般，永不放手。

「風白羽，如未央一樣……從、未、後、悔。」一字一句，說得堅定異常，可其聲音之下卻隱透著虛弱與幻離。

我不住顫抖地望著身前之人，他的口一張一合，我什麼都已聽不見，只能呆傻地看著他。

忽地，他腳底一軟，重重朝我壓了下來，我才恍然回神，伸出雙臂想接住那倒下的身軀，可我卻無多餘氣力承受他的重量，遂與之一同摔至地面。灰塵捲起，無數的塵土將我們淹沒。

一名弓箭手上前詢問道：「統領，是否還要發箭？」

王廷站在高嶺之上望著眼前發生的一切，良久無法言語。

血，自羽的背狂湧而出，染紅了我的裙裳，染紅了我的雙手，染紅了整個地面。我的目光轉移到他的背後，密密麻麻的箭如釘子般狠狠插在他的背上、腳上、肩上。顫抖地撫摸上他的臉頰，我喃喃道：「羽，我們不是說好要一起亡命天涯的嗎？既然不能亡命天涯，為何不讓未央陪你一起死去，非要留我一人獨存於世？你真的忍心嗎？」

他沾了血的手不支地撫上我的臉頰，貪婪地望著我，彷若看不盡。

「來世，寧願你我不相識……」他的嘴角勾勒出淒涼悲哀的笑意，嘴角有血緩緩滴落，只見他依舊平靜地說：「這樣……便能不傷痛。」

看著他逐漸微弱的聲音與漸漸闔起的眼睛，我用力搖頭，「是我，是我害的，要死也應該是我，不是你，不是你……」

他以手指按上我的唇，示意我不要再說話。「未央……你好吵，我累了，讓我好好睡一覺。待我醒了，任你吵鬧可好？」

看著他的笑容漸漸隱去，沾著血跡的臉漸漸慘白，血色盡褪。我用力搖著他，「不要睡，求你不要睡……」

「我，真的累了！」他的手悄然滑落，軟軟地癱在身側，手上未乾的血跡猶沾染微微的塵土。那雙沉重的眼睛，終於在掙扎片刻後緊緊地闔上。

撕心裂肺的疼痛頓時充斥著我整個胸口，痛得連呼吸都困難，無比的悲哀湧上了心頭。我的眼中再也看不見任何事物，只有那張離去時悲哀的臉。

「啊——」我仰天大喊一聲，喊出了我十五年來的悲傷與痛苦，喊出了我十五年來的孤寂與悲涼。悲慟欲絕的淚水再也止不住，洶湧地滾落。

夜宣，你可知今日你所誅殺之人是你的親生兒子！你竟殺了你的親生兒子！

你該血債血償。

母親的，大哥的，我要你全部還回來，全部還回來。

【請繼續閱讀《眸傾天下（下）末落今生夜鳶夢》】

長樂未央——台版後記

慕容湮兒

臺灣的讀者大家好，又和大家見面了，這部《睥傾天下》是我繼《傾世皇妃》後的又一部古代宮廷情仇小說，希望臺灣的讀者能夠一如既往的喜歡。

本書有一段禁忌之戀引起了很多讀者的熱議。很多讀者問我：「你個人比較偏向男主角夜鳶，還是第二男主角轅羲九？」其實每個人物都如作者疼愛的孩子一般，若眞要說偏向誰，我可能更偏向第二男主角轅羲九，這個與轅慕雪自幼相依爲命的男人，由於他們兩人是親兄妹，所以更加容易引起讀者的惋惜。

這部小說的女主角轅慕雪也是我筆下最喜歡的女主角之一——未央，未央，長樂未央。她有別於《傾世皇妃》中馥雅的善良溫淳，她妖豔狠辣，敢愛敢恨，在面對與轅羲九的感情時也矛盾過、掙扎過，可她最終選擇勇敢面對自己的心，放縱自己去愛一次；而後來與夜鳶的志同道合，患難與共，毫無保留地付出自己的一切，共同成就北國的大好河山。若說這部小說有遺憾，那便是改編成電視劇後，轅羲九與轅慕雪之間的不倫之戀不能夠搬上銀幕，這始終是不爲世人所接受的感情，也就註定了不能公諸於眾。

《睥傾天下》這部小說依舊是架空歷史，比起《傾世皇妃》，應該說是情節上的設置更加嚴謹了，全文依舊延續了謀中謀、局中局的風格，謎局挺多，希望讀者能夠用心看到最後。

國家圖書館出版品預行編目資料

眸傾天下（上）情鎖一闋未央歌／慕容湮兒著； ──初版．──臺中市：好讀，2012.07
面：　公分，──（眞小說；15）
ISBN 978-986-178-239-3（平裝）
857.7　　　　　　　　　　　101009182

好讀出版

真小說 15

慕容湮兒作品集－眸傾天下（上）情鎖一闋未央歌

作　　者／慕容湮兒
總 編 輯／鄧茵茵
文字編輯／林碧瑩　簡伊婕
美術編輯／鄭年亨
行銷企畫／陳昶文　陳盈瑜
發 行 所／好讀出版有限公司
台中市 407 西屯區何厝里 19 鄰大有街 13 號
TEL:04-23157795　FAX:04-23144188
http://howdo.morningstar.com.tw
（如對本書編輯或內容有意見，請來電或上網告訴我們）
法律顧問／甘龍強律師
承製／知己圖書股份有限公司　TEL:04-23581803

總經銷／知己圖書股份有限公司
http://www.morningstar.com.tw
e-mail:service@morningstar.com.tw
郵政劃撥：15060393 知己圖書股份有限公司
台北公司：台北市 106 羅斯福路二段 95 號 4 樓之 3
TEL:02-23672044　FAX:02-23635741
台中公司：台中市 407 工業區 30 路 1 號
TEL:04-23595820　FAX:04-23597123

初版／西元 2012 年 7 月 1 日
定價／250 元
如有破損或裝訂錯誤，請寄回知己圖書台中公司更換

Published by How-Do Publishing Co., Ltd.
2012 Printed in Taiwan

ISBN 978-986-178-239-3

讀者回函

只要寄回本回函，就能不定時收到晨星出版集團最新電子報及相關優惠活動訊息，並有機會參加抽獎，獲得贈書。因此有電子信箱的讀者，千萬別吝於寫上你的信箱地址

書名：眸傾天下（上）情鎖一闋未央歌

姓名：______________ 性別：□男 □女 生日：____年____月____日

教育程度：__________________________

職業：□學生 □教師 □一般職員 □企業主管

□家庭主婦 □自由業 □醫護 □軍警 □其他________________________

電子郵件信箱（e-mail）：________________________ 電話：_________________

聯絡地址：□□□ ____

你怎麼發現這本書的？

□書店 □網路書店（哪一個？）__________________ □朋友推薦 □學校選書

□報章雜誌報導 □其他____

買這本書的原因是：____

□內容題材深得我心 □價格便宜 □封面與內頁設計很優 □其他______________

你對這本書還有其他意見麼？請通通告訴我們：

____

你買過幾本好讀的書？（不包括現在這一本）

□沒買過 □ 1 ～ 5 本 □ 6 ～ 10 本 □ 11 ～ 20 本 □太多了

你希望能如何得到更多好讀的出版訊息？

□常寄電子報 □網站常常更新 □常在報章雜誌上看到好讀新書消息

□我有更棒的想法____

最後請推薦五個閱讀同好的姓名與 E-mail，讓他們也能收到好讀的近期書訊：

1. ____

2. ____

3. ____

4. ____

5. ____

我們確實接收到你對好讀的心意了，再次感謝你抽空填寫這份回函

請有空時上網或來信與我們交換意見，好讀出版有限公司編輯部同仁感謝你！

好讀的部落格：http://howdo.morningstar.com.tw/

請填妥後對折黏貼，直接投郵即可，無須貼郵票。

廣告回函
台灣中區郵政管理局
登記證第 3877 號
免貼郵票

好讀出版有限公司　編輯部收

407 台中市西屯區何厝里大有街 13 號
電話：04-23157795-6　傳眞：04-23144188

沿虛線對折

購買好讀出版書籍的方法：

一、先請你上晨星網路書店http://www.morningstar.com.tw檢索書目或直接在網上購買

二、以郵政劃撥購書：帳號15060393 戶名：知己圖書股份有限公司並在通信欄中註明你想買的書名與數量

三、大量訂購者可直接以客服專線洽詢，有專人爲您服務：
客服專線：04-23595819轉230 傳眞：04-23597123

四、客服信箱：service@morningstar.com.tw